dtv premium

ILKKA
REMES

EIN SCHLAG INS HERZ

Thriller

Aus dem Finnischen
von Stefan Moster

Deutscher Taschenbuch Verlag

Von Ilkka Remes
sind im Deutschen Taschenbuch Verlag u. a. erschienen:
Das Hiroshima-Tor (21044)
Das Erbe des Bösen (21228)
Höllensturz (21252)
Tödlicher Sog (24760)

MIX
Papier aus verantwortungsvollen Quellen
FSC® C006701

Deutsche Erstausgabe 2011
Deutscher Taschenbuch Verlag GmbH & Co. KG, München

Titel der finnischen Originalausgabe:
›Isku Ytimeen‹

Umschlagkonzept: Balk & Brumshagen
Umschlaggestaltung: Wildes Blut, Atelier für Gestaltung,
Stephanie Weischer unter Verwendung von Fotos von plainpicture/Arcangel
Satz: Greiner & Reichel, Köln
Gesetzt aus der Aldus 10,75/12,75˙
Druck und Bindung: CPI – Ebner & Spiegel, Ulm
Gedruckt auf säurefreiem, chlorfrei gebleichtem Papier
Printed in Germany · ISBN 978-3-423-24853-2

PROLOG

Patrik Vasama begriff, dass es sich bestenfalls noch um Minuten handeln konnte. Er versuchte, Beates Kopf so ruhig zu halten, wie es bei der wilden Fahrt über die holprige Straße möglich war. Der junge Schwarze neben Beate lag kraftlos auf dem Sitz und stöhnte leise.

Patrik suchte durch die staubige Scheibe des Geländewagens verzweifelt nach Licht in der Dunkelheit. Er spürte die Prellung an seinem Hinterkopf schmerzhaft pulsieren, um die klaffende Wunde am Arm hatte er rasch einen Verband aus dem Erste-Hilfe-Kasten geschlungen.

Dann war in der Ferne endlich der Schein eines Feuers zu erkennen. Patrik wischte sich den Schweiß von der Stirn, sein Hemd war feucht von Beates Blut und klebte an der Haut.

Inmitten der Finsternis tauchten weiße Zelte auf, dahinter sah man eine größere Baracke. Der uralte Landrover bremste heftig vor einem zerschlissenen Zelt, der Fahrer sprang aus dem Wagen und riss die Hintertür auf. Feuchte, schwüle Luft strömte herein.

»Es dauert nicht mehr lange«, sagte Patrik heiser zu Beate, während er behutsam einen Arm unter ihren Nacken und den anderen unter ihre Kniekehlen schob. Beates Khaki-Shorts und das zerrissene, hautenge Shirt hatten sich rot gefärbt, ihr Körper fühlte sich entsetzlich schlaff an. Der Fahrer half dem anderen Opfer, dessen Stöhnen immer lauter geworden war, aus dem Wagen.

Patrik schleppte Beate zu einem Zelt, auf dem drei riesige Buchstaben zu lesen waren: MSF – *Médecins Sans Frontières*. Hier und da saßen apathisch wirkende Menschen um Lagerfeuer herum.

Ein großer, bewaffneter Schwarzer mit finsterem Gesichtsausdruck trat Patrik in den Weg.

»Die Ärztin«, sagte Patrik außer Atem. »Ich weiß, dass es im Lager eine Ärztin gibt. Wo ist sie?«

Der Mann schaute auf die leblose Frau und deutete dann auf die Baracke.

Plötzlich fiel irgendwo im Urwald ein Schuss, und die Nachtaffen kreischten laut. Als Patrik durch die Tür der Baracke trat, schlug ihm ein starker Geruch entgegen, eine Mischung aus Desinfektionsmittel und Erbrochenem. Das schwache Licht zog die Fliegen an. In Metallbetten und auf dem Fußboden sah man fiebrige, jammernde Patienten liegen.

Patrik blieb vor einem Vorhang stehen, hinter dem sich gegen das Licht drei Silhouetten abzeichneten. Er drehte sich so, dass er mit den Stiefeln an Beates Füßen den Stoff ein Stück zur Seite schieben konnte. Patrik erschrak, als er auf dem OP-Tisch einen Mann liegen sah, dem gerade die Wunde nach einer Beinamputation verbunden wurde. Zwei schwarze Frauen in blutbefleckten Overalls hielten ihn fest. Der offene Stumpf wurde von einer jüngeren weißen Frau bandagiert. Es war die Ärztin, es war Sandrine. Neben ihr stand ein Metalltisch mit chirurgischem Besteck. Die Ärztin drehte sich um, als sie Patriks Stimme hörte. Die großen Augen zwischen dem dunklen Pony und dem Mundschutz blickten überrascht.

»Wir hatten einen Unfall«, sagte Patrik, »Beate ist schwer verletzt.«

Sandrine starrte die Verwundete an. Es dauerte eine Weile, bis sie ihre Handlungsfähigkeit zurückgewonnen hatte.

»Leg die Verletzte auf den Untersuchungstisch neben der Tür! Ich komme, sobald ich hier fertig bin. Es ist furchtbar, was die Minen anrichten. Und die Tatsache, dass uns die Narkosemedikamente fast ausgegangen sind, macht es nicht einfacher.«

»Sie ist meine Freundin. Ich habe Angst, dass ihr Leben von Sekunden abhängt …«

»Es dauert hier nicht mehr lange.«

Patrik kämpfte gegen den totalen Zusammenbruch. Er legte Beate auf die hohe Liege, über der ein fleckiger Faserstoff ausgebreitet war.

In dem Moment brachten zwei Männer das andere Unfallopfer in die Baracke.

»Wer ist das?«, fragte Sandrine, während sie mit schnellen, routinierten Bewegungen den Beinstumpf versorgte.

»Unser Fahrer«, sagte Patrik.

Die Männer legten den stöhnenden Mann auf den zweiten Untersuchungstisch.

»Du kannst das jetzt zu Ende machen, N'Dhane«, sagte Sandrine, ging zu Patrik und beugte sich über Beate.

»Was ist passiert?«

»Wir hatten Wasserproben in der Nähe der Uranmine von Shakombe genommen. Nach Sonnenuntergang sind wir zu unserem Stützpunkt zurückgekehrt und unterwegs in einen Unfall geraten.«

Während Patrik sprach, untersuchte Sandrine die Verwundete mit sicheren, geschickten Griffen.

»Deine Freundin muss operiert werden.« Sandrine schob eine Kanüle in Beates Armvene und ging zu dem Fahrer hinüber, dessen wüster Fahrstil schon auf den ersten Metern Patriks Argwohn geweckt hatte. Warum nur hatte er nichts gesagt?

»N'Dhane, wir bereiten eine OP vor«, sagte Sandrine zu der Krankenschwester.

Patrik spürte, wie ihn die Schwäche überkommen wollte, und er schloss kurz die Augen.

Gleich darauf fuhr er zusammen, als er merkte, dass die Schwester am Bett des Fahrers die Bremsen löste und diesen in Richtung Nebenraum schob, wo große Lampen und Gasflaschen zu sehen waren.

Patrik sah Sandrine erstaunt an, die sich eine grüne Schürze umband. »Was soll das?«, fragte er. »Du hast gerade gesagt, Beate muss operiert werden …«

Sandrine hielt in ihren Bewegungen inne und schaute Patrik fest in die Augen. »Sieh dich doch einmal um! Wir haben viele Patienten, und die Ressourcen sind knapp. Die Rebellen haben die Verbindungswege nach Kiwasa gekappt. Ich habe nur noch Narkosemittel für eine große Operation. Der männliche Patient hat Vorrang.«

Patrik starrte die Ärztin schockiert und ungläubig an.

»Wieso Vorrang?«

»Ich muss mich entscheiden. Ich operiere jetzt den Mann und sobald wir Nachschub bekommen, deine Freundin. Vielleicht schon morgen früh.«

Patrik spürte, wie sich in seinem Körper eine Lähmung ausbreitete. Sandrine legte einen sauberen Mundschutz an.

»Beate wird nicht bis morgen früh durchhalten«, sagte er heiser.

Sandrines Blick war entschlossen.

»Ich muss trotzdem versuchen, den Patienten zu retten, der die größere Überlebenschance hat.«

Eine anfallartige Wut schnürte Patrik die Kehle zu, er bekam kein Wort heraus. Im Augenwinkel sah er Sandrine Gummihandschuhe überstreifen, die ihr die Schwester hinhielt.

»Nein«, brachte Patrik endlich heraus. »Das kannst du nicht tun. Du kannst Beate nicht unversorgt lassen …«

»Patrik, ich bin Ärztin, ich muss meine Entscheidung nach medizinischen Erwägungen treffen.« Sandrine ging auf den Raum zu, der als Operationssaal diente.

»Stopp«, brüllte Patrik. Sein Blick fiel auf die blutigen Skalpelle auf dem Metalltisch. Er griff eines davon, war mit einem Satz bei der Ärztin, packte sie von hinten und drückte ihr die Klinge an den Hals. Die Krankenschwestern um sie herum erstarrten, eine von ihnen schrie.

»Du versorgst jetzt zuerst Beate«, zischte Patrik. »Der Fahrer hat den Unfall verursacht, er ist gefahren wie ein Wahnsinniger …«

»Du machst einen schweren Fehler«, fiel ihm Sandrine mit ruhiger Stimme ins Wort. »Auf diese Weise wirst du ihr nicht helfen …«

Im selben Moment spürte Patrik etwas Kaltes und Hartes an der Schläfe.

»Lass sie los, oder ich puste dir das Gehirn aus dem Schädel!«

Die Stimme gehörte dem Schwarzen, der Patrik den Weg zur Baracke gewiesen hatte.

Im selben Moment spürte Patrik einen dumpfen Schmerz im Magen, der ihm die Luft nahm. Als er begriff, dass Sandrine ihm den Ellenbogen in den Leib gerammt hatte, schlug sie ihm bereits mit der anderen Hand das Messer weg, schnellte flink herum und versetzte ihm einen weiteren Hieb, diesmal ins Gesicht.

Patrik fiel das Skalpell aus der Hand, und er stürzte durch die Wucht des Schlages zu Boden. Über sich sah er Sandrine und den Schwarzen, der mit finsterer Miene die Waffe auf ihn richtete. Der Mann holte mit einem Bein aus, und gleich darauf traf seine Stiefelspitze Patrik schmerzhaft in die Seite.

»Lass gut sein«, sagte Sandrine. »Er wird uns nicht mehr stören.«

Patrik wand sich am Boden und sah Sandrine hinterher, die im Operationssaal verschwand und die Tür hinter sich schloss.

Dann wurde ihm schwarz vor Augen. Bevor er das Bewusstsein verlor, sah er noch kurz die reglos auf dem Behandlungstisch liegende Beate.

ERSTER TEIL

1

In ungleichmäßigen Formationen schäumten die Wellen auf der Ostsee. Patrik stand im Bug des Schnellbootes und spürte bei der rasenden Fahrt durch die bewegte See den kalten Aprilwind in den Knochen. Vor sich sah er nur das trostlos graue Meer in der Morgendämmerung. Vor Kurzem hatte Schneeregen eingesetzt.

Patrik atmete tief die raue Seeluft über dem Finnischen Meerbusen ein. Eigentlich hätte er neben Beate im Boot stehen sollen, aber er war allein. Die Sehnsucht und die Last der Schuld drückten schwer auf seine Schultern. Warum hatte er von dem Fahrer nicht verlangt, dass er anhielt und ihn ans Steuer ließ? Warum hatte er nichts gegen den irrsinnigen Fahrstil des Mannes unternommen? Außerdem konnte er nicht verstehen, warum Beates Eltern ihm verboten hatten, zur Beerdigung zu kommen. Als Patriks Blick auf die hellen Lichter fiel, die sich in der Ferne abzeichneten, vergaß er die Trauer für einen Moment. Mit vor Kälte klammen Fingern griff er nach dem Fernglas. Im Okular war das erleuchtete Objekt deutlich zu erkennen.

Da war es.

Er gab den anderen drei offenen RIB-Booten, die zu dem Geschwader gehörten, ein Handzeichen. Die Boote hatten als Besatzung je zwei oder drei Mann in orangen Overalls. Am Heck eines jeden Bootes flatterte eine orange Fahne.

Patrik warf einen kurzen Blick auf Andrus, dessen Gesicht mit dem exakt getrimmten Bart an einen leidenschaftlichen Komponisten aus fernen Zeiten oder an einen Redner, der ganz und gar für seine Überzeugungen lebte, erinnerte. Jetzt schien Andrus noch stärker bedingungslose Hingabe auszustrahlen. Er hatte erzählt, er habe an der Universität Tallinn politische Geschichte und Philosophie studiert, japanische Kampfsportarten betrieben, sei dann mit einem Stipendium an die Universität Heidelberg gewechselt, dort politisch radikal geworden und schließlich in den Untergrund gegangen.

Viel mehr wusste Patrik nicht über ihn. Aber Andrus und die anderen Mitglieder der Gruppe waren Freunde von Beate gewesen, er war ihnen ein paarmal in Deutschland begegnet, vor der fatalen Reise nach Afrika. Das genügte ihm. Die Gruppe hatte ihn aufgenommen, und er hatte beschlossen, den Männern zu beweisen, dass er ihr Vertrauen wert war. Genauer gesagt, dass er Beates Vertrauen verdient hatte, denn das war wohl sein eigentlicher Gedanke.

Er schaute wieder durchs Fernglas. Immer deutlicher sah man das große, kantige Schiff. Es erinnerte an ein mechanisches Seeungeheuer, das auf dem Wasser stand und Lichtpunkte auf die graue Meeresoberfläche warf. Der rote Kran auf dem Deck des Schiffes hob gerade eine große Metallröhre in die Höhe. Patrik ließ den Blick langsam über den Rumpf dieser Kombination aus Bohrinsel und Riesentanker gleiten, bis er am Heck angekommen war, wo mit Hilfe eines gewaltigen Greifarms eine lange Metallröhre im Wasser versenkt wurde. Die Gaspipeline, die am Grund des Finnischen Meerbusens von der russischen Küste nach Deutschland führen sollte, wurde in fieberhaftem Tempo verlegt.

Plötzlich schob sich ein graues Gebilde bedrohlich hinter dem Schiff hervor.

»Mach langsam«, rief Patrik Andrus zu. »Die haben ein Marineschiff dabei!«

Patrik erkannte den Typus: ein russisches Kriegsschiff mit Kanonen, eskortiert von drei stark bewaffneten Patrouillenbooten.

Auf der Korvette der Albatros-Klasse, die zur russischen Ostseeflotte gehörte, blickte ein Marineoffizier mit ernstem Gesicht vom Radarschirm auf und sah aus dem Fenster der Kommandobrücke. Zwischen den zum Himmel gerichteten Kanonenrohren hindurch konnte er weit draußen kleine, bunte Punkte übers Meer sausen sehen. Er hob das Fernglas.

Im Schneeregen erkannte er vier graue Schlauchboote, die über die hohen Wellen hüpften, besetzt mit Menschen in orangen Overalls.

Der Offizier setzte das Fernglas ab, fluchte und nahm das Funkgerät in die Hand.

»*Budte gotovy*«, befahl er.

Patriks Herz pochte, als er sah, wie das russische Kriegsschiff Kurs auf sie nahm.

Er richtete den Blick auf Andrus, der am Steuerpult saß, und auf dessen litauischen Freund Konstantins, der konzentriert aufs Meer schaute und dabei mit den Fingern, die aus seinen schwarzen, abgeschnittenen Handschuhen ragten, nach Pistazien in der Jackentasche tastete. Der Litauer war in vielerlei Hinsicht das genaue Gegenteil von Andrus und in der Gruppe auch sonst gewissermaßen fehl am Platz: Seine Kleidung war verschlissen, und er legte grobes Benehmen an den Tag, las Comics mit schwarzem Humor und trug ständig T-Shirts mit stillosen Aufschriften. Es war schwer, ihn sich ausgerechnet als Umweltaktivisten vorzustellen, aber nach dem, was er erzählte, hatte er schon zahlreiche Anarchistenkreise in ganz Europa besucht.

Konstantins hatte die Finger bereits auf der Tastatur des Funkgeräts. Wieder fielen Patrik die Tätowierungen auf den Fingern des Litauers auf. Er hatte ihn nach der Bedeutung der fünf Symbole gefragt, und Konstantins hatte mit einem einzigen Wort geantwortet: Bruderschaft. Jetzt zog Andrus den Gashebel an, und gleich darauf beschleunigte ein Boot nach dem anderen noch stärker. Das Wasser spritzte hoch auf, wie sie so Seite an Seite dahinrasten, die orangefarbenen Fahnen knatterten.

Bestürzt beobachtete der Kommandeur der Korvette die vier näher kommenden Schlauchboote.

»*Polnaja bojegotovnost*«, wies er den neben ihm stehenden Marineoffizier an.

Auf dem Deck des zweiundsiebzig Meter langen Schiffes ertönten Rufe und Befehle, Marinesoldaten liefen auf ihre Posten, immer mehr Männer kamen aus der Tiefe des Schiffes an Deck. Zwei davon nahmen ihren Platz am Geschütz ein und machten sich hastig daran, das gen Himmel ragende Kanonenrohrpaar zu senken.

Die Schlauchboote sprangen über die Wellen und kamen immer näher. Aus den Lautsprechern des Kriegsschiffs tönten russische Kommandos, und der Soldat richtete das Kanonenpaar direkt auf die Boote, die nun deutlich in seinem Sucher zu sehen waren.

Der Kommandeur der Korvette verfolgte das Geschehen von der Kommandobrücke aus. Die Schlauchboote kamen von Sekunde zu Sekunde näher, es musste eine Entscheidung getroffen werden. Im Grunde waren die Vorgaben dafür unmissverständlich: Wenn der Baustelle Gefahr drohte, hatte er die Befugnis, sie mit allen Mitteln zu schützen.

Aber drohte denn Gefahr? Auf den orangen Fahnen der Schlauchboote stand »*Live Baltic!*«.

Der Kommandeur konnte Umweltfanatiker nicht leiden, aber er wusste, dass das Pipeline-Unternehmen versuchte, eine offene Politik zu betreiben. Es war die absolut letzte Handlungsoption, das Feuer auf die Boote zu eröffnen, im Grunde jedoch ausgeschlossen.

Wenn es sich aber doch um Terroristen handelte, die sich nur als Umweltgruppierung ausgaben? Wer würde dann die Verantwortung tragen?

Die Boote kamen immer näher, die Entscheidung musste jetzt getroffen werden, und in dieser Situation gab es letzten Endes nur eine Möglichkeit.

Der Kommandeur stellte sich bereits darauf ein, das Kommando zum Feuern zu geben, da drehte das erste Boot plötzlich abrupt ab und hinterließ einen weiß schäumenden Halbkreis. Das zweite Boot tat das Gleiche, wobei es hart über die Heckwellen des ersten Bootes hüpfte. Auch das dritte Boot fuhr einen jähen Bogen.

Der Kommandeur war erleichtert. Die Boote waren bereits in kritischer Nähe gewesen, er war ein großes Risiko eingegangen.

»*Idjot prjamo sjuda*«, rief der Leutnant und deutete auf das vierte Boot.

Es drehte nicht mit den anderen ab, sondern fuhr geradewegs auf das Schiff zu.

»Feuer«, brüllte der Kommandeur.

Als das Geschützfeuer die Meeresoberfläche peitschte, verschwand das Boot bereits im toten Winkel des Schiffs.

Gleich darauf hörte man eine Detonation, und eine schwarze Rauchwolke ballte sich vor dem Bug des Kriegsschiffes.

Auf dem Gesicht des Kommandanten zeichnete sich Erschütterung ab, aber rasch erteilte er den Marinesoldaten an Deck wieder die nötigen Befehle.

Patrik schaute auf den Monitor der Videokamera, die Konstantins in der Hand hielt. Das Bild wackelte so heftig, dass kaum etwas zu erkennen war. Man sah ein Schlauchboot mit zwei Gestalten in Orange. Kurz darauf rammte das Boot den Rumpf des Kriegsschiffes und explodierte.

Patrik richtete den Blick auf das russische Kriegsschiff in der Ferne. Man konnte die schwarze Stelle am Rumpf erkennen und den Rauch, der von dort aufstieg.

Er sah durch das Fernglas. An Deck rannten Mitglieder der Besatzung umher. Patrik schwenkte auf den massiven Schwimmkran an der Baustelle der Gaspipeline und sah eine Reihe von Arbeitern mit Helmen an der Reling stehen und wie vom Dach eines Hochhauses aus zuschauen, was auf der Korvette vor sich ging.

Konstantins nahm die Memorycard aus der Kamera, steckte sie in den Speicherkartenleser seines wasserdichten Laptops und machte sich sofort daran, die Aufnahmen in alle Welt zu verschicken.

Andrus zog den Gashebel an, und das Boot schoss los, hinaus aufs offene, blaugraue Meer, gefolgt von den zwei anderen Schlauchbooten.

Sie hatten ihre Aufgabe erfolgreich erfüllt. Patrik wusste, dass Beate zufrieden wäre.

2

Die Bilder von dem Schlauchboot, das mitsamt seiner orange bekleideten Besatzung am Rumpf des Kriegsschiffs explodierte, liefen auf einem großen Flachbildschirm im edel möblierten Kabinettssaal des Staatsratsgebäudes am Helsinkier Senatsplatz. Den unteren Bildrand zierte das CNN-Banner mit den Worten »Breaking News«.

»*Dieses Bildmaterial belegt, was gerade eben auf der Ostsee passiert ist*«, sagte die Stimme eines Journalisten. »*Der Anblick macht fassungslos. Ein russisches Kriegsschiff, das die Baustelle der Gaspipeline sicherte, wurde Ziel eines Angriffs durch eine Gruppe von Umweltaktivisten. Ein Schlauchboot mit drei Personen kollidierte absichtlich mit dem Schiff und explodierte.*«

»Verdammt noch mal!«, entfuhr es einem der Minister der finnischen Regierung. Sein Gesicht war hochrot. »Gehen die Ökofaschisten jetzt zu Selbstmordattentaten über?«

Der eisige Blick durch die Brille des Ministerpräsidenten brachte den erregten Minister zum Schweigen.

Auch im modernen Berliner Kanzleramtspalast sah man sich die CNN-Aufnahmen an.

»*Der Terrorakt der Umweltbewegung fällt auf einen Zeitpunkt, zu dem sich die Lage im Ostsee-Anrainerstaat Estland immer mehr zuspitzt. Kundgebungen für die Rechte der russischsprachigen Bevölkerung des Lan-*

des führen nun schon am dritten Tag zu Unruhen in der estnischen Hauptstadt Tallinn …«

»Kann es sein, dass sich gerade unsere schlimmsten Befürchtungen bewahrheiten?«, fragte der für den Nachrichtendienst und Sicherheitsfragen zuständige Kanzleramtsminister. »Die Umweltbewegung radikalisiert sich, wird zur terroristischen Organisation und geht dabei nach dem Muster extremer Islamisten vor …«

Die Kanzlerin schüttelte ernst den Kopf. »Ich fasse das nicht. Gut ausgebildete Menschen aus dem westlichen Teil der Welt begehen keine Selbstmordattentate. Es muss sich um eine Art Unfall handeln.«

Dieselbe Bildsequenz lief in Zeitlupe auf einem großen Monitor im gedämpft erleuchteten Lageraum des Oberkommandos der russischen Streitkräfte in der Frunze-Uferstraße in Moskau. An die Wand wurde eine elektronische Karte des Finnischen Meerbusens projiziert.

»Spul noch einmal zurück!«, befahl ein schlanker, grauhaariger Offizier.

Aufmerksam verfolgte die Gruppe von Experten des Nachrichtendienstes und der Seestreitkräfte die Zeitlupe.

»Halt«, sagte der Oberst scharf. »Genau hier.«

Auf dem Bild war der Moment der Explosion zu sehen. »Sehen Sie das? Schauen Sie auf die Gestalten im Schlauchboot. Ist das nicht seltsam?«, fragte der Oberst und wandte sich den anderen zu. »Puppen. Eine Ladung mit Platzpatronen, Rauchbomben und Puppen ist mit dem Schiff kollidiert. Was hier vorliegt, ist eine freche Provokation.«

»Die zu einem ungünstigen Zeitpunkt kommt«, seufzte ein Marineoffizier mit düsterer Miene. »Zu einem äußerst ungünstigen Zeitpunkt.«

»Von mehreren Seiten ist inzwischen bestätigt worden, dass sich lediglich Puppen in dem Schlauchboot befanden und bei dem Anschlag niemand zu Schaden gekommen ist. Explodiert sind Platzpatronen und Rauchbomben«, sagte der Nachrichtensprecher von CNN.

Nachdenklich starrte Patrik auf den Bildschirm in dem halb dunklen, hohen Raum, vor dessen Sprossenfenstern sich ein Schärenpanorama auftat. Patriks Haare waren noch feucht und seine Wangen rot.

Die Männer, die neben ihm auf den Bildschirm schauten, wirkten ernst und angespannt.

»Zu dem Attentat hat sich die Umweltorganisation Live Baltic *bekannt. In einer öffentlichen Verlautbarung erklärt sie, sie habe auf den katastrophalen Zustand der Ostsee hinweisen wollen sowie auf die Tatsache, dass der Mensch für seinen unstillbaren Konsum bereit sei, die Meere zu opfern. Die Attentäter sind noch nicht gefasst worden ...«*

»Ich hätte gern die Gesichter der russischen Soldaten gesehen«, fing Andrus an, aber die anderen schnitten ihm zischend das Wort ab. Er nahm seine runde Brille von der Nase und reinigte sie mit einem Taschentuch.

»Ist damit zu rechnen, dass die Umweltbewegung im Kampf für ihre Ziele künftig zu härteren Mitteln greifen wird? Zu diesem Thema begrüße ich nun im Studio Herrn Professor ...«

»Wir sind weltweit die Top-Nachricht«, sagte Dominik Gladbach, der mit seinen etwa vierzig Jahren älter war als die anderen. Durch seine grauen Haare wirkte er sogar noch älter, zumal seine ganze Erscheinung Erfahrung und Entschlossenheit ausstrahlte. Er hatte etwas von einem beinharten Geschäftsmann an sich, insofern war er nicht gerade das Abbild eines Umweltaktivisten.

Patrik schaute den Mann, der sich normalerweise im

Hintergrund hielt, neugierig an; Dominik war der Anführer der Gruppe, ein abgehärteter, gelassen wirkender Deutscher, von dem Beate oft und mit Respekt gesprochen hatte. Angeblich war es vor allem seine Person gewesen, weswegen Beate sich überhaupt der Gruppierung angeschlossen hatte.

Sobald er an Beate dachte, verfinsterten sich Patriks Gedanken. Die chaotischen Ereignisse in Afrika und das wirre Telefongespräch mit Beates Vater kamen ihm wieder in den Sinn.

Dominik schien seine Gedanken erraten zu haben, er schaute Patrik streng an.

»Beate hat mir versprochen, dass du mit so einer Situation fertigwirst«, sagte Dominik. »Willkommen in unserer Gruppe!«

Patrik begnügte sich mit einem Nicken. Beate hatte ihm erzählt, dass die Gruppe von den Erfahrungen, die Dominik als Söldner gesammelt hatte, und seiner Kompetenz profitierte. Anfangs war Patrik zögerlich gewesen, doch die Idee, an der Seite der Frau, die er liebte, für hohe Werte aktiv zu werden, hatte ihn fasziniert. Doch ohne Beate kam er sich unter den Männern, die er kaum kannte, verlassen vor. Dominik verhielt sich ihm gegenüber kühl, wenn auch korrekt.

»Die Generalprobe ist gut gegangen«, fuhr Dominik fort, den Blick noch immer streng auf Patrik gerichtet.

»Die Generalprobe?«, fragte Patrik, nicht zuletzt, weil man das offenbar von ihm erwartete.

Die erleichterte und befreite Stimmung war verflogen. Die Männer sahen ihn ernst an.

»Du bist jetzt bei einem großen Projekt dabei«, sagte Dominik. »Bei einem Projekt, das nur realisiert werden kann, weil du mitmachst.«

3

Dr. Sandrine Denaux zog am Rand der schmalen Straße die Handbremse des Landrovers. Langsam legte sich der rötliche Staub, den der Geländewagen aufgewirbelt hatte.

Warum wollte Herman sich mit ihr treffen?

Sie lauschte. Weit entfernt im Urwald waren gedämpfte Rhythmen zu hören, aber das waren keine afrikanischen Trommeln, das war U2.

Da regte sich etwas im Blattwerk, und ein Mann mit einem Maschinengewehr trat aus dem Gebüsch. Der Bewaffnete trug Tarnhosen und Stiefel, über seine Schulter lief ein Patronengürtel. Hinter ihm kam ein zweiter Mann zum Vorschein, der lediglich Shorts anhatte, aber ein großes Buschmesser am Gürtel trug.

Sandrine folgte den beiden in den Dschungel und versuchte dabei, ihre Anspannung zu verbergen.

»*See the world in green and blue … See China right in front of you …*« Sie kamen Bonos Stimme im Urwald immer näher. Unweigerlich verzogen sich Sandrines Lippen zu einem Lächeln.

»*See the canyons broken by cloud … See the tuna fleets clearing the sea out …*«

Irgendwann endete die dichte Vegetation, und sie standen am Rand einer vom üppigen Grün eingefassten Lichtung, auf der mehrere kleine Zelte aufgebaut worden waren. Die Musik kam aus dem größten von ihnen.

Ein weißer Mann von etwa dreißig Jahren, der sich

den Kopf rasiert hatte, trat aus dem Zelt. Beim Anblick des Besuchs zeigte sich auf Herman McQuinns Gesicht ein jungenhaftes, schelmisches, von einem dünnen Bart gerahmtes Lächeln, hinter dem Sandrine allerdings Anspannung ahnte. Der Amerikaner breitete die Arme aus, wobei sein ponchoähnliches Gewand die Tätowierungen auf den Armen freigab.

»Doktor Denaux, *I suppose.* Meine Lieblingsärztin. Gut, dass du so kurzfristig kommen konntest. Du siehst wie immer hervorragend aus.«

Herman musterte Sandrine vom Scheitel bis zur Sohle und war offensichtlich zufrieden mit dem, was er sah, so wie immer, wenn sie sich begegneten. Sandrines abgetragene Shorts und das verschwitzte, eng anliegende Shirt konnten McQuinns Bewunderung nicht mindern.

»Du auch, Herman. Hat dich Afrika wieder in seinen Bann gezogen?«

»Ich muss nur ein paar berufliche Dinge managen. Auch wenn man hier gut ohne mich auskommt. Oder was meinst du, Geir?«

Der blonde Norweger saß mit einem Laptop auf dem Schoß auf einer Holzkiste in der Sonne. Auf seinen nackten, sehnigen Armen perlten Schweißtropfen. Seine sorgfältig frisierten blonden Haare zierten hellere und dunklere Strähnchen, als wäre er gerade erst bei einem Trendfriseur gewesen. Das Computerkabel war an einem Solarzellenpaneel angeschlossen. Geir hatte die Internetseiten einer amerikanischen Klatschillustrierten geöffnet, die sich ausgiebig der konfliktreichen, von skandalösen Enthüllungen geprägten Ehe von Hollywoods Promipaar Nummer eins widmete.

»Du scheinst auch im Dschungel die wichtigsten Neuigkeiten aus der zivilisierten Welt genau zu verfolgen«, sagte Sandrine.

Geir schüttelte den Kopf. »Es ist schon seltsam, dass die Paare heutzutage einfach nicht mehr zusammenbleiben.«

»Ist die Wunde schon verheilt?«, fragte Sandrine mit Blick auf Geirs Oberkörper.

Der Mann hob sein T-Shirt an und zeigte neben den steinharten Bauchmuskeln die saubere Narbe der Schusswunde an der Seite. Geir hatte Hermans Gruppe übernommen, als dieser Afrika für mehrere Jahre verlassen hatte und in den Hexenkessel von Pakistan und Afghanistan zurückgekehrt war. Gerüchten zufolge hatte Herman McQuinn, nachdem er aus den Sondereinheiten der US-Armee ausgeschieden war, seine Dienste an afghanische Drogenbarone verkauft, aber Sandrine fiel es schwer, das zu glauben.

Gewissen Informationen nach war Herman schließlich als Handlanger kapitalistischer Ausbeuter auf den Ölfeldern Nigerias aktiv gewesen, hatte aber auch ein von somalischen Piraten geentertes Frachtschiff zurückerobert und Sandrines Klinik gegen wütende Aufständische verteidigt.

»Ich habe bereits das volle Training wiederaufgenommen«, sagte Geir und machte eine Kopfbewegung zu der selbst gebauten Fitnessstudio-Ausrüstung, die unter freiem Himmel aufgebaut worden war.

Sandrines Blick fiel auf einen großen Mann, der eine schwarze Ratte am Schwanz über einem Glaskasten auf dem Tisch baumeln ließ. Im Kasten wartete eine Schlange mit glänzender Haut starr auf ihre Beute.

»Schon wieder ein neues Kuscheltier?«, sagte Sandrine zu Jochem, der ein ärmelloses T-Shirt und Tarnhosen trug. Jochems Leidenschaft waren giftige Reptilien und ausgefallene Insekten. Er besaß eine Privatsammlung, die sich irgendwo in Holland befand. Immer wieder schmuggelte er Zuwachs dorthin. Der breitschultrige Holländer mit den nach hinten gekämmten, halblangen Haaren und der hohen Stirn warf Sandrine einen misstrauischen Blick zu. Er war Angehöriger einer NATO-Spezialeinheit gewesen und schließlich, frustriert davon, auf der Suche nach al-Qaida-Kämpfern durch die Höhlen in den Bergen von Pakistan und Afghanistan zu kriechen, Söldner geworden.

»Wirst du die mit nach Holland nehmen?«, fragte Sandrine.

»Kann schon sein, dass sie eines Tages mit nach Hause kommt«, entgegnete Jochem und ließ die Ratte fallen, die blitzschnell von der Schlange gebissen wurde.

Herman legte die Hand auf Sandrines Schulter und führte die Ärztin zielstrebig in sein Zelt.

Mit der Fernbedienung brachte er die Musik zum Verstummen. »Ich habe Antilopenfilet zubereitet. Du wirst überrascht sein.«

»In deiner Gesellschaft ist das nichts Neues.«

Sie setzten sich an den niedrigen Tisch, der auf einem Perserteppich stand.

»Ich habe von Patrik gehört.«

Sandrine spürte, wie sie sich verspannte. »Der Verlust der Patientin war bedauerlich.«

Herman nickte leicht. »Das ist sicher eine ziemlich brisante Situation, wenn plötzlich dein ehemaliger Freund vor dir steht und seine halbtote neue Freundin auf den Armen trägt.«

In Sandrine stieg Wut auf. »Worauf spielst du an?«

»Auf gar nichts.«

Sandrine erhob sich. »Hast du mich hierhergerufen, um mich zu beleidigen? Ich kann auf der Stelle wieder zurückfahren.«

Herman ergriff ihre Hand. »Ich wollte nur sagen, dass die Situation bestimmt irritierend war. Deine Entscheidung, sich um den Patienten zu kümmern, der die größeren Überlebenschancen hat, zeigt, was für eine Topärztin du bist. Setz dich!«

Sandrine zögerte, nahm aber wieder Platz. Patrik arbeitete nicht in Hermans und Geirs Gruppe, aber die Söldnerkreise waren klein. Allerdings nannte sich Patrik nicht Söldner, sondern »Sicherheitsberater«. Der finnische Geologe war in einer Firma beschäftigt gewesen, die die Endlagerung von Atommüll im Felsuntergrund vorbereitete, hatte aber gehen müssen und anschließend Arbeit bei großen Bergwerksunternehmen gefunden, die in Afrika nach Erzvorkommen suchten. Vor allem im Kongo, in den Gebieten von Katanga und Orientale, mussten sich diese Unternehmen zwielichtiger Sicherheitsfirmen bedienen, von deren Mitarbeitern Patrik einige kennenlernte. Er hatte seinen Militärdienst in Finnland als Kampftaucher absolviert, und als sein Vertrag mit den Bergwerksunternehmen auslief, heuerte er bei einer Sicherheitsfirma an.

Während des Essens erzählte Herman, er sei am Tag zuvor von Islamabad über Frankfurt nach Kinshasa geflogen.

»Wie ist die Lage dort?«, wollte Sandrine wissen.

»Die Taliban gewinnen auf der pakistanischen Seite immer mehr an Boden. Es ist nur eine Frage der Zeit, wann sie an Pakistans Atomwaffen herankommen.«

»Klingt nicht nach einer ruhigen Umgebung für einen heranwachsenden Jungen.«

»Daniel kommt bestens klar«, sagte Herman mit rauer Stimme und leicht verteidigendem Unterton. »Karatschi ist okay. Die internationale Schule ist okay. Für einen Zehnjährigen kommt es darauf an, dass er Fußballspielen kann.«

Sandrine wollte nicht widersprechen.

»Ich bin in Geldschwierigkeiten, Sandrine«, sagte Herman.

Die Ärztin seufzte und aß weiter.

»Aber diesmal will ich mir nichts leihen, sondern etwas verdienen«, fuhr Herman lächelnd fort.

»Was meinst du damit?«

»Ich habe ein Projekt, das du finanzieren könntest. Du zahlst mir und ein paar Männern ein Honorar dafür, dass wir dir helfen.«

Hermans Lippen lächelten weiterhin, aber seine Augen waren nun ernst und lauernd.

»Helfen wobei?«

»Bei etwas, das du gerne tun möchtest, das du aber nicht kannst und nicht wagst. Oder eher bei etwas, das du tun *solltest*, wenn du wenigstens ein bisschen so leben willst, wie du es predigst.«

Sandrine sah Herman an, ohne etwas zu sagen. Hätte ein anderer sich getraut, so mit ihr zu reden, wäre sie rasend geworden. Aber Herman kannte sie. Vielleicht sogar besser als nötig.

»Also gut, ich gebe es zu. Du hast meine Neugier geweckt.«

4

Patrik schaute auf die stille Ostsee und versuchte, seine Gefühle unter Kontrolle zu halten.

Beate hatte mit der Gruppe zusammen ein Projekt vorbereitet, bei dem sie auch Patrik mit dabeihaben wollte. Beate war tot, aber ihre Arbeit durfte nicht unvollendet bleiben.

Die Geheimnistuerei der anderen ärgerte ihn allerdings, auch wenn Patrik selbst wusste, dass sie für das Gelingen der Operation notwendig war. Selbstverständlich war ihnen die Polizei auf den Fersen und wahrscheinlich auch die private Sicherheitsfirma, die das Gaspipeline-Unternehmen engagiert hatte. Sollte der nächste Schlag noch spektakulärer ausfallen, so wie Dominik es angedeutet hatte, musste in der Gruppe einwandfreie Disziplin herrschen.

Gespannt griff Patrik nach dem Fernglas, das Dominik ihm reichte. Er schaute in dieselbe Richtung, in die auch Andrus neben ihm mit dem Fernglas blickte. Sanfte Wellen schaukelten den Trawler der *Live Baltic!*-Gruppe unter bewölktem Himmel auf der Ostsee vor Gotland.

Das Schiff befand sich in weiter Entfernung, doch die Konturen seines rot-weißen Rumpfes ließen sich im Fernglas deutlich erkennen.

In dem Moment meldete Patriks Handy den Eingang einer Textmitteilung. Er starrte auf das Display.

»Patrik, sei so gut und melde dich bei mir. Mutter.«

Wo hatte sie seine Nummer her? Bildete sie sich wirklich ein, er würde darauf reagieren? Er steckte das Handy ein und richtete seine Aufmerksamkeit wieder auf das Schiff in der Ferne.

»Die *MS Sigyn*«, sagte Dominik. »Patrik kann uns erzählen, was dieses Schiff transportiert.«

Die anderen auf dem Deck horchten auf.

Patrik begegnete Dominiks und Andrus' ernsten, intensiven Blicken und wusste nicht, was er denken sollte. Der Pole Bronislaw sah ihn neugierig an. Konstantins schaltete seinen iPod aus und nahm die Kopfhörer ab, die ihn mit schwerer, die Botschaft vom Weltuntergang verkündender Rockmusik beschallt hatten.

»Erzähl!«, forderte Dominik ihn auf.

Patrik räusperte sich und sagte so leise, dass seine Stimme kaum das Rauschen des Windes übertönte: »Die *Sigyn* transportiert hoch radioaktiven Atommüll von Forsmark und Ringhals nach Oskarshamn.«

»Gehen wir in die Kajüte«, meinte Dominik tonlos. »Die *Sigyn* kann uns genauso gut sehen wie wir sie.«

Beim Hinuntersteigen blickte Patrik nervös auf die Gefährten. Andrus setzte seine runde Brille auf, und Konstantins steckte den iPod in die Tasche seines dunkelgrünen Parkas. Es hatte den Anschein, als wüsste nur Dominik vom Zweck dieser Fahrt.

»*... kam es zwischen den Demonstranten, die sich vor dem Parlamentsgebäude versammelt hatten, und der Polizei zu Auseinandersetzungen. Laut Angaben des Innenministeriums wurden dabei sechs Polizisten verletzt*«, sagte die Stimme eines Nachrichtensprechers im knisternden Kofferradio.

Patrik sah, wie Dominik seiner abgewetzten Ledertasche ein braunes Kuvert entnahm und ein Foto herauszog, auf dem ein Frachtschiff mit rotem Rumpf zu sehen war. »Die *MS Sigyn ...*«

Andrus beugte sich vor und drehte das Radio lauter.

»*Im Lauf des Tages ist das russische Außenministerium dazu übergegangen, härtere Töne anzuschlagen. Ein Sprecher sagte, Estland behandle die russischsprachige Bevölkerung unverzeihlich schlecht, und verlangte …*«

Dominik schaltete das Radio aus, ohne sich um Andrus zu kümmern, und ließ das Foto herumgehen, damit es alle sehen konnten.

Patrik betrachtete das Schiff. Nichts daran verriet etwas Außergewöhnliches, es war ein normaler Frachter.

»Gebaut 1982«, sagte Dominik. »Fährt unter der Flagge einer Gotländischen Reederei. Neunzig Meter lang, achtzehn Meter breit. Kombiniertes Roll-on/roll-off- und Lift-on/lift-off-Schiff. Vier Meter breite Maschinenräume und ein vier Meter hoher Doppelboden umgeben den Hohlraum, in dem der Atommüll in Behältern transportiert wird.«

Dominik zog ein zweites Foto heraus, auf dem man sah, wie ein Transportbehälter von einem speziellen Sattelanhänger auf das Schiff umgeladen wurde.

»Die Wände des Rumpfs sind mit strahlensicherem Beton verstärkt. Das Schiff hat eine Besatzung von zwölf Mann und hält ständig Kontakt zum Festland.«

Als Nächstes holte Dominik eine Karte von Südschweden aus der Tasche.

»Pro Jahr unternimmt die *Sigyn* dreißig bis vierzig Fahrten. Fast jede Woche eine. Patrik, erzähl es genauer!«

Patrik ärgerte sich über Dominiks Art, ihm das Wort zu erteilen. Dennoch erklärte er: »Die *Sigyn* holt schwach und mittelstark radioaktiven Atommüll in Ringhals und Oskarshamn ab und bringt ihn zum Endlager in Forsmark. Dort wird er in Zement gegossen und in Höhlen, die man unter der Ostsee ins Gestein gesprengt hat, gelagert.«

Während Patrik sprach, zeichnete Dominik auf der Karte eine Linie ein, die in der Nähe von Göteborg an der Küste begann, um die gesamte Südspitze Schwedens herumführte und dann an der Ostküste entlang weiter nach Norden.

»Das ist hoch radioaktiver Müll, den das Schiff von den Meilern Ringhals und Forsmark ins CLAB-Zwischenlager Oskarshamn bringt«, fuhr Patrik fort. »Dort warten die benutzten Brennstäbe in Wasserbecken auf den Transport ins Endlager.«

Dominik zeichnete die Transportrouten auf der Karte fertig. »Danke, Patrik. Derzeit ist die *Sigyn* auf dem Weg von Ringhals nach Oskarshamn, mit hoch radioaktivem Atommüll an Bord. Was würde passieren, wenn das Schiff in die Hände von Terroristen fiele?«

Keiner sagte etwas. Patrik wunderte sich von Minute zu Minute mehr über Dominiks Worte.

»Die Aufmerksamkeit der Medien wäre riesig, wenn auf so einem Schiff etwas passieren würde. Deshalb werden wir die *Sigyn* für kurze Zeit unter unsere Kontrolle bringen. Unsere Botschaft wird dadurch in allen Medien der Welt Thema Nummer eins sein. Anschließend verschwinden wir.«

Patrik starrte Dominik bestürzt an.

Ein Schlag gegen ein mit Atommüll beladenes Schiff? Hatte Dominik den Verstand verloren?

Das Knarren des kleinen Trawlers auf den schaukelnden Wellen schien durch die verdutzte Stille in der Kajüte zuzunehmen.

»Und danach wird man uns auf der ganzen Welt jagen«, sagte Andrus schließlich.

»Ist einer von uns nach dem Schlag gegen die Gaspipeline erwischt worden?«, fragte Dominik.

Wieder wurde es still, bis Bronislaw, der bis dahin nachdenklich über seinen dichten Schnurrbart gestrichen hatte, das Schweigen brach. »Was für Vorkehrungen gibt es auf dem Schiff gegen einen Angriff?«

»So gut wie keine, außer dass sie ständig in Verbindung mit dem Festland stehen. Deshalb müssen wir sehr schnell zuschlagen.«

Patrik schüttelte den Kopf, seufzte tief und ging hinauf an Deck. Er lehnte sich gegen die Kajüte und schaute in die Richtung, wo die *Sigyn* vorhin gewesen war. So etwas hatte er nicht erwartet. Meinte Dominik es ernst, oder war das eine Art Test? Alles andere, aber nicht das! Patrik wollte sich so weit wie möglich von Atommülltransporten fernhalten.

Der Plan wirkte vollkommen verrückt – aber auch mutig, das musste man zugeben. So wie Beate es gesagt hatte, geradezu voll Bewunderung: Dominik war größenwahnsinnig, aber in diesen Dingen war das nur von Vorteil. Wenn man auf die globale Meinungsbildung einwirken wollte, musste man etwas wirklich Großes machen. Und eine Demonstration auf der *Sigyn* wäre zweifellos so eine Sache.

Dominik kam aus der Kajüte und trat langsam neben Patrik.

»Ein medienwirksamer Schlag gegen die *Sigyn* war auch Beates Idee gewesen«, sagte er.

Ach ja? Warum hat sie mir dann nichts davon erzählt?, wollte Patrik gerne zurückgeben.

»War das die Aktion, bei der sie mich dabeihaben wollte?«, fragte er stattdessen.

Dominik nickte. »Beate hat mir von deiner Zeit als Söldner in Afrika erzählt. Und von deinem früheren Leben als Geologe einer Endlagerungsfirma in Finnland.«

Patrik wurde unruhig. Zum Glück hatte er nicht einmal Beate alles erzählt. Sie hatte ihn gefragt, was ihn dazu gebracht hatte, der Atomindustrie den Rücken zu kehren und als Feldgeologe nach Afrika zu gehen, aber Patrik hatte beschlossen, ihr die Wahrheit erst später zu verraten.

»Ich verstehe den medialen Wert einer solchen Aktion«, sagte Patrik. »Aber ist die Aufmerksamkeit das Risiko wert?«

»Die Risiken sind nicht so groß, wie du glaubst. Wir sind dazu fähig, wenn du mitmachst. Alles, was wir bislang unternommen haben, waren die Vorbereitung und das Training dafür. Du begreifst sicher, dass die endgültige Operation so eine Größenordnung haben muss, damit sie eine echte Wirkung erzielt.«

Sie schwiegen eine Weile, bis Dominik weiterredete: »Auch Beate hat zunächst gezögert, als wir die verschiedenen Ideen analysierten. Aber auch sie fand, dass der Nutzen es wert wäre, dass man es wenigstens versuchen sollte. Sie war vom Gelingen der Aktion überzeugt, nachdem sie dich getroffen hatte, und glaubte, dich zum Mitmachen bewegen zu können. Und ich glaube, dass du das tief in deinem Inneren genauso siehst.«

Patrik sah weit aufs Meer hinaus. Warum hatte Beate ihm nichts davon erzählt?

»Ich habe vor, mich mit Beates Eltern zu treffen«, sagte er dann.

Dominik und die gesamte Gruppe waren erstaunt gewesen, weil Beates Eltern nicht gewollt hatten, dass einer von ihnen zur Beerdigung kam. Das war der Gruppe ganz einfach falsch vorgekommen, aber man konnte nicht gewaltsam auf eine Beerdigung gehen. Sie hatten dann nur ein Blumengebinde geschickt.

»Sie halten mich für den Schuldigen«, fuhr Patrik mit heiserer Stimme fort. »Ich will ihnen sagen, wie leid es mir tut ... und dass ich alles getan habe, um Beate zu retten ...«

»Nein. Gib ihnen Zeit. Das ist eine traumatische Erfahrung für sie. Sie können damit noch nicht umgehen. Eines

Tages werdet ihr zusammen an Beates Grab stehen. Aber noch ist die Zeit nicht reif für eine Begegnung mit ihnen.«

Dominik legte Patrik die Hand auf die Schulter, aber Patrik kam die Geste gezwungen und künstlich vor.

»Denk stattdessen daran, was Beate von dir erwartet hätte. Was du tun sollst. Wie du dein Leben einsetzt. Ich bin sicher, sie hätte gewollt, dass du genau das hier machst.«

»Ich muss darüber nachdenken«, sagte Patrik. »Mich mit den Plänen genauer beschäftigen.«

Da klingelte sein Handy. Er schaute aufs Display und erkannte die Nummer, die er schon einmal aus dem Speicher entfernt hatte.

Dominik verschwand in der Kajüte, und Patrik nahm das Gespräch an.

»Was willst du?«, fragte er eisig.

»Was für Lügen hast du dem Vater deiner Freundin aufgetischt?«, wollte Sandrine mit mühsam unterdrückter Wut wissen. »Sein Anwalt hat beim MSF eine Untersuchung gegen mich beantragt. Willst du wirklich, dass ich meine Approbation verliere? Ist es das? Rache? Du glaubst doch nicht, dass meine Entscheidung durch etwas anderes als medizinische Gründe beeinflusst wurde?«

Patrik wollte sagen, dass er mit Beates Vater nichts zu tun hatte und deshalb auch nicht für den Untersuchungsantrag verantwortlich sein konnte, aber er änderte seine Meinung.

»Ich will eine gründliche medizinische Untersuchung des Falles.«

Am anderen Ende der Leitung wurde es still.

»Gut. Setz dich mit der Anwaltskanzlei Recher & Vanspringel in Brüssel in Verbindung und lass dir einen Termin geben. Wir sehen uns dort«, sagte Sandrine Denaux und legte auf.

5

Ein Brocken Erde klatschte gegen das Seitenfenster, und die schrillen Töne der Trillerpfeifen schmerzten in den Ohren.

Timo Nortamo saß auf dem Rücksitz des Volvo-Kombis und schaute auf das unruhige Gedränge in der Rannamäe-Straße am nördlichen Rand der Altstadt von Tallinn. Der blonde, breitschultrige Finne verstand die russischen Parolen nicht, die gerufen wurden, aber er sah die offene Aggressivität der jungen Männer.

»Keine Sorge«, sagte der Beamte der zentralen Kriminalpolizei Estlands, der den Wagen lenkte. »Bald werden unsere Männer die Randalierer unter Kontrolle bringen.«

Timo war kurz davor, eine Beruhigung der Lage mit friedlichen Mitteln zu empfehlen, entschied sich dann aber dafür, den Mund zu halten. Die Lage auf den Straßen von Tallinn war angespannt, seitdem die Nachricht über finanzielle Hilfe Russlands für die Estlandrussen im Radio und im Internet verbreitet worden war.

»Ich wäre anstelle der Polizei vorsichtig«, sagte Åsa Björklund, die neben Timo saß, in der für sie typischen direkten Art. »Die Stimmung hier ist ziemlich geladen. Wesentlich mehr als bei der Auseinandersetzung um das bronzene Kriegerdenkmal.«

In der Pikk-Straße löste sich die Menge langsam auf, und das Auto hielt vor dem Gebäude der Zentralkripo. Früher war das trotz aller Verzierungen düster wirkende graue Gebäude das Hauptquartier des estnischen KGB gewesen, weshalb noch immer viele Bewohner Tallinns, die der älteren Generation angehörten, einen weiten Bogen um das Haus machten. Der Himmel war von dunkelgrauen Wolken bedeckt, und vom Meer her blies ein feuchtkalter Wind.

Der Polizist, der das Auto gefahren hatte, beeilte sich, die Beifahrertür zu öffnen, aber Åsa kam ihm zuvor und stieg bereits flink aus dem Wagen. Die sommersprossige, leger gekleidete Frau stammte aus dem nordschwedischen Kiruna aus einfachen Verhältnissen. Zur Familie gehörten sieben Kinder, allesamt Mädchen, und eines davon hatte es zu einer der besten Skiläuferinnen Schwedens gebracht. Trotz ihres Temperaments und ihrer direkten Art war auch Åsa in ihrer Polizeilaufbahn rasch vorangekommen.

Sie blieb stehen, um den Text auf einem Schild an der Wand zu lesen: »In diesem Gebäude hatte das Unterdrückungsorgan der sowjetischen Besatzungsmacht sein Hauptquartier. Hier nahm der Leidensweg Tausender Esten seinen Anfang.«

Dann eilten sie die Treppe hinauf und Timo hinterher. Er kannte sich aus, man hatte ihm schon vor Jahren das Gebäude gezeigt. Die kleinen Fenster im Keller waren noch immer zugemauert, und eine der Verhör- und Folterzellen hatte man unberührt gelassen.

Der Flug von Brüssel nach Tallinn war um fast eine Stunde verspätet gewesen, weshalb die Besprechung im zweiten Stock bereits ohne sie begonnen hatte.

»Schön, dass auch meine Kollegen aus Brüssel endlich da sind«, sagte Edgar Link, der Europol-Vertreter Estlands, in fließendem Englisch und stellte die beiden vor.

Der Einfachheit halber sprach Link von Europol, obwohl das nur ein Teil der Wahrheit war. Genauer gesagt arbeiteten sie bei TERA, der Spezialeinheit von Europol, die für die Aufklärung radikal-extremistischer Delikte zuständig war. Die Abkürzung stand für: *Agence pour la lutte contre le Terrorisme, Extremisme et Radicalisme.* Der Anschlag auf das russische Marineschiff, ein Attentat auf internationalen Gewässern, das mehrere Staaten tangierte, war als terroristischer Akt eingestuft worden und fiel damit in den Zuständigkeitsbereich der TERA.

Bevor der Vorsitzende weitersprechen konnte, fragte der lange, grauhaarige Vertreter des russischen Sicherheitsministeriums:

»Was weiß man über die Organisation *Live Baltic*?«

»Leider nichts«, sagte Åsa, den Blick offen auf den Russen gerichtet.

Dieser sah die übrigen Anwesenden an, als hätte er gerade den Beweis dafür erhalten, wie unnütz und uneffektiv die Polizei der Europäischen Union war.

»Bis jetzt«, fügte Åsa hinzu, ohne sich aus der Fassung bringen zu lassen. »Es handelt sich um eine neue Gruppierung. Das hier war eine erste Demonstration ihrer Stärke.«

Sie ließ die Schlösser ihres Aktenkoffers aufschnappen und holte ein Blatt Papier heraus.

»Und man muss sagen, dass ihnen das geradezu perfekt gelungen ist. Volle Punktzahl. Sie haben bekommen, was sie wollten: Sichtbarkeit.«

Timo sah, wie die Mienen der Russen sich verfinsterten. Besonders düster wirkte der uniformierte Korvettenkapitän der russischen Marine, der möglichst weit entfernt von dem zweiten Uniformierten im Raum saß, dem Vertreter der estnischen Küstenwache. Estland war strikt gegen die Gaspipeline, und die Russen hatten nicht zuletzt deshalb auf Sankt Petersburg als Konferenzort gepocht, aber die anderen Staaten hatten dem nicht zugestimmt. Man hatte beschlossen, sich in Tallinn zu treffen, weil man wusste, dass die Boote von *Live Baltic!* zum Großteil von der Küste Estlands aufgebrochen waren.

»Es handelt sich um ein RIB-Boot mit verstärktem Boden, höchstwahrscheinlich von Asis in Dubai produziert«, sagte Link. »Die Gruppe hatte teures Gerät, das heißt, es muss ein höchst solventer Geldgeber existieren.«

Die Russen, deren dritter Vertreter der Sicherheitschef des Gaspipelineunternehmens war, warfen sich vielsagende Blicke zu.

»Der Geldgeber kann auch ein Staat sein«, sagte der Korvettenkapitän der russischen Marine.

Timo bemerkte, wie Edgar Links Augen flackerten. Der Este gab sich alle Mühe, sich zu beherrschen.

»Was soll das heißen?«, fragte er scharf.

»Zumindest ein Teil der Boote kam aus Estland«, fuhr der Russe mit ruhiger Selbstsicherheit und monotoner Stimme fort. »Es waren Unterkünfte nötig, Kontakte, Wartung, Kenntnisse der Bedingungen vor Ort. Es müssen Esten dabei gewesen sein. Aber die estnische Polizei ist bei der Suche nach den Tätern noch kein Stück vorangekommen. Nicht einmal die Tatsache, dass die Boote von der estnischen Küste kamen, ist von der estnischen Küstenwache oder einer anderen estnischen Institution mitgeteilt worden, sondern von einem dänischen Handelsschiff. Aus all dem kann jeder seine eigenen Schlüsse ziehen.«

Die Anwesenden wechselten besorgte Blicke. Die Situation drohte zu eskalieren.

»Wie wäre es mit folgender Hypothese: Die Verbrecher werden gedeckt, und man versucht erst gar nicht, sie zu fassen, da hinter dem Anschlag ein offizielles Organ steckt, das gegen die Pipeline ist, beziehungsweise dessen Handlanger?«, fuhr der Russe mit seiner Provokation fort.

»Ich glaube nicht, dass sich unter den Experten in diesem Raum jemand solche amateurhaften Frechheiten anhören will«, sagte Edgar Link laut und stand auf.

Der Korvettenkapitän erhob sich ebenfalls und mit gleichem Grimm. Die beiden anderen Russen folgten seinem Beispiel.

»Wir werden unsere eigenen Untersuchungen fortsetzen. Und wenn die Arbeit an der Pipeline-Baustelle noch einmal gestört wird, eröffnen wir das Feuer.«

Timo sah zu, wie die Russen in einer Front den Raum verließen. Er blickte zu Åsa hinüber, die lediglich mit den Schultern zuckte.

6

»Doktor Denaux und Monsieur Recher erwarten Sie im Besprechungszimmer«, sagte die sorgfältig gekleidete Sekretärin zu Patrik.

Sandrine geizt jedenfalls nicht mit den Anwaltskosten, dachte er, während er auf die Zwischentür zuging. Er wusste, dass die Ärztin aus einer reichen Familie stammte, auch wenn sie in der Zeit, in der sie ein Paar gewesen waren, so gut wie nie darüber gesprochen hatte. Die Räume im Art-nouveau-Stil waren mit Möbeln aus Edelholz und Leder eingerichtet, an den Wänden hingen große Gemälde, auf denen Teilhaber der Kanzlei von vor hundert Jahren mit Zigarre in der Hand posierten.

Patrik war in Hamburg in den Nachtzug gestiegen und am Morgen an der Gare du Midi in Brüssel angekommen. In dem engen Abteil hatte er schlecht geschlafen, die ganze Nacht über waren seine Gedanken unruhig zwischen der *Sigyn*-Operation und der bevorstehenden Begegnung mit Sandrine hin- und hergegeistert.

An der einen Seite des glänzenden Mahagonitischs saß Sandrine Denaux, daneben ein über sechzigjähriger Mann mit Anzug und Brille, der sich erhob, als Patrik den Raum betrat. Er ging auf ihn zu und streckte ihm mit verhaltenem Lächeln die Hand entgegen.

»Sind Sie allein?«, fragte der Anwalt, der sich mit dem Namen Henry Recher vorgestellt hatte. »Wir dachten, auch Sie würden einen Rechtsbeistand mitbringen.«

»Wir werden nach diesem Treffen über die Notwendigkeit weiterer Maßnahmen entscheiden«, sagte Patrik und ließ dabei unerwähnt, dass er gar nichts mit Beates Vater und dessen Anwalt zu tun hatte.

Im Vergleich zu dem Juristen war Sandrine lässig gekleidet: enge Jeans und taillierter Pullover. Das gebräunte Gesicht war nur leicht geschminkt.

Ausdruckslos und mit geradem Rücken, die Hände auf dem Tisch gefaltet, saß sie da und schwieg. Dieses Spiel beherrschte sie.

Patrik setzte sich ihr und dem Anwalt gegenüber. Er spürte Wut in sich aufsteigen, seine Achselhöhlen waren schweißnass.

»Hier sind der Bericht des Arztes, der die Obduktion durchgeführt hat, und Gutachten von zwei hochklassigen Professoren«, sagte Recher und schob Patrik einen Stoß Unterlagen zu.

Patrik versuchte, die in englischer Sprache verfassten Dokumente zu überfliegen, aber die Erinnerung an Beate überkam ihn so stark, dass er sich nicht aufs Lesen konzentrieren konnte.

Er schob die Unterlagen beiseite. »Mit medizinischer Terminologie kann man auch aus der Nacht einen Tag machen. Doktor Denaux hat mir zu verstehen gegeben, dass ideologische Gründe ihre Entscheidung beeinflusst haben.«

»Sind Sie verrückt?«, unterbrach ihn Sandrine ruhig. »Wollen Sie behaupten …«

»Sie sind in einer Organisation aktiv, die für ›die Ausrottung des kolonialistischen Erbes in Afrika‹ arbeitet«, fuhr Patrik fort. »Sie waren in mehreren Anti-Globalisierungs-Bewegungen aktiv, Sie sind bei einer gewalttätigen antikapitalistischen Demonstration beim G8-Gipfel in Genua festgenommen worden …«

»Die Milz Ihrer Freundin war geplatzt, was eine massive innere Blutung verursachte«, sagte Sandrine ruhig und sah Patrik dabei fest in die Augen. »Beide Nieren waren schwer beschädigt. Ich hatte nicht die geringste Chance, sie zu retten.«

Patrik versuchte, tief zu atmen und nach außen hin ruhig zu erscheinen.

»Das alles wird im Obduktionsbericht dargelegt«, fuhr Sandrine fort. »Kein Arzt der Welt hätte sie retten können, wie ich schon sagte. Die Wunden des Fahrers wurden genäht, die Fraktur des Ellenhakens wurde geschient, und es geht ihm gut.«

Im Raum kehrte Stille ein. Die bis zur Decke reichenden Reihen schwarz gebundener juristischer Bücher dämpften auch die Geräusche von draußen.

Patrik beugte sich vor, sah Sandrine in die Augen und sagte: »Sie konnten nicht mit Sicherheit wissen, wie schwer sie verletzt war. Sie hätten alles versuchen müssen. Beate starb aufgrund Ihrer Entscheidung.«

Patrik stand auf und schob die Unterlagen in seine Tasche.

»Wollen Sie schon gehen?«, fragte der Anwalt, wobei er die Lesebrille absetzte. »Lassen Sie uns in aller Ruhe verhandeln …«

»Wir haben nichts zu verhandeln. Ich werde meine Experten bitten, die Dokumente genau durchzusehen. Dann sehen wir uns vor Gericht.«

Patrik wandte sich ab und ging auf die Tür zu.

»An Ihrer Stelle würde ich darauf verzichten, vor Gericht zu ziehen«, sagte Sandrine. »Sie wollen doch sicher nicht, dass Ihre Verstrickung in Sachen Posiva ans Tageslicht kommt.«

Patrik blieb wie vom Donner gerührt stehen. Langsam drehte er sich um. »Ich weiß nicht, wovon Sie reden.«

Dann öffnete er die Tür und eilte an der Sekretärin vorbei ins elegant verzierte Treppenhaus. Sandrines Worte hallten in seinem Kopf nach und er spürte, wie rasende Wut in ihm aufstieg.

Sandrine registrierte die verärgerte Miene ihres Rechtsanwalts.

»Sie werden sicher verstehen, dass Monsieur Vasama Ihr Verhalten unter Umständen als Nötigung auslegt«, sagte Recher.

»Es tut mir leid. Ich habe mich hinreißen lassen, aber ich will einfach kein Gerichtsverfahren.«

»Sie werden es gewinnen. Worauf haben Sie mit der Bemerkung ›in Sachen Posiva‹ angespielt?«

»Das war nur so dahingesagt. Nichts Wichtiges.«

»Alle Anspielungen und Nötigungen rächen sich in juristischen Fällen, sofern keine stabilen Beweise vorliegen. Der Gegenseite gefällt so etwas nie.«

»Ich glaube nicht, dass Patrik Vasama an die Türen der Gerichtsgebäude klopfen wird«, sagte Sandrine und verstaute die Unterlagen in ihrer Tasche.

7

Propriété Privée. Domaine de Mourchon.

Patrik las das Schild und ließ den Blick dann entlang der Buchen wandern, die rechts und links ein grünes Dach über der Straße bildeten. Zwischen den drei Meter hohen Torpfosten aus Stein hindurch sah man eine ebenso pompöse wie düstere Villa mit Türmchen und Erkern hinter exakt geschnittenen Büschen und symmetrischen Blumenrabatten aus dem Nebel ragen.

Patrik war Sandrines kleinem Peugeot von der Anwaltskanzlei aus gefolgt bis hierher nach Tervuren im Westen von Brüssel, wo alte Villen in großen Gärten standen. Sandrine war zum Tor hineingefahren, und Patrik hatte seinen Leihwagen in der Nähe abgestellt.

Je mehr er über Sandrines Anspielung auf Posiva nachdachte, desto wütender wurde er. Was hatte die Frau über ihn ausgegraben?

Er trat durch die Fußgängerpforte ein und sah rechts im Garten einen Laubengang aus Weinstöcken mit schmiedeeisernen Stützen, der in den Nebel hineinzuführen schien. Patrik kannte die Villa von einem Foto, das Sandrine ihm einmal gezeigt hatte, aber in Wirklichkeit war das Gebäude wesentlich beeindruckender. Sandrine entstammte einer wohlhabenden Familie, sie war ein verwöhntes Einzelkind und absolut unfähig, ihre Egozentrik zuzugeben.

Plötzlich hörte Patrik hinter sich das Geräusch eines näher kommenden Fahrzeugs. Dann summte der Elektromotor des Einfahrtstors. Intuitiv trat Patrik zwischen den Hecken zur Seite. Am Steuer des Citroën, der auf das Grundstück fuhr, saß ein Mann mit Glatze und schmalem Bart. Patrik zuckte vor Überraschung zusammen.

Was machte Herman McQuinn hier?

Der Wagen hielt an, und Patrik beobachtete, wie Sandrine an der Tür der Villa erschien und Herman dann ins Haus führte.

»Fühl dich wie zu Hause«, sagte Sandrine zu Herman. »Mein Vater ist geschäftlich in New York, und meine Mutter hält sich in unserem Haus in St Raphaël auf. Warte, ich hole das Material.«

Sie eilte die breite Treppe hinauf in ihr Zimmer im ersten Stock. Es sah immer noch so aus wie vor zehn Jahren, als sie endgültig ausgezogen war. An der Wand dominierte ein Poster von Che Guevara, aber hauptsächlich schmückten den Raum Ziergegenstände südamerikanischer und afrikanischer indigener Völker: gewebte Bilder, Perlenbänder, Pfeifen, Trinkgefäße. An einer Wand hing eingerahmt ein Foto aus dem *Time* Magazin, eine dramatische Aufnahme von der G8-Demonstration in Genua. Sandrine war auf dem Bild die zweite Aktivistin von rechts, sie beschimpfte gerade einen Bereitschaftspolizisten, und man konnte sehen, wie die Spucke flog.

Sie warf einen Blick auf das Foto und schmunzelte. Jetzt hatte sie einen Plan, der sämtliche bisherigen Demonstrationen verblassen ließ. Und dafür konnte sie sich bei Herman bedanken.

Sie nahm eine Papierrolle vom Schreibtisch und eilte wieder nach unten. Zwar hatte sie das Gefühl, voller Energie zu sein, doch die Begegnung mit Patrik ging ihr noch nach. Der Anwalt hatte recht gehabt, es war dumm gewesen, Patrik zu provozieren.

Vor ihrem inneren Auge blitzte die Erinnerung an die blutende Deutsche in seinen Armen auf.

Beate.

Eine unangenehme Mischung aus Gefühlen quälte Sandrine. Eifersucht, berufliches Versagen, sogar Scham. Sie hatte Patrik zum ersten Mal getroffen, als er einen seiner Kunden, den kanadischen Manager eines multinationalen Bergwerkskonzerns, wegen eines Schlangenbisses in ihre Klinik brachte. Sandrine hatte dem wortkargen, kantigen finnischen Security Contractor Anweisungen für die weitere Versorgung zu Hause gegeben, und am nächsten Tag war Patrik wiedergekommen, ohne jeden Vorwand, nur um sie zu sehen.

Es waren seine Widersprüchlichkeiten gewesen, die sie angezogen hatten: auf der einen Seite Zielstrebigkeit, auf der anderen Seite eine gewisse Neigung, sich treiben zu lassen; er konnte impulsiv sein, dann aber auch wieder sehr überlegt handeln, so wie er einerseits offen und andererseits verschlossen sein konnte. Nie war es ihr gelungen, ihm richtig nahezukommen. Was sie faszinierte, war die Frage, was einen Geologen dazu gebracht hatte, das zu werden, was man Security Contractor nannte, also praktisch Söldner.

»Tolles Haus«, sagte Herman. Er stand in der hohen Eingangshalle, in die das Licht durch die kleinen Scheiben eines Dachfensters fiel.

»Ich bin mit siebzehn abgehauen und habe die Tür hinter mir zugeschlagen, aber seit ich mit dem Studium fertig bin, quartiere ich mich hier wieder ein, wenn ich in Belgien bin.«

Sie gingen in den vier Meter hohen Saal, der im Stil vergangener Zeiten eingerichtet war: schwere, reich verzierte Möbel, an der Decke ein großer Kronleuchter. Nur die eingerahmten Schwarz-Weiß-Fotos an den Wänden waren modern. Die meisten zeigten Landschaften, Tiere und Menschen in Afrika. Ein Bild war älter als die anderen.

»Schwarzer Marmor«, sagte Herman mit Blick auf den glänzenden Boden. »Aus dem Osten des Kongo. Das ist wohl kein Zufall?«

Sandrine schwieg einen Moment und sah Herman eindringlich in die Augen. »Mein Großvater hat dieses Haus mit den Gewinnen gebaut, die sein Vater in Belgisch Kongo abschöpfte. Elfenbein, Gummi, Metalle. Gnadenlose Ausbeutung und Abschlachterei. An jedem Stein dieses Hauses klebt kongolesisches Blut.«

Herman nickte schweigend.

»Mein Vater wurde im Kongo geboren, so wie viele Belgier Anfang der Fünfzigerjahre«, fuhr Sandrine fort. »Aber ich will nicht von meinen Eltern sprechen.«

Sie breitete die Papierrolle auf einem großen Tisch aus Edelholz aus. »Das hier habe ich heute besorgt.«

Endlich.

Patrik sah, wie die Haustür sich öffnete und Herman mit einer Papierrolle unter dem Arm die Eingangstreppe hinunterging. Auf dem Weg zu seinem Wagen wählte der Amerikaner eine Nummer auf seinem Handy.

»Die Frau ist begeistert und ahnt nichts«, hörte Patrik ihn ins Telefon sagen. »Sie hat die Grundrisszeichnungen besorgt, die habe ich jetzt.«

Herman stieg in den Wagen und schloss die Tür.

Patrik dachte eine Sekunde nach, dann ging er auf das Auto zu. Als Herman den Motor anließ, öffnete Patrik die Beifahrertür und stieg ein.

»He, was soll das …« Herman schien instinktiv auf den Eindringling losgehen zu wollen – bis er ihn erkannte. »Patrik! Was machst du denn hier?«

»Das wollte ich dich fragen.«

8

»Nachricht aus Tallinn«, sagte Timo Nortamo an der Tür zu Åsa Björklunds Büro und hielt das Foto hoch, das er kurz zuvor ausgedruckt hatte.

Åsa, die am Computer saß, legte ihren angebissenen Apfel auf den Tisch und sah Timo mit verführerisch neugierigen Augen an.

Er reichte ihr das Bild, das von einer Überwachungskamera stammte. Man konnte darauf einen Geländewagen mit Bootsanhänger beim Tanken sehen. Das Schlauchboot auf dem Trailer war mit einer Plane zugedeckt.

»Die Aufnahme stammt von einer Statoil-Tankstelle in Keila, in Nordestland«, sagte Timo. »Form und Größe des Schlauchboots stimmen mit dem Typ überein, der bei dem Anschlag verwendet wurde. Die Zulassungsdaten führten zu einem Mann namens Urmas Saaver. Im Verhör hat er ausgesagt, er habe das Auto einem Mann aus Tallinn geliehen, an dessen Namen er sich anfangs nicht erinnern wollte. Dank angemessener Drohungen und Versprechungen fiel ihm der Name aber doch wieder ein: Andrus Reedla. Der Mann hat bar bezahlt, und zwar sehr großzügig. Ich habe eine Anfrage über ihn bei ICID eingegeben.«

ICID war eine internationale Datenbank für Verbrechensaufklärung – umfassend, aber bürokratisch; sie enthielt private Personendaten und funktionierte grenzüberschreitend, aber all die Genehmigungen, Sicherungen und Bestätigungen sowie der Rechercheprozess selbst waren unerhört zeitraubend und langsam. Zu allem Überfluss wachten die nationalen Polizeiorgane auch noch eifersüchtig über ihre Informationen.

Åsa wies mit einer Kopfbewegung auf eine Nachrichtenüberschrift von BBC, die sie gerade auf dem Bildschirm hatte: »*Russische Organisation verteilt Care-Pakete an Estlandrussen in Tallinn.*«

»In Estland scheint die Fieberkurve steil nach oben zu gehen.«

Timo trat neben sie, um die Meldung zu lesen. Er roch Åsas Parfüm, das er inzwischen gut kannte. Lag darin etwas von der Frische der schwedischen Fjällbäche? »Ziemlich brüske Geste. Da werden die Esten beleidigt sein.«

»Das ist ja auch die Absicht«, sagte Åsa. »Es werden härtere Bandagen angelegt.«

Timo stand so dicht bei Åsa, dass er sogar ihre Körperwärme spürte. Die schwedische Kollegin widmete sich vollkommen ihrer Arbeit, sie schien sich ihrer Anziehungskraft überhaupt nicht bewusst zu sein, oder aber es war ihr gleichgültig, was ihre Attraktivität nur noch steigerte.

»Um was wetten wir, dass der Kreml bald in Erinnerung rufen wird, wie sehr er sich auch für die außerhalb Russlands lebenden Russen verantwortlich fühlt?«, meinte Åsa trocken.

Patrik hörte interessiert zu, als Dominik erläuterte, wie es ihnen gelingen würde, auf die *MS Sigyn*, das Atommüllfrachtschiff, zu gelangen. Sobald sie an Deck wären, würden sie eine große Banderole ausrollen und die ganze Pracht auf Video festhalten. Es bestand kein Zweifel daran, dass dieser Film im Nu in allen Medien Verbreitung finden würde. Diese Vorstellung faszinierte Patrik.

Es war ein bewölkter und windstiller Frühjahrsabend

und die *Live-Baltic!*-Gruppe saß bei Bruno zu Hause in Nienhagen bei Rostock. Bruno Schwartz stammte aus der DDR, er war Kfz-Mechaniker und trug den Spitznamen »Der Schlaflose«. Als Patrik ihm zum ersten Mal begegnet war, hatte ihn der Blick des Deutschen erschreckt, und er hatte den Spitznamen auf der Stelle begriffen. In den von dunklen Ringen eingefassten Augen des wortkargen, glatzköpfigen, ewig unrasierten Mannes lag eine Weltuntergangsstimmung, wie sie Patrik nicht einmal unter den Glücksrittern der Fremdenlegion gesehen hatte, die von Europa aus in den Kongo gegangen waren.

Patrik sah zu Dominik Gladbach hinüber und dachte, dass der in seinem schwarzen Pullover und seinen Stiefeln etwas von der gleichen Kraft und Härte ausstrahlte wie Herman.

Dann hörte er zu, was Bronislaw, Andrus, Bruno und Konstantins zu dem Plan für die *Sigyn*-Aktion zu sagen hatten. In Schweden wurden auf dem Schiff regelmäßig Führungen für Journalisten angeboten, und Dominik wollte, dass Patrik und Andrus sich als Journalisten ausgaben und an einem solchen Besuch teilnahmen. Es klang, als hätte Dominik die wichtigsten Entscheidungen längst auf eigene Faust getroffen. Das ärgerte Patrik.

Nach dem Gespräch folgte er Dominik nach draußen. Es war kühl geworden, und vom Meer her zog Nebel auf.

»Wir brauchen dafür weitere Profis«, sagte Patrik. »*Echte* Profis. Ich möchte, dass du einen Amerikaner namens Herman McQuinn kennenlernst.«

9

Am Himmel über dem schwedischen Oskarshamn ließen sich die Möwen laut schreiend vom Wind tragen. Patrik betrat soeben mit einer Gruppe von Journalisten die *MS Sigyn*. Hinter ihnen, am Ufer, ragte das Zwischenlager für atomare Brennstoffe wie ein weißer Riese aus dem grünen Nadelwald auf. Patrik sah sich besorgt um. Wo war Andrus?

»Und wie Sie sicherlich nicht vergessen haben, ist das Fotografieren an Bord nicht gestattet«, sagte Pressesprecherin Janina Johansson zu den Journalisten, die ihr folgten. »Sie erhalten von uns Pressefotos vom Beladen der *Sigyn*.«

Patrik sah zu den zwei Männern hinüber, die bei der Anlegebrücke standen und zur Crew des Schiffes zu gehören schienen. Er überlegte, ob sie womöglich Körpervisitationen vornahmen. Dann würden sie das Kamerahandy in seiner Tasche entdecken. Und was geschah, wenn Andrus beim Filmen der Innenräume des Schiffes erwischt wurde? Das wäre vermutlich ein Fall für die Polizei. Dann käme alles heraus. Es war unsinnig, ein solches Risiko einzugehen.

Die Männer nickten den Journalisten aber nur zu und begannen dann, das Deck zu schrubben. Patrik ließ den Blick schweifen und nahm ganz ruhig das Telefon aus der Tasche. Hinter den Rücken zweier Journalisten machte er ein Bild vom Außendeck, auf dem man die Reling erkennen konnte.

Das rot-weiß gestrichene Schiff sah auf den ersten Blick wie ein gewöhnlicher Frachter aus. Die Gruppe stieg in den Rumpf hinunter, wo gerade ein großer Transportzylinder fixiert wurde. Der Anblick des Atommüllbehälters weckte in Patrik unschöne Erinnerungen, die er zu unterdrücken versuchte, indem er sich auf die Erläuterungen der Pressesprecherin konzentrierte.

»Die Wände des Rumpfes sind mit Beton verstärkt, und der Boden ist vier Meter dick. Behälter, die für den Transport von Atommüll vorgesehen sind, müssen einen Aufprall aus neun Metern Höhe, einen halbstündigen Brand bei achthundert Grad Hitze und einen Wasserdruck, der dem in viertausend Metern Tiefe entspricht, aushalten können.«

»Und was ist mit Terroranschlägen?«, fragte jemand. »Was werden da für Vorkehrungen getroffen?«

»Wir haben es hier mit einem normalen zivilen Frachtschiff zu tun, aber trotzdem sind alle relevanten Aspekte in Betracht gezogen worden. So besteht zum Beispiel eine ständige Verbindung zwischen Schiff und Festland, und einige Crew-Mitglieder haben eine Sicherheitsschulung sowie die dazugehörige Ausrüstung erhalten.«

Nach dem oberflächlichen Rundgang verließ die Journalistengruppe das Schiff wieder und begab sich in das Zwischenlager für atomare Brennelemente, das den Namen »Clab« trug. Mit zunehmender Besorgnis blickte Patrik sich um, und zu seiner Erleichterung sah er Andrus ganz hinten in der Gruppe. Mit seiner runden Brille und den dunklen Locken ging der Este einwandfrei als Journalist durch. Patrik wandte den Blick sofort wieder ab. Es durfte nicht der Eindruck entstehen, dass sie sich kannten.

In der riesigen Haupthalle des Clab schaute Patrik über das Geländer nach unten. Der Anblick war immer wieder imponierend: Auf dem Boden des flachen Beckens, fast zum Greifen nah, befanden sich wabenartige Zellen, die im dunkelblauen Wasser Unheil verkündend zitterten.

Patrik war schon häufiger in dem Zwischenlager gewesen, früher, als er noch als Geologe bei der finnischen Firma arbeitete, die für den Bau des weltweit ersten atomaren Endlagers in tiefem Felsgrund verantwortlich war.

»Die Brennstäbe werden hier etwas dreißig Jahre gelagert und anschließend ins Endlager verbracht«, sagte die Pressefrau. »Nach dem momentanen Stand werden sie in Kupferkapseln mehrere hundert Meter tief im Grundgestein eingelagert. Der skandinavische Fels ist sehr stabil und eignet sich hervorragend für die Endlagerung.«

Patrik kannte diese Lügen. Es waren die üblichen, und er ließ sie zum einen Ohr herein und zum anderen wieder hinaus.

»Es gibt Untersuchungen, die besagen, dass die Endlagerungskapseln aus Kupfer schon innerhalb weniger Hundert Jahre anfangen zu lecken, woraufhin radioaktives Material ins Grundwasser gelangt«, sagte ein junger Redakteur von der Parteizeitung der schwedischen Grünen. »Wenn das passiert, ist die Umgebung für mehrere Tausend Jahre verseucht.«

Patrik warf einen kurzen Blick auf den Mann. Wahrscheinlich stammten dessen Informationen zum Teil aus dem Bericht, den Patrik einige Jahre zuvor erstellt hatte.

Nach dem Rundgang tat Andrus so, als wolle er ein Taxi bestellen, und Patrik bot ihm höflich an, ihn im Mietwagen mitzunehmen.

»Wohin bist du plötzlich verschwunden?«, wollte er sofort wissen, als sie losfuhren.

Er war überrascht, als Andrus ein Aufnahmegerät, das er sich mit Tape auf die Haut geklebt hatte, unter dem Hemd hervorholte und die kleine Kamera aus einem Knopfloch seiner Jacke löste.

»Warum hast du mir davon nichts gesagt?«, fragte Patrik.

»Ich habe nicht gedacht, dass ich das anmelden müsste. Bist du nicht froh, wenn deine Kollegen Eigeninitiative ergreifen und effektiv handeln?«

»Kapierst du nicht, was es für ein Risiko darstellt, alleine durch das Schiff zu wandern? Und wozu brauchen wir Aufnahmen von den Innenräumen?«

»Für alle Fälle. Es ist gut, das Schiff so gründlich wie möglich zu kennen. Es wäre ein Jammer gewesen, so eine Gelegenheit zu verschenken.«

»Aber …«

»Wenn wir bei Dominik sind, wirst du mir dankbar sein, dann siehst du nämlich, was für Material ich aufgenommen habe.«

»Ich komme nicht mit zu Dominik. Ich fahre morgen nach Hamburg.«

Andrus sah ihn überrascht an.

»Wie kommst du nur dazu, dir einzubilden, dass du in dieser Phase einfach irgendwo hinfährst? Dominik wird garantiert …«

»In persönlichen Angelegenheiten frage ich niemanden um Erlaubnis. Auch Dominik nicht.«

10

Sandrine reichte dem gepflegt gekleideten Angestellten an der Rezeption im Hotel Jaeger Skärgården ihre Kreditkarte und sah sich gespannt um. Hier würden bald die einflussreichsten Personen der westlichen Welt zusammenkommen, um hinter den Kulissen über aktuelle Themen zu diskutieren. Zum letzten Mal hatte die Bilderberg-Konferenz 2001 in Schweden stattgefunden, in Stenungssund, nördlich von Göteborg.

Während der Hotelangestellte ihre Daten notierte, ließ Sandrine den Blick schweifen. Die noble Atmosphäre wurde durch mattdunkle Holzflächen, Kerzenleuchter und den dezent roten Samt der geschwungenen Sofas und Sessel erzeugt. Ihr Vater hätte sich in diesem Hotel wohlgefühlt, dachte Sandrine, während sie sich das Foyer einprägte.

Der etwas muffige großbürgerliche Charme erinnerte sie an das Hotel Mount Nelson in Kapstadt, wo sie im Frühjahr einige glückliche und verheißungsvolle Tage mit Patrik verbracht hatte. Schon damals war er stur und unberechenbar gewesen, das war ihr während ihrer kurzen Beziehung von Anfang an aufgefallen. Patrik konnte wegen der kleinsten Belanglosigkeit wütend werden. Er schien in einer Hülle zu stecken, als wollte er sein Inneres verbergen, damit niemand an ihn herankam. Dabei wurde er von Unruhe getrieben, vom Zwang, ständig in Bewegung zu sein. Er war ein faszinierendes, widersprüchliches

Rätsel gewesen, das Sandrine gerne gelöst hätte, um ihm nahezukommen.

Als Patrik jedoch begriff, dass Sandrine versuchte, über seine ehemaligen Kollegen etwas über ihn herauszufinden, war seine Reaktion heftig gewesen. »Niemand agiert hinter meinem Rücken!«, hatte er gezischt.

Vergebens hatte Sandrine versucht, sich zu rechtfertigen; Patrik war plötzlich eiskalt gewesen, voller Argwohn, bis er schließlich nach einem Wortgefecht in seinen Geländewagen sprang und im Dschungel verschwand. Drei Wochen später hatte Sandrine von Patriks neuer deutschen Freundin erfahren.

In ihrem Zimmer angelangt, nahm Sandrine sofort eine kleine Kamera aus ihrer Tasche. Sie trat ans Fenster. Hinter dem Gebäude lag ein üppiger Park, der ans Meeresufer grenzte. Am Steg lagen ein paar Jachten, und Sandrine fotografierte den Anblick.

Anschließend öffnete sie die Tür und fotografierte den Gang in beide Richtungen. Sie ging zur Treppe und fotografierte auch dort.

Vor dem Hotel sah sie einen Range Rover durch das Tor fahren. Er glitt langsam zwischen den üppig belaubten Eichen hindurch, passierte ein modernes Nebengebäude und fuhr dann in einem Bogen an der großen Eingangstreppe vor. Der Geländewagen unterschied sich von den anderen Fahrzeugen auf dem Grundstück vor allem dadurch, dass er über und über mit Schmutz bedeckt war.

Ein großer, braun gebrannter Mann, der sein braungraues Haar mit Gel nach hinten gekämmt und die obersten Knöpfe seines weißen Hemdes offen stehen hatte, stieg aus.

Sandrine war dem misstrauisch wirkenden niederländischen Schlangensammler namens Jochem erst zweimal zuvor begegnet und war ihm gegenüber zurückhaltend, aber sie verließ sich zu hundert Prozent auf Hermans Einschätzung. Er hatte seine besten und leistungsfähigsten Männer für diese Aufgabe ausgesucht.

Herman selbst stieg in einem Rollkragenpulli, der seine Tätowierungen verbarg, an der Beifahrerseite aus, Geir und Jürgen öffneten die beiden hinteren Türen. Alle sahen aus wie Touristen und trugen Freizeitkleidung.

Herman tat so, als hätte er Sandrine nicht bemerkt, und ging zielstrebig zum Kofferraum, dem er gleich darauf große Koffer und Golftaschen entnahm.

Sandrine spürte die Anspannung in sich wachsen. Sie wandte sich ab und machte ein Foto vom Haupteingang.

Im selben Moment erstarrte sie und ließ die Kamera langsam sinken. Jemand schien sie von einem Fenster aus zu beobachten.

»Was macht die für einen Mist?«, schnaubte Jochem, als sie das Hotelzimmer betraten. »Die blöde Kuh gefährdet das ganze Projekt!«

Herman legte seinen Koffer aufs Bett und öffnete ihn.

»Sandrine ist ein Risiko. Das wussten wir.«

Er nahm eine große Papierrolle aus dem Koffer und breitete sie aus. »Jeder konzentriert sich jetzt genau auf den Grundriss, damit sich später niemand unnötig verläuft.«

Timo Nortamo machte in einer Ecke des Wohnzimmers Platz für die Art-nouveau-Kommode aus Nussbaum, die längst hätte geliefert werden sollen. Er warf einen kurzen Blick auf seine Frau Soile, die mit dem Laptop auf dem Schoß auf der Couch saß. Sie war für »ein paar Urlaubstage« von Genf nach Brüssel gekommen und arbeitete nun die ganze Zeit. Wie es aussah, lief beim Cern immer ein wichtiges Projekt.

»Was für einen Sinn hat es, hierherzufliegen, um dich dann mit deinem Computer abzugeben? In Genf gibt es schließlich auch Strom, oder schluckt euer Teilchenbeschleuniger alles?«

Soile blickte nicht einmal auf. »Soll ich vielleicht putzen und deine Hemden bügeln?«

Timos Handy klingelte. Åsa.

»Die ICID-Antwort in Sachen Andrus Reedla ist gekommen«, sagte sie.

Timo ging ins Schlafzimmer, um ungestört reden zu können.

»Der Name Andrus Reedla ist in der Datenbank einmal von der schwedischen Sicherheitspolizei angefragt worden«, sagte Åsa. »Das schwedische Atommüllunternehmen SKB hat routinemäßig alle Personen aufgelistet, die sich für einen Presserundgang zum Thema Atommülltransport auf der *MS Sigyn* angemeldet hatten. Die estnische Polizei hat ihn noch immer nicht in Estland aufgespürt.«

»Dieser Andrus Reedla scheint ein interessanter Mann zu sein«, sagte Timo und versprach, bald ins Büro zu kommen.

Soile schaute zur Tür herein und teilte mit, dass die Männer mit der Kommode gekommen waren. Als Timo an ihr vorbeiging, sah sie ihn spöttisch an.

»Irgendwie passend, dass du jedes Mal ins Schlafzimmer gehst, wenn Frau Björklund anruft. Die Stimme dieser Frau scheint weder für die Küche noch fürs Arbeitszimmer geschaffen zu sein.«

Dein Spott ist kein bisschen glaubwürdig, dachte Timo, beschloss aber, die Stichelei zu ignorieren und, nachdem die Möbelpacker die Kommode in ihre Ecke gestellt hatten, im Internet die neuesten Nachrichten zu lesen, bevor er aufbrach.

Er musste schmunzeln, als er folgende Überschrift auf dem Bildschirm sah: *Der Kreml ruft in Erinnerung, dass er sich auch für die außerhalb Russlands lebenden Russen verantwortlich fühlt.*

Åsa hätte ihre Wette gewonnen. Die zur Überschrift gehörende Meldung ließ Timo jedoch sofort wieder ernst werden.

Die Ankündigung des Kreml, für die Lage der Estlandrussen Sorge zu tragen, nimmt konkrete Formen an, wenn heute Vertreter der russischen Jugendorganisation Naschi ein Lebensmittel-Hilfsprojekt in dem von der Arbeitslosigkeit am stärksten betroffenen russischsprachigen Gebiet in Nordostestland starten. Ziel der Organisation ist es, den Einsatz von Feldküchen der Fallschirmspringereinheiten Pihkowa in den nächsten Tagen bis in die Tallinner Stadtteile Lasnamäki und Mustamäki auszudehnen, wo ebenfalls eine russischsprachige Mehrheit lebt. Estnischen Regierungsquellen zufolge verletzt die Aktion von Naschi die staatliche Souveränität Estlands …

Die Drohgebärden wurden immer deutlicher, und als Timo an die mehr als dreißigtausend Russen in Finnland dachte, wurde ihm mulmig.

11

In den Gärten der Einfamilienhäuser im gediegenen Hamburger Stadtteil Wandsbek zwitscherten die Vögel. Die Hecken waren geschnitten, die Beete geharkt und sauber mit Steinen umgrenzt. Patrik bog von der Straße auf eine gekieste Zufahrt ein.

Immer wenn er in Deutschland war, spukte ihm seine Mutter im Kopf herum. Irgendwo in diesem Land lebte sie, möglicherweise noch immer in Berlin. Die SMS, die sie ihm in letzter Zeit geschickt hatte, und ihre Versuche, ihn telefonisch zu erreichen, beunruhigten Patrik, obwohl er eigentlich versuchte, seine Mutter zu vergessen. Was wollte sie von ihm? Warum konnte sie nicht einsehen, dass er nicht mit ihr reden wollte? Wie konnte eine Frau, die ihren Sohn verlassen hat, ihn im sensibelsten Alter von dreizehn Jahren in die Obhut von Verwandten gegeben hatte und zu ihrem neuen Mann nach Deutschland gezogen war, sich überhaupt noch Mutter nennen? Bis heute konnte er sich an das Gefühl erinnern, das ihn quälte, wenn seine Mutter mal wieder eine Postkarte geschickt hatte. Am schlimmsten waren die Anrufe gewesen, wenn er ihre fröhliche Stimme hören musste. Wie hatte sie fröhlich sein können ohne ihn? Was war falsch an ihm? Diese Frage hatte ihn seine gesamte Pubertät über beschäftigt. Den Klassenkameraden in der neuen Schule hatte er vorgelogen, seine Mutter sei gestorben – was für ihn in gewisser Weise ja auch zutreffend war.

Inmitten des Grundstücks, das Patrik betrat, thronte ein modernes Haus aus den Siebzigerjahren. Es war weiß verputzt und hatte große Panoramafenster. Auf dem Rasen standen überall gusseiserne Statuen auf Steinsockeln.

Hier war Beate aufgewachsen, in idyllischem Frieden.

Patrik nahm all seinen Mut zusammen, dann drückte er auf die Klingel. Er hatte allerdings keine Ahnung, ob jemand zu Hause war.

Dem gedämpften Gong folgte Stille. Kurz darauf hörte er jedoch Schritte auf dem Flur, dann ging die Tür auf.

Vor Patrik stand kerzengerade ein etwa sechzigjähriger Mann mit wachem Blick, der eine Anzughose und ein Hemd trug. Er strahlte Selbstbewusstsein und Autorität aus. Klaus Funkes Äußeres entsprach nicht Patriks Vorstellungen von einem bildenden Künstler, der sich einen recht guten Namen gemacht hatte.

»Ja bitte?«, fragte Klaus Funke.

»Ich bin Patrik Vasama.«

Die Miene des Mannes verfinsterte sich.

»Wer ist da?«, rief eine weibliche Stimme irgendwo in der Tiefe des Hauses.

»Niemand«, sagte der Mann und machte Anstalten, die Tür zu schließen.

Patrik griff nach der Türkante. »Ich möchte mit Ihnen reden. Ich möchte wissen …«

»Gehen Sie weg«, erwiderte der Mann, offensichtlich bereit, die Tür gewaltsam zuzudrücken. »Wir haben nichts miteinander zu reden.«

»Herr Funke, ich habe alles getan, um Beate zu retten. Ich hatte keine Chance, man hat mich niedergeschlagen. Ich konnte nicht mehr tun …«

»Lassen Sie die Tür los, oder ich rufe die Polizei!«

»Geben Sie mir fünf Minuten, danach sehen Sie mich nie wieder. Ich verspreche es Ihnen.«

Der Mann schlug die Tür zu.

Patrik stand da und sein Herz raste vor Wut.

Doch da öffnete sich die Tür erneut. Nun stand eine Frau vor ihm. Sie war etwas jünger als der Mann und hatte um die Augen und den Mund herum Ähnlichkeit mit Beate. So hätte Beate einmal ausgesehen.

»Birgit, misch dich da nicht ein!«, sagte Klaus Funke zu seiner Frau.

»Lassen wir ihn reden. Das sind wir Beate schuldig.«

Ihr entschiedener Ton ließ Klaus Funke verstummen und er begnügte sich damit, unübersehbar seinen Missmut zur Schau zu tragen.

»Bitte sehr«, sagte Birgit Funke und führte Patrik in das hohe Wohnzimmer, wo große moderne Gemälde an den Wänden hingen. Blendend helles Sonnenlicht fiel herein. Im Raum nebenan, der offenbar das Atelier war, stand ein unfertiges Bild. Die Farben waren wild auf die Leinwand gespritzt worden, der Unterschied zu den früheren Arbeiten war deutlich.

»Die Ärztin muss zur Verantwortung gezogen werden«, sagte Klaus Funke, noch bevor seine Frau oder Patrik die Gelegenheit hatten, etwas zu sagen. »Wir werden aktiv, sobald mein Anwalt die Stellungnahme von MSF erhalten hat. Ich verstehe nicht, was die da so lange trödeln.«

»Ich glaube nicht, dass Doktor Denaux vor Gericht zur Verantwortung gezogen werden kann.«

»Ach ja? Sind sie gekommen, um diese Kurpfuscherin zu verteidigen?«

»Nein, aber …«

»Diese Frau entschied sich dafür, den schwarzen Fahrer zu versorgen, der Beates Tod verursacht hat. Mit welcher Begründung wird der Mörder verarztet, das Opfer aber nicht?«

Patrik zuckte leicht mit den Schultern. Eigentlich wollte

er sagen, dass er den Obduktionsbericht schon zwei Experten vorgelegt hatte, aber er schwieg. Die Einschätzungen der Fachleute waren widersprüchlich gewesen. Eventuell hätte Beate gerettet werden können. Die Wahrscheinlichkeit, dass der schwarze Fahrer überlebte, war dennoch größer gewesen. Insofern hatte Sandrine die richtige Entscheidung getroffen. Schließlich ging es in der Medizin um Wahrscheinlichkeit und nicht um gefühlslastige moralische Entscheidungen. Aber hatte es für Sandrine eine Rolle gespielt, dass sie es mit der neuen Freundin ihres ehemaligen Freundes zu tun hatte? Patrik wollte nicht, dass Beates Eltern etwas von diesem Hintergrund erfuhren. Bei einem Gerichtsverfahren käme es allerdings ans Tageslicht.

»Was haben Sie da unten in Afrika überhaupt gemacht?«

»Wir haben die Auswirkungen des Uranabbaus auf die Umwelt untersucht.«

»Sind Sie auch einer von den Aktivisten, die Beate Flausen ins Ohr gesetzt haben? Wäre sie nicht nach Afrika gegangen, wäre sie noch am Leben …«

»Klaus, hör auf! Damit holst du Beate auch nicht zurück«, wies Birgit Funke noch strikter als zuvor ihren Mann zurecht. Sie sah Patrik an. »Was wollen Sie wissen?«

Patrik blickte ihr in die Augen. »In ihren letzten Minuten hat Beate … um Verzeihung gebeten.«

Er musste sich räuspern, um weitersprechen zu können. »Können Sie sich vorstellen, was sie gemeint hat?«

Die Frau sah ihren Mann an, der ausnahmsweise stumm blieb.

»Ich kann es Ihnen nicht sagen … vielleicht meinte sie all das, was passieren würde, die Trauer, die ihr Tod bei uns allen auslöst …«

»Ja, das mag sein«, sagte Patrik nachdenklich. »Aber ich

hatte den Eindruck, dass sie speziell mich für etwas um Verzeihung bat.«

»Ach ja? Sie glauben also, Sie hätten ihr in der Stunde ihres Todes mehr bedeutet als ihre Eltern?«, schaltete sich Klaus Funke ein.

»Womöglich hat sie für ihre Tätigkeit als Aktivistin um Verzeihung gebeten. Wir waren nämlich sehr dagegen«, sagte Beates Mutter, ohne auf den Kommentar ihres Mannes einzugehen. »Natürlich sind wir für Umweltschutz, aber wir akzeptierten nicht die Kreise, in denen Beate verkehrte.«

»Und Sie kommen auch aus diesen Kreisen, nicht wahr?« Klaus Funke starrte Patrik herausfordernd an.

»Ich kenne die Dinge, die Beate untersucht hat. Wir hatten die gleichen Ansichten. Und wir hatten gemeinsame Pläne für die Zukunft. Deshalb wundere ich mich ja auch, dass sie Ihnen nie etwas von mir erzählt hat.«

»Vielleicht gerade deshalb«, meinte Klaus Funke bitter. »Sie kommen aus dem gleichen Umfeld wie ihr früherer Freund. Beate wusste, dass wir keine Zukunftspläne mit solchen Menschen akzeptierten.«

Wieder spürte Patrik den Stich der Eifersucht. Zugleich kam ihm diese Reaktion vollkommen absurd vor: Wer konnte auf den Exfreund einer toten Frau eifersüchtig sein?

»Sie haben den Mann nicht gemocht?«, zwang er sich zu fragen.

»Er hat von Beate viel zu viel verlangt. Er wollte, dass sie sich etwas widmete … was immer es auch war. Beate hat sich durch diesen Mann verändert. Wir sahen sie so gut wie nicht mehr. Immer war etwas Geheimnisvolles im Gange. Einmal erzählte sie uns, der Mann habe sie aufgefordert, den Kontakt zu uns abzubrechen. Und einmal …«

Funke geriet wieder in Erregung, er musste Atem holen, bevor er weiterreden konnte: »Es gibt keine Beweise dafür, und Beate hat es auch nicht zugegeben ... aber einmal, bei einem der wenigen Male, die sie uns besucht hatte, sah ich einen blauen Fleck an ihrem Arm. Ich fragte sie danach, und sie behauptete, sie sei auf der Treppe gestürzt. An ihrem Gesicht sah ich jedoch, dass sie log. Ich glaube, der Mann hat sie geschlagen. Und das wäre auch kein Wunder, bei der Vergangenheit.«

»Klaus ...«, mahnte Birgit und blickte verstohlen zu Patrik.

»Du kannst es ruhig sagen«, schnaubte ihr Mann. »Ich habe einen Privatdetektiv beauftragt, einen der besten in Hamburg und verdammt teuer, damit er sich mit dem Mann beschäftigt. Und sein Bericht hat nur bestätigt, was ich schon geahnt hatte. Der Mann war ein militanter Grüner, eine Art Ökoterrorist. Ein geistiger Erbe von Baader-Meinhof. Gefährliches Pack. In solche Kreise hat dieser Dominik Gladbach unsere Beate eingeführt.«

Patrik fuhr zusammen, als hätte er einen Stromschlag bekommen. »Dominik Gladbach?«

12

In der Abenddämmerung ging Sandrine die breite Eingangstreppe des Hotels Jaeger hinunter in den Park, und der Wind vom Meer erfasste ihr Haar. Zum Abendessen hatte sie einen Tisch im Hotelrestaurant reserviert, das sich im modernen Nebengebäude befand. Herman und seine Leute bewegten sich vollkommen unabhängig von ihr, sie zeigten sich nie zusammen.

Ein Volvo fuhr vor und hielt unmittelbar vor der Treppe.

»Guten Abend«, sagte der Mann, der aus dem Wagen stieg, laut und trat vor Sandrine hin. Er war mittleren Alters, hatte ein freundliches Gesicht, eine beginnende Glatze und trug einen Popelinemantel. Ein schwedischer Polizist, da bestand kein Zweifel.

»Sandrine Denaux?«, versicherte er sich. Er zeigte seine Dienstmarke und sprach auf Englisch weiter. »Ich bin Kommissar Andersson und möchte gerne ein paar Worte mit Ihnen wechseln.«

Sandrine lachte kurz auf. Ihr Herz pochte, aber sie ließ sich nichts anmerken. »Worum geht es?«

Andersson lächelte beinahe sonnig. »Das wollte ich Sie eigentlich fragen. Warum geht ein Hotelgast stundenlang herum und fotografiert in einem Haus, das für seine wohlhabende Klientel bekannt ist? Das wirft Fragen auf.«

»Der Ort hier ist großartig. Selbstverständlich mache ich einige Erinnerungsbilder.«

»Aber das müssen doch nicht gleich Dutzende sein?«

Sandrine atmete ruhig. Der Polizist hatte es darauf abgesehen, sie zu provozieren.

»Sie haben auch den Personalbereich betreten. Sagen Sie jetzt bloß nicht, sie wären aus Versehen durch die falsche Tür gegangen.«

»Verzeihung, aber ich habe einen Tisch reserviert und möchte jetzt zum Essen gehen.«

»Sie haben keine Reservierung.« Mit einem Mal war alle Freundlichkeit aus dem Tonfall des Polizisten gewichen. »Sie können zurück zum Empfang gehen, dort wartet der Hotelchef auf Sie. Er will mit Ihnen sprechen.«

Sandrine dachte fieberhaft nach. Sicherlich hatte der Polizist ihre Daten international abgefragt und die entsprechenden Registereinträge gefunden. Leugnen wäre also sinnlos. Zumindest von ihrer Festnahme bei der G8-Demonstration in Genua wusste er auf jeden Fall Bescheid.

»Allmählich gewinne ich den Eindruck, dass Schweden ein Staat ist, in dem die Meinungsfreiheit nicht ganz uneingeschränkt ist.«

»Bereiten Sie eine Demonstration vor?«

»Man wird doch auch gegen die Bilderberg-Konferenz demonstrieren dürfen?«

»Aber ja. Sofern man es ordnungsgemäß anmeldet. Auf dem Hotelgelände haben Unbefugte aber während der Konferenz nichts verloren.«

»Manch ein normaler Bürger interessiert sich dafür, in welch luxuriösem Ambiente über seine Angelegenheiten entschieden wird. Wir veröffentlichen die Bilder im Internet.«

»Sie werden sicher verstehen, dass das Hotel Ihre Aktivitäten nicht unterstützen muss und auch nicht kann. Der Hoteldirektor will mit Ihnen sprechen, wie ich bereits sagte, weshalb Sie jetzt zur Rezeption zurückgehen sollten.«

Ohne ein weiteres Wort drehte sich Sandrine um und

stieg die Treppe hinauf. Sie war wütend, und unter normalen Umständen hätte sie ordentlich auf den Putz gehauen, aber jetzt konnte sie nicht das Risiko eingehen, in der Zelle zu landen und dadurch die ganze Operation zu gefährden.

»Was hat das zu bedeuten?«, fragte sie den Hoteldirektor, sobald sie die Rezeption erreicht hatte. Die Gäste, die sich in der Lobby aufhielten, drehten sich alle erstaunt zu ihr um. »Sie haben meine Tischreservierung rückgängig gemacht. Darf ich fragen, warum?«

»Die Reservierung ist storniert worden, weil Sie als Gast nicht willkommen sind. Wir bitten Sie, das Hotel unverzüglich zu verlassen. Für das Zimmer werden wir Ihnen nichts in Rechnung stellen.«

Sandrine kniff die Lippen zusammen und machte auf dem Absatz kehrt.

Im selben Moment fiel ihr Blick auf Herman, der auf der anderen Seite der Lobby in einer Reisebroschüre las. Sandrine begriff, dass er alles gehört hatte.

Sie spürte, wie Frustration und Zorn immer stärker in ihr aufstiegen.

Timo stand im Lageraum der EU-Kommission, wo rund um die Uhr die Ereignisse auf der ganzen Welt verfolgt wurden. In dem abgedunkelten Raum leuchteten Monitore, Kartentische und Computerbildschirme, es sah aus wie eine Mischung aus Nachrichtenredaktion und Weltraumzentrale.

Die Uhr zeigte 21.20. Timo verfolgte die Videokonferenz, die der stellvertretende Vorsitzende von SitCen mit einem Mitglied der NATO-Einheit führte, die auf die Abwehr von Computerattacken spezialisiert war.

»Vor wenigen Minuten sind die Seiten des Estnischen Rundfunks zusammengebrochen«, sagte der Beamte aus Tallinn. »Zuvor wurde die Homepage der größten Tageszeitung lahmgelegt. Nach dem Server der Hacker wird bereits gefahndet. Hoffentlich führt die Spur nicht direkt nach Russland, sonst verschärft sich die Lage noch mehr.«

Timo hörte dem Gespräch besorgt und interessiert zu. Während des Streits um das Bronzedenkmal hatte man mehrmals festgestellt, dass eine Internetattacke im Prinzip eine ebenso ernste Verletzung der Souveränität darstellte wie ein Raketenangriff. Allerdings konnte man sich darauf jetzt nicht berufen, denn sonst müsste man allzu intensiv über Artikel 5 des Verteidigungsbündnisses nachdenken.

»Wie sieht es aus?«

Timo sah sich um. Åsa stand hinter ihm.

»Schlecht, ehrlich gesagt«, antwortete er. »Haben wir etwas Neues?«

»Ich schreibe schon am Bericht. Gerade habe ich mit Söderlund telefoniert.«

Timo trat dich an sie heran, um Åsa bei dem Stimmengewirr, das nun im Raum herrschte, besser zu hören. Johan Söderlund arbeitete bei der schwedischen Zentralkriminalpolizei und hatte den Auftrag, die Frau zu kontaktieren, die den Pressebesuch im atomaren Zwischenlager in Oskarshamn und auf der *MS Sigyn* geleitet hatte.

»Johan hat die Pressesprecherin von SKB getroffen«, sagte Åsa. »Sie konnte sich an Andrus Reedla nicht erinnern, und während des Besuchs ist nichts Alarmierendes geschehen. Die Frau macht diese Rundgänge seit Jahren.«

»Wie genau lernen die Besucher das Schiff kennen?«

»Sie dürfen aufs Außendeck, werfen einen Blick in die Kommandobrücke und in den Frachtraum.«

»Wird den Besuchern etwas über die Sicherheitsmaßnahmen an Bord erzählt?«

»Sicherlich nichts Kritisches. Aber es wird dich interessieren, dass diesmal auch ein Finne dabei war. Patrik Vasama, auch er freier Journalist wie der Este. Ich fliege morgen früh nach Stockholm.«

13

Die Morgensonne strahlte am blauen Himmel und auf das alte Hauptgebäude des Hotels Jaeger Skärgården inmitten des üppigen Parks, der in diesen Maitagen noch nicht seine volle Blütenpracht entfaltet hatte. Eine Putzfrau war in der Lobby mit dem Staubsauger zugange, als Herman McQuinn auscheckte.

»Beehren Sie uns bald wieder«, sagte der Rezeptionist.

»Ich wäre gerne länger geblieben.«

»Es tut mir leid, aber wie gesagt, wir schließen für eine Woche wegen Renovierungsarbeiten.«

»Na ja, vielleicht gibt es eine andere Gelegenheit.«

Es war nicht das erste Mal, dass ein Hotel wegen der Bilderberg-Konferenz alle anderen Gäste aussperrte und als Grund »Renovierungsarbeiten« vorschob, das wusste Herman.

Er setzte die Sonnenbrille auf und ging mit seinem Aluminiumkoffer zum Wagen. Die große Golftasche hatte er neben der Sitzgruppe im Flur der obersten Hoteletage stehen lassen.

Sandrines idiotisches Verhalten machte ihn rasend. Sie hatte amateurhaft gehandelt.

Geir, Jochem und Jörg kamen ebenfalls mit ihrem Gepäck die Treppe herunter – ohne Golftaschen.

Wenig später fuhren die Männer im Range Rover davon.

Beim Blick auf die Uhr in der Küche der Schärenvilla in Almvik, zwanzig Autominuten vom Hotel Jaeger entfernt, spürte Sandrine, wie ihre Anspannung zunahm. Sie hatten diesen viel zu großen Stützpunkt für die Gruppe übers Internet gefunden, die preiswerteren Objekte waren schon ausgebucht gewesen. Die Einrichtung des Hauses bestand aus kühlem, skandinavischem Design, obwohl das Gebäude selbst alt und erhaben war.

Sie musste an Patrik denken, von dem sie nichts mehr gehört hatte. Vielleicht hatte der Obduktionsbericht Eindruck auf ihn gemacht. Oder sogar die Drohung mit Posiva, auch wenn sie ein Fehler gewesen war. Patrik mochte es nicht, wenn in seiner Vergangenheit gewühlt wurde, das war schon deutlich geworden, als sie noch zusammen waren. Andererseits war es einerlei: Ob es ein Gerichtsverfahren geben würde oder nicht, Patrik würde Sandrine auf jeden Fall bis ans Ende seines Lebens für Beates Tod verantwortlich machen.

Plötzlich kam Sandrine das stimmungsvolle Abendessen auf der Gartenterrasse des Hotels Mount Nelson in den Sinn. Es war einer der schönsten Abende ihres Lebens gewesen, und beim Gedanken daran erfüllte ein schmerzliches Gefühl von Wehmut ihre Brust.

Sie wurde aus ihren Gedanken gerissen, als im Radio die Nachrichten des BBC World Service anfingen. Nicht einmal da, beim zuverlässigsten Nachrichtensender der freien Welt, wurde normalerweise über die Bilderberg-Konferenz berichtet.

»*Am frühen Morgen haben die Präsidenten Russlands und der Vereinigten Staaten ein Telefongespräch über die Lage in Estland geführt, die sich aus Moskauer Sicht durch die Marinemanöver der NATO weiter angespannt hat …*«

Sandrine hörte durch die halb offene Flügeltür, wie im Wohnzimmer nebenan geflucht wurde.

»Kann diese Höllenmaschine vielleicht auch mal normal funktionieren«, fluchte der Österreicher Max, ein Blatt Papier in der Hand. Flora, eine rothaarige Deutsche, sah nicht weniger bekümmert aus.

»Sieh dir das an.« Max zeigte Sandrine den Ausdruck, auf dem die Farben nicht annähernd so waren, wie sie sein sollten. »So was kann man doch nicht an Journalisten verteilen!«

»Tausche als Erstes die Farbpatrone aus, vielleicht liegt es daran.«

Max und Flora studierten an der Universität Bremen. Sandrine hatte sie zwei Jahre zuvor über ein antikapitalistisches Internetforum kennengelernt.

In diesem Moment fuhr der Range Rover vor, und Sandrine eilte nach draußen.

»Alles in Ordnung?«, fragte sie, ohne ihre Anspannung zu verbergen.

Herman nickte. Sie gingen in ein leeres Zimmer der Villa.

»Die zweite Rate«, sagte Sandrine schlicht und reichte ihm einen Umschlag.

Herman zählte routiniert die Fünfhunderteuroscheine.

»Was wirst du anschließend tun?«, fragte Sandrine. »Kehrst du zu deinem Sohn nach Karatschi zurück?«

Herman unterbrach das Zählen der Scheine. Eine leichte Unsicherheit zeigte sich auf seinem Gesicht. »Ich werde Daniel anderswohin bringen. Nach Südafrika oder nach Brasilien.«

»Das ist bestimmt vernünftig«, sagte Sandrine, obwohl sie lieber widersprochen hätte. Sie selbst hatte die Privatschule St Georges in Clarens in der französischen Schweiz besucht. Der Ort am Genfer See, nahe Montreaux, war ein kleines Paradies gewesen, aber trotzdem hatte sie lange Zeit Sehnsucht nach zu Hause und ihren Eltern gehabt –

bis die Kluft so groß geworden war, dass sie beschloss, alleine im Leben zurechtzukommen.

Über den Jungen zu sprechen schien Herman schwerzufallen. Wenn es bei ihm einen wunden Punkt gab, dann war es Daniel. Sandrine wusste, wie viel der Junge seinem Vater bedeutete.

»Es ist sicherlich eine gute Lösung, Daniel so schnell wie möglich von Pakistan wegzubringen«, sagte sie.

Herman zählte die Scheine zu Ende, öffnete die Tür und verließ den Raum ohne ein Wort.

Sandrine verwünschte sich selbst. Sie hätte nicht den Eindruck entstehen lassen dürfen, dass sie Daniels Sicherheit infrage stellte. Herman konnte bezüglich seiner Art, Daniels Angelegenheiten zu regeln, nicht die geringste Kritik ertragen.

Sie ging nach draußen und setzte sich ans Steuer des Range Rover, um Herman und seine Männer zurück in die Nähe des Hotels Jaeger Skärgården zu bringen.

Ohne sich zu beeilen, so, als würde er die maritime Landschaft bewundern, spazierte Herman über die Zufahrt zur Rückseite des Hotels und ging über die Terrasse hinein. Mit Blick auf die Uhr stieg er die Treppe bis zur obersten Etage hinauf, nahm seine Golftasche, die noch bei der Sitzgruppe stand, und ging dann, wie er es vorab ausgekundschaftet hatte, in einen Seitengang, wo Geir mit dem Dietrich eine Tür aufgesperrt hatte.

In der kargen Dachkammer wurden zusammenklappbare Zusatzbetten, Wolldecken und große Packungen mit WC-Papier aufbewahrt. Herman schob sich daran vorbei zu einer Leiter und kletterte behände zur Dachluke hinauf. Der Golfsack war sogar für ihn schwer, denn er enthielt neben den Schlägern auch Wasser und Lebensmittel für mehrere Tage.

Durch die Luke gelangte er auf einen Dachboden, wo Herman auf seine Gefährten wartete. Als Letzte sollte auch Sandrine kommen. Am nächsten Tag würden die Mitarbeiter der Sicherheitsfirma, die für den reibungslosen Ablauf der Bilderberg-Konferenz zuständig war, das Hotel bevölkern. Zwei Tage lang würden sie das Haus für die Konferenz sicherheitstechnisch prüfen und nicht benötigte, durchsuchte Räume versiegeln. Sprengstoffhunde würden alles absuchen, auch das Gelände rund um das Hotel. Sämtliche Teilzeitkräfte hatte man für einige Tage in Urlaub geschickt.

14

Patriks Handy vibrierte in der Tasche. *Dominik*.

Schon wieder.

Patrik meldete sich nicht. Wusste oder ahnte Dominik, wo er gewesen war? Hatte Dominik versucht, ihn daran zu hindern, Beates Eltern aufzusuchen, weil er befürchtete, die Wahrheit käme ans Tageslicht? Welche Wahrheit?

Eine Wolke schob sich vor die Sonne, die hoch über den Feldern vor dem Fenster stand. Patrik saß im Kustpilen-Zug von Linköping nach Västervik. In seinem Inneren herrschte Chaos. Warum hatte ihm Beate nicht die Wahrheit über Dominik gesagt? Warum wollte Dominik noch immer sein wirkliches Verhältnis zu Beate vertuschen? Und was für eine Beziehung war das eigentlich letzten Endes gewesen?

Patrik hörte sich die Nachricht an, die Dominik auf der Mailbox hinterlassen hatte. »*Wo bist du, verdammt?*«, sagte die zornige Stimme. »*Das letzte Training fängt bald an, willst du uns hängenlassen, oder was ist los?*«

Patrik umklammerte wütend das Telefon. Wer ließ hier wen hängen?!

Er war bei der *Sigyn*-Aktion voll dabei und wollte, dass sie erfolgreich würde. Daher hatte er Dominik vorgeschlagen, Herman McQuinn zu engagieren. Zunächst hatte Dominik interessiert gewirkt, aber am nächsten Tag hatte er mitgeteilt, dass jede weitere Person ein Risiko wäre.

Patrik war anderer Ansicht gewesen, aber Dominik hatte über das Thema nicht weiter diskutieren wollen.

Der Zug drosselte das Tempo, und Patrik griff nach seiner Tasche. Was hatte Klaus Funke gemeint, als er sagte, Dominik sei ein Ökomilitanter? Vielleicht war alles doch nur ein Missverständnis. Funke war offensichtlich ein Gefangener seiner Vorurteile und Gefühlswallungen, weshalb ihm die Begriffe durcheinandergerieten. Eine ernsthafte Wissenschaftlerin wie Beate mit Ökoterroristen in Verbindung zu bringen, war weit hergeholt. Und auch dass der blaue Fleck eine Folge von Schlägen gewesen sei, konnte bloße Einbildung sein. Andererseits bewies die geplante Aktion auf der *Sigyn*, dass es sich bei *Live Baltic!* in der Tat um eine radikale Umweltorganisation handelte. Das war es ja auch, wovon sich Patrik angesprochen gefühlt hatte.

Sein Ziel stand ihm kristallklar vor Augen. Jedes Jahr fielen auf der Erde zehntausend Tonnen neuer Atommüll an, und jedes Gramm davon war noch im Jahr 2092 gefährlich, und im Jahr 8156 und im Jahr 86241 immer noch ... Den Müll unter der Erde zu verstecken war eine falsche und gefährliche Lösung, unbestreitbar, aus welcher Perspektive man es auch betrachtete. Man musste die Menschen aufrütteln, damit sie das verhinderten, ihre Aufmerksamkeit musste auf diese irrsinnige Entwicklung gelenkt werden. Je mehr er über das Thema nachgedacht hatte, umso mehr war in ihm die Überzeugung gewachsen, dass die Aktion auf der *Sigyn* ein einzigartig effektiver Akt sein würde, geradezu unausweichlich, ein Mittel, der Sache jene Beachtung zu verschaffen, die sie verdiente.

Und als Dominik den *Sigyn*-Plan vorgelegt hatte, war Patrik nach dem anfänglichen Schreck klar geworden, was für eine Chance sich ihm da auch persönlich bot. Es ging nicht nur um die Frage, was Beate gewollt hätte. Endlich konnte er etwas Konkretes tun, mit dem er wenigstens ein bisschen den eigenen Fehler zu korrigieren vermochte, der ihn vor Jahren aus der Bahn geworfen hatte.

Der Zug hielt vor dem Bahnhofsgebäude an, Patrik öffnete die Tür, stieg aber nicht aus, sondern starrte auf den Asphaltbelag des Bahnsteigs.

Alles konnte ein Missverständnis sein – alles, bis auf die Tatsache, dass Beate und Dominik eine Beziehung gehabt hatten.

»Entschuldigung«, sagte jemand hinter ihm, und Patrik ließ die anderen Reisenden vorbei.

Er sah zu, wie eine junge Frau einen Mann umarmte, der aus dem Waggon gestiegen war. Kurz darauf blies der Schaffner scharf in seine Trillerpfeife.

Als der Zug schon anrollte, trat Patrik auf den Bahnsteig und bemühte sich um eine aufrechte Haltung. Auf dem Parkplatz sah er einen Pkw, den er kannte.

»Ich dachte schon, du kommst nicht mehr«, sagte Andrus, der neben dem Wagen stand.

Ohne zu antworten, stieg Patrik ein. Andrus setzte sich ans Steuer und stieß aggressiv aus der Parklücke.

»Was hat das zu bedeuten?«, fragte er.

Patrik starrte auf die Menschen vor dem Bahnhofsgebäude und sagte nichts.

»Wo hast du gesteckt? Wir mussten das letzte Training ohne dich machen. Dir ist doch klar, dass du die ganz Aktion gefährdest? Deine Zuverlässigkeit ist infrage gestellt worden. Manche machen sich bereits ernsthaft Gedanken.«

»Ich hatte etwas Privates zu erledigen.«

Andrus fuhr an einer Filiale von Swedbank und einem ICA-Supermarkt vorbei in Richtung Fernstraße.

»In so einer Situation gibt es nichts Privates«, sagte Andrus ausdruckslos.

Nach zehn Minuten Fahrt hielten sie auf einem Parkplatz im Schatten einiger Bäume an. Der Wind frischte auf, in den flachen Wellen einer Bucht schaukelte ein Segelboot. Am Ufer war ein Ruderboot festgemacht, das gerade beladen wurde.

Patrik wusste, dass er im letzten Moment gekommen war. Die Männer bei dem Boot unterbrachen ihre Arbeit, als sie das Auto sahen. Patrik öffnete die Tür und stieg langsam aus. Bronislaw belud weiter das Boot, als wäre nichts geschehen. Bruno sah Patrik herausfordernd an, und Konstantins stopfte sich Nüsse in den Mund, als stellte er sich auf einen Kampf ein.

Dominik, der auf dem Steg gestanden hatte, kam auf das Auto zu.

Patrik spürte, wie die Wut in ihm aufstieg.

Lass ein bisschen Zeit vergehen … Beates Eltern brauchen Zeit … Eines Tages werdet ihr zusammen an Beates Grab stehen. …

Wie lange hatte Dominik geglaubt, ihn täuschen zu können?

»Wo warst du, verdammt noch mal?«, fragte Dominik scharf. Es sah aus, als wäre er unerhört erleichtert und zugleich unerhört böse.

Patrik konnte ihm nicht in die Augen schauen, ohne sich zu verraten.

»Ich war in Deutschland. Ich wollte mit einem Experten für Atommülltransporte sprechen.«

Patrik sah, wie Dominik ihn musterte. In seinem Rücken spürte er die Nervosität der anderen Männer.

»Du hast einem Außenstehenden von unserem Plan erzählt?«, fuhr Dominik ihn an.

»Natürlich habe ich kein Wort von dem Plan gesagt. Ich wollte mich nur versichern, dass alle Fakten, die du uns präsentiert hast, auch stimmen. Die anderen und ich, wir waren bis jetzt ausschließlich auf deine Informationen angewiesen.«

»Zweifelst du etwa an mir?«

»Habe ich nicht das Recht dazu? Das Projekt ist gefährlich. Auf dem Meer kann alles Mögliche passieren.«

»Und was hast du herausgefunden?«

»Die Risiken sind zu hoch. Auf der *Sigyn* kann es Sicherheitsvorkehrungen geben, von denen wir nichts wissen. Oder der Kapitän macht eine falsche Steuerbewegung. Wenn das Timing nur ein klein wenig abweicht, kann uns das Schiff zermalmen.«

»Genau deshalb hättest du beim letzten Training dabei sein müssen«, zischte Dominik. »Wenn jemand die Aktion gefährdet, dann du.«

Patrik scherte sich nicht um Dominiks Ausbruch. Du verlogener Scheißkerl, hätte er ihm am liebsten ins Gesicht geschrien.

»Es kann auf dem Schiff Sicherheitsleute geben, die durchaus bereit sind, zu extremen Mitteln zu greifen, wenn sie die Lage als bedrohlich empfinden. Davon hast du nichts gesagt. Vielleicht wolltest du uns auch nicht alles sagen.«

»Es ist vollkommen klar, dass die Aktion mit Risiken verbunden ist«, meinte Dominik etwas versöhnlicher. »Aber man bekommt nichts umsonst. Ich vertraue unserem Team. Hauptsache, wir sind jetzt wieder alle beisammen. Der Wind frischt auf, wir müssen bald los. Lass uns mit den Vorbereitungen weitermachen.«

Dominik wandte sich ab, Patrik stand da und fragte sich, was er tun sollte.

»Der gesamte Plan ist auf fünf Männer ausgelegt«, sagte eine Stimme neben ihm. Es war Andrus. »In so kurzer Zeit finden wir für dich keinen Ersatz.«

»Bestimmte Dinge haben mich von Anfang an gestört.«

»Zum Beispiel?«

Patrik überlegte einen Moment. »Zum Beispiel die Boote. Wo hat Dominik das Geld für die Ausrüstung her?«

Andrus seufzte. »Von kriminellen Aktionen.«

»Das dachte ich mir.«

»Ich dürfte dir das eigentlich nicht erzählen«, sagte Andrus leise. »Aber ich will nicht, dass du Dominik etwas vorwirfst, was er nicht getan hat. Nicht er hat das Geld beschafft, sondern ich.«

Patrik schwieg. In gewisser Weise war die Information logisch und überraschte ihn nicht sonderlich, denn in Andrus steckte deutlich mehr, als seine Erscheinung vermuten ließ.

»Mein Vater war Ende der Achtzigerjahre für die Umwelt Estlands aktiv«, sagte Andrus. »Er kämpfte schon damals gegen die russischen Fabriken mit ihren wahnsinnigen Emissionen. Ein estlandrussischer Geschäftsmann namens Voronin, der im Metallhandel tätig war, verriet ihn jedoch. Eines Nachts wurde mein Vater vom KGB abgeholt. Seitdem haben meine Mutter und ich ihn nicht mehr gesehen. Aber Voronins Geschäft blühte. In den Neunzigerjahren besaß er ein Areal in der Nähe von Narva, wo Kupfer, Aluminium, Kobalt und Gold gelagert wurden. Ich war sechsundzwanzig Jahre alt, als ich mit zwei Freunden dort einbrach. Das Gold brachten wir in kleinen Partien nach Schweden und Finnland, und ich hatte deswegen noch kein einziges Mal ein schlechtes Gewissen. Jeder Cent ist sinnvoll genutzt worden. Die Boote und die Ausrüstung sind mit diesem Geld angeschafft worden.«

Patrik wusste, dass er eine Entscheidung treffen musste. Entweder ging er jetzt seiner Wege und kehrte nie mehr zu der Gruppe zurück – auch wenn er eine medienwirksame Attacke auf die *MS Sigyn* für wichtig hielt und bereit war, Risiken einzugehen, um die Menschen aufzurütteln und für das Atommüllproblem zu sensibilisieren. Oder aber er würde so lange mitmachen, bis er herausgefunden hätte, was der Grund für Beates Verhalten gewesen war. Und Dominik, so widerlich es sich auch anhörte, konnte der Schlüssel sein. Kehrte Patrik der Gruppe jetzt den Rücken, blieb ihm Beates Geheimnis womöglich für immer verborgen.

»Gehen wir«, sagte Patrik zu Andrus und lief ohne weitere Erklärungen zum Bootssteg.

15

Auf dem heißen Dachboden flimmerte der Staub im Licht der Sonne vor dem kleinen Fenster.

Sandrine holte tief Luft. Je näher die Stunde X rückte, desto sicherer war sie sich ihrer Sache. Sie warf einen Blick auf Herman, der sich auf seiner schmalen Schlafunterlage aufsetzte und mit ernstem Blick den Daumen hob.

Sandrine erwiderte die Geste leicht gezwungen. Jörg, der Deutsche, faltete einen schwarzen Anzug auseinander. Er hatte ein kantiges Gesicht, eine Adlernase, eine überhebliche Miene und eine gerade Haltung. Jede Uniform hätte ihm perfekt gestanden. Sandrine hatte seine kontrollierten Bewegungen, die Exaktheit und Konzentration, schon früher beobachtet und festgestellt, dass der Mann ein geborener Soldat war. Und das war auch absolut nicht verkehrt. Er hatte als Fallschirmjäger gedient, und zu seinen Hobbys zählte das Freitauchen: Am Seil hatte er es ohne Sauerstoffgerät bis in sechzig Meter Tiefe geschafft.

Geir, der Norweger, zog sich ebenfalls einen dunklen Anzug an. Jochem knöpfte sich gerade das weiße Hemd zu.

»Vielleicht können wir uns nach dieser Aktion als Bilderberg-Sicherheitsleute bewerben«, grinste Geir mit Blick auf Jochems Outfit.

Sandrine war an Geirs gepflegtes Äußeres gewöhnt, aber Jochem sah im schwarzen Anzug verblüffend repräsentativ aus. Die Ärztin überraschte sich selbst bei dem

Gedanken, dass es dem Mann zweifellos guttat, zur Abwechslung aus dem Dschungel herauszukommen.

Das Warten, das Essen aus der Dose und die kargen Wasserrationen hatten Sandrine ungeduldig werden lassen, sie wollte endlich aktiv werden. Ohne etwas zu sagen, fing sie an, sich die schwarz-weißen Kleider anzuziehen, denen etwas Bügeln nicht geschadet hätte.

Sie bemerkte, dass Jörg ein grünes Barett in die Innentasche seines Sakkos steckte. »Das setze ich auf, wenn es losgeht«, sagte er, als er Sandrines Blick bemerkte.

Von dem Hotelbetrieb unter ihnen drang nur das Sirren des Aufzugmotors bis auf den Dachboden. Aber dieses Geräusch war an diesem Morgen ständig zu hören.

Sandrines Handy gab ein Signal. Die SMS kam von Max und Flora, die wenige hundert Meter entfernt vor der Einfahrt standen. *Alles okay hier. Zwei Wächter wollten uns vertreiben, aber sie können nichts gegen uns tun.*

Alles schien bereit für eine Demonstration gegen die Globalisierung, wie es sie noch nie gegeben hatte.

Kurz darauf bemerkte Sandrine, dass das Display ihres Handys blinkte. Sie erkannte den Anrufer und meldete sich.

»Ja, Patrik?«

Für einen Moment hörte man nur das Rauschen des Windes, dann erst Patriks Stimme: »Ich habe zwei Spezialisten den Obduktionsbericht gezeigt. Du hättest Beate retten können. Wir sehen uns vor Gericht.«

Dann wurde die Verbindung unterbrochen.

Sandrine kam die Galle hoch, aber sie riss sich zusammen.

Die Räder des landenden Learjets setzten sanft auf der Landebahn des Småland Airports in Växjö auf. Die heißen Abgase der Düsenmotoren der aus Washington D. C. kommenden Gulfstream ließen die Luft vor dem strahlend blauen Himmel flimmern. Nachdem sie ihre Geschwindigkeit ausreichend reduziert hatte, bog die Maschine in Richtung Terminal ab, vor dem sich sofort ein großer schwarzer Volvo in Bewegung setzte.

Flugzeug und Auto hielten auf gleicher Höhe an. Ein Stück entfernt standen bereits zwei weitere Learjets. Die Gulfstream stellte die Motoren ab, und eine kleine Gangway wurde herabgelassen. Dem Volvo entstieg ein Chauffeur, der geschwind eine der hinteren Wagentüren öffnete.

Drei Männer in Anzügen stiegen, sich unterhaltend, aus der Maschine: Frank Taylor, die rechte Hand von Steve Ballmer, dem Chef von Microsoft, Georg D. Sachar, der Vizedirektor der Zentralbank der Vereinigten Staaten, sowie David Pearson, der Sicherheitsberater von Präsident Barack Obama. Sie begrüßten den Chauffeur, der umgehend ihr Gepäck in den Kofferraum lud.

Als der Volvo auf die Ausfahrt neben dem Terminal zufuhr, landete bereits der nächste Learjet. Der Volvo setzte seinen Weg über einen Parkplatz zur Landstraße fort, die durch die schwedische Landschaft führte, vorbei an welligen Getreidefeldern, Laubwaldinseln und roten Holzhäusern.

Der schwarze Hundeschwanz stieß eines der akkurat komponierten Blumenarrangements um. Rasch eilte eine Angestellte des Hotels Jaeger Skärgården herbei und stellte das Gebinde wieder an seinen Platz, nicht ohne dem Herrchen des Labradors einen strengen Blick zuzuwerfen. Der Mann hatte das Missgeschick jedoch nicht einmal bemerkt und setzte seine Arbeit mit dem Sprengstoffhund an der Leine in der Hotellobby fort.

Anschließend führte er den Hund in einen großen Saal mit außergewöhnlich festlich gedeckter Tafel, über der drei riesige Kristalllüster hingen. In der Mitte des Raums hielt der Restaurantchef eine glänzende silberne Gabel gegen das Licht und machte eine Bemerkung zu dem Oberkellner, der neben ihm stand.

Der Labrador schnupperte, und sein Herrchen ließ den Blick durch den Raum und über die Empore schweifen. Er schaute auf seinen Hund, doch der schien in keiner Weise auf das Geruchsspektrum im Raum zu reagieren.

In den oberen Etagen wurden zügig die Zimmer der prominenten Gäste vorbereitet. Flinke Hände drapierten Obstkörbe, die Kissen wurden gerichtet und die Bäder kontrolliert. Nirgendwo durfte es den geringsten Anlass zu einer Beschwerde geben.

Im Flur des obersten Stockwerks bückte sich ein Sicherheitsmitarbeiter vor der Tür des Lagerraums und überprüfte, ob das Siegel unversehrt war. Anschließend setzte er seinen Kontrollgang fort.

Auf dem Dachboden über dem Lagerraum spähte Sandrine mit Hilfe eines Periskops in Tarnfarbe durch das von Spinnweben überzogene Dachfenster nach draußen.

»Es kommen immer mehr«, flüsterte sie.

Herman, im dunklen Anzug, nickte, ohne das Gesicht zu verziehen. Geir und Jochem befestigten Funkgeräte an ihren Handgelenken und unter ihren Sakkos.

Sandrine wischte sich den Schweiß von der Stirn und schaute erneut durchs Periskop. Sie sah ein Auto vorfahren, dem ein Mann entstieg.

Derselbe große Mann wurde auch im Sucher einer Kamera mit Teleobjektiv gesehen. Allerdings beeinträchtigten Bäume und Büsche die Sicht.

»Von hier aus ist der Blick nicht gut genug«, sagte der Fotograf, der auf dem dicken Ast einer Eiche balancierte, und setzte die Kamera ab. »Ich krieg die Autos nicht drauf.«

»Aber man sieht die Hotelfassade, das genügt«, sagte Flora.

»Wieso?« Der Fotograf in der Lederjacke schaute Flora an. »Denkst du an etwas Bestimmtes?«

»Man kann ja nicht wissen, was hier noch Interessantes passiert«, sagte sie lächelnd und reichte dem Mann eine Wasserflasche. Am Himmel waren einige Wolken aufgezogen, es war bereits um diese morgendliche Uhrzeit schwül.

Der Mann nahm die Flasche dankbar entgegen und trank einen Schluck.

»Da drüben auf der anderen Straßenseite hat man einen besseren Bildwinkel, da kann man gute Aufnahmen vom Hauptgebäude machen«, sagte Flora.

»Hast du das ausprobiert?«, fragte der Fotograf mit der Wasserflasche an den Lippen. »Was habt ihr hier eigentlich am Laufen?«

»Wir haben nichts am Laufen. Aber an deiner Stelle würde ich auf die andere Seite gehen, von wo aus man das Hotel besser sieht.«

Der Mann reagierte auf Floras Blick auf die Uhr, kletterte vom Baum und folgte ihr neugierig. Sie blieb vor der Einfahrt stehen, wo Max Flugblätter an die wenigen Journalisten verteilte, die hauptsächlich von Lokalblättern und alternativen Medien kamen. Die großen Medien glänzten wie üblich mit Abwesenheit. Dafür waren die Stammdemonstranten, die mit ihren Transparenten bei allen Bilderberg-Tagungen auftauchten, da. Ort und Zeitpunkt der Konferenzen waren stets ein streng gehütetes Geheimnis, normalerweise fanden sie erst zwei Wochen vor der Veranstaltung den Weg auf die Homepages der Gegner. Trotzdem erschienen jedes Jahr einige Dutzend von ihnen vor dem jeweiligen Hotel, zusammen mit lokalen Demonstranten.

Ein schwarzer Volvo erreichte die Einfahrt, am unteren Rand der Windschutzscheibe prangte ein großes »B«. Sofort umringten Aktivisten und Journalisten das Fahrzeug. Die wortkargen Sicherheitsleute, die dunkle Anzüge und Sonnenbrillen trugen, warfen einen Blick auf den Ausweis des Fahrers. Einer der Wächter sagte etwas in sein Funkgerät, und vor dem Volvo öffnete sich das Tor. Flora wusste, dass die Wachmänner keine Befugnis hatten, die Demonstranten von der Einfahrt zu verjagen. Sie konnten lediglich dafür sorgen, dass außer den wenigen Handverlesenen niemand durch das Tor kam.

Dann kam ein Kleinbus mit verdunkelten Scheiben angefahren.

»Hierher!« Flora winkte dem Fotografen, der ihr mit seiner Kameratasche über der Schulter folgte. Sie überquerte die Straße und zeigte dem Fotografen die Stelle, von der aus man zwischen Eichen hindurch einen ungehinderten Blick auf das Hotel hatte.

»Aber von hier sieht man ja nichts vom Grundstück«, wandte der Mann ein.

»Aber man kann bald interessante Bilder vom obersten Stockwerk des Haupthauses machen«, sagte Flora und winkte einen zweiten Fotografen herbei.

Als Nächstes glitt ein Mercedes-Van vor das Tor, dessen vier Insassen sich lebhaft zu unterhalten schienen. In dichten Intervallen trafen nun die Fahrzeuge ein. Sie brachten einflussreiche Männer aus der ganzen Welt, hohe Beamte, Bankiers, Wirtschaftswissenschaftler, Spitzenleute aus der Industrie und Chefredakteure aus den Vereinigten Staaten und aus Europa.

Max, der inmitten der lautstarken Aktivistenschar ruhig blieb, legte den Stapel mit Flugblättern auf die Erde und griff nach seinem Fernglas. Er visierte ein kleines, kaum erkennbares Dachfenster an.

Sandrine beobachtete vom Dachfenster aus, wie der Kleinbus vor dem Hoteleingang hielt. Vier Männer stiegen aus.

»Sands, Packer, Rogers, Pollard«, flüsterte sie. »Die komplette Spitze der amerikanischen Ölindustrie …«

Herman zischte und legte den Finger auf die Lippen. Von Minute zu Minute wirkte er angespannter. Das wunderte Sandrine – ein Söldner musste doch schon in viel schlimmeren Situationen gewesen sein.

Es wurde still auf dem Dachboden. Wie Herman war auch Jochem im Stil der Sicherheitsleute des Hotels gekleidet: dunkler Anzug, weißes Hemd, dezente Krawatte, glänzende Schuhe und Ohrhörer mit Spiralkabel. Geir und Jörg hingegen trugen die violette Uniform mit Stehkragen wie das Personal, samt Namensschildern mit Strichcode.

Sandrine sah auf die Uhr und prüfte, ob der Fernzünder bereit war. Sie wollte Herman und seinen Männern nicht im Weg sein, wenn sie ihren Auftrag erledigten, aber sie wollte diejenige sein, durch die letzten Endes die Botschaft übermittelt wurde.

16

Patrik versuchte, sich möglichst schnell auf dem nassen, jäh krängenden Deck zu bewegen. Der Wind war im Verlauf des Morgens immer stärker geworden, er blies warm unter dem Gewitterhimmel. Das Boot geriet auf einen Wellenkamm und fiel gleich danach wieder in die weiße Gischt.

»Allmählich wird die Zeit knapp«, rief Bronislaw Dominik zu, der am Ruder saß und gerade nach vorn aufs Meer schaute. Bronislaw war der Sonderling der Truppe, ein ehemaliger Unternehmer, der in der Nähe von Gdansk eine karge Jugendzeit verlebt und, seinen eigenen Worten zufolge, erst im mittleren Alter und als wohlhabender Mann die Erweckung zum Umweltschützer erfahren hatte, die bald sehr konkrete Formen annahm: Er wurde Vegetarier und nahm innerhalb eines Jahres mehr als dreißig Kilo ab. Inzwischen sah der schmalgesichtige, bärtige Mann aus, als hätte er sein ganzes Leben auf einer einsamen Insel verbracht.

»Wir müssen lavieren, sonst treiben wir am Ziel vorbei«, rief er und sah auf die Uhr.

Patrik blickte auf die schäumende See und begriff erst jetzt, wie groß das Risiko wirklich war, das sie eingingen. Außerdem fühlte er sich fremd unter den Männern.

Er wurde zunehmend unzufriedener mit sich und unsicherer, was seine Entscheidung betraf, aber die Bedeutung der Aktion trieb ihn voran.

Die Menschen mussten verstehen, dass es unhaltbar war, Atommüll in den Erdboden zu stopfen, zumal die Planungen nur auf einer Kette von Annahmen beruhten. Man ging davon aus, dass eine Kapsel mit atomarem Müll hunderttausend Jahre unversehrt blieb. Man nahm an, dass Kupfer der Korrosion hervorragend standhielt. Man ging ebenso davon aus, dass das Grundwasser in dem atomaren Abfallgrab zehn Jahre nach dem Verschluss sauerstofflos wäre und es auch bliebe. Und schließlich nahm man an, dass nicht einmal eine äußere Temperatur von hundert Grad Auswirkungen auf den Betonitlehm, der die Kapsel umgab, haben würde.

Dabei hatte man schon jetzt herausgefunden, dass destilliertes Wasser Kupfer angriff. Die Korrosion ging ungefähr so schnell voran wie in sauerstoffhaltigem Wasser, wenn man den Wasserstoff, der bei der Reaktion entstand, aus dem System entweichen ließ. Man wusste auch, dass im Grundgestein lebhafte Bakterienaktivität herrschte und sich die chemischen Voraussetzungen im Fels verändern konnten. Die Korrosion des Kupfers konnte sich wegen der Bildung von Sulfiten und Wasserstoff beschleunigen. Daher bestand die Möglichkeit, dass die Kupferkapseln schon bei einigen hundert Jahren Lagerung beschädigt wurden.

»Reffen!«, rief Bronislaw den andern Männern zu.

Patrik und Bruno fingen sofort an, die Segelfläche zu verkleinern. Dominik drehte das Ruder, und die Männer, die an Deck saßen, duckten sich schnell, weil der Baum des Großsegels über ihren Köpfen hinweg auf die andere Seite schwang.

»Drei Mann ausreiten!«, brüllte Bronislaw.

Patrik begab sich mit Konstantins und Andrus schnell auf die andere Seite, sie lehnten sich über den Rand hinaus, und das Boot fing an, sich zu drehen.

In dem schimmernden großen Saal herrschte lebhaftes Stimmengewirr. Die letzten Konferenzteilnehmer setzten sich auf ihre Plätze, und die Ober eilten hin und her. Ihr höfliches Lächeln verriet nicht den Druck, unter dem das gesamte Personal arbeitete. Eine so erlesene Gästeschar hatte das Jaeger Skärgården noch nicht gesehen – und das würde es auch so schnell kein zweites Mal.

Unter den hundert Gästen waren nur wenige Frauen. Viele der Männer hatten ihre Jacketts abgelegt und über die Rückenlehne gehängt, als wollten sie so den inoffiziellen Charakter der Veranstaltung betonen. Alle im Saal wussten, dass hier die kleine Bruderschaft der weltweit wirklich Mächtigen versammelt war. Dieser Umstand schuf eine einzigartige, kollegiale Atmosphäre.

Als schwedische Gastgeber fungierten die Vertreter des Industrie- und des Bankenzweigs des Wallenberg-Imperiums, die auf eine lange Bilderberg-Tradition zurückblicken konnten. Bald würden die Redebeiträge beginnen, und niemand musste befürchten, dass etwas davon nach draußen sickerte oder in den Medien zitiert wurde. Dennoch würden sich die vorgetragenen Ansichten in den kommenden Monaten in Reden von Politikern und in Leitartikeln auf der ganzen Welt wiederfinden und dadurch zur Bildung der globalen Meinung beitragen. Die Lage der Weltwirtschaft sowie Fragen zum Klima und der Energieversorgung waren traditionell Themen der Diskussion. Ein Aspekt, der Jahr für Jahr ebenfalls heftig debattiert wurde, war die militärische Rolle der EU innerhalb der NATO.

Diesmal entfachte jedoch die Lage in Estland eine spontane Diskussion. Seit ihrer ersten Veranstaltung 1954 war die Bilderberg-Konferenz eng mit dem Atlantischen Pakt verknüpft, und jetzt war die NATO im Begriff, in Estland in eine komplizierte Vermittlerposition zu geraten.

»Bereit zum Zünden in genau fünf Minuten«, flüsterte Sandrine auf dem Dachboden.

Herman drückte auf den Knopf an seiner Armbanduhr, und die im Halbdunkel leuchtenden Sekunden begannen zu laufen.

Schnell öffnete er die Bodenluke und nickte Jochem nach unten zu, der daraufhin nach der großen Banderole griff, die an der Wand lehnte.

Geir stieg die Leiter hinab und nahm die schwere Stoffrolle von Jochem in Empfang. Jörg und Herman folgten. Die Männer gingen an eine Wand des fast ganz dunklen Lagerraums und legten die Banderole auf dem Fußboden ab. Geir entfernte ein lockeres Stück der Wandverkleidung, schob eine Hand hinein und zog Ausrüstungsgegenstände hervor, von deren Existenz Sandrine nichts wusste.

Sandrines Puls beschleunigte zunehmend, je niedriger die Zahlen auf der Anzeige wurden. Sie umklammerte den Fernauslöser, hielt den Daumen aber weg vom Knopf, um ihn nicht aus Versehen zu früh zu drücken.

Nach all dem Planen und Vorbereiten war es kaum zu glauben, dass nun der Zeitpunkt für ihren Coup gekommen war. Herman und seine Leute würden verschwinden, sobald sie ihren Auftrag erfüllt hatten, und Sandrine sollte das auch tun. Aber noch war sie unentschlossen – es würde ihr nicht unbedingt leidtun, wenn sie nicht rechtzeitig fliehen könnte. Sie war bereit, die Konsequenzen für die Aktion zu tragen, und sei es vor Gericht. Allerdings würden die Bilderberg-Leute versuchen, ein Verfahren zu vermeiden, denn Öffentlichkeit war das Letzte, was sie wollten.

Sandrine sah auf die Uhr und legte den Daumen auf den Knopf des Fernauslösers.

Das Wachssiegel an der Tür des Lagerraums brach, und vier Männer schoben sich im obersten Stockwerk des Hotels auf den Gang.

Jörg huschte an einer Ritterrüstung vorbei und eilte auf dem weinroten Teppich lautlos zur bombastisch breiten Treppe. Herman und Jochem, der seine halblangen Haare mit Gel nach hinten gekämmt hatte, blieben vor den Aufzügen stehen, und Herman drückte auf den Knopf mit dem leuchtenden Pfeil.

Mit einem Obstkorb in der Hand ging Geir zu der schmaleren Treppe am anderen Ende des Flurs, die einst für die Dienstboten vorgesehen gewesen war. Zwei Stockwerke tiefer kam ihm ein Mann entgegen, den er als einen der Sicherheitsleute der Bilderberg-Konferenz identifizierte.

Geir nickte freundlich, als er an dem breitschultrigen Mann vorbeiging.

»He, warten Sie!«, sagte der plötzlich.

Geir blieb stehen und drehte sich um.

Der Mann kam mit einem Scanner in der Hand auf ihn zu und legte das Gerät auf die ID-Karte mit dem Strichcode, die an Geirs Revers befestigt war.

Der Scanner reagierte nicht. Der Sicherheitsmann sah Geir ins Gesicht.

Blitzschnell schob Geir eine Hand in den Obstkorb und zog eine Pistole mit Schalldämpfer heraus.

»Umdrehen!«, befahl er.

Ungläubig starrte der Mann auf die Waffe.

»Sofort!«, sagte Geir nun schärfer.

Der bestürzte Mann drehte sich langsam um. Geir führte ihn zu einer Putzkammer, zog eine Spritze aus der Tasche und stach sie dem Sicherheitsmann energisch in den Oberschenkel.

Der Mann stöhnte auf und wollte etwas sagen, sank aber

im selben Augenblick in Geirs ausgestreckte Arme. Geir legte ihn auf den Fußboden, versteckte die Waffe wieder im Obstkorb, schloss rasch die Tür und ging die Treppe hinunter.

Herman blickte auf die Uhr. Er war fast auf die Sekunde im Zeitplan. Ohne Störung hatte er den Weg vom Aufzug zur Küche zurückgelegt.

In der Hotelküche wurde hektisch hantiert. Auf den Herden standen brodelnde Töpfe, die Kellen und Messer, die an der Wand hingen, waren durch den Dampf fast nicht zu sehen. Flinke Hände schnitten Heringsfilets und hackten im Maschinengewehrtakt Gurken und Zwiebeln. Auf Tabletts warteten die Vorspeisen darauf, an die Tische gebracht zu werden. An der Tür zum Speisesaal standen die Ober nervös und startbereit.

»Schon Hunger?«, fragte ein rundgesichtiger Koch mit schwarzem Schnurrbart Herman lächelnd, der im selben Moment den Sicherheitsmann entdeckte, der auf der einen Seite der Küche die Essensvorbereitungen überwachte.

»Dieser Duft …«, sagte Herman und sah den glatzköpfigen schwarzen Sicherheitsmann zu ihm herüberkommen.

Rasch ging Herman zur Saaltür. Er passierte die Reihe der Ober und trat in den Saal, wo weiße Tischdecken, Kristalllüster, silbernes Besteck und goldene Kerzenständer um die Wette glänzten. Zwischen den großen Fenstern war ein riesiges Gemälde an der Edelholzverkleidung der Wand aufgehängt, es zeigte eine königliche Gesellschaft.

Herman warf einen Blick auf die lebhaft plaudernden Menschen, dann zog er eine Maschinenpistole mit kurzem Lauf unter dem Sakko hervor und richtete sie zur Decke. Er drückte ab, und eine kurze, laut ratternde Salve brachte das Stimmengewirr zum Verstummen.

Gleichzeitig tauchten an den anderen beiden Saaltüren Jochem, Geir und Jörg auf, ebenfalls mit Waffen in der Hand.

Die Tür hinter Herman öffnete sich, und der Sicherheitsmann aus der Küche kam in den Saal.

»Zurück!«, rief Herman und zielte auf die Stirn des Mannes.

Der überraschte Wachmann hob die Hände und tat einen Schritt nach hinten. Herman zog die Tür zu und schloss sie ab.

Jochem, der mit einer Maschinenpistole in der Hand in der Tür zur Lobby stand, zog einen kleinen Mikrofonverstärker aus der Innentasche seiner Jacke.

Als er die Schüsse hörte, stürmte der Sicherheitsmann, der für die Bewachung des Hoteleingangs zuständig war, sofort in die Lobby. Er zog seine Waffe und sah die Angestellten an der Rezeption fragend an. Sie wiesen unsicher auf den Speisesaal, dessen Glastüren mit Vorhängen bedeckt waren.

Der Sicherheitsmann ging auf eine Tür zu, aber eine laute Stimme im Saal stoppte ihn: »Sobald jemand versucht, in den Speisesaal einzudringen, werden Konferenzteilnehmer sterben.«

Sandrine bewegte sich unruhig in ihrem Versteck auf dem Dachboden. Gedämpfter Lärm von weit unter ihr hatte die Stille durchbrochen. Waren das Schüsse gewesen?

Das konnte nicht sein. Oder hatte Herman mit seinen Männern die Sicherheitsleute erschreckt, und sie hatten geschossen?

Nein, das musste etwas anderes gewesen sein. Sie hatten die Banderole anbringen wollen und würden mit Sicherheit nicht das Feuer eröffnen. Herman hatte die Fenster für die Banderole sorgfältig ausgewählt, sodass sie mehrere Minuten lang deutlich sichtbar sein würde, bevor man sie herunterreißen konnte. Die Fotografen hätten mit Sicherheit genug Zeit, sie zu verewigen.

Sandrine schaute auf die Sekundenanzeige ihrer Uhr. Drei, zwei, eins …

Sie atmete tief durch, schloss die Augen und drückte den Auslöser.

17

Die bewaffneten Männer überprüften im Speisesaal die Ausweise und trennten einige der Gäste von den anderen.

Niemand schien besonders erschüttert oder gar panisch zu sein. Die meisten Anwesenden hatten Erfahrung mit extrem schwierigen Verhandlungssituationen. Simon Rozen, der israelische Außenhandelsminister und ehemals hochrangiger Mossad-Offizier, wirkte wachsam, aber alles andere als verängstigt. Auch David Pearson, der sicherheitspolitische Berater des Weißen Hauses, war ganz ruhig. Neben ihm stand eine der wenigen Frauen, Maria Pellegrini, Repräsentantin einer italienischen Investmentbank. Dass sie erschrocken war, verriet lediglich die fleckige Röte an ihrem Hals.

Von irgendwo hörte man ein grelles, schnell lauter werdendes Sirren. Das Geräusch kam aus einem mit Stoff verkleideten Lautsprecher, der auf der Galerie versteckt war.

Die Bewaffneten schienen dem Chor aus Hunderten von Fliegen, in den sich das Weinen eines kleinen Kindes mischte, keinerlei Beachtung zu schenken. Im Hintergrund erklangen die Rhythmen afrikanischer Trommeln.

»*Jedes Jahr sterben in Afrika und Asien Millionen Kinder an Unterernährung*«, sagte eine ruhige Frauenstimme vom Band. »*Gleichzeitig werden die Industrieländer im Rekordtempo immer reicher. Die größten multinationalen Konzerne erzielen sogar in der Rezession Gewinne in Milliardenhöhe, die dann in Form von Dividenden in die*

Taschen ohnehin schon reicher Leute wandern. Die riesigen Gewinne vieler Konzerne werden durch die Ausbeutung der natürlichen Ressourcen in den Entwicklungsländern erwirtschaftet. Aber diese Ressourcen und ihre Nutzung sollten den Einwohnern der jeweiligen Länder vorbehalten sein …«

Auf den Gesichtern im Saal zeigte sich ein Hauch von Erleichterung: Womöglich steckten hinter dem Anschlag keine Terroristen, sondern es handelte sich nur um eine Gruppe Globalisierungsgegner …

Einer der Bewaffneten zog ein Handy hervor und schien jemanden anzurufen.

Sandrine war damit beschäftigt, das Periskop erneut am Dachfenster zu platzieren, als ihr Handy vibrierte. Der Anruf kam von Herman.

»Alles in Ordnung?«, fragte sie. »Habt ihr die Banderole an die Fassade bekommen?«

»Neben dem Balken steht eine blaue Tasche«, sagte Herman merkwürdig hastig und angespannt. »Darin ist ein Brief. Lies ihn!«

»Was für ein Brief? Wovon redest du?«

Die Verbindung wurde abgebrochen.

Zögernd griff Sandrine nach der blauen Tasche.

Patrik wischte sich mit dem Ärmel die Meerwasserspritzer vom Gesicht. Unter seinen Kleidern drückte ihn das zusammengerollte Transparent, es reichte vom Knie bis unter die Achsel und erschwerte jede Bewegung. Er hatte es selbst entworfen, in großen Lettern darauf zu lesen war eine Internetadresse: *www.atomgrab.org*.

Das Vergraben von Atommüll im Grundfels war in vielen Ländern in Erwägung gezogen und dann als zu riskant verworfen worden. Nur in Finnland hatte man das Projekt vorangetrieben, obwohl zahlreiche Geologen die Pläne für irrsinnig erklärt hatten.

Patrik wusste nur zu gut, dass Finnland während der letzten Eiszeit von einer drei Kilometer dicken Eisschicht bedeckt gewesen war. Wenn in der Zukunft Fennoskandia auch nur einmal von Festlandeis überzogen würde, würde alles, was der Mensch der Gegenwart errichtet hatte, zermalmt werden. Unter dem Gewicht des Eises rissen die Felsen, und ein Erdbeben folgte auf das andere. Die Erdkruste bräche fast einen Kilometer tief ein, bis sie sich allmählich wieder höbe. Eis- und Wassermassen wechselten sich ab. Nur der unterirdisch verborgene Atommüll bliebe der neuen Zivilisation als Erbe erhalten, auch wenn diese erst vierzigtausend Jahre nach der Eiszeit noch einmal an dieser Stelle von vorne anfinge. Die Menschen wüssten nicht, dass die von Korrosion spröde gewordenen Kupferkapseln ihren Inhalt an den Fels und das Grundwasser abgäben, von wo aus er in die Nahrungskette gelangte. Würden die Menschen in ferner Zukunft etwas von unseren Atommüllverstecken wissen, würden sie uns verfluchen und in die unterste Hölle wünschen, da war sich Patrik sicher. Um das zu verhindern, hatte er seinerzeit alles gegeben – sogar zu viel …

Er sah hinüber zu Dominik, der am Ruder stand und konzentriert nach vorne schaute. Patrik merkte, wie Hass und Misstrauen gegenüber Beates ehemaligem Freund in ihm stärker wurden, je mehr er sich die Lage vor Augen führte. Er bereute es, dass er nicht versucht hatte, mehr Informationen aus Beates Eltern herauszubekommen, und beschloss, nach der Aktion noch einmal nach Hamburg zu fahren. Jetzt aber musste er sich auf seine aktuelle Aufgabe konzentrieren, denn der Seegang wurde immer stärker.

Zum Glück hatten alle Männer im Team Erfahrung

mit dem Meer. Dieser Gedanke beruhigte Patrik, aber ein Aspekt dabei belastete ihn: Er selbst hatte zwar auch eine Ausbildung als Kampftaucher, aber er fragte sich, ob die anderen womöglich *zu* effektiv und professionell handeln könnten. Die Gruppe hatte ihre Ausbildung noch für ganz andere Situationen erhalten …

Die Stimmung war gespannt und abwartend. Bronislaw schien den Monitor des Navigators immer genauer im Auge zu behalten. Andrus spähte aufs Meer hinaus, Dominik blickte zum wiederholten Male auf die Uhr. Position und Timing mussten sich punktgenau treffen. Der ganze Plan steckte ohnehin schon voller Risiken, und der stärker werdende Wind machte die Aktion noch schwieriger und gefährlicher. Immerhin verfügten sie über die bestmöglichen Ausrüstungen und Sicherheitsvorkehrungen. Klammheimlich hatte Patrik auch sein eigenes, wasserdicht verpacktes Satellitentelefon mitgenommen.

Trotz des minutiösen Plans und gründlicher Vorbereitung würden sie vielleicht gar nicht auf das Schiff kommen. Womöglich gelangte ihre Botschaft überhaupt nicht in die Weltnachrichten. Es konnte sein, dass die Rettungshubschrauber zu früh kamen. Dann würde weltweit vom beschämenden Scheitern der Umweltaktivisten berichtet werden, und am Ende wäre bei dem Seegang sogar der Verlust von Menschenleben zu beklagen.

War eine bloß medienwirksame Aktion so etwas wert?

Im Saal herrschte gedämpftes Stimmengewirr. Das Verhalten dieser Globalisierungsgegner war in seiner Heftigkeit und Dreistigkeit etwas vollkommen Neues, es erinnerte an Terrorismus.

»Die Not der Entwicklungsländer wird nicht durch Spendenaktionen in der westlichen Welt gelindert. Die Schlüssel für die Beseitigung des Leidens liegen ihn Ihren

Händen«, sprach die weibliche Stimme aus dem Lautsprecher weiter.

Einer der Bewaffneten war auf die Galerie hinaufgestiegen und warf von dort das Gerät herunter, aus dem die Stimme kam. Eine Kombination von iPod und Verstärker fiel auf den Boden, aber die Stimme war trotzdem weiterhin zu hören.

»*Sie, verehrte Zuhörer in diesem Saal, können –*«

Der braun gebrannte Mann mit der Glatze, der Anführer, brachte den Apparat mit einem Fußtritt zum Schweigen. Mit der Frauenstimme verstummte auch das Gemurmel im Saal.

»Aha, das wird eine richtige Show«, flüsterte einer der Gäste.

Der mit der Glatze drehte eine Runde durch den Saal und ließ seinen eisigen Blick über die Konferenzteilnehmer schweifen. Vor einem stämmigen, weißhaarigen, selbstbewusst wirkenden Mann von etwa sechzig Jahren blieb er stehen. Es war der Generaldirektor eines großen amerikanischen Ölkonzerns.

»John Rogers … Hast du gerade etwas gesagt?«

Der Mann senkte nicht den Blick, als er antwortete: »Ja. Ich habe etwas gesagt. Schließlich handelt es sich hier um eine spektakuläre Aktion, keine Frage. Aber ich denke, allmählich reicht es dann auch.«

Ausdruckslos ergriff der Anführer Rogers Hand. Mit der anderen Hand nahm er ein silbernes Steakmesser vom Tisch und stieß es durch die Hand des Amerikaners hindurch in die Tischplatte.

Kurz starrte der Generaldirektor auf seine festgenagelte Hand, dann entfuhr ihm ein Schmerzensschrei. Die Menschen, die neben ihm standen, schreckten entsetzt zurück.

Das weiße Tischtuch färbte sich rot.

»Glaubt ihr immer noch, dass das hier ein Spiel ist?«, fragte der Mann mit der Glatze.

Sandrine stand mit dem Brief in der Hand im Licht des Dachfensters. Immer wieder las sie die Zeilen, die Herman geschrieben hatte, und sie wollte einfach nicht glauben, was da stand.

Schließlich zerknüllte sie das Blatt Papier, ihr wurde kurz schwarz vor Augen, und sie musste sich am Balken abstützen. Staubteilchen tanzten im Sonnenlicht, die Zeit schien stillzustehen.

In Sandrines Ohren rauschte das Blut.

18

Die Wellen schlugen gegen die zweiundzwanzig Meter lange Motorjacht des Typs Princess V70. Craig, der mit einem Tuch um den Kopf am Steuer saß, hielt mit dem Fernglas Ausschau und blickte immer wieder auf die Uhr.

Wo blieben sie? War etwas schiefgegangen? Jede Sekunde war kostbar.

Er rieb sich mit der Hand den Stummel seines Ohrläppchens und begriff im selben Moment, dass er das immer tat, wenn er nervös war. Er war ein vom Krieg verstümmelter Mann, die Hälfte seines Gesichts und ein Teil des Oberkörpers hatten Brandwunden erlitten, als der Feind Flammenwerfer in einem Tunnelsystem eingesetzt hatte, durch das er gekrochen war. Nur seine Schnelligkeit hatte ihn gerettet. Wegen seines ramponierten Aussehens zeigte er sich nie in einem Hotel.

Plötzlich horchte er auf. Hatte er gerade das Geräusch eines Helikopters gehört?

Zu sehen war jedenfalls nichts, vermutlich spielte ihm die Fantasie einen Streich. Es galt jetzt, sich zu beruhigen und die Geduld zu bewahren.

Aber warum brauchten sie so lange?

Da erwachte das Telefon zum Leben, und Craig registrierte den per SMS eingegangenen Befehl von Herman.

Er drückte den Startknopf, und der Motor nahm mit dumpfem Geräusch Umdrehungen auf. Das Dröhnen wurde stärker, und die Heckwelle schäumte auf, als das

Boot losschoss. Es fuhr einen energischen Bogen und raste dann mit hoch aufragendem Bug in Richtung Västervik.

»Schneller!«, brüllte Herman die Gruppe von dreißig Personen an, die zögerlich durch die schmale Tür des Speisesaals in den kleinen Saal ging, der im Stil des 18. Jahrhunderts möbliert war. Am anderen Ende des Raums stand Jörg mit grünem Barett und Maschinenpistole neben der Tür.

Eine größere Gruppe war vor der gläsernen Doppeltür des Speisesaals zusammengetrieben worden. Bestürzt sahen die etwa achtzig Personen zu, wie die anderen den Saal verließen.

Herman bemerkte jedoch auf einigen Gesichtern auch eine leise Erleichterung: War die Gefahr für sie vorüber? Zwei Männer waren dabei, Generaldirektor Rogers, der auf dem Fußboden saß, die Hand mit dem klaffenden Loch zu verbinden.

Ein grauhaariger Mann am Ende der kleineren Gruppe sagte etwas zu einem durchtrainiert wirkenden anderen Gast, der ebenso grimmig schaute wie er.

»Schnauze!«, fuhr Herman ihn an.

Heckten diese Blödmänner etwas aus? Das war durchaus möglich. Einige von ihnen waren als Geisel einzigartig – nicht nur wohlhabend und einflussreich, sondern auch äußerst intelligent. Ihre Fähigkeit, zu improvisieren und in überraschenden Situationen effektiv zu handeln, durfte man nicht unterschätzen.

»Bewegung!«, rief Herman und stieß dem Mann, der gerade gesprochen hatte, den Lauf der Maschinenpistole in den Rücken, sodass er ins Stolpern geriet. Nachdem die ganze Gruppe im kleinen Saal war, kam Herman zu den Gästen im Speisesaal zurück und rief durch die Saaltür den Sicherheitskräften draußen zu:

»Ich weiß, dass ihr mich auch in der Lobby hört. Vor

dem Hotel steht ein blauer Bus, fahrt ihn zum Hintereingang. Ihr habt dafür eine Minute Zeit, danach fangen wir an, die ersten Geiseln zu töten«, rief er und zog die Tür hinter sich zu.

Jörg, Jochem und Geir führten die Geiseln bereits in den nächsten Raum, von wo aus man durch eine Hintertür auf die Uferseite gelangte.

Hermans Telefon klingelte. Er sah, dass es Sandrine war, die ihn anrief, und meldete sich nicht.

Sandrine presste das Handy mit zittrigen Fingern ans Ohr. Herman meldete sich nicht, natürlich nicht. Hatte er von Anfang an diesen Plan gehabt? Schon damals am Lagerfeuer im Kongo, als sie ihm ihre Bilderberg-Idee vorgetragen hatte? Benutzte man sie nur als Geldgeberin? Zur Finanzierung einer schrecklichen Aktion, von der sie nicht die geringste Ahnung gehabt hatte? Sie zwang sich, ruhig zu bleiben, obwohl sie am ganzen Leib zitterte. Ihr erster klarer Gedanke nach dem Lesen des Briefs war gewesen, dass sie den entsetzlichen Schaden, den sie angerichtet hatte, wiedergutmachen musste. Egal wie.

Sie steckte das Handy ein und war mit einem Satz bei der Bodenluke.

Herman eilte mit der Waffe in der Hand auf die Gruppe zu, von wo er das Splittern von Glas und Schmerzensschreie hörte.

»Geht aus dem Weg!«, rief Herman.

Vor sich sah er Jörg inmitten von Glasscherben sitzen und sich die Hand halten. Sein Anzug war voller Blut, aus dem Handgelenk sprudelte es rot, das Barett lag auf dem Boden.

»Er ist gegen die Glastür gefallen«, sagte Geir und riss sich die Krawatte vom Hals.

»Er wurde *dagegengestoßen*«, brüllte Jochem. »Wer von euch …«

»Wir haben keine Zeit«, sagte Herman, nahm die Krawatte, die Geir ihm reichte, und band damit Jörgs Arm ab. Der Blutfluss nahm etwas ab.

»Verdammte Scheiße.« Herman zog Jörgs Ärmel hoch und untersuchte die Wunde.

Jemand drängte sich durch die Gruppe nach vorne.

»Stehen bleiben!«, rief Jochem.

»Nicht schießen«, rief eine Frau.

Herman erkannte die Stimme und traute seinen Ohren nicht. Sandrine stand mit erhobenen Händen vor ihm. »Ich bin Ärztin und arbeite für die Sicherheitsfirma.«

Eine Sekunde lang sah Herman ihr in die Augen, dann nickte er. Sandrine kniete sich neben Jörg, der gegen den Schockzustand ankämpfte, und sah sich die Wunde an.

»Ruft einen Krankenwagen, er muss schnell genäht werden und braucht Medikamente!«

Herman ging neben Sandrine in die Hocke. »Wir verschwinden mit einem Boot, auf dem es die nötigen Dinge gibt. Kannst du ihn dort behandeln?«

»Was für Dinge?«

»Ein A3-Erste-Hilfe-Set.«

»Das reicht.«

Herman blickte kurz auf die Geiseln, die den Vorgang bestürzt beobachteten.

»Wir nehmen die Frau mit«, sagte Herman und sah Sandrine wieder mit hartem Blick an. »Solange sie uns von Nutzen ist.«

Max starrte über den Zaun auf das Hotel. Noch immer war keine Banderole an der Fassade zu sehen. Aber etwas war passiert. Überall liefen Polizisten und Sicherheitsleute mit gezogenen Waffen umher.

Max sah Flora an, die mit den Schultern zuckte und ebenso irritiert zu sein schien wie er.

Man hörte das lauter werdende Heulen von Polizeisirenen. Mehrere Fahrzeuge näherten sich auf der Straße, die Ersten fuhren durch das Tor aufs Grundstück, aber drei Mannschaftswagen hielten am Tor vor den Demonstranten und Journalisten an.

Die Polizisten packten die Leute hart an und führten sie zu den Fahrzeugen. Die Demonstranten und Fotografen wehrten sich lautstark, und die Situation wurde chaotisch. Auf beiden Seiten gab es leichte Verletzungen. Nun kam auch ein Helikopter angeflogen.

Max sah, wie Flora zu einem Polizeifahrzeug gezerrt wurde.

Åsa Björklund schlängelte sich mit dem Handy am Ohr zwischen den Fußgängern in der Oxtorgsgatan im Zentrum von Stockholm hindurch. Gerade hatte sie ihr Mittagessen mit einer alten Freundin in einem japanischen Restaurant wegen des Anrufs unterbrechen müssen.

»Ich bin jetzt draußen«, sagte sie, »lass hören.«

»Ungefähr siebzig Gäste werden als Geiseln im Speisesaal festgehalten«, sagte ihr Vorgesetzter Peter Söderholm. »Die Geiselnehmer behaupten, sie hätten Sprengstoff deponiert. Dreißig Gäste sind mit Geiselnehmern in einem Bus auf dem Weg zur Anlegestelle, wo sie von einem Boot abgeholt werden.«

»Haben sie irgendwelche Forderungen gestellt?«

»Außer, dass man ihnen den Bus bringen sollte, vorläufig nichts.«

»Verdammt.« Åsa blieb auf dem Bürgersteig stehen.

»Das wird eine riesige internationale Suppe. Die Gäste sind hochrangige Amerikaner und Europäer. Kümmere dich um die internationalen Kontakte.«

»Wer hat angeordnet, die Geiselnehmer in den Bus zu lassen?«, fragte Åsa, setzte sich wieder in Bewegung und rannte bei Rot über die Straße zum U-Bahn-Eingang.

»Was hatten sie denn für eine Wahl? Hätten sie das Leben eines amerikanischen Bonzen riskieren sollen?«

Sandrine bemühte sich, die Panik im Zaum zu halten, während sie zusah, wie eine Geisel nach der anderen aus dem Bus zum Anlegesteg und weiter in die Kajüte einer Motorjacht der Luxusklasse geführt wurde. Bald war es zu spät, bald gab es kein Zurück mehr.

Sie nahm die nötigen Instrumente aus den sterilen Verpackungen im Erste-Hilfe-Set und bereitete sich vor, Jörgs Wunde zu nähen. Ihre Hände zitterten, aber sie beruhigte sich etwas, indem sie sich auf das konzentrierte, was sie konnte.

Aus den Augenwinkeln verfolgte sie, wie beängstigend entschlossen Herman und seine Männer agierten. Sie empfand eine gewaltige Wut auf Herman, der sie und ihr Geld nur benutzt hatte. Die bittere Enttäuschung und eine Welle von Selbstvorwürfen schnürten Sandrine die Kehle zu. Das Ganze war verrückt, man würde auch sie der Mittäterschaft an diesem Verbrechen beschuldigen, das bald weltweit die Topnachricht in den Medien sein würde.

War es doch ein Fehler gewesen, mit auf die Jacht zu wollen? Wäre sie denn in der Lage, etwas zu tun, um den Schaden gering zu halten?

Im Sichtfeld des Fernglases sah man auf dem Steg einen bewaffneten Mann und eine Frau, die etwas zu ihm sagte. Und in der Bootskajüte drängten sich die Leute bereits eng zusammen. Die Geiselnehmer waren unter den Geiseln praktisch nicht zu erkennen.

Der Polizeichef von Västervik setzte das Fernglas ab.

»Es ist vollkommen unmöglich, etwas zu unternehmen, ohne das Leben der Geiseln zu gefährden«, sagte er ins Telefon. »Die Terroristen können Fernzünder haben, mit denen sie die Leute im Speisesaal in die Luft sprengen, falls wir etwas versuchen sollten ... Wir können sie nicht daran hindern, mit dem Boot davonzufahren.«

In ohnmächtiger Wut sah der Polizeichef zu, wie das Boot sich vom Steg löste und aufs offene Meer hinaus beschleunigte, dass die Gischt spritzte.

19

Patrik sah in der Ferne zwischen den Wellen den Rumpf eines großen Schiffes aufblitzen. Dominik schaute in dieselbe Richtung. Auf dem Radarschirm, den Andrus vor sich hatte, sah man einen Punkt.

Das Schiff in der Ferne war grau. Also war es nicht die *MS Sigyn*, aber sie musste in der Nähe sein.

Auf einmal hob Dominik die Hand, als hätte er etwas entdeckt. Sofort erteilte er einige Befehle, und das Boot pflügte noch wütender durch die hohen Wellen.

»Wir müssen höher kommen«, rief er den ausreitenden Männern zu. »Sonst schaffen wir es nicht, uns vor das Schiff zu setzen!«

Dann sah Patrik es, wieder war es nur ein Aufblitzen, aber diesmal war es ein rot-weißes Frachtschiff.

Vor den getönten, stromlinienförmig geschnittenen Fenstern schäumte das Meer, als die *Princess* durch die Wellen schoss. Die luxuriöse, bis aufs letzte Detail durchdachte Inneneinrichtung der Jacht stand in grellem Kontrast zu den Mienen der Menschen, die sich in dem Ambiente aufhielten. Die Geiseln hockten auf Sofas, Bänken und Stühlen, kauerten auf dem Fußboden und den breiten Betten in den Schlafkajüten.

Sandrine klebte mit Pflaster ein Wundkissen auf Jörgs Hand und warf einen Blick auf Jochem, der ernst vor der schwarzen Jalousie stand. Geir bewachte mit seiner Maschinenpistole die Tür; beide Männer hüteten sich davor, Blickkontakt mit Sandrine aufzunehmen.

Auch Sandrine mied ihn, wenngleich sie den Männern am liebsten ihre Fragen ins Gesicht gebrüllt hätte: Was ging hier vor? Warum? In wessen Auftrag? Am schlimmsten war für sie, dass man sie betrogen hatte. Wie hatte sie nur so naiv sein können? Sie hätte Herman an die Gurgel gehen mögen, musste ihre Wut, Angst und Scham jedoch verbergen – jedenfalls vorerst …

Das donnernde Motorgeräusch und das ständige Aufschlagen des Rumpfes auf den Wellen ließen auf ein hohes Tempo schließen, sicherlich an die dreißig Knoten. Die *Cecil II*, die Sandrines Vater in Antibes liegen hatte, schaffte es auf zwanzig Knoten, und die Fahrt jetzt kam ihr deutlich schneller vor.

Sie ließ langsam den Blick schweifen. Vor ihr saßen genau jene Männer, über die sie in den letzten Wochen so viel gelesen hatte. Sie hatte im Internet Fernsehsendungen gesehen, in denen die Männer Sachverhalte schöngeredet hatten, so gekonnt und überzeugend, dass es einen rasend machte. Sandrines Gedanken waren um genau diese einflussreichen Männer gekreist, die hinter den Kulissen die Fäden zogen und über die Agenda der Medien auf der ganzen Welt entschieden.

Und jetzt saßen sie hilflos vor ihr. Vor einer Stunde noch hätte Sandrine sie attackieren wollen. Jetzt hatte sie mit ihnen einen gemeinsamen Feind. Trotzdem empfand sie keinerlei Sympathie.

Unter den Geiseln im Boot befand sich keine einzige Frau. Als sie die gepflegten und gebräunten Gesichter der Gefangenen genauer betrachtete, begriff Sandrine, dass sie überhaupt nicht ängstlich oder beklommen wirkten, sie strahlten eher eine fast arrogante Neugier aus. Nichts konnte ihr Selbstbewusstsein erschüttern.

Genau diese Haltung zeigte, dass sich die Welt in den Händen von hartgesottenen Männern befand – von zu hartgesottenen. Solange sie sich für unberührbar hielten und über allem standen, waren sie auch in ihren Entscheidungen arrogant und scherten sich nicht um die Armen dieser Welt. Ein radikaler Schlag gegen sie war legitim, aber Sandrine akzeptierte keine Gewalt. Was hatte Herman vor?

»Ich will mit dem Anführer eures Kommandos sprechen«, sagte Sandrine zu Geir, der in der Tür stand.

Die anderen Gefangenen richteten den Blick auf die mutige Ärztin, die sie für eine Schicksalsgenossin hielten.

»Warum?«

»Man muss sich um den Gesundheitszustand der Geiseln kümmern.«

»Sehen diese Mastschweine so aus, als würde ihnen etwas fehlen?«

Sandrine antwortete nicht. Die anderen Geiseln schauten sie an und überlegten sichtlich, was sie im Schilde führte.

»Stille Person«, sagte der Polizeichef von Västervik beim Blick durch die Scheibe auf die junge rothaarige Deutsche im Vernehmungszimmer. Sie saß da wie eine Statue, den Blick auf den Tisch gerichtet.

»Sie hat noch immer nichts gesagt«, berichtete der vernehmende Polizist. »Habt ihr inzwischen etwas über sie herausgefunden?«

Der Polizeichef schüttelte den Kopf.

Der Vernehmungsbeamte hob ab, als das Telefon klingelte. Er hörte eine Weile zu, dann sagte er: »Gut, danke.«

Er nahm ein vergrößertes Foto, das mit Teleobjektiv aufgenommen worden war, in die Hand. Es zeigte eine Frau, die einen Bus bestieg. »Der Hoteldirektor hat diese

Frau als diejenige identifiziert, die knapp eine Woche vor dem Anschlag im Hotel eingecheckt hatte. Sie benutzte den Namen Sandrine Denaux. Sie machte auffallend viele Fotos. Ziemlich amateurhafte Vorbereitung, wenn man sieht, wie professionell der Angriff selbst über die Bühne gegangen ist.«

Der Polizeichef streckte die Hand aus und nahm das Foto an sich.

Er trat auf den Gang und öffnete die Tür zum Vernehmungsraum. Die rothaarige Frau gönnte ihm nicht einmal einen Blick.

Söderholm warf das Foto vor der Frau auf den Tisch. »Ihre Komplizin ist identifiziert worden. Sie quartierte sich im Hotel ein, lief dann mit der Kamera herum und plante den Anschlag. Es ist zwecklos, das abzustreiten.«

Die Frau starrte das Foto reglos an. Dann blickte sie auf.

»Wir haben so etwas nicht geplant«, sagte sie leise. »Hinter dieser Attacke muss Herman stecken, Herman McQuinn.«

Herman saß im Cockpit auf einem hohen Ledersitz und schaute mit dem Fernglas übers Meer. Der verkrüppelte Craig saß neben ihm am Steuer. Sein Kopftuch flatterte im Wind, der durch das offene Schiebedach drang. Die Couch und die Sessel, die hinter dem Cockpit um einen Glastisch herum standen, waren leer.

Herman richtete das Fernglas nach links und kniff die Augen zusammen. War das am Horizont ein Helikopter?

Geir erschien auf der Treppe, die vom unteren Deck nach oben führte.

»Die Wunde ist verbunden. Was machen wir mit Sandrine? Sie will mit dir reden.«

Herman überlegte kurz. »Bring sie her.«

Geir ging wieder nach unten, und Herman schaute auf

den grünen Radarschirm. Er wusste, dass es nur eine Frage der Zeit war, wann trotz ihrer Drohungen die ersten Verfolger eintrafen. Was sollten sie dann tun? Die Drohungen wahr machen? Oder den Eindruck vermitteln, dass sie sich nicht an die selbst aufgestellten Spielregeln hielten?

»Wie lange noch?«, fragte er Craig.

Der Brite sah auf die Uhr am Armaturenbrett. »Ungefähr eine Stunde.«

Als Sandrine kam, stand Herman auf und bedeutete ihr, ihm zu folgen. Sie warf einen abschätzigen Blick auf Craig und ging dann am Glastisch vorbei aufs Achterdeck.

Herman lehnte sich neben der flatternden schwedischen Fahne an die Reling und schaute auf die weiß schäumende Heckwelle. Schweden und die Schären rückten in immer weitere Ferne.

Herman schwieg und wich Sandrines Blick aus. Er merkte, dass er die Reling unnötig fest umklammerte.

»Wohin fahren wir?«, fragte Sandrine.

Herman spielte mit dem Ring, den er seit Jennifers Tod trug. Er schaute kurz zum Horizont und sagte dann: »Du verstehst sicher, welche Wirkung eine Banderole an der Hotelfassade und die Tonbandaufnahme im Speisesaal gehabt hätten?«

Sandrine schwieg.

Herman richtete den Blick auf sie. Auf ihrem angespannten Gesicht glänzte der Schweiß, der Wind zerzauste ihr Haar und ließ sie die Augen zusammenkneifen.

Sandrine wandte den Blick nicht von Herman ab und sagte ruhig: »Was habt ihr vor? Wohin fahren wir?«

»An einen Ort, wo wir die maximale Aufmerksamkeit der globalen Medien erreichen werden.«

»Was geschieht mit den Geiseln?«

»Sie sind unsere Passierscheine für das Ziel, zu dem wir unterwegs sind. Niemand wird leiden müssen. Dieser Kampf wird mithilfe der Medien geführt, nicht mit Waffen. Solange die Polizei keine idiotischen Versuche unternimmt.«

Sandrine schwieg erneut. Sie schaute Herman fest in die Augen.

»Das gilt auch für dich«, sagte er. »Auch du wirst deine Botschaft effektiver in der Welt verbreiten, als du es dir vorstellen konntest. Du solltest uns dankbar sein. Hauptsache, du behältst dich unter Kontrolle und machst keine Dummheiten. Es ist zu deinem eigenen Vorteil, wenn du vorerst eine Geisel unter den anderen bleibst. Geh jetzt zurück in die Kajüte, bevor jemand Verdacht schöpft.«

Sandrine drehte sich um und stieg nach unten.

20

Åsa lief an der Seite eines großen, ernsten Mannes über die Flure der zentralen schwedischen Kriminalpolizei, Rikskriminalen, in der Stockholmer Polhemsgatan.

»Die Botschaft der USA fragt, wie wir vorankommen, und bietet die Hilfe des FBI an«, sagte Karl Olov Torkelsson, der stellvertretende Leiter der Rikskriminalen.

»Ich bin durch TERA für die Koordination der internationalen Zusammenarbeit zuständig«, sagte Åsa. »Die Attentäter sind mit an Sicherheit grenzender Wahrscheinlichkeit Ausländer. Wir brauchen eine breite Kooperation mit mehreren Ländern, nicht nur mit den USA.«

Torkelsson öffnete die Tür der Operationszentrale, und Åsa trat ein.

Thomas Mardell, der verantwortliche Chef, stand im hellblauen Polizeihemd neben zwei Krisenstabmitgliedern vor einer an die Wand projizierten Seekarte. Er sprach ernst in ein Mikrofon, aber als er Torkelsson bemerkte, gab er das Headset an einen der Kollegen weiter und ging rasch zu seinem Vorgesetzten.

Nachdem er den Anruf aus der rund um die Uhr tätigen Nachrichtenzentrale der schwedischen Polizei erhalten hatte, hatte Torkelsson den Verantwortlichen der Operationszentrale in der Zentralkripo verständigt und ihn gebeten, die Leiter von Säpo, NI und Piket zum Lagebericht zu rufen.

»Die neueste Information lautet, dass die Princess-V70-

Jacht mit voller Geschwindigkeit nach Norden fährt«, sagte Mardell. »Aber wohin? Das weiß niemand.«

Ulf Werner, der Leiter der Sicherheitspolizei Säpo, betrat das Operationszentrum. Er schien außer sich zu sein.

»Warum waren da bloß eine Handvoll NI-Leute vor Ort?«

»Hör auf, Ulf. Das ist Säpo-Terrain. Ihr hättet schon mehr Verstärkung anfordern müssen, wenn ihr mit euren Aufgaben nicht fertig werdet.«

»Der Personenschutz von Staatsgästen ist unser Terrain, aber ihr hättet begreifen müssen, dass es das gesamte Objekt, also das Hotel, zu sichern galt. Ebenso die nähere Umgebung. Wie verfügen ja nicht einmal über die Waffen für so etwas!«

»Die Attentäter haben nicht von außen zugeschlagen. Sie sind aus dem Inneren des Hotels gekommen«, konnte sich Åsa nicht zu sagen verkneifen, auch wenn ein Streit über Zuständigkeitsprobleme jetzt sinnlos war.

»Die Überprüfung und Überwachung der Hotelräume lag in der Verantwortung der Bilderberg-Sicherheitsleute«, sagte der Säpo-Chef. »Das war eine Bedingung von Bilderberg. Genau wie bei der Konferenz 2001 in Stenungsund. Sogar die Polizisten mussten den Sicherheitsleuten ihre Ausweise zeigen, um ins Hotel zu kommen.«

»Scheiße, man wird uns dafür trotzdem zur Verantwortung ziehen«, sagte Torkelsson. »Die Konferenz findet auf schwedischem Boden statt, das ist Fakt. Es hat keinen Sinn, sich hinter einem privaten Sicherheitsdienst aus dem Ausland zu verstecken.«

»Der Herrenclub selbst ist darauf bedacht, alles so wahnsinnig geheim zu halten. Ist es unsere Schuld, wenn sie ihrem Versteckspiel den Vorrang vor der Sicherheit geben?«

»Und das soll ich nachher bei der Pressekonferenz den

internationalen Medien sagen? TT hat gerade eben eine Meldung über die Vorfälle in Västervik gebracht, im Nu haben wir CNN hier und alles, was sonst noch Beine hat, vor allem aus den USA …«

»Meine Herren, hebt euch eure Streitigkeiten für später auf«, sagte Magnus Falk, der Leiter der nationalen schwedischen Einsatzkräfte. »Wie ist die Lage?« Der siebenundvierzigjährige Stockholmer sah genauso fit und entschlossen aus, wie es sich für den Chef der sogenannten Sondereinheit für anspruchsvolle Situationen gehörte. Åsa war ihm bereits ein paarmal begegnet.

»Wie viele von deinen Leuten sind im Hotel?«, wollte Torkelsson von Falk wissen.

»Sieben. Vier Männer von Alfa und drei von Fox.« Letztgenannte war eine der Scharfschützeneinheiten der NI.

»Weiß man, wer die Eindringlinge sind?«

»Der Hauptverdächtige ist ein Amerikaner namens Herman McQuinn, ein ehemaliger Soldat der Sondertruppen der US-Armee«, sagte Åsa. »Hat später als Söldner gearbeitet, laut FBI ist es schwierig, Informationen über ihn zu bekommen. In der Gruppe sind drei weitere Fremdenlegionäre, die in Afrika gekämpft haben, einer von ihnen ist Norweger.«

»Woher stammen diese Angaben?«

»In Västervika ist eine Aktivistin namens Flora Müller festgenommen worden. Von ihr haben wir den Namen und die Nationalität von McQuinn.«

»Söldner … Das ist eine verdammte Katastrophe. Aber fangen wir an. NI in volle Einsatzbereitschaft, einschließlich Boote und Taucher. Wie viele von unseren Helikoptern sind derzeit in Stockholm?« Torkelsson richtete die Frage an den Verantwortlichen der Operationszentrale.

»Zwei.«

»Beide in Bereitschaft!«

»Und die SSG?«, fragte Mardell zurück. Die SSG, die *Särskilda skyddsgruppen,* war in der schwedischen Armee die Sondereinheit für außergewöhnliche Einsätze.

»Die noch nicht. Aber es kann sein, dass wir Boote der Küstenwache brauchen.«

Das Segelboot fuhr in hohem Tempo direkt auf die *MS Sigyn* zu. Jeder einzelne Muskel von Patriks Körper war zum Einsatz bereit. Er hatte inzwischen eine Rettungsweste angezogen.

Patrik sah, dass Andrus in die Kajüte ging. Dominik behielt das Radar im Auge und wechselte ein paar Worte mit Bronislaw. Patrik wusste, dass die beiden die Geschwindigkeit des Bootes im Verhältnis zur Windgeschwindigkeit und den Annäherungswinkel im Verhältnis zum Schiff einzuschätzen versuchten, das vor ihnen immer größer wurde.

»Jetzt«, rief Bronislaw. Bruno und Konstantins refften flink die Segel, sodass das Boot deutlich langsamer wurde. Dann gingen sie ohne ein Wort in die Kajüte. Bronislaw folgte ihnen.

Patrik und Dominik blieben zu zweit an Deck. Der Buchstabe G auf dem Schornstein des rot-weißen Schiffes war bereits deutlich zu erkennen. Gut möglich, dass von seiner Kommandobrücke aus jemand das herannahende Segelboot mit dem Fernglas entdeckte und jede Bewegung der Besatzung an Bord beobachtete.

Plötzlich drang dichter Rauch aus der Kajüte. Mit fuchtelnden Armen stürzten die Männer heraus.

»Feuer«, riefen sie aufgeregt. »Verlasst sofort das Boot!«

Als Erster sprang Bronislaw ins Wasser. Sein Kopf tauchte in dem Moment wieder an der Oberfläche auf, als eine Welle das Boot weit nach oben warf.

»Schnell!«, brüllte Dominik.

Als Nächster sprang Bruno, der den passenden Augenblick abwartete und sich dann mit aller Kraft abstieß. Wenn man beim Sprung gegen den Bootsrumpf prallte, konnte man bewusstlos werden, und das würde den sicheren Tod im Wasser bedeuten. Eisiges Grauen beschlich Patrik. Was taten sie hier eigentlich? War das nicht doch der schiere Wahnsinn?

Nun stieg Konstantins auf den Rand. In diesem Moment sah er für Patrik irgendwie anders aus als zuvor an Deck, er wirkte wie ausgestopft. Trug er unter seiner Schwimmweste eine Art Zusatzausrüstung?

Konstantins machte einen weiten Sprung und verschwand im Meer. Dominik gab Patrik ein Zeichen. Dieser atmete tief durch und konzentrierte all seine Gedanken auf Beate.

Er blickte auf den schwarzen Rauch, der aus der Kajüte quoll, trat an den Bootsrand, wartete einige Sekunden ab und sprang dann mit den Füßen voraus in die bedrohlich wogenden Wassermassen.

Wütend spritze das Wasser rings um ihn auf, und die Kälte wollte ihn instinktiv nach Luft schnappen lassen. Mit Gewalt hielt er so lange den Atem an, bis er wieder an die Oberfläche gelangt war, und prustete dann wild, wobei er gegen die Panik ankämpfte.

Er machte ein paar schnelle Schwimmbewegungen, um weit genug vom Boot wegzukommen. Umgeben von Wellen sah er zu, wie zuerst Andrus und dann Dominik sprangen und das Boot im dichten Rauch hinter sich ließen. Die *MS Sigyn* war einige hundert Meter von ihnen entfernt.

Kurz darauf waren die anderen Männer irgendwo hinter den Wellen verschwunden.

Patrik war allein.

21

Im Hafen von Visby erblickte der erfahrene Jan Bergkvist, der bei der *Rederi AB Gotland* Funkdienst hatte, durch das Fenster die weiße Personenfähre mit der Aufschrift *Destination Gotland.*

Gerade hatte der Kapitän des Schiffes, das von Nynäshamn nach Visby fuhr, mitgeteilt, dass der Transport von mehr als tausend Passagieren vom schwedischen Festland auf die Insel trotz des böigen Windes reibungslos vonstatten gegangen sei, da fiel dem Funker ein blinkendes Licht an seiner Telefon- und Funkanlage auf. Die Nachricht kam von einem anderen Schiff der Reederei, von der *MS Sigyn,* die benutzte Kernbrennstäbe von Forsmark nach Oskarshamn transportierte.

Bergkvist stellte die Verbindung zur *MS Sigyn* her und suchte auf dem Computerbildschirm nach der Position des Frachters. Er schien sich genau an der richtigen Stelle zu befinden.

»*Hier brennt ein Segelboot*«, sagte der Kapitän der *Sigyn* über Funk. »*Menschen über Bord rund um das Boot. Wir beginnen mit den Rettungsmaßnahmen.*«

»Habt ihr der Seenotrettung Mitteilung gemacht?«, fragte Bergkvist.

»*Gerade eben. Sie haben versprochen, einen Hubschrauber zu schicken.*«

»Gut. Wie viele Personen sind im Wasser?«

»*Ich kann es nicht erkennen, die Wellen sind zu hoch.*

Vielleicht sechs oder sieben. Ich melde mich, wenn wir die Leute in Sicherheit gebracht haben.«

»In Ordnung. Halte mich auf dem Laufenden.«

Nachdem er die Verbindung wieder getrennt hatte, griff Bergkvist zum Telefon, um der Geschäftsführung der Reederei von der Situation zu berichten.

»Kraft drosseln«, sagte Anders Holmström, der Kapitän der *Sigyn* zu seinem Steuermann. Die großen Schiffsschrauben unter Wasser drehten sich langsamer, damit das Schiff trotz des Seegangs auf der Stelle blieb.

»Wir lassen ein Rettungsboot zu Wasser. Jensen, Palm, Hansson und Syvertsen«, sagte Homlström ins Funkgerät.

Wenig später kletterten die Männer der Crew in ein Rettungsboot. Der Elektromotor sprang an, und die Haltestangen schoben das orange, aus feuerfestem Material gefertigte, kapselförmige Boot über die Reling. Nach einem kurzen Schwanken in der Luft glitt es an den Stahlseilen des Davits nach unten.

Holmström schaute durchs Fernglas. Aus der Kajüte des Segelboots stieg noch immer dichter Rauch auf. Hier und da waren Menschen inmitten der Wellen zu erkennen, jemand winkte. Holmström wusste, dass die Besatzung der *Sigyn* die bestmögliche war. Und ins Rettungsboot hatte er jene vier kommandiert, die eine Sonderausbildung für Extremsituationen erhalten hatten.

Patrik sah das orangefarbene Rettungsboot auf sich zukommen. Er konnte sogar das Gesicht des Mannes am Steuer durch das Bootsfenster erkennen. Vom Heck aus streckte ein Retter Patrik die Hand entgegen.

»Haben Sie die Kraft, zu mir zu schwimmen?«, fragte er auf Schwedisch.

Mit wenigen Schwimmzügen war Patrik am Boot. Er griff nach der ausgestreckten Hand, und der Mann zog ihn routiniert aus dem Wasser.

»Was ist passiert? Sind Sie verletzt?«

Patrik antwortete nicht. Er ließ sich nicht einmal anmerken, dass er verstand, was der Mann sagte, sondern lag nur regungslos im Boot.

»Äußerlich scheint er in Ordnung zu sein«, meinte ein Seemann zu seinem Kollegen.

»Da drüben ist der Nächste«, erwiderte der und wendete das Boot.

Wenig später zerrte der Retter Konstantins aus dem Wasser. Dieser redete wirres Zeug in seiner Muttersprache, und Patrik fragte sich unwillkürlich, ob das nur Theater für die Männer von der *Sigyn* war, oder ob Konstantins tatsächlich das Entsetzen gepackt hatte.

In dem Moment hörte man einen Schrei. Andrus schwamm in zwanzig, dreißig Metern Entfernung und schien in Panik geraten zu sein. Die Retter eilten ihm zu Hilfe. Als sie den völlig erschöpft wirkenden und unter Schock stehenden Andrus ins Boot hoben, rutschte er ab und blieb am Bootsrand hängen, nur eine Hand noch im Griff des Retters.

Patrik rappelte sich hoch, um zu helfen. Während der Retter an beiden Händen zog, umfasste Patrik den Brustkorb des Esten und hob an. Dabei spürte er etwas Hartes unter Andrus' Rettungsweste, etwas, was dort nicht hingehörte. Was hatte er da bei sich?

Im selben Augenblick vibrierte Patriks wasserdicht verpacktes Satellitentelefon in der Schenkeltasche. Jetzt hatte er allerdings wahrlich keine Zeit, sich zu melden.

Als sich das Rettungsboot der *MS Sigyn* näherte, sah Patrik, dass vom Schiff aus eine Strickleiter über die Reling geworfen wurde. Der Plan schien aufzugehen.

Sein hartnäckig vibrierendes Telefon veranlasste ihn nun doch dazu, den Reißverschluss der Seitentasche zu öffnen und nachzuschauen, wer der Anrufer war, denn nur wenige Personen hatten diese Nummer.

Der Anruf kam aus Deutschland, aus Hamburg, wie die Vorwahl verriet – es war Beates Vater.

Die Strickleiter kam näher. In dieser extrem angespannten Situation bemühte sich Patrik, klar zu denken. Was wollte Klaus Funke? Etwas über Beate berichten? Oder über Dominik?

Patrik riss die Schutzfolie ab und meldete sich.

»Hier spricht Klaus Funke. Neben mir steht eine Frau, die behauptet, Ihre Mutter zu sein … Ich gebe sie Ihnen.«

Patrik war vor Überraschung wie gelähmt.

»Patrik«, sagte eine heisere Frauenstimme aufgeregt. »Sag etwas … Bist du da?«

Patriks Finger drückte die rote Taste am Telefon, und die Verbindung war unterbrochen. Gleich darauf bemerkte er den wütenden Blick von Andrus.

Verblüfft sah Klaus Funke die Frau an, die ihm das Telefon zurückgab.

»Was ist?«, fragte er. »Hat Patrik aufgelegt?«

Die kurzhaarige Frau, die sich als Anita Vasama vorgestellt hatte, schien zunächst nicht antworten zu wollen, sagte aber schließlich: »Er will nicht mit mir sprechen. Aber er muss mich anhören … Rufen Sie ihn noch einmal an, bitte.«

Funke sah zu seiner Frau hinüber, die ebenso irritiert zu sein schien angesichts des überraschenden Besuchs. Frau Vasama trug trotz ihres Alters von ungefähr fünfzig Jahren ausgetretene Stoffschuhe, orange Jeans und einen bereits leicht verfilzten bunten Wollpullover. Um den Hals hatte sie ein Palästinensertuch geschlungen.

Ohne Vorwarnung war sie bei ihnen aufgetaucht, hatte erzählt, sie sei vor Jahren von Finnland nach Deutschland gezogen und habe in einer Kommune gewohnt, wo sie andere alternativ denkende Menschen kennengelernt habe. Ihr Sohn Patrik habe damals bei seinem Onkel in Finnland bleiben wollen.

Schließlich hatte Anita Vasama gemeinsam mit einem gewissen Dietrich die Kommune verlassen und lebte seitdem mit ihm zusammen. Sie hatte die Entwicklung ihres Sohnes und seine Karriere als Geologe in Finnland verfolgt, obwohl er keinen Kontakt zu ihr mehr wollte.

Dietrich hatte viele Freunde unter den Öko-Aktivisten, und einer von ihnen hatte vor einem halben Jahr Kontakt zu Anita aufgenommen, denn er wusste, dass Patrik für die Atomindustrie arbeitete.

Einige Wochen später hatte Anita mehr darüber gehört und nach einigem Nachhaken von Beate und ihrer Beziehung zu Patrik erfahren. Jetzt wollte sie mit ihrem Sohn in Verbindung treten – war aber nicht bereit zu sagen, warum.

Klaus nahm das Telefon, das Anita ihm hinhielt, entgegen. »Ich kann mich nicht in Ihre Angelegenheiten einmischen, wenn Sie mir nicht sagen, worum es geht. Sie werden sicher verstehen, dass wir uns für alles interessieren, was mit unserer Tochter zu tun hat.«

Die Frau wirkte unschlüssig. Nervös spielte sie mit dem Knoten an ihrem Halstuch und schien bereits etwas sagen zu wollen, wandte sich aber dann abrupt der Tür zu. »Ich muss ein paar Dinge überprüfen und melde mich wieder«, sagte sie und ging ebenso schnell davon, wie sie gekommen war.

Kapitän Holmström beobachtete durch das Fernglas das Rettungsboot, das zum Mutterschiff zurückfuhr. An Bord waren die aus dem Meer geretteten Personen, von denen einige nach Meldung seiner Männer schwer unter Schock standen.

»Ich gehe nach unten und sehe nach, wie die Lage ist«, sagte Holmström zu Steuermann Magnusson und stieg die Treppe hinunter. Normalerweise waren die Decks auf Frachtschiffen durch Treppen im Inneren miteinander verbunden, aber auf der *Sigyn* waren sie aus Sicherheitsgründen außen auf beiden Seiten des Schiffes installiert.

Unten angekommen blickte Holmström über die Reling und sah, wie man im Rettungsboot dem ersten Seenotopfer auf die Strickleiter half.

Ein Besatzungsmitglied band ein Sicherungsseil um einen erschöpft wirkenden Mann. Wegen des starken Seegangs mussten Retter und Geretteter sich anstrengen, um das Gleichgewicht zu halten. Schließlich war das Seil befestigt, und der Mann in der Rettungsweste kletterte die schwankende Strickleiter hinauf.

Oben ergriff Holmström die Hand des Mannes und zog ihn durch die Pforte in der Reling. Kraftlos sank der Mann auf dem Deck zu Boden.

»Danke, Sie haben mir das Leben gerettet«, stammelte er außer Atem auf Englisch.

Holmström musterte den Mann. Er sah mitteleuropäisch aus, war vielleicht dreißig Jahre alt und hatte sympathische, intelligente Gesichtszüge. Er machte absolut nicht den Eindruck eines großkotzigen Hobbyseglers, der im betrunkenen Zustand mitten auf dem Meer einen Bootsbrand verursacht hatte.

»Was ist passiert?«, fragte Holmström.

»Das Feuer hat sich explosionsartig ausgebreitet«, keuchte der Mann mit geschlossenen Augen.

»Wie viele seid ihr?«

Da richtete sich der Mann mit vor Entsetzen geweiteten Augen auf.

»Ben … Hat er es geschafft herauszukommen? Er hat in der Kajüte geschlafen. Wir müssen Kontakt zum Boot aufnehmen, schnell!«

»Ich gehe auf die Brücke. Welche Frequenz?«

»Ich komme mit.«

»Wir müssen aber die Treppe hinauf«, sagte Holmström und deutete in die entsprechende Richtung.

»Ich schaffe das schon«, sagte der Mann aufgeregt und stand auf. »Gehen wir.«

Holmström eilte als Erster die Treppe hinauf und blickte über die Schulter. »Brauchen Sie Hilfe?«

Der Mann schüttelte den Kopf.

Holmström ging weiter und sah erneut nach unten. Der Mann folgte ihm erstaunlich flott. Aber in Notsituationen konnte der Mensch ja oft zusätzliche Kräfte mobilisieren.

Oben angelangt sah Holmström zur Reling und stellte fest, dass gerade zwei weitere Opfer an Bord kletterten. Er öffnete die Tür zur Kommandobrücke und trat ein, der Mann folgte ihm.

Steuermann Magnusson schaute überrascht auf den klatschnassen Mann in der Tür.

»Ein Kamerad von ihm ist möglicherweise noch auf dem brennenden Boot«, sagte Holmström. »Wir versuchen, Funkkontakt herzustellen …«

Holmström starrte auf Magnussons Gesicht, das plötzlich einen merkwürdigen Ausdruck angenommen hatte. Schließlich begriff der Kapitän, dass Magnusson nicht ihn ansah, sondern über seine Schulter hinwegschaute. Von einer bösen Ahnung erfüllt, drehte er sich langsam um.

Zuerst bemerkte er die leere transparente Plastiktüte auf dem Boden, dann blickte er auf und begriff zu seiner

Bestürzung, dass er direkt in den Lauf einer Maschinenpistole schaute.

»Keine Bewegung«, sagte der Mann und hantierte dabei mit einer Hand am Ohr. Er setzte sich einen Ohrhörer ein, dachte Holmström und versuchte, seine rasenden Gedanken zu ordnen.

»Gut. Und jetzt langsam weg vom Funkgerät. Alle beide!«, befahl der Mann.

Vor Holmströms Augen erschien das Bild von den anderen Männern, denen gerade an Bord geholfen wurde. Ihm wurde klar, dass er in die Falle gegangen war wie ein gutgläubiges Kind.

22

Inmitten der Geiseln starrte Sandrine auf das Meer. Sie hatte die anderen davon überzeugt, dass sie eine echte Ärztin war, und mit Sicherheit war niemand auf die Idee gekommen, sie könne die Entführer kennen.

Jörg hatte sich nach dem Nähen der Wunde mit dick verbundener Hand hingesetzt, erhob sich nun aber vorsichtig. Sandrine war nahe daran, ihm zu sagen, er solle aufpassen, schwieg aber und hielt den Blick aufs Meer gerichtet.

Keuchend kletterte Patrik die Strickleiter hinauf, der Weg von der Wasseroberfläche zur Reling kam ihm endlos vor. Obwohl er sich ganz darauf konzentrierte, auf der Leiter zu bleiben, blitzte in seinem Kopf eine Frage auf: *Was, um Gottes willen, tat seine Mutter bei Beates Eltern? Wie hatte sie dort hingefunden? Sie konnte von Beate doch gar nichts wissen!*

Vor Patrik kletterten Andrus und Bruno die Leiter hinauf. Mit Nachdruck vertrieb Patrik die wirren, aufwühlenden Gedanken und hielt bereits nach einer geeigneten Stelle für das Transparent Ausschau. Sie mussten es so lange sichtbar halten, bis Bronislaw vom Boot aus die Fotos gemacht und das Video gedreht haben würde.

Nun kletterte über ihm Andrus an Bord.

Matrose Larsson half dem nassen Mann von der Strickleiter an Deck. Das Boot trieb noch immer weit entfernt auf den Wellen, aber der Rauch schien bei Weitem weniger geworden zu sein. Eigentlich sah es aus, als wäre das Feuer fast vollständig erloschen. Das war ungewöhnlich.

Larsson wollte dem Mann, dem er geholfen hatte, die Rettungsweste abnehmen, aber der schüttelte den Kopf.

»Stolt, gib ihm was zu trinken und eine Wolldecke«, sagte Larsson zu einem Kollegen, der in der Nähe der Tür stand, dann ließ er den Blick über die schlotternden, wortkargen Männer, die auf dem Deck saßen, schweifen. Sie trugen alle ähnliche Kleidung, lange Hosen, Jacken mit hohen Kragen, deren Reißverschlüsse bis ganz nach oben gezogen waren. Und anscheinend hatten es alle noch geschafft, vor dem Sprung ins Wasser die Schuhe auszuziehen.

»Sobald wir den letzten Mann oben haben, gehen wir zu den Kabinen. Da bekommt ihr was Trockenes zum Anziehen«, sagte Larsson.

»Danke«, murmelte einer der Männer.

Larssons Blick fiel auf dessen Handgelenk: Aus dem Ärmel der Segeljacke ragte ein schwarzer, glänzender Rand heraus. Der Mann trug eindeutig einen Neoprenanzug unter den Kleidern.

Ein anderer Mann, der mit dem Rücken zu ihm dasaß, fingerte mit einer Hand unter der Rettungsweste und mit der anderen am Ohr. Trug er ein Hörgerät?

Im selben Augenblick begriff Larsson, dass da etwas nicht stimmte. Er sah zu Stolt hinüber, aber der schien keine Gefahr zu wittern. Drei ihrer besten Männer waren noch im Rettungsboot und einer hing an der Strickleiter. Und der Kapitän hatte gerade einen der aus dem Wasser gefischten Männer zur Kommandobrücke geführt.

Bevor Larsson dazu kam, seine Gedanken zu Ende zu denken, stand der Bärtige, der mit dem Rücken zu ihm auf dem Boden gesessen hatte, auf und drehte sich um. In den Händen hielt er eine Maschinenpistole mit kurzem Lauf.

»Keiner rührt sich von der Stelle!«, befahl er barsch. »Hände hoch, und zwar langsam!«

Der Anblick der Waffe überraschte Larsson gar nicht mehr. Er hatte einige Sekunden Zeit gehabt, um eine Vermutung zu entwickeln. Der Gesichtsausdruck des auf der Stelle erstarrten Stolt spottete jedoch jeder Beschreibung.

Larsson war schon lange der Meinung, dass man Atommülltransporte besser vor Terroristen schützen musste. Und jetzt geschah genau das, wovor er vergebens gewarnt hatte. Er konnte nicht umhin, sogar so etwas wie eine leichte Schadenfreude zu empfinden. Später würde er den Behörden und der Geschäftsführung der Reederei sagen können: Ich habe euch gewarnt!

Auch zwei weitere Männer, die an Deck saßen, hatten nun unter ihren Rettungswesten wasserdichte Plastikhüllen hervorgezogen, die Waffen enthielten.

Larsson blickte hinter sich und sah den nächsten vermeintlich Geretteten an Deck kommen.

»Außendeck unter Kontrolle«, hörte Larsson den Bärtigen auf Englisch in ein Mikrofon sagen. »Wie viele sind auf der Kommandobrücke?«

Larsson wusste, dass dort nur Holmström und Magnusson waren. Und er wusste, dass die Männer im Rettungsboot ohne Bewaffnung keine Chance hatten, ihnen zu helfen.

Als er noch einen Meter vom Rand des Decks entfernt war, löste Patrik eine Hand von der Strickleiter und zog damit das Transparent unter seiner Jacke hervor.

Im selben Moment erschien über ihm Andrus an der Relingpforte.

»Komm hoch, hier ist alles in Ordnung«, rief er.

Patrik stieg den letzten Meter hinauf. Hielt die Crew denn still?

Andrus ergriff Patriks Hand und zog ihn an Deck. Der Anblick dort war schockierend: Seine Gefährten hielten Waffen in der Hand und bedrohten damit die Schiffsbesatzung. Intuitiv machte Patrik einen Schritt zurück und schnappte nach Luft. Er prallte mit dem Rücken gegen die Reling und drückte sich dann so fest dagegen, als wollte er wieder rückwärts vom Schiff.

Erstarrt verfolgte er, wie Dominik, der den Kapitän und Magnusson nach unten an Deck geschickt hatte, den Männern knappe Befehle erteilte, aber Patrik konnte sie nicht verstehen. Die Wörter drangen nur als bedeutungslose Geräusche in sein Gehör. Die Besatzung der *Sigyn* hielt die Hände erhoben und wurde mit den Läufen der Schusswaffen an die Reling gestoßen. Patriks Blick blieb auf Andrus haften. Der erschien nun wie ein anderer Mensch; die Nachdenklichkeit, die seine Persönlichkeit zuvor ausgemacht hatte, und der Nimbus des Intellektuellen, den er mit seiner runden Brille präsentiert hatte, waren plötzlich dahin. Mit der Maschinenpistole im Anschlag bewegte sich Andrus ausgesprochen entschlossen.

Patrik suchte an der Reling Halt, um aufrecht stehen zu bleiben. Er war von Dominik unter falschem Vorwand in etwas hineingezogen worden ... aber in was?

»Wir wissen, dass zwölf Mann zur Besatzung gehören«, sagte Dominik zum Kapitän. »Vier sind im Rettungsboot, ihr seid sieben, also fehlt einer. Wo ist er?«

»Wir mussten ihn wegen einer Magenerkrankung in Forsmark lassen.«

Dominik baute sich unmittelbar vor dem Kapitän auf und starrte ihm aus wenigen Zentimetern Abstand in die Augen. Dann lud er schnell durch und drückte Holmström den Lauf der Maschinenpistole auf die Brust.

»Ich frage noch einmal: Wo ist das zwölfte Crewmitglied?«

Patrik schaute Dominik an, der jetzt aussah wie ein kaltblütiger Mörder. Mit diesem Mann sollte Beate zusammen gewesen sein?

Der Kapitän hielt Dominiks Blick stand. »Ich habe bereits geantwortet.«

»Meine Leute werden das Schiff komplett durchsuchen. Wenn wir den Mann finden, werdet ihr alle bestraft. Und Sie, Herr Kapitän, werden dafür die volle Verantwortung tragen. Ist das klar?«

Holström wich Dominiks Blick nicht aus. »Was wollt ihr?«

»Ich stelle hier die Fragen. Hoffentlich ist das jetzt ein für alle Mal klar.«

»Ihr werdet nicht davonkommen …«

In dem Moment sauste der Lauf der Maschinenpistole durch die Luft.

Durch die Wucht des Schlages geriet der Kapitän ins Taumeln. Die Männer, die neben ihm standen, hielten ihn fest und verhinderten so, dass er hinfiel. Holmströms Augenbraue war aufgeplatzt und er blutete.

»Haltet das Maul, wenn ihr nicht gefragt werdet!«, brüllte Dominik.

Er packte den Kapitän am Schlafittchen.

»Wir gehen mit dem Steuermann auf die Brücke, die übrigen Crewmitglieder lassen sich ins Rettungsboot hinunter.«

Dominik schleppte den vom Schlag benommenen Kapitän, der sich die blutende Wunde hielt, mit sich, warf aber noch einen kurzen Blick auf Konstantins und sagte: »Fangt im Frachtraum an!«

Kontantins wandte sich an Patrik: »Zieh dir trockene Kleider über! Worauf wartest du noch?«

Das Telefon!, fuhr es Patrik durch den Kopf. Er musste es verstecken, sofort. Andrus hatte ihn im Rettungsboot damit gesehen.

Ganz vorsichtig schob Patrik die rechte Hand zur Schenkeltasche an seiner Hose.

»Gib es her!«, sagte Andrus und riss ihm den Reißverschluss auf.

Im Nu hatte Andrus das Telefon in der Hand und warf es ins Meer.

Erschüttert ballte Patrik die Fäuste. Hatte Beate von dem wahren Plan gewusst? Wer waren diese Männer, die ihm nun vollkommen fremd und gefährlich vorkamen?

ZWEITER TEIL

23

Rune Börjesson lag hinter dem Gitter des Belüftungskanals. Er hatte jedes Wort gehört, das zwischen dem Angreifer und dem Kapitän gewechselt worden war, und versuchte, vollkommen regungslos zu bleiben, um nicht das geringste Geräusch zu verursachen.

Börjesson war im Frachtraum gewesen, mit dem Auftrag, die Befestigungen des Transportbehälters zu überprüfen. Die Information über das in Seenot geratene Segelboot hatte er bekommen, deswegen aber nicht die Arbeit unterbrochen. Erst als man ihm über Bordfunk nicht mehr auf seine Fragen geantwortet hatte, war ihm der Verdacht gekommen, es sei etwas Seltsames vorgefallen – und dann hatte er an Deck die Männer mit den Maschinenpistolen gesehen.

Börjesson hatte sich zur Ruhe gezwungen, als er begriff, dass nun jede Minute und Sekunde entscheidend sein konnte. Nachdem er festgestellt hatte, dass die Piraten sich bereits an verschiedenen Stellen des Schiffs bewegten, war er in den Belüftungsschacht gekrochen, in der Hoffnung, dass sie nicht jeden Winkel durchsuchten, zumindest nicht sofort. Die Crew war außer Gefecht gesetzt, Kapitän und Steuermann waren Gefangene. Aber er war frei, jedenfalls vorläufig noch. Von dem Waffenversteck konnten die Angreifer nichts wissen. Wenn er leise und geduldig vorginge, könnte es ihm durchaus gelingen, unbemerkt das Versteck zu erreichen.

Anita Vasama eilte zur S-Bahn-Station, sie wollte in die Hamburger Innenstadt fahren. In den Kastanienbäumen auf einem Spielplatz zwitscherten die Vögel, und fröhliches Kindergeschrei drang auf die Straße. Normalerweise hätte das Anita Freude gemacht, aber jetzt war sie zu niedergeschlagen und wütend.

Patriks Verhalten machte sie rasend. Ja, er hatte das Recht, zornig auf sie zu sein, absolut. Aber alles hatte seine Grenzen, immerhin war er ein erwachsener Mann. Sollte sie das Ganze auf sich beruhen lassen und Patrik eben nicht warnen, wenn er sich nicht dazu herabließ, sie anzuhören? Eigentlich hätte er sich doch denken müssen, dass sie einen wichtigen, außergewöhnlichen Grund für ihren Anruf hatte, sonst hätte sie nach all den Jahren doch nicht so hartnäckig versucht, ihren Sohn zu erreichen.

Das Ehepaar Funke hatte sich korrekt verhalten, aber letztendlich hatte Anita es trotzdem nicht gewagt, sich ihnen anzuvertrauen, obwohl sie das ursprünglich so geplant hatte. Sie waren viel zu anständige Leute und hätten es nicht für sich behalten können, sondern hätten sich sicher gleich an die Polizei gewandt.

Der zweite Grund für Anitas Schweigen war der Anblick von Beates Elternhaus gewesen. Der hatte sie zögern lassen. Trafen Dietrichs Behauptungen denn zu? Konnte eine intelligente junge Frau, die aus einer solch wohlhabenden Mittelstandsfamilie stammte, in etwas hineingeraten, das … Falls Dietrich unrecht hatte, würde Anita für Patrik lediglich alles komplizierter machen, und er würde glauben, das wäre ihre Absicht gewesen.

Deshalb war Anita jetzt auf dem Weg zu jenem Freund von Dietrich, von dem die Informationen über Beate stammten. Das Gespräch mit Jürgen Gladbach würde über ihr nächstes Vorgehen entscheiden.

Nervös beschleunigte sie ihre Schritte. Den Entschluss,

den sie vor fünfzehn Jahren getroffen hatte, hatte sie sich nie verziehen. Sie hätte sich damals nicht von Depressionen und Drogen leiten lassen dürfen. In all ihren Schwierigkeiten hatte sie gehandelt wie ein Kind und sich vom neuen Leben in Berlin mitreißen lassen. Es war ihr richtig erschienen, zu vergessen und Abstand zu nehmen – es hatte lange gedauert, bis sie sich eingestehen konnte, dass sie egoistisch und erbärmlich gehandelt hatte.

Wie oft hatte sie sich später vorgenommen, Patrik nach Deutschland zu holen, sich aber jedes Mal wieder Dietrichs Widerstand und der Beteuerung, im freien Leben liege das Glück, gebeugt. Angeblich war es für den Jungen besser, bei seinem Onkel im friedlichen Finnland zu bleiben, in dem Land und in der Umgebung, die er gewohnt war. Warum hatte sie auf Dietrich gehört, den kinderlosen, wurzellosen Mann, der nie Verständnis für die Verbundenheit seiner Freundin mit ihrem ehemaligen Heimatland und ihrem Sohn gehabt hatte?

Beim Betreten der S-Bahn-Station zog Anita ihre Fahrkarte heraus. Sie wollte unbedingt auch den Sohn von Jürgen Gladbach treffen – wenn sie diesen Dominik vor sich hätte, würde ihr das helfen, einzuschätzen, ob die Behauptungen, die über ihn aufgestellt wurden, zutreffen konnten.

Falls nicht, könnte sich über Dominik die Möglichkeit eröffnen, einen konstruktiven Kontakt zu Patrik aufzubauen. Das war das Einzige, das sie sich in ihrem Leben noch wünschte.

Die Schritte der fünfköpfigen Gruppe mit den orangefarbenen Helmen und reflektierenden Westen hallten an den feuchten Höhlenwänden in dem Gang fünfhundert Meter unter der Erdoberfläche wider. In der Ferne, irgendwo weiter oben in dem Höhlensystem, erklangen fröhliche Kinderstimmen und Gelächter.

»Wir haben immer mehr Schulklassen hier zu Besuch«, sagte Sigurd Danielsson von SKB, das sich im Besitz schwedischer Atomkonzerne befand. Das Unternehmen besaß ein hochtechnisiertes Labor zur Erforschung der unterirdischen Lagerung von Atommüll.

»Ich kann mir gut vorstellen, dass Schulklassen das spannend finden«, sagte Annika Lindholm, die gerade erst berufene dreiundvierzigjährige Leiterin der schwedischen Strahlenschutzbehörde SSM, die für ihre scharfen Meinungsäußerungen bekannt war. »Und Sie können bei der Gelegenheit an einer nachhaltigen Veränderung der Bürgermeinung arbeiten. In den Broschüren sind ja auch eine Menge lächelnder Kinder zu sehen.«

Die Gruppe folgte den hellen Neonröhren an der Decke und entlang der Rohre, die an der braunen Felswand verliefen, einen leicht abschüssigen Gang hinunter. Danielsson wollte dem Führungsgremium der Strahlenschutzbehörde die letzte Phase der Grabungen vorführen.

Hinter ihnen näherten sich Schritte.

»Die Gesteinsqualität in diesem neuen Abschnitt ist äußerst vielversprechend«, sagte Danielsson.

Der Hall der Schritte wurde in dem Stollen immer lauter. Danielsson blieb stehen und mit ihm die Besuchergruppe. Alle drehten sich zu der leicht schwankenden Helmlampe um, die auf sie zukam. Schließlich stand ein junger Mann im SKB-Overall vor ihnen.

»Man hat mich gebeten, Ihnen dies hier so schnell wie möglich zu übergeben«, sagte er und reichte dem Geschäftsführer ein gefaltetes Blatt Papier.

Unter der Erde funktionierten die Handys nicht, und das Kommunikationsnetz reichte noch nicht bis in den neuen Höhlenabschnitt.

Als Danielsson die Nachricht las, wurde seine Miene ernst.

»Das ist eine Mitteilung von unserem Sicherheitschef. Die Reederei auf Gotland berichtet, dass der Kapitän der *MS Sigyn* vor einiger Zeit der Seenotrettungszentrale und dem diensthabenden Funker der Reederei ein schiffbrüchiges Segelboot gemeldet hat. Sie wollten sofort mit Rettungsmaßnahmen beginnen. Danach ist es trotz zahlreicher Versuche nicht mehr gelungen, eine Verbindung zu dem Schiff herzustellen.«

Alle sahen sich verwundert an.

»Ist die *MS Sigyn* beladen?«

Danielsson nickte. »Sie ist auf dem Weg von Forsmark hierher nach Oskarshamn und zum Clab-Lager und hat einen Behälter mit hoch radioaktivem Atommüll an Bord.«

24

Der Wind fegte über das Deck der *MS Sigyn*. Patrik stand mit dem Rücken zur Reling und starrte wortlos seine Gefährten an, die sich innerhalb weniger Minuten von Umweltaktivisten in Terroristen verwandelt hatten. Die Ereignisse der letzten Tage, die Vorbereitungen der Aktion, die Äußerungen von Andrus und Dominik, Beate, all das tobte wirr in seinem Kopf.

Das Meer wälzte immer wieder von Neuem dunkle Wellen massiv und bedrohlich heran. Inmitten des hohen Seegangs steuerte Bronislaw das Segelboot geschickt neben die *Sigyn*, damit es an deren Rumpf festgemacht werden konnte. Die Rauchpatrone hatte das Boot geschwärzt, aber der Hilfsmotor funktionierte tadellos.

Das Rettungsboot war nicht mehr zu sehen. Dominik und seine Männer hatten die gesamte Crew der *Sigyn*, bis auf den Kapitän und den Steuermann, gezwungen, ins Rettungsboot zu steigen und davonzufahren.

Andrus und Konstantins ließen eilig ein Seil herab.

»Zieh!«, rief Andrus über den Wind hinweg.

Ein großer Kunststoffkoffer hob sich langsam aus dem Segelboot. Patrik sah ihn zum ersten Mal. Wo war er versteckt gewesen?

Als wenig später der Koffer auf dem Deck der *Sigyn* abgesetzt wurde, lösten Andrus und Konstantins rasch das Seil und ließen es erneut hinab.

Sie handelten schnell und ohne Zögern, als hätten sie

dasselbe schon unzählige Male zuvor getan. Andrus, der ursprünglich so sympathisch gewirkt hatte, schien mit Betreten des Schiffes jeglichen menschlichen Zug verloren zu haben.

Mit Schwung hievten die Männer noch zwei weitere Kunststoffbehälter an Bord. Zum Schluss kam Bronislaw die Strickleiter heraufgeklettert, und das Segelboot trieb leer auf dem Wasser.

Andrus ließ das Zahlenschlosssystem eines Koffers aufschnappen und hob den Deckel an. Vom Inhalt war Patrik nicht mehr überrascht: Sturmgewehre, eine leichte Panzerfaust, Pistolen, Munition, Granaten.

Aber da war noch etwas … eine großformatige Diamantbohrmaschine, Packungen mit Schutzoveralls und Atemschutzmasken der Kategorie P3.

»Ihr seid doch nicht so wahnsinnig, dass ihr an den Atommüllbehälter ranwollt?«, sagte Patrik fassungslos zu Andrus.

Der blieb vor ihm stehen und sah ihm zum ersten Mal, seit sie an Bord waren, richtig ins Gesicht. Seine Augen waren kalt und vollkommen emotionslos.

»Genau deswegen haben wir dich mitgenommen«, sagte Andrus.

Erst in dem Moment durchschaute Patrik die gesamte Konstellation. Deshalb war er mit dabei: weil sie in den Atommüllbehälter eindringen wollten.

Und das bestärkte den Verdacht nur noch mehr, dass Beates Aufgabe darin bestanden haben könnte, ihn in diese Falle zu locken.

»Tempo!«, wurde vom Oberdeck aus gerufen.

Patrik blickte nach oben und sah Dominik mit der Waffe in der Hand vor dem dunklen Wolkenhintergrund stehen. Plötzlich wurde er von blankem Hass gepackt. Wenn sich ihm nur eine Chance böte, wenigstens eine kleine, dann würde Dominik nicht einmal Zeit haben, zu begreifen, wer auf ihn einschlug.

»*MS Sigyn*, bitte melden«, wiederholte Bergkvist, der diensthabende Funker, zum wer weiß wievielten Mal. Allmählich machte er sich ernsthaft Sorgen. Was war da passiert? In jedem Fall war die unterbrochene Funkverbindung eine ernste Angelegenheit. Das AIS-System meldete noch immer denselben Standort des Schiffes wie im Moment des letzten Funkkontakts.

Bergkvist wusste, dass der Sicherheitschef der Reederei ungeduldig auf seinen Anruf wartete. Er würde ihm eine unangenehme Nachricht übermitteln müssen: Die *MS Sigyn* schwieg nach wie vor. Der Funker ahnte, dass diese Nachricht zu einer Kette unangenehmer Telefonate führen würde. Der Sicherheitschef würde Verbindung mit SKB, dem schwedischen Atommüllentsorgungsunternehmen in Stockholm, aufnehmen müssen. Und dort war man garantiert nicht erfreut, wenn sich herausstellte, dass die für den Transport zuständige Firma keine Ahnung hatte, was auf der *Sigyn* gerade vor sich ging.

Bergkvist griff seufzend zum Telefon und machte Mitteilung.

»Wirklich nichts?«, fragte der Sicherheitschef. »Und die Position?«

»Weiterhin dieselbe.«

»Da hilft nur, nach dem Ausnahmeprotokoll weiter vorzugehen. Alarmbereitschaft Stufe C.«

»Mach auf!«, befahl Dominik. Er stand auf der hohen Metallgitterebene, auf der man den Wind und das Schwanken des Schiffes noch stärker spürte als unten an Deck.

Der Kapitän ergriff die Klinke und öffnete die Tür.

Auf der Kommandobrücke stand Bruno und schaute mit

dem Fernglas aufs Meer. Neben ihm drehte sich in monotoner Gleichförmigkeit der Strahl auf dem dunkelgrünen Radarschirm.

»Sieht man es schon?«, fragte Domininkk.

Bruno schüttelte den Kopf, ohne das Fernglas abzusetzen.

»Bleib, wo du bist!«, sagte Dominik zum Kapitän, der hinter dem Steuermann stand. Die Brücke war so breit wie das gesamte Schiff und nahezu vier Meter tief. In der Mitte befand sich das Steuerpult und im hinteren Bereich eine Art Büro, abgetrennt durch einen Vorhang.

Dominik ging rückwärts, die Waffe weiterhin auf den Kapitän gerichtet. Mit einer Hand nahm er sein Satellitentelefon und wählte eine Nummer.

»*Wie ist die Lage?*«, fragte Wolfs tiefe, unerschütterliche Stimme am anderen Ende der Leitung.

»Planmäßig. Ein Mann fehlt möglicherweise, es wird gerade nach ihm gesucht.«

»*Ist es kritisch?*«

»Nicht wirklich. Aber wir müssen das ernst nehmen. Wir gehen in Phase zwei über.«

Dominik schaute in die Richtung, in die Bruno deutete. Auf dem Meer war ein Punkt zu erkennen, der langsam näher kam. Dominik sah auf die wasserdichte Taucheruhr an seinem Handgelenk und schaltete das Radio ein, das er auf den Kartentisch gestellt hatte.

»*... auf der Bilderberg-Konferenz. Über die Zahl der Geiseln macht die Polizei keine Angaben ...*«

25

Der rot-weiße Sikorsky-Helikopter von Norlandsflyg war in Stockholm gestartet und flog nun mit zweihundertvierzig Stundenkilometern gegen den Wind an, in Richtung der Position der *MS Sigyn*.

Fünf Minuten nach dem Eingang der Meldung war der Hubschrauber aufgestiegen. Tom Ekström, der erste Pilot, konstatierte, dass es bis zum Objekt noch acht Minuten waren. Neben ihm saß der zweite Pilot, hinten der Windenoperator und ein Luftretter. Allen vier Männern war der Ernst der Lage am Gesicht abzulesen.

»*Alfa zwei*«, hörte Ekström im Kopfhörer den Beamten der Alarmzentrale sagen. »*Auf dem Schiff noch immer Funkstille. Teilt uns sofort eure Beobachtung mit, wenn ihr am Objekt seid.*«

Ekström bestätigte und gab den Funkspruch an seine Besatzung weiter.

Keiner sagte etwas. Alle schauten schweigend und besorgt auf das graue, wogende Meer unter dem Helikopter.

Sandrine stand schon lange an dem getönten Seitenfenster und starrte auf den bewölkten Himmel. Sie versuchte ihre Gedanken zu sammeln und eine Art Plan zu entwerfen, aber das schien unmöglich. Das Wichtigste war, Herman davon zu überzeugen, dass sie keinen Ärger machen würde. Im Gegenteil, sie würde nützlich sein. Das eigentliche Ziel bestand natürlich darin, die Geiseln bei der ersten

Gelegenheit freizubekommen. Aber wenn man Herman und seine Leute kannte ... Würde es eine solche Gelegenheit je geben?

Die maßgeschneiderten Anzüge der Männer, die rings um Sandrine saßen, waren zerknittert, und die Stimmung war noch angespannter als zuvor. Einige Männer waren eindeutig aktiv damit beschäftigt, nach einer Lösung zu suchen, aber Sandrine stand zu weit von ihnen weg, um hören zu können, was sie untereinander redeten, wenn gerade keiner der Bewacher hinschaute.

Plötzlich drosselte die Jacht das Tempo. Sandrine blickte nach vorne und erschrak. Ein großes, rot-weißes Frachtschiff versperrte die Aussicht, auf dem Schornstein prangte ein großes G. Das Schiff schien auf der Stelle zu stehen, eine Strickleiter hing an der Seite herab. Hatte Herman vor, sie alle auf den Frachter klettern zu lassen? Warum? Wo würde das Schiff sie hinbringen?

Die Geiseln spähten aus den Fenstern, und gedämpftes Gemurmel verbreitete sich in der Kajüte, bis Craig alle mit einem Kommando zum Schweigen brachte.

Die Jacht drehte sich ein wenig, und das Frachtschiff wurde besser sichtbar. »Sigyn«, stand auf dem Rumpf. Die Jacht schaukelte in den Wellen.

David Pearson, der sicherheitspolitische Berater des amerikanischen Präsidenten, versuchte fieberhaft, sich ein Bild von der Situation zu machen. Während der Fahrt hatte er sich eingeredet, dass es besser um sie stand, als es den Anschein hatte. Es handelte sich doch nur um eine medienwirksame Aktion, die bald mit einer Erklärung vor laufender Kamera enden würde. Vielleicht würde man sie demütigen, indem man sie vor irgendeinem Slogan posieren ließ. Oder indem man von ihnen verlangte, die Forderung nach einer gerechteren Welt auszusprechen.

Aber tief in seinem Inneren wusste er, dass dies bloßes Wunschdenken war. Das gnadenlose Vorgehen der Angreifer und ihre fast militärische Disziplin waren ein deutliches Zeichen dafür, dass hier eine Operation völlig anderer Art ablief. Er kannte die Profile der bekanntesten terroristischen Vereinigungen auf der ganzen Welt, sie spukten ihm im Kopf umher, aber er konnte diese Gruppe hier in keine Kategorie einordnen.

»He, bleib, wo du bist!«, brüllte der Mann mit dem Maschinengewehr, eilte von der Tür auf einige Geiseln zu, packte Alain Deschamps, den Direktor des Ölkonzerns Elf, am Kragen und stieß ihn aufs Bett zurück.

»Niemand rührt sich, und keiner spricht«, rief der Mann und kehrte auf seinen Posten an der Tür zurück, wobei er eine Hand ans Ohr hielt. Er lauschte, kehrte dann den Geiseln den Rücken zu und sagte leise etwas, vermutlich in ein verstecktes Mikrofon. An Deck hörte man Schritte, gefolgt von Poltern und gedämpften Ausrufen.

»Hat jemand gesagt, dass der Name des Schiffs *Sigyn* ist?«, flüsterte Deschamps.

»Ich habe das gesagt«, erwiderte Dan Cohen. »Warum?«

»Es transportiert den Müll aus schwedischen Atomkraftwerken zum Zwischenlager.«

David Pearson war nicht sicher, ob er richtig gehört hatte. Um sich herum sah er ungläubige und bestürzte Gesichter. Höchstwahrscheinlich hatte er richtig gehört.

Würde man sie auf ein Schiff bringen, das radioaktiven Müll geladen hatte? Warum, um Himmels willen?

Nun waren Schritte auf der Treppe. Ein zweiter Mann mit Maschinenpistole betrat die Kajüte. »Ich werde euch jetzt Anweisungen geben. Hört genau zu!«

Åsa saß im Zentrum von Stockholm neben einem Polizisten auf dem Beifahrersitz eines Saab. Sie waren auf dem

Weg zur Operationszentrale der Polizei. Sie wäre gern zum Hotel Jaeger Skärgården gefahren, auch wenn die Entführer mit den Geiseln bereits auf dem Meer waren. Fragte sich bloß, mit Kurs wohin.

Das Telefon klingelte, auf dem Display stand TORKELSSON.

»Kannst du reden?«, fragte der stellvertretende Leiter der schwedischen Rikskriminalen mit angespannter Stimme.

»Schieß los.«

»Die Terroristen haben offenbar im nördlichen Bereich des Kalmarsunds die *MS Sigyn* gekapert, das Schiff, das Atommüll transportiert.«

Åsa schwieg. Die Information brachte ihre Gedanken in Aufruhr. Dann aber stieg mitten aus dem Chaos eine Idee auf: »Andrus Reedla.«

Wie von selbst kam ihr der Name über die Lippen.

»Was sagst du?«

»Mindestens eine Person, die an der Gaspipeline-Aktion beteiligt war, hat an einem Pressebesuch auf der *Sigyn* teilgenommen. Ein Este namens Andrus Reedla. Was ist auf dem Schiff passiert?«

»Der Kapitän hatte uns den Brand eines Segelbootes gemeldet. Die Besatzung der *Sigyn* fing an, die über Bord gegangenen Personen zu retten. Danach herrschte vollkommene Funkstille, bis gerade eben die Nachricht kam, das Schiff sei gekapert worden und man dürfe sich ihm nicht nähern. Sonst bringen sie den Kapitän und den Steuermann um. Nur die übrige Besatzung im Rettungsboot darf geborgen werden.«

»Haben sie weitere Forderungen gestellt?«

»Nein. Aber die Motorjacht mit den Bilderberg-Geiseln treibt jetzt neben der *Sigyn*.«

Åsa nahm die Information bestürzt zur Kenntnis.

26

Tom Ekström, der erste Pilot des Sikorsky-Hubschraubers, blickte auf die Digitalanzeige im Cockpit. Sie näherten sich dem Objekt. Die Anweisung lautete, dass sie mindestens tausend Meter Abstand halten sollten.

»Dort«, sagte der zweite Pilot neben ihm und wies nach Süden.

Ekström konnte in der Ferne etwas Oranges erkennen.

»Wir haben wohl das Rettungsboot entdeckt«, sagte Ekström ins Mikrofon.

Der Helikopter flog tief über das kapselartige Rettungsboot hinweg, in dem Männer heftig mit den Armen winkten, entfernte sich und näherte sich dem Boot erneut, langsam im starken Wind balancierend. Schließlich hielt Ekström den Hubschrauber zwanzig Meter über dem Boot auf der Stelle, und gleich darauf ließ sich der Luftretter am Stahlseil hinab.

Der zweite Pilot übernahm die Kontrolle über den Helikopter, und Ekström hielt mit dem Fernglas nach der *MS Sigyn* in der Ferne Ausschau. Neben ihr trieb eine stromlinienförmige Luxusjacht. Ekström versuchte die Optik so scharf wie möglich zu stellen. Ihm schien, als hinge auf der Höhe der Jacht eine Strickleiter von dem Frachtschiff, auf der Menschen nach oben kletterten.

Auf der *MS Sigyn* arbeitete Bruno konzentriert in der gemeinsamen Freizeitkabine für Offiziere und Mannschaft, wo Sofas, Stühle, ein Fernseher und ein Bücherregal standen.

Aus einer Verpackung, die er einem der Kunststoffkoffer entnommen hatte, zog er ein antik aussehendes Barometer mit Verzierungen und schaltete es mit dem Kippschalter an der Rückseite ein. Er ging zu dem Bild, das ein großes Segelschiff zeigte, stellte sich auf einen Stuhl und befestigte das Barometer mit einem Magnet an der Wand neben dem Bild. Von außen sah man nicht, dass in der Verzierung des Messgeräts eine kleine Kamera und im Gehäuse ein drahtloses Mikrofon mit Sender installiert waren.

In einer anderen, kleineren Kabine entnahm Andrus der Ausrüstung einen flachen Bildschirm, schloss ihn an einem Empfänger an und zog die Antenne heraus. Auf dem Bildschirm erschien eine Nahaufnahme von Bruno, der sich gerade Ohrhörer einsetzte.

»*Test, Zentrale*«, sagte Bruno in sein Mikrofon.

»Zentrale hört, ausgezeichnet«, antwortete Andrus.

Sandrine musste sich mit beiden Händen an der Reling der Jacht festhalten, um nicht von den Windböen ins Meer geweht zu werden. Sie hörte, wie Herman über Funk mit Jochem sprach, der bereits an Bord der *Sigyn* geklettert war.

»Der Wind ist nun mal da. Wenn jemand abstürzt, kann man nichts daran ändern.«

Sandrine zerbrach sich nicht mehr den Kopf darüber, was passierte und warum, das Wichtigste war, sich darauf zu konzentrieren, den Geiseln zu helfen. Es war ein hartes Stück Arbeit, die Strickleiter hinaufzuklettern, bei dem starken Wind geradezu lebensgefährlich. Einige der Jüngeren, die gut in Form waren, hatten es bereits bis zur Hälfte geschafft, aber die anderen warteten kopfschüttelnd, bis sie an die Reihe kamen.

»Das werden nicht alle schaffen«, rief Sandrine über den heftigen Wind hinweg Herman zu.

»Doch, sie schaffen es«, gab Herman zurück. »Das sind Aufsteiger, und sie sind gut im Kriechen.«

»Und er?«, fragte Sandrine mit einer Kopfbewegung in Richtung Jörg, der mit verbundener Hand in ihrer Nähe stand.

»Du wirst mit ihm hochgehen.«

Sandrine begriff, dass jedes ihrer Argumente abgeschmettert wurde. Alle mussten die Strickleiter hinauf.

»Schneller!«, fuhr Craig den sechzigjährigen Dan Cohen an und zeigte dem Sprecher der Republikaner, wo er die Strickleiter anfassen sollte. Erst da erkannte Sandrine, nach welchen Kriterien die Geiseln ausgewählt worden waren: Sie mussten in stabiler körperlicher Verfassung sein und nicht zu alt. Neben Cohen gab es nur noch zwei andere, die deutlich älter waren als der Durchschnitt.

Unsicher stieg Cohen auf die Leiter, er rutschte mit den Füßen von den Sprossen ab und hing plötzlich nur noch an den Händen. Im selben Moment fuhr eine Welle über ihn hinweg.

»Scheiße!«, fluchte Herman.

Cohen konnte sich nicht mehr halten und stürzte ins Wasser. Craig war mit einem Satz an der Reling, streckte sich und bekam im letzten Augenblick den Arm des nach Luft schnappenden und verzweifelt fuchtelnden Mannes zu fassen. Mit aller Kraft versuchte Craig, ihn an Bord zu ziehen, aber von der Seite rollte eine neue Welle an und drückte die Jacht gegen den Schiffsrumpf. Sekunden bevor Cohen zerquetscht worden wäre, gelang es Craig, ihn aus dem Wasser zu zerren.

»Den armseligen Nichtschwimmern, die nicht fähig sind, selbstständig die Leiter hinaufzuklettern, werden wir mit einem Seil helfen«, rief Herman. »Aber jeder muss hinauf! Es braucht sich niemand einzubilden, er könnte hier im Boot bleiben.«

»Weißt du auch ganz bestimmt, was du tust?« Sandrine sah Herman an. »Für so etwas gibt es lebenslänglich … Denk an deinen Sohn, Herman«, sagte sie so leise, dass es die anderen nicht hörten.

Herman drehte sich um und schaute Sandrine mit vor Hass lodernden Augen an. »Du sagst kein Wort über meinen Sohn!«, zischte er, wandte sich wieder ab und zerrte die nächsten Geiseln noch brutaler als zuvor an die Strickleiter.

Auf der *Sigyn* stand Patrik an der Reling des Oberdecks und schaute ungläubig auf die erschöpften Männer, die sich die Strickleiter hinaufmühten.

Wer waren sie, und woher kamen sie? Warum waren sie alles andere als seetauglich angezogen?

Plötzlich fuhr er zusammen. Er erkannte einen der Männer. Es war Frank Taylor, der stellvertretende Geschäftsführer von Microsoft.

Patrik bekam eine Gänsehaut. Hinter Taylor ging ein zweiter Mann an Bord, der durch die Medien bekannt war: David Pearson, der sicherheitspolitische Berater von Präsident Obama. Erst in der Vorwoche war er anlässlich eines Besuches im Baltikum in den Nachrichten gewesen.

Was, um Gottes willen, ging hier vor?

Bevor Patrik seine Gedanken halbwegs ordnen konnte, sah er einen gebräunten, stoppelhaarigen, bewaffneten Mann auf Dominik zugehen. Patrik blieb die Luft weg, als hätte ihm jemand ohne Vorwarnung in den Magen geschlagen.

Herman.

Dominik und Herman unterhielten sich vertraulich.

Was sie sagten, konnte Patrik wegen der Entfernung und wegen des Windes nicht verstehen.

Nun erreichte eine Frau das Deck. Patrik starrte sie bestürzt an.

Sandrine.

Sie half einem Mann, der eine Hand verbunden hatte und sofort erschöpft auf dem Deck niedersank. Sandrine blieb neben ihm auf allen vieren, um Kraft zu schöpfen. Dann stand sie auf und sah sich um.

War das Sandrines Plan gewesen?

27

Am Berliner Hauptbahnhof verließ Anita Vasama den ICE aus Hamburg. Noch vom Zug aus hatte sie versucht, Patrik unter beiden Nummern zu erreichen, aber er hatte sich nicht gemeldet. Sie hatte ihm auf die Mailbox gesprochen und eine SMS geschickt, beides auf sein Handy, denn das Satellitentelefon verfügte nicht über diese Funktionen.

Falls sie von Jürgen Gladbach etwas Besorgniserregendes erfahren sollte, würde sie ihren Bruder in Espoo anrufen und ihn bitten, ihr zu helfen, Kontakt zu Patrik aufzunehmen.

Bis zur Abfahrt des Regionalzugs waren es noch knapp zehn Minuten. Anita eilte an eine der Sandwich-Theken und kaufte sich wie üblich ein »finnisches Brot«, ein Vollkornbrötchen mit Ei. Im Lauf der Jahre war ihre Einstellung zu ihrem alten Heimatland immer nostalgischer geworden. Wäre das Verhältnis zu Patrik intakt, wäre sie vermutlich längst nach Helsinki gezogen.

Mit eingeschaltetem Blaulicht und Sirene raste der Polizei-Volvo durch die Hempolsgatan im Zentrum von Stockholm. In vollem Tempo schoss er in die Einfahrt der Zentralkripo und bremste heftig hinter den anderen Dienstfahrzeugen, die bereits vor dem Haupteingang standen.

Åsa stieg sofort aus, und der Polizist, der an der Tür gewartet hatte, führte sie umgehend im Laufschritt durch die Gänge. Im ersten Stock blieb der Polizist stehen, klopfte an eine Tür und öffnete sie sofort, ohne eine Reaktion abzuwarten.

Den Raum dominierte eine an die Wand projizierte Seekarte, auf der ein roter Punkt markiert war: die *MS Sigyn*. Die Teilnehmer der Besprechung hatten gerade Platz genommen. Ihre Mienen waren ernst und konzentriert. Der Chef der *Rikspolis*, Bengt Schultz, der höchste Polizeibeamte Schwedens, saß am Kopfende des Konferenztisches und stellte Åsa als die zuständige Person für die internationale Koordination vor. Dann eröffnete er die Sitzung: »Diese Versammlung ist einberufen worden, weil die jüngsten Ereignisse unsere schlimmsten Befürchtungen übertroffen haben. Es hat sich herausgestellt, dass die Gruppierung, die für den Überfall auf die Bilderberg-Konferenz verantwortlich zeichnet, ihre prominenten Geiseln auf die *MS Sigyn* verbracht hat. Die zwei Krisenstäbe, die für die beiden Fälle eingerichtet worden sind, werden zusammengelegt und unter den Vorsitz von Polizeidirektor Marcus Hellström gestellt.«

Neben Schultz erhob sich ein energisch und konzentriert wirkender Mann. Die überraschende Wahl veranlasste die Anwesenden, Blicke zu wechseln.

»Marcus ist der Leiter der Bereitschaftsabteilung für außergewöhnliche operative Situationen bei der *Rikspolis*. Die Aufgabe dieser Abteilung besteht genau darin, sich auf Situationen einzustellen, in denen die Sicherheit des schwedischen Staates gefährdet ist. Er hat unter anderem Erfahrungen in den Vereinigten Staaten gesammelt, wo er an den Aktivitäten des *Hostage Rescue Team* und der SWAT-Spezialeinheiten beteiligt gewesen ist.«

Åsa bat um das Wort. »Ich möchte eine ganz frische, interessante Information weitergeben. Noch gibt es keine Bestätigung, aber im Fall *Sigyn* dürfte es sich teilweise um dieselbe Gruppierung handeln, die für die Aktion gegen die Erdgas-Pipeline im Finnischen Meerbusen verantwortlich gewesen ist. Ein Mitglied der Gruppe, der Este Andrus Reedla, hat an einem Presserundgang auf der *Sigyn* teilgenommen.«

Diese Information sorgte für spontane Diskussionen am Tisch. Åsa berichtete detailliert, was sie wusste, dann trat Hellström vor die Seekarte an der Wand, um einen Lagebericht zu geben.

»Im nördlichen Bereich des Kalmarsunds befindet sich ein Frachtschiff mit hoch radioaktivem Atommüll in der Gewalt einer bewaffneten, zum Teil aus ehemaligen Söldnern bestehenden Gruppierung. Es sind etwa dreißig Geiseln genommen worden. Das überraschende und professionelle Vorgehen der Gruppierung beweist, dass wir es mit einem sehr schwierigen Gegner zu tun haben. Die Kontaktaufnahme zu den Behörden hat sich bislang auf eine kurze Mitteilung beschränkt. Darin ist untersagt worden, sich dem Schiff zu nähern. Außerdem sind einige praktische Anweisungen gegeben worden. Falk, wie sind die Möglichkeiten, das Schiff zu stürmen?«

»Ein Überraschungsschlag mit Booten ist nahezu ausgeschlossen«, sagte Magnus Falk, der Chef der schwedischen nationalen Einsatzkräfte. Åsa war dem streng dreinblickenden Mann einmal bei einem Manöver im Bottnischen Meerbusen begegnet und hatte gesehen, wie er seine Sondereinheit in der Praxis kommandierte. Es mangelte ihm weder an Selbstvertrauen noch an Kompetenz.

»Die Chancen, mit Hubschraubern erfolgreich zu sein, stehen etwas besser, aber auch da würde es unweigerlich zu Todesopfern kommen. Und falls sie Sprengladungen im Frachtraum mit dem Atommüll installiert haben, kann es in mehr als einer Hinsicht böse ausgehen.«

»Ein Atommüllbehälter hält im Prinzip auch stärkeren

Einwirkungen von außen stand«, sagte Annika Lindholm, die Vertreterin der Atommüllentsorgungsfirma. »Aber wenn sein Inhalt aus irgendeinem Grund ins Meer gelangen sollte, würde das zu einer gewaltigen Ökokatastrophe führen. Dann käme es genau zu dem Unglück, das mit der unterirdischen Endlagerung vermieden werden soll.«

»Ein Überraschungsangriff ist wegen der beträchtlichen Risiken also praktisch ausgeschlossen«, stellte Schultz fest. »Wir müssen weitere Botschaften abwarten, die Entführer müssen sagen, was sie wollen, damit wir in Verhandlungen treten können.«

»Und wenn es sich um eine fanatische Gruppierung handelt, deren Absicht darin besteht, das Schiff nach Stockholm zu steuern und es dort à la 9/11 in die Luft zu sprengen?«, fragte Lasse Lind, der Chef von Piket. Piket war die operative Sondereinheit der Stockholmer Polizei, die nach den Geiseldramen der Siebzigerjahre gegründet worden war, nach dem Banküberfall am Norrmalmstorget und dem Überfall der RAF auf die Botschaft der Bundesrepublik Deutschland.

Åsa bat erneut um das Wort. »Es handelt sich nicht um gewöhnliche Terroristen. Unter den Entführern ist, wie Marcus gesagt hat, mindestens ein Söldner, vielleicht sind es auch mehrere. Sie werden sich nicht auf selbstmörderische Aktionen einlassen.«

»Und laut Zeugenaussagen befinden sich weder unter den Angreifern des Hotels noch des Schiffes Personen, bei denen ein ethnischer Hintergrund mit Bezug zum Nahen Osten angenommen werden kann«, fügte Hellström hinzu.

In dem Moment kam ein Polizist zur Tür herein. »Die *Sigyn* hat sich in Bewegung gesetzt, in nordöstliche Richtung. Mit Kurs auf den Finnischen Meerbusen.«

28

Die *MS Sigyn* pflügte mit vollen zwölf Knoten Geschwindigkeit durch die Wellen. Patrik sah die Bugwelle wie einen Fächer aufgehen. Sobald der letzte Bilderberg-Gefangene an Bord gewesen war, hatte das Schiff Fahrt aufgenommen.

Das unregelmäßige Rattern der vibrierenden Metalltreppe dröhnte in Patriks Ohren. Bei den Geiseln flatterten Rockschöße und Krawatten, während sie sich am Geländer die Treppe hinaufzogen. Patrik stand auf dem obersten Gitter und sah unter sich keineswegs niedergeschlagene Menschen, die sich ihrem Schicksal ergaben. Die Blicke einiger Männer waren zwar besorgt, zum Teil auch ängstlich, aber die meisten von ihnen sahen sich neugierig, sogar trotzig um. Ein Mann flüsterte einem anderen etwas zu.

»Mund halten!«, brüllte Herman.

Patrik fuhr aus seinen Gedanken hoch. Er ging ein paar Schritte seitlich, um besser aufs untere Deck sehen zu können, wo Sandrine hockte. Sie schien den großen weißen Verband an der Hand von Jörg, der an die Reling gelehnt auf dem Deck saß, zu korrigieren. Dabei sprach sie mit ihm.

Patrik kniff die Augen zusammen, um besser zu sehen. Nun tauchte unten auch Herman auf und gab Jörg eine Waffe. Sandrine erhob sich und verschwand um eine Ecke.

Inzwischen waren fast alle Bilderberg-Gefangenen in die Innenräume getrieben worden.

»Schneller!«, brüllte Jochem. »Das ist kein Schaulaufen hier.«

Patrik erkannte, dass die Entführer mit diesen Gefangenen äußerst vorsichtig sein mussten. Zwar waren sie unbewaffnet, aber wenn man ihnen die Gelegenheit gab, sich untereinander auszutauschen, sich zu verbünden, die Umgebung kennenzulernen und Schlussfolgerungen zu ziehen, konnten sie durchaus bedrohlich werden. Es gab unter ihnen knallharte Unterhändler, für die es zum Alltag gehörte, auch aussichtslos erscheinende Situationen zu meistern.

Auf einmal merkte Patrik, dass Dominik, der ganz oben auf der Kommandobrücke stand, mit nachdenklichem Gesicht direkt zu ihm herunterschaute.

Nun ging die letzte Geisel an Patrik vorbei durch die Tür nach drinnen. Ihm war nicht verborgen geblieben, dass viele der Männer sich sein Gesicht eingeprägt hatten. Bei der Vorstellung, in den Augen dieser Männer einer der Entführer zu sein, schauderte es ihn.

Als Letzte stand Sandrine da und starrte ihn an. Patrik wandte verächtlich den Blick ab.

Was machte Patrik hier? Unablässig pulsierte diese Frage in Sandrines Kopf. Hatten er und Herman die Aktion zusammen ausgeheckt? Sandrine hatte gar nicht gewusst, dass die beiden sich so gut kannten.

Sie ging auf die Tür zu, durch die alle anderen Geiseln hineingegangen waren. Patrik stand jetzt daneben.

Hatte der Tod seiner Freundin ihn durcheinandergebracht? Wie viel Genuss bereitet es ihm, mich zu demütigen?, fragte sich Sandrine.

Patrik ballte die Fäuste, als Sandrine so dicht an ihm vorbeiging, dass er fast eine Berührung ihrer Hand zu spüren glaubte. Am liebsten hätte er die Frau aus ihrer Überheblichkeit herausgerissen, sie geschüttelt, sie angeschrien … Stattdessen stand er nur stumm da, als sie in die Mannschaftskabine verschwand. Er würde sich zusammenreißen und den passenden Moment abwarten.

»Ich übernehme die erste Wache«, sagte Bruno zu einem von Sandrines Männern.

»Und du«, wandte sich Bruno an Patrik, er hatte dunkle Ringe unter den Augen, »du wirst dich jetzt endlich nützlich machen und mit Konstantins die Arbeit im Frachtraum aufnehmen.«

Patrik spürte einen Schauer der Angst und der ungeduldigen Erwartung zugleich. Jetzt würde er wenigstens erfahren, was hier vorging. Und im Frachtraum hätte er die Gelegenheit, einen Plan zu machen – vor allem, wenn er dort mit Konstantins allein war.

Die Reifen ratterten auf dem Kopfsteinpflaster, als der Volvo mit überhöhter Geschwindigkeit durch die Innenstadt von Stockholm raste.

»Die Lage erfordert eine Bitte um Amtshilfe an die Sondereinheiten der EU-Mitgliedsstaaten«, sagte Timo Nortamo auf dem Rücksitz des Wagens zu Marcus Hellström. Er war nach Stockholm geflogen, als sich herausgestellt hatte, dass die *Sigyn* mit voller Kraft Kurs auf den Finnischen Meerbusen nahm.

»SAS oder GSG9?«

»Hier muss eine Eliteeinheit aus Briten und Deutschen zusammengestellt werden«, antwortete Timo.

»Auch die besten Männer haben unter schwierigen Bedingungen keinen Erfolg, wenn sie sich nicht kennen und nicht in einem kompakten Team trainiert haben«, gab Marcus Hellström zu bedenken.

29

Das Dröhnen der großen Dieselmotoren wurde ohrenbetäubend laut, als Patrik die schmale Treppe zum Maschinenraum hinunterstieg. Konstantins folgte dicht hinter ihm mit der Maschinenpistole in der Hand. Im unwirklichen Licht oranger Lampen passierten sie Zeichen, die vor Radioaktivität warnten. Patrik hatte geglaubt, er würde nie mehr in die Welt dieser Zeichen zurückkehren.

Die Maschinenräume befanden sich beiderseits des Frachtraums und fungierten gleichzeitig als Strahlenschutz. In dem Lärm und den engen Gängen kam sich Patrik vor, als würde er in die Hölle hinabsteigen, in eine Gruft aus Stahl, einer Aufgabe entgegen, der er sich verweigern musste, selbst wenn es ihn das Leben kosten sollte.

Als sie sich der letzten Treppe näherten, sah er Dominik vor einer Metalltür stehen. Ein großes, gelb-schwarzes Radioaktivitätszeichen war an die Tür gemalt, darunter warnten ein Totenkopf und gekreuzte Knochen vor Gift.

Unter die Angst, die in Patrik wuchs, mischten sich verzweifelte Fragen und Selbstvorwürfe. Doch seine Gedanken hielten jäh inne, als Dominik die schwere Metalltür öffnete.

»Warte«, sagte Patrik hastig. Wenigstens auf eine Frage musste er eine Antwort erhalten.

Dominik hielt in seiner Bewegung inne und sah ihn ausdruckslos an.

»Warst du es, der in Fonte Moreira dafür gesorgt hat, dass Beate und ich uns treffen?«

Das spöttische Grinsen, das sich auf Dominiks Lippen bildete, ließ in Patrik sofort die Wut aufschäumen, aber er zwang sich, ruhig zu bleiben.

»Wie habt ihr mich ausfindig gemacht?«, fragte er heiser.

»Wenn es dich so sehr interessiert: durch deine Mutter.«

Patrik brachte kein Wort mehr heraus. Er starrte die graue Tür an, die Dominik nun vor ihm öffnete.

»Komm jetzt!«, sagte Dominik ungeduldig.

Durch deine Mutter.

Mechanisch setzte Patrik den Fuß über die hohe Schwelle und trat in den geräumigen, hohen Frachtraum. Er spürte einen kalten Luftzug auf dem Gesicht und zwang sich zum Sprechen.

»Was meinst du damit? Was heißt ›durch meine Mutter‹?«

»Glaubst du, wir haben Zeit, hier deine verkorkste Mutterbeziehung durchzukauen? Ich an deiner Stelle würde mich auf das Wesentliche konzentrieren.«

Das Motorengeräusch drang dumpf durch die dicken Betonwände. Inmitten des halb dunklen Raums stand ein zwei Meter hoher Atommüllbehälter, der sorgfältig fixiert worden war.

Patrik vertrieb seine Mutter rasch und wie so oft aus seinen Gedanken und musterte den Behälter. Es war ein CASTOR RMBK-600, wie ihn die Schweden benutzten. Auf dem Boden daneben lagen zwei Schutzanzüge, Werkzeug und andere Utensilien.

»Das hier ist jetzt deine Baustelle«, sagte Dominik.

Ein Schauer lief Patrik über den Rücken, und er fing an zu schwitzen, obwohl es kühl im Schiffsrumpf war. »Ich werde den Behälter nicht einmal berühren …«

»Gib keine falschen Versprechungen ab. Und dramatisiere das Ganze nicht unnötig. Wir nehmen nur eine kleine Probe.« Dominik hob einen Metallzylinder vom Boden auf.

»Warum?«

»Frag nicht, sondern konzentriere dich auf deine Arbeit!«

Patrik legte sich auf eine Taktik fest. »Aus dieser Hülle kann man nicht so ohne Weiteres eine Probe herausholen. Es ist praktisch unmöglich.«

»Es ist nicht unmöglich. Das hast du in deinem Bericht selbst nachgewiesen. *Nuclear waste capsules in geological disposal,* Seite 33–35.«

Patrik spürte, wie sich kaltes Entsetzen in ihm breitmachte.

Durch deine Mutter.

»Es genügt nicht, ein Loch in die Behälterhülle zu bohren«, sagte Patrik so ruhig und selbstsicher, wie er nur konnte. »Es muss auch ein Loch in den inneren Sicherheitsbehälter gemacht werden.«

Dominik nahm den Diamantbohrer aus dem Kasten.

Verzweifelt schüttelte Patrik den Kopf. »Euch ist doch klar, dass eine Streichholzschachtelvoll vom Inhalt dieses Behälters ausreicht, um einen großen Teil der Ostsee zu verseuchen …«

»Hast du Angst?«, fragte Konstantins verächtlich. »Ich war jahrelang in den verseuchtesten Bereichen rund um Tschernobyl. Es gab Stellen, wo man immer nur zwei Minuten am Stück arbeiten konnte. Die Zeit wurde mit der Stoppuhr genommen. Da lernt man, seine Angst unter Kontrolle zu halten.«

Er hielt Patrik die Faust vors Gesicht. »Du hast mich einmal nach den Tätowierungen auf meinen Fingern gefragt«, sagte Konstantins. »Die Bruderschaft von Tschernobyl.«

Konstantins schaltete eine grelle Baustellenlampe ein und nahm Vorstecher und Hammer in die Hand.

»Patrik, es wäre eine gute Sache gewesen, ein Transparent am Schiff anzubringen und Bilder davon in die Medien zu bringen«, sagte Dominik. »Aber es hätte keine wirkliche Bedeutung gehabt, es wäre nicht einmal die Topnachricht geworden. Dafür braucht man etwas Größeres. Etwas wie das hier.« Dominik tätschelte den Behälter.

Es fiel Patrik schwer, sich einzugestehen, dass Dominik, nüchtern betrachtet, recht hatte. Trotzdem war er sich sicher, dass es Dominik in Wahrheit nicht um das Problem der Atommüllentsorgung ging, sondern etwas völlig anderes dahintersteckte.

»Du hast immer groß dahergeredet, von wegen die kommenden Generationen würden uns verfluchen und in die unterste Hölle wünschen, weil wir ihnen die Last und die Risiken unseres Mülls aufbürden«, fuhr Dominik fort. »Du hast gesagt, alles sei erlaubt, um zu verhindern, dass Atommüll im Grundfels vergraben wird, weil es moralisch und ethisch unbestreitbar falsch ist. Jetzt, Patrik, hast du Gelegenheit, dir und den anderen zu beweisen, dass du auch etwas unternehmen kannst und nicht nur reden.«

Konstantins strich im hellen Licht der Baustellenlampe über den Behälter, setzte den Vorstecher an und schlug mit dem Hammer zu, sodass in der Oberfläche eine kaum erkennbare Kerbe entstand.

Patrik fuhr zusammen.

»Wir bohren zwei Löcher in die Hülle«, sagte Dominik. »Das eine wird größer, aber nur knapp zehn Zentimeter tief, bis zum Sicherheitsbehälter. Damit täuschen wir diejenigen, die später die Hülle untersuchen werden. Die zweite Bohrung machen wir möglichst klein, vielleicht drei Millimeter, aber sie wird die innere Hülle durchdringen. Zur Sicherheit setzen wir einen Verschluss auf und maskieren die Oberfläche.«

Allmählich begriff Patrik, dass es sinnlos war, sich auf sein Wissen zu berufen. Auch die Gegenseite schien bestens unterrichtet zu sein.

»Du weißt sehr gut, wie wir vorgehen müssen«, sprach Dominik weiter. »Wenn du uns nicht hilfst, ist das Risiko, dass etwas passiert, größer. Aber du willst keine Katastrophe. Dein Gewissen lässt es nicht zu. Deshalb bist du ja auch aus dem Dienst für die Atomindustrie ausgestiegen, nicht wahr?«

Wieder spürte Patrik den Hass auf Dominik in sich aufsteigen. »Hat Beate dir das alles erzählt?«, fragte er, ohne die Bitterkeit in seiner Stimme verbergen zu können.

»Ich wusste schon eine Menge über dich, bevor ich Beate kennenlernte.«

Patrik fühlte sich schutzloser als je zuvor.

»Von meiner Mutter?«

Dominik antwortete nicht, sondern musterte ihn nur mit schwer deutbarer Miene. Nach einem Moment drückender Stille reichte Konstantins ihm einen Schutzanzug und zog sich selbst einen an.

Patrik hielt den Demron-NBC-Overall, den er nur allzu gut kannte, in der Hand und wog die Lage ab. Dominik hatte richtig kalkuliert: Er würde sich nicht weigern, zumal Konstantins sich ohnehin ans Werk machen würde. Die Bohrung musste auf den Millimeter genau durchgeführt werden, und er konnte nicht verantworten, dass dabei etwas entsetzlich schiefging …

Verzweifelt sah er sich um, aber es gab keinen Ausweg. An der Wand hing ein schwarz-gelbes Funkgerät mit Kunststoffhülle, aber das war nur für die Kommunikation an Bord bestimmt.

»Was ist das?«, fragte Dominik, der nun auf der anderen Seite des Frachtraums stand, und deutete auf einen schwarzen Gegenstand von der Größe eines Kühlschranks. »Ist das auch ein Atommüllbehälter, bloß kleiner?«

Patrik ging hinüber, Konstantins folgte ihm.

»Hast du schon mal so einen Atommüllbehälter gesehen?«

Patrik betrachtete das Ding, das in der Tat wie eine Kapsel aussah und für den Transport ebenso stabil befestigt worden war wie der Atommüllbehälter. Allerdings trug die kleinere Kapsel kein Radioaktivitätszeichen auf der schwarzen Oberfläche.

Patrik bückte sich, um sie sich genauer anzusehen, und überlegte dabei, was er sagen sollte. Die Metalloberfläche war nicht geschlossen, sondern hatte einen Deckel, der mit zwei Schrauben fixiert war, und eine Ausbuchtung. Patrik beschloss, ehrlich seine Meinung zu sagen.

»Das hier hat nichts mit Atommüll zu tun. Deshalb steht auch keine Warnung darauf.«

»Was ist es dann?«, fragte Dominik und legte plötzlich die Hand an das Ohr, in dem er einen Ohrhörer trug.

»Keine Ahnung.«

Dominik musterte Patrik misstrauisch, aber gleichzeitig machte sich auf seinem Gesicht eine besorgte Miene breit.

»Alles klar, wir kommen hoch«, sagte er in sein Mikrofon und gab Konstantins ein Zeichen. »Zieh den Overall aus, geh auf Position und bring ihn in die Kabine.«

Dominik verschwand eilig, und Patrik sah ihm verblüfft nach.

Dominik rannte die steile Metalltreppe, so schnell er konnte, hinauf und nahm dabei mit beiden Händen am Geländer Schwung. Kurz vor der Kommandobrücke versuchte er, auf dem Meer das Schiff zu erspähen, vor dem

Bronislaw gerade gewarnt hatte, aber er sah es erst, als der die Brücke erreichte.

»Was, zum Teufel, haben die vor?«, schnauzte Herman, als er Dominik eintreten sah.

»Die hätten schon längst den Kurs ändern müssen, wenn sie uns ausweichen wollten«, sagte Bronislaw.

Kapitän und Steuermann standen am Fenster, ohne eine Miene zu verziehen.

Dominik schaute in die Richtung, in die Bronislaw deutete. Vor der Küste war ein schwarzbraunes Frachtschiff aufgetaucht.

»Bringt ein paar von den Geiseln nach draußen«, sagte Dominik zu Bruno, der mit der Maschinenpistole in der Hand bereitstand. »Sollte das Schiff auch nur ein Stück näher kommen, bedroht ihr die Geiseln so, dass man es von da drüben gut sehen kann.«

»Schwedische Reederei«, sagte Bronislaw, das Fernglas an den Augen. »An Deck tut sich nichts.«

»Aber unter Deck kann die halbe schwedische Armee stecken«, meinte Herman.

»*Wir unterbrechen die Berichterstattung über die Entführung der Bilderberg-Konferenzteilnehmer mit einer überraschenden Information, die uns gerade erreicht hat*«, kam es aus dem Radio. »*Vorläufig unbestätigten Meldungen zufolge ist nordwestlich von Gotland das zum Atommülltransport eingesetzte Schiff* MS Sigyn *gekapert worden. Weiter heißt es, die Geiseln von der Bilderberg-Konferenz seien inzwischen auf eben jenes Schiff verbracht worden …*«

30

Max saß im leeren Stützpunkt am Küchentisch und keuchte mit offenem Mund. Sein Herz hämmerte in der Brust.

Was war geschehen?

Seine zitternde Hand griff nach der Wasserflasche. Er nahm einen Schluck, und das Wasser lief ihm unkontrolliert übers Hemd.

Er stellte die Flasche hin und klickte mit der Maus seines Laptops die Seite des Nachrichtensenders an. Sie wurde neu geladen, quälend langsam.

Nichts Neues.

Drei Minuten zuvor war die Seite aktualisiert worden, und seitdem hatte Max sie fünfmal angeklickt. Dort war ein mit Teleobjektiv aufgenommenes Foto vom Hotel Jaeger Skärgården mit bewaffneten Polizisten im Vordergrund zu sehen. Die Überschrift des dazugehörigen Artikels lautete: *Weltweit einflussreiche Personen in Schweden als Geiseln genommen. Boot der Entführer mit Teilnehmern der Bilderberg-Konferenz an Bord auf dem offenen Meer.*

Max wischte sich mit einem Taschentuch den Schweiß von der Stirn. Das ergab alles überhaupt keinen Sinn. Er hatte versucht, Sandrine und Flora anzurufen, aber keine von beiden meldete sich.

Noch immer gingen ihm die chaotischen Ereignisse vor dem Hotel durch den Kopf. Plötzlich hatten sich Polizisten und Wachleute in Bewegung gesetzt, viele davon mit gezogener Waffe. Immer mehr Polizeiautos und Krankenwagen waren herangefahren, und die Polizisten waren auf die Demonstranten zugegangen und hatten ihnen befohlen, sich in die Autos zu setzen. Die Folge war ein Wortgefecht gewesen, das von der Polizei schließlich mit harter Hand beendet wurde. Max hatte inmitten des Chaos Flora in einem Polizeifahrzeug sitzen sehen. Flugs war er in seinen Wagen gestiegen und davongefahren, während die Polizisten damit beschäftigt waren, mit den Demonstranten zu ringen.

Plötzlich rumpelte es laut an der Tür. Max erschrak und stieß aus Versehen die Wasserflasche vom Tisch.

Noch bevor er aufstehen konnte, wurde die Tür eingetreten, und Männer in dunklen Overalls und Helmen stürmten herein.

»Auf den Boden!«, brüllten sie ihn an.

Max hob die Hände und ging auf die Knie. Er begriff, dass Flora wahrscheinlich die gemietete Villa erwähnt hatte. Die Männer warfen ihn brutal auf den Bauch, bogen ihm die Hände nach hinten und fesselten sie mit Kabelbinder auf dem Rücken. Dann wurde eine schnelle Leibesvisitation vorgenommen.

Die Polizisten durchsuchten rasch die Räume, öffneten Kleiderschränke und zogen Schubläden auf. Max wurde hochgerissen und nach draußen geführt. Zwei Männer stießen ihn in einen phosphorfarbenen Volvo-Kombi, auf dessen Dach ein Blaulicht blinkte. Kaum war er auf der Rückbank gelandet, schoss das Auto auch schon los. Max stellte fest, dass auch vor und hinter ihnen ein Polizeiauto fuhr. Neben ihm saß ein ernster Mann mittleren Alters in Zivil.

»Wo werden die Geiseln hingebracht?«, fragte er ohne weitere Erklärungen.

»Ich habe nicht die geringste Ahnung, was da passiert

ist … Wir hatten lediglich eine Demonstration gegen die Globalisierung veranstaltet …«

»Wer ist ›wir‹? Die Namen!«

Max überlegte kurz. Er hatte keine Chance und auch keinen Grund zu schweigen, zumal Flora ebenso viel wusste wie er.

»Die Gruppe wird von Sandrine Denaux angeführt.«

»Wer ist noch dabei?«

»Ich kenne nur ihre Vornamen.«

Der Mann griff sofort zu seinem Telefon.

Konstantins schob Patrik in die Kabine, in der eine große Gruppe Geiseln saß. Neugierig und wachsam drehten sie sich zu ihm um. In der stickigen Luft hing der Geruch von Schweiß und teuren Rasierwassern. Die Gruppe wurde von Craig bewacht, dem Briten, der Brandwunden im Gesicht hatte und dem ein Ohrläppchen fehlte. Patrik hatte ihn zweimal in Hermans Gesellschaft gesehen. Jetzt spielte Craig mit seiner kurzläufigen Maschinenpistole, schaute aus dem Fenster aufs Meer hinaus und sprach mit gesenkter Stimme in das Mikrofon unter seinem Kinn.

»Setz dich da drüben hin!«, sagte Konstantins und stieß Patrik zu einer Couch. »Und hier bleiben alle schön ruhig!«

Mehrere Laufschritte hallten auf dem Gang wider, kurz darauf verließ Konstantins die Kabine und schlug die Tür zu. Die Männer um Patrik herum wechselten leise einige Sätze, ohne sich dabei anzusehen.

Patrik ließ den Blick schweifen und begegnete argwöhnischen und nervösen, aber auch gelassen selbstsicheren und trotzigen Augenpaaren. Viele Gesichter kannte er aus den Nachrichten und von den Wirtschaftsteilen der internationalen Presse. Die meisten Anwesenden waren Schreibtischtäter, die gar nicht fähig wären, physischen

Widerstand zu leisten, aber es waren auch einige jüngere, ausgesprochen fit wirkende Männer dabei.

Einer von ihnen war David Pearson, der Sicherheitsberater des Weißen Hauses, und Patrik fiel auf, dass dieser ihn besonders genau taxierte. Er wirkte äußerst wachsam und gut in Form.

Patrik schloss einen Moment die Augen. Sofort kamen Dominiks Worte zurück. *Durch deine Mutter*. Er konnte einfach nicht glauben, dass seine Mutter etwas mit seinem ersten Zusammentreffen mit Beate zu tun haben sollte.

Zum ersten Mal nach Beates Tod dachte er an ihre Begegnung in dem Dorf am Kongo-Fluss zurück. Regen peitschte den Dschungel und die trübe Wasseroberfläche, während das Flussschiff auf die Abfahrt wartete. Eine mehrtägige Reise bis nach Kinshasa stand bevor.

Plötzlich kam eine Frau zum Anleger gerannt. Sie ging an Bord, und Patrik begriff, dass sich nun genau zwei Europäer auf dem Schiff befanden. Die Frau erzählte, sie sei Wasserbiologin und gehöre zu einem internationalen Forscherteam, müsse aber früher als die anderen nach Europa zurückkehren.

Sie unterhielten sich so gut, dass sie gar nicht schlafen gehen mochten, also bewunderten sie den purpurn leuchtenden Sonnenuntergang und hörten den fantastischen Nachtgeräuschen des Urwalds zu. Sie hatten gleiche Interessen, lachten über dieselben Dinge. Beate war intelligent, mutig und hatte Humor, die Natur und deren Schönheit bedeuteten ihr viel. Sie sagte, sie sei von ihrem Charakter her eine ruhelose Sucherin. Patrik kam es vor, als würde er die Frau schon sein Leben lang kennen. Zusammen flogen sie von Kinshasa nach Frankfurt.

Und diese Begegnung war also keineswegs purer Zufall gewesen, sondern Teil eines Plans.

Beates Verhalten bereitete Patrik nahezu physische

Schmerzen. Sie hatte den schlimmstmöglichen Betrug begangen, den man sich denken konnte, sie hatte ihm einen Schlag ins Herz versetzt.

Die Behauptung, Patriks Mutter habe damit etwas zu tun, machte alles nur noch schlimmer. Hatte seine Mutter deswegen so dringend versucht, mit ihm Kontakt aufzunehmen?

Wieder ging die Tür auf, und Andrus stieß jemanden herein: Sandrine.

Überrascht sah Patrik zu, wie sie ausgesprochen unsanft auf einen Platz gesetzt wurde, nur einen Meter vor Patrik.

Sie war außer Atem und sah müde aus, fing aber sofort an, die Männer, die um sie herum saßen, zu mustern. Andrus trat zu dem unrasierten Bewaffneten am Fenster und flüsterte ihm etwas mit gedämpfter Stimme, aber in sichtlicher Erregung zu. Sandrine hatte sich noch nicht umgedreht, weshalb Patrik nicht sicher war, ob sie ihn bemerkt hatte.

»Was geht da vor?«, wandte sich einer der Männer flüsternd an sie. Patrik sah ihn an. Pearson.

»Irgendein Frachtschiff kommt zu dicht an uns heran«, hörte Patrik Sandrine flüstern.

Pearson wollte darauf etwas erwidern, aber Patrik beugte sich nach vorne und kam ihm zuvor: »Sagen Sie nichts zu dieser Frau. Sie gehört zu den Geiselnehmern.«

Sandrine drehte sich um.

»Maul halten!«, brüllte der Unrasierte am Fenster und richtete die Waffe auf die Geiseln. »Wer als Nächstes den Mund aufmacht, ist der Erste, der stirbt.«

31

Auf der Kommandobrücke klingelte Dominiks Satellitentelefon, aber er reagierte nicht darauf.

»Das Schiff dreht leicht bei«, sagte Bronislaw, das Fernglas unverändert an den Augen.

»Es fährt vorbei«, sagte Dominik, während sein Telefon weiterklingelte. »Wahrscheinlich ein ganz normaler Frachter.«

»Die Idioten kapieren nicht einmal, was für eine Gefahrensituation sie verursacht haben«, meinte Herman mit zusammengebissenen Zähnen. »Jochem, bring den Kapitän und den Steuermann zu den anderen Geiseln.«

Dominik streckte den Rücken durch, setzte das Fernglas ab, das ihm an einem Riemen um den Hals hing, und meldete sich endlich am stur klingelnden Telefon. Er erkannte die Nummer und konnte leicht erraten, was nun kommen würde.

»*Was treibt ihr da, verdammt noch mal?*«, fragte Wolf mit vor Wut eisiger Stimme.

Dominik hatte richtig geraten. Auch Wolf hatte also bereits die Nachricht von der Ankunft der Bilderberg-Geiseln auf der *MS Sigyn* gehört.

»Du brauchst dir darüber nicht den Kopf zu zerbrechen«, sagte er mit Betonung auf jedem einzelnen Wort. »Alles, was wir vereinbart haben, wird erledigt.«

»*Seid ihr total durchgedreht? Habt ihr wirklich Geiseln auf das Schiff geholt? Und was für welche!*«

Dominik bemerkte Hermans wachsamen Blick und kehrte ihm den Rücken zu. »Du bekommst exakt das, was wir vereinbart haben. Was wir sonst hier tun, ist absolut unsere Sache.«

»*Ihr habgierigen Idioten … Begreift ihr nicht, was ihr riskiert …*«

»Für solche Diskussionen habe ich jetzt keine Zeit. Die Geiseln sind unsere Angelegenheit und gehen dich überhaupt nichts an.«

»*Hör mir genau zu*«, sagte Wolf schnell, als befürchtete er, Dominik könnte jeden Moment auflegen. »*Im Laderaum befindet sich eine Kapsel.*«

»Wieso weißt du denn davon?«

»*Das ist nicht wichtig. Entscheidend ist, dass diese Kapsel vom Schiff entfernt werden muss. Und zwar bald.*«

»Was meinst du damit? Warum hast du vorher nichts davon gesagt?«

»*Solche Fragen wirst du dir derzeit wohl kaum leisten können, oder? Ich gebe dir jetzt die Koordinaten der Stelle, an der ihr die Kapsel ins Meer fallen lasst. Nimm einen Stift zur Hand.*«

Widerstrebend ging Dominik die wenigen Schritte zum Kartentisch. Angesichts der Lage war es vielleicht nicht klug, Wolf noch mehr zu verärgern. Es war ohnehin nicht ratsam, ihn zu reizen, und Dominik hatte es nicht auf die leichte Schulter genommen, dass sie ihm einiges hatten verheimlichen müssen.

Wolf nannte die Koordinaten, und Dominik schrieb sie auf.

Nach dem Telefonat berichtete Dominik den anderen von Wolfs überraschender Forderung. Herman bedeutete ihm ohne ein Wort, mit nach draußen zu kommen, und starrte ihn dort in rasender Wut an. »Du hast davon gewusst«, rief er über den Wind hinweg.

»Natürlich nicht! Ich begreife überhaupt nicht, von welcher verfluchten Kapsel Wolf redet.«

Für einen Moment sah es so aus, als wollte Herman sich auf Dominik stürzen, aber offenbar konnte er sich gerade noch beherrschen.

»Für uns ist es vollkommen egal, von welcher Kapsel Wolf redet«, schrie Herman. »Wir gehen nicht das geringste Risiko ein, sondern konzentrieren uns darauf, die Geiseln ans Ziel zu bringen.«

»Er bittet doch nur darum, die Kapsel ins Meer zu werfen. Und immerhin war es für ihn eine ziemliche Überraschung, dass wir dich und deine Leute samt den Geiseln an Bord gebracht haben.«

Herman deutete mit dem Finger auf Dominik und sagte mit bedrohlicher Miene: »Wir machen nach dem ursprünglichen Plan weiter. So wie du und ich es abgesprochen haben.«

»Und wenn die Kapsel etwas enthält, das auch uns gefährlich werden kann? Eine Bombe zum Beispiel?«

»Es wird keine Abweichungen vom Plan geben. Verstanden?«

Rune Börjesson versuchte das Zittern seiner Hände und Beine unter Kontrolle zu bekommen und ohne die geringste Regung im Belüftungskanal der *Sigyn* zu liegen. Lange würde er die unbequeme Haltung nicht mehr aushalten, er musste sein Versteck verlassen.

Behutsam bewegte er ein Bein, worauf das Blut schmerzlich wieder zu zirkulieren begann. Mit zusammengebissenen Zähnen robbte er mit den Füßen voran und möglichst vorsichtig zurück zur Öffnung, durch die er in den Kanal gekommen war.

Nachdem er sich hinausgeschoben hatte, sah er sich schnell um und warf sich dann hinter eine verschlossene

Metallkiste, die ihm wenigstens einigermaßen Deckung bot. Dort rieb er sich die schmerzenden Glieder.

Börjesson wusste, dass es nur eine Frage der Zeit war, bis man ihn entdeckte. Er konnte aber nicht einfach passiv in seinem Versteck bleiben, er musste das Risiko eingehen.

Er blickte sich um und rannte los, das Beste hoffend. Als er an eine Tür kam, riss er sie auf und lief zwischen Rohren einen Gang entlang. Er bog nach links ab, erreichte das Ende des Gangs, ergriff die Türklinke und holte tief Luft. Hinter ihm regte sich nichts.

Energisch riss er die Tür auf, voller Angst, als Nächstes in den Lauf einer Waffe zu starren, aber es war niemand zu sehen. Er wagte sich durch die Tür aufs Außendeck. Im selben Moment registrierte er rechts vorne eine Bewegung. Rasch warf er sich hinter ein Gestell mit Rettungsreifen. Kurz darauf gingen zwei bewaffnete Männer ganz dicht an ihm vorbei. Börjesson drückte sich hinter dem Rettungsring an die Wand, er riskierte zu viel, jeden Moment würde er entdeckt, und dann wäre er zu nichts mehr nütze. Die Männer gingen zu der Tür, hinter der die Treppe in den Frachtraum führte. Stirnrunzelnd sah Börjesson ihnen nach.

»Ich habe Neuigkeiten aus Helsinki«, sagte Timo im schalldichten Konferenzraum des neuen Bürogebäudes der schwedischen Polizei. Auch Åsa war anwesend, Timo hatte mit ihr vor Beginn der Sitzung einige Worte wechseln können. Aus irgendeinem Grund war die Sitzung in den abhörsicheren, sicherheitsklassifizierten Raum verlegt worden. Kurz zuvor hatte die schwedische Polizei eine erste Pressekonferenz zu den dramatischen Ereignissen gegeben. Es hatte vor Journalisten nur so gewimmelt, aber die Informationen waren spärlich gewesen.

»Es sieht so aus, als hätte ein Finne namens Patrik Vasama etwas mit dem Überfall auf die *Sigyn* zu tun«, sagte Timo. »Vasama hat das Schiff bei der Besichtigung kennengelernt, bei der auch Reedla dabei war. Augenzeugen zufolge haben sie Blicke gewechselt und sich eindeutig gekannt, auch wenn sie sich getrennt voneinander bewegten. Was das Ganze interessant macht, ist die Tatsache, dass Vasama Geologe mit dem Spezialgebiet radioaktive Materialien ist. Er war früher in Finnland im Bereich der Verarbeitung radioaktiven Mülls beschäftigt. Dann ist er für einen multinationalen Bergwerkskonzern als Feldgeologie nach Afrika gegangen und anschließend in den Dienst eines Security Contractors für den Bergwerkskonzern getreten.«

»Könnte diese Finnland-Verbindung der Grund sein, warum die *Sigyn* nach wie vor Kurs auf den Finnischen Meerbusen hält?«

»Das Schiff kann nach Finnland, Russland oder Estland unterwegs sein. Aber in der jetzigen Situation hoffe ich inständig, dass es nicht Tallinn ansteuert.«

Die Vorstellung, dass der Überfall auf die *Sigyn* in irgendeiner Form mit der brisanten Lage in Estland zu tun haben könnte, sorgte für ernste Mienen am Tisch. Timo stand in ständigem Kontakt mit Helsinki, wo Vorbereitungen getroffen wurden für den Fall, dass die *Sigyn* die Küste Finnlands anlief.

»Die Vernehmung von Aktivisten, die beim Hotel Jaeger Skärgården festgenommen wurden, bringt ein wenig Licht in die Bilderberg-Angelegenheit«, sagte Polizeichef Marcus Hellström. Er ging die Informationen durch, die sich auf den Plan einer Ärztin namens Sandrine Denaux konzentrierten, am Versammlungsort eine spektakuläre Demonstration abzuhalten. Laut zweier vernommener Aktivisten konnte es durchaus sein, dass die Frau von ihren eigenen Kooperationspartnern hintergangen worden war.

Timo merkte, wie Jonas Orbrink, der Chef des schwedischen Militärgeheimdienstes MUST, am anderen Ende des spiegelblanken Tischs nervös auf die Wanduhr schaute. Orbrinks Anwesenheit war an sich nicht außergewöhnlich, denn der MUST arbeitete angeblich hinter den Kulissen mit der für die Transporte zuständigen Reederei zusammen – eine Information, die auch für Timo neu gewesen war.

»Die *Sigyn* ist weiterhin auf Kurs nach Nordost und reagiert nicht auf Funkmeldungen«, sagte Lasse Lind, der Chef von Piket.

Orbrink räusperte sich und bat um das Wort. »Ich hätte da eine neue Information«, sagte er.

Wie die anderen blickte auch Timo interessiert und zugleich skeptisch auf den MUST-Chef. Hatte der Militärgeheimdienst mal wieder etwas für sich behalten?

»Wir sind nicht allein«, sagte Orbrink. »Ein amerikanisches U-Boot der Los-Angeles-Klasse folgt der *Sigyn* seit dem Gotlandbecken.«

Nach einem Moment bestürzten Schweigens sprachen die Sitzungsteilnehmer aufgeregt durcheinander.

In dem Moment klopfte es an der Tür. Ein Wächter öffnete, und ein düster dreinblickender Mann im dunklen Anzug trat ein.

Die Mitglieder des Krisenstabs sahen einander verblüfft an. Wer war das?

Orbrink stand auf und ging auf den Ankömmling zu.

»Hi, Jeff. Welcome.«

Der Mann erwiderte den Gruß mit amerikanischem Akzent. Timo hatte ihn noch nie gesehen, obwohl er im Lauf der Jahre einer Menge Vertreter unterschiedlicher amerikanischer Sicherheits- und Geheimdienstbehörden in Europa begegnet war.

Den Gesichtern nach zu schließen schien außer Orbrink

nur Hellström von der Ankunft des Gastes gewusst zu haben.

»Ich mag keine Überraschungen«, hörte Timo neben sich Ulf Werner, den Chef der Säpo, leise knurren.

»Da haben wir etwas gemeinsam«, murmelte Åsa auf Timos anderer Seite.

»Kontraadmiral Geoffrey Roberts«, stellte Orbrink den Mann vor. »Er leitet die Sonderoperationen der US-Marine in Europa.«

Roberts nickte den Personen am Konferenztisch militärisch steif zu. Es war leicht, sich den Mann in einer Marineuniform mit glänzenden Orden an der Brust vorzustellen.

»Manche werden sich vielleicht fragen, warum ist dieser Amerikaner hier«, fuhr Orbrink fort. »Mr Roberts ist hier, weil die meisten Geiseln auf dem Schiff Amerikaner sind. Außerdem wird er uns eine mögliche Lösung vorschlagen.«

»Danke, Jonas«, sagte der Amerikaner und trat an den Tisch. Hinter ihm leuchtete die an die Wand projizierte Seekarte der schwedischen Küste.

»Unter den Geiseln sind bedeutende amerikanische Persönlichkeiten. Ihr Schicksal wird in den Vereinigten Staaten und auf der ganzen Welt äußerst genau verfolgt. Die politische Marschrichtung der USA lautet, mit Terroristen und anderen Verbrechern nicht zu verhandeln …«

»Und unter den Geiseln befindet sich der Vorsitzende der Republikaner, der Mann, der diese Entscheidung im Kongress durchgepeitscht hat«, merkte Säpo-Chef Werner an.

Roberts schenkte der Zwischenbemerkung keinerlei Beachtung, sondern sprach weiter: »Deshalb muss eine Erstürmung des Schiffes als die wahrscheinlichste Variante der Geiselbefreiung gelten. Eine Intervention auf einem

Frachtschiff, die auf dem Überraschungseffekt basiert, stellt eine Herausforderung dar, ist aber keineswegs unmöglich. Wir benötigen dazu speziell ausgebildete Männer der Extraklasse und eine Top-Ausrüstung.«

Timo wunderte sich über das unumwundene Vorpreschen der Amerikaner. Er begegnete Åsas überraschtem Blick und hob ganz leicht die Augenbrauen. Der Amerikaner wirkte sehr selbstsicher und äußerlich ruhig, aber seine übertrieben aufrechte Haltung verriet Anspannung.

»In der US-Marine gibt es die Unterwasser-Spezialeinheit SEAL, die von Ausbildung und Ausrüstung her zu den Besten der Welt gehört.«

Unter anderen Umständen hätte das Selbstlob des amerikanischen Admirals ein spöttisches Grinsen bei den Schweden ausgelöst, aber jetzt verzog keiner eine Miene. Und Timo wusste, dass der Mann lediglich eine Tatsache konstatierte.

»In der Ostsee findet derzeit ein NATO-Manöver statt, an dem auch eine SEAL-Gruppe teilnimmt. Ferner sind SDV-Einheiten an dem Manöver beteiligt. SDV bedeutet *Swimmer Delivery Vehicle*. Es handelt sich dabei um ein Tauchgerät, das man von einer Transportmaschine ins Meer abwerfen oder auf dem Rücken eines U-Boots befestigen kann. Es bringt einen Kampftrupp unter Wasser unbemerkt zum Einsatzort. Uns steht also eine Sondereinheit mit DSV für einen derartigen Angriff zur Verfügung. Die Söldner, die das Schiff gekapert haben und von denen einer ein ehemaliger Soldat der US-Armee ist, gehen aber davon aus, dass Schweden und Finnland nicht über solches Gerät verfügen. Daher haben wir den Überraschungseffekt auf unserer Seite.«

Es wurde still im Konferenzraum. Timo dachte über das nach, was er soeben gehört hatte. Die Amerikaner vergeudeten wirklich keine Zeit. Aber warum hatten sie sich so schnell ausgerechnet für die Erstürmung entschieden?

Wieder sah er Åsa an und vermutete, dass sie sich das Gleiche fragte. Er richtete den Blick auf Jonas Orbrink vom MUST. Während des gesamten Kalten Krieges hatten der MUST und die Amerikaner in engem Kontakt gestanden und zahlreiche gemeinsame, geheime Operationen durchgeführt, besonders bei der Überwachung von U-Booten.

Was Timo Sorgen bereitete, war das offenbar vertrauliche Verhältnis, das Roberts mit Orbrink und dadurch mit dem MUST zu haben schien; der schwedische Geheimdienst hatte die Angewohnheit, Dinge zu vertuschen und mitunter höchst skrupellos hinter den Kulissen zu agieren.

32

Langsam, aber sicher drang die Spitze des Diamantbohrers in den Stahl ein, über dessen Oberfläche Kühlwasser rann. Auf der anderen Seite des Behälters hatten sie bereits eine Täuschungsbohrung von zehn Zentimetern vorgenommen.

Das metallische Jaulen des Bohrers drang Patrik bis ins Mark. Ihm graute bei dem Gedanken an die immer dünner werdende Stahlschicht.

Sie hatten ihn aus der Schar der Geiseln herausgeholt, um die Arbeit fortzusetzen, nachdem der fremde Frachter abgedreht hatte. Sandrine war in der Kabine geblieben.

Patrik blickte auf Konstantins, der ebenso erschöpft war wie er. Auf der Innenseite ihres Gesichtsschutzes liefen Schweißperlen herab und beeinträchtigten die Sicht und damit die Arbeit.

Der Bohrer von Konstantins versank immer tiefer in der Stahlwand des Behälters, obwohl möglicherweise nur noch wenige Millimeter blieben. Patrik hob die Hand, um Konstantins zu stoppen, der wie im Rausch zu arbeiten schien. War er komplett wahnsinnig? Oder extrem kaltschnäuzig? Jedenfalls ging er ein unfassbar großes Risiko ein.

»He«, rief Patrik unter seinem Gesichtsschutz, aber seine Stimme ging im Bohrlärm unter.

Er schwenkte erneut die Hand, aber Konstantins tat so, als merkte er nichts, sondern bohrte immer weiter.

Die totale Katastrophe lag nur noch wenige Sekunden entfernt und Patrik überlegte, ob er sich auf Konstantins stürzen sollte, um ihn am Weiterbohren zu hindern.

Da bemerkte er, dass Andrus in den Frachtraum gekommen war.

»Sag diesem Wahnsinnigen, er soll tun, was ich ihm sage!«, brüllte Patrik. »Er wird uns gleich alle umbringen!«

Andrus bedeutete Konstantins aufzuhören. Der Bohrer stoppte, das hohe Jaulen verstummte. Nur das gleichmäßige Dröhnen der Dieselmotoren war durch die Betonwände zu hören.

»Er befolgt meine Anweisungen nicht. Soweit ich es verstanden habe, bin ich hier, um genau die Katastrophe zu verhindern, die dieser Idiot offenbar unbedingt herbeiführen will.«

Andrus warf einen kurzen Blick auf Konstantins, der den Bohrer herauszog und störrisch das Loch begutachtete. »Ihr braucht nicht nervös zu werden. Ich weiß, was ich tue.«

Trotz dieser Beteuerung des Litauers öffnete Andrus die Funkverbindung und sagte etwas ins Mikrofon, das Patrik nicht verstand. Im selben Moment empfing Konstantins per Ohrhörer eine Mitteilung, die er offensichtlich mit unterdrückter Wut zur Kenntnis nahm. Dominik hatte sich eingeschaltet, schlussfolgerte Patrik erleichtert.

»Macht weiter«, sagte Andrus und ging.

Sie setzten die Bohrung fort, wobei sie sich abwechselten und stufenweise größere Bohrer verwendeten, und Konstantins ging, was die Tiefe betraf, kein Risiko mehr ein. Die Arbeit war schwer und mühsam, denn die Bohrmaschine wog über zehn Kilo.

Obwohl Patrik die Aktion für vollkommen irrsinnig und verantwortungslos hielt, wuchs in ihm ein tröstlicher Gedanke: Noch irrsinniger und verantwortungsloser war die Umklammerung der Politiker durch die Atomindustrie und ihre Bereitwilligkeit, den Atommüll in die finnische Erde zu stopfen. Allein der Gedanke war so dreist, so egoistisch und kurzsichtig, dass er geradezu nach Gegenmaßnahmen schrie. Das Müllgrab – eine wahre Zeitbombe – würde viel länger in die Zukunft hineinwirken, als die Zeitspanne vom Neandertaler bis zum Gegenwartsmenschen betrug. Der am weitesten reichende Beschluss der Menschheit wurde als kontrollierter technischer Routinevorgang kaschiert.

Patrik merkte, wie ihm dieser Gedanke Erleichterung verschaffte. Man musste die Menschen dazu bringen, die Idiotie zu begreifen, die es bedeutete, den Müll im Fels zu vergraben. Wenn der weitere Bau von Kernkraftwerken beschleunigt würde und sich das Szenario der Weltenergieorganisation IEA bewahrheitete, das von einer Vervierfachung der weltweiten Atomenergiekapazität bis zum Jahr 2050 ausging, würde sich ein Atommüllgrab, wie es für das finnische Olkiluoto geplant wurde, alle vier Monate füllen.

Als er wieder einmal den Bohrer wechselte, bemerkte Patrik, wie die Tür des Frachtraums erneut geöffnet wurde. Vier Männer, die hastig und nervös wirkten, gingen zu dem schwarzen Gegenstand, über den sie sich zuvor gewundert hatten.

Dominik sah zu Patrik hinüber und gab ihm mit einem Handzeichen zu verstehen, das Bohren zu unterbrechen.

»Was ist das?«, fragte Dominik den Kapitän des Schiffes und deutete auf die kühlschrankgroße schwarze Kapsel.

»Das weiß ich nicht.«

Herman zwang den Steuermann, sich hinzuknien, und drückte ihm den Lauf der Maschinenpistole in den Nacken. Patrik nahm seinen Augenschutz ab. Seine Hände zitterten von der Anstrengung des Bohrens.

»Weiß ein Kapitän etwa nicht, was er im Frachtraum seines Schiffes transportiert?«, fragte Dominik. »Hast du nicht die Beladung des Schiffes in ebendiesem Frachtraum überwacht?«

»Doch. Aber diesen Gegenstand habe ich noch nie gesehen.«

»Du lügst«, sagte Herman und drückte den Lauf der Waffe in den Nacken des vor ihm knienden Mannes. »Und deshalb wird dieser Mann hier sterben.«

Entsetzt sah der Kapitän seinem Steuermann einige Sekunden lang in die Augen, dann sagte er: »Ich habe ihn im Frachtraum nicht gesehen, weil er nicht sichtbar gewesen ist.«

»Vielleicht drückst du dich ein bisschen deutlicher aus.«

»Betätigt den Schalter da«, sagte der Kapitän und machte eine Kopfbewegung in Richtung Wand.

»Welchen Schalter?«

»Die mittlere Schraube ist ein Schalter.«

Herman sah Dominik an, der skeptisch zur Wand ging.

»Fass ihn nicht an!«, sagte Herman.

Ohne sich um Hermans Bedenken zu scheren, hob Dominik die Hand, griff nach der Schraube und drehte daran. Es war tatsächlich ein Schalter.

Ein tiefes Dröhnen ertönte. Das Podest, auf dem die Kapsel befestigt war, wurde hydraulisch hinabgelassen.

»Was, zum Teufel, hat das zu bedeuten?«, fragte Herman außer sich den Kapitän. »Rede, sonst schieße ich!«

»Wir haben manchmal Sonderlasten an Bord«, sagte der Kapitän. »Für die gibt es unter dem Boden einen eigenen Transportraum. Aber ich wusste nicht, dass wir diesmal etwas geladen haben.«

Mit einem Klick rastete die Bodenluke ein, als sie sich schloss.

Patrik starrte Herman an, der den Finger am Abzug bewegte. Der Mann vor ihm schloss vor Schreck die Augen, aber man hörte nur ein Klicken. Der Mann seufzte hörbar auf, als er begriff, dass er noch am Leben war.

Herman wandte sich an Dominik. Eine Weile musterten sie sich angespannt, dann ging Dominik forschen Schrittes zur Tür.

»Weiterbohren!«, rief er Patrik im Gehen zu.

Patrik bemerkte, dass der Kapitän erst jetzt begriffen hatte, was sie mit dem Atommüllbehälter machten, und der Schreck spiegelte sich in seinem Gesicht wider.

Präsident Barack Obama legte in seinem Büro im Weißen Haus den Hörer auf die Gabel und erhob sich abrupt. Das Gespräch mit Sarah Pearson hatte sich in die Länge gezogen. Er hatte die Frau seines sicherheitspolitischen Beraters beruhigt und ihr versichert, die Geiselnahme auf der Ostsee würde friedlich beendet werden. Auf dem großformatigen Fernsehbildschirm in der Edelholzschrankwand war ein mit dem *Breaking-news*-Logo von CNN versehenes Bild aus Stockholm zu sehen, und ein Reporter berichtete die äußerst spärlichen Informationen, die er bisher hatte.

Ein Sekretär öffnete dem Präsidenten die Tür zum Konferenzraum, wo an einem langen Tisch ernste Männer und Frauen auf ihn warteten.

Ein Beamter des Sicherheitsrates, spezialisiert auf die ehemaligen Sowjetstaaten, trug die neueste Analyse vor, der zufolge Russland lediglich die Reaktion der NATO und der USA testen wollte, indem es die Rhetorik verschärfte und den Umfang und die Heftigkeit seiner Internetattacken erhöhte.

Das Ergebnis der kurzen Diskussion war eindeutig: Die Vereinigten Staaten würden Russland deutlich machen, dass sie, wenn nötig, durchaus in dem Konflikt Stellung beziehen würden.

Der Sekretär reichte dem Präsidenten die Mappe mit den Unterlagen zum nächsten Thema. Sie war mit dem Stempel STRENG GEHEIM versehen.

»Operation Pandora«, zischte der Präsident und schien nur mit Müh und Not seinen Zorn im Zaum halten zu können. »Ich habe mich damit beschäftigt und bin sehr wütend geworden. Wir können gegen das Vorhaben nichts mehr unternehmen, aber wir müssen die Spuren beseitigen. Admiral Johnson«, die Stimme des Präsidenten war eisig, und er wandte sich nun einem blassen Mann zu seiner Rechten zu.

»Ja, Herr Präsident«, antwortete der Chef des gemeinsamen NURO-Komitees der Geheimdienstabteilung der US-Marine und der CIA. Das *National Underwater Reconnaissance Office* war auf die Unterwasseraufklärung und auf Sonderoperationen spezialisiert.

»Wenn man es vor meiner Zeit für klug gehalten hat, ein solches Vorhaben in die Tat umzusetzen – worüber ich absolut anderer Ansicht bin –, warum hat man sich dann dafür entschieden, ein schwedisches Schiff zu benutzen?«

Der Admiral räusperte sich und blickte sich um. Alle anderen am Tisch sahen ihn an.

»Wir pflegen von jeher eine enge Zusammenarbeit mit dem schwedischen Militärgeheimdienst, vor allem bei Unterwassermaßnahmen. Bei einigen unserer Operationen hat sich der Frachtraum des Atommüllschiffes eines neutralen Staates als perfektes Versteck erwiesen. Wesentlich zuverlässiger als ein gewöhnliches Frachtschiff, was die Russen verwenden.«

»Und jetzt kann es sein, dass Ihre Methode vor der Weltöffentlichkeit aufgedeckt wird. Sie begreifen doch, dass es hier um das Ansehen und die Glaubwürdigkeit der Vereinigten Staaten vor den Augen der Welt geht.«

»Niemand konnte ahnen, dass auf das Schiff ein Attentat verübt wird«, verteidigte sich der Admiral.

»Ein Schiff, das Atommüll transportiert, ist auch ohne Attentat ein Risikofaktor. Und jetzt fliegt uns Ihre Operation auf der Ostsee zum schlechtesten Zeitpunkt um die Ohren, weil die Lage in Estland ist, wie sie nun einmal ist. Ganz zu schweigen davon, dass sich auf dem Schiff außer der Kapsel und dem Atommüll gute Freunde von mir sowie mehrere Direktoren amerikanischer Großkonzerne befinden.«

Der Präsident seufzte schwer. »Kann man die Geiseln befreien und die Kapsel heimlich von Bord schaffen?«

»Wir haben unsere besten Männer auf den Fall angesetzt, aber wir können nicht garantieren, dass wir keine Geiseln verlieren.«

»Wollen Sie damit sagen, dass wir uns zwischen den Geiseln und der Kapsel entscheiden müssen?«

»Ganz so würde ich es nicht sagen, aber wir müssen Ihren Standpunkt kennen, Mister President, für den Fall, dass sich die Lage zuspitzt und wir Prioritäten setzen müssen. Die Geiseln oder die Kapsel?«

»Ist das nicht sonnenklar?«, entgegnete der Präsident.

33

Patrik zog den schweißdurchtränkten Atemschutz vor seinem Mund so fest, dass die Ränder schmerzhaft in die Haut schnitten. Der Kapitän und der Steuermann, dem Herman die Waffe in den Nacken gedrückt hatte, waren wieder nach oben gebracht worden.

Warum machte der unbekannte Gegenstand im Frachtraum die Entführer so nervös? Was konnte im Rumpf eines Atommüllschiffes befördert werden, das so geheim war, dass nicht einmal der Kapitän davon wusste? Oder wusste er es, war aber bereit, seinen Steuermann für das Geheimnis zu opfern? Daran wollte Patrik absolut nicht glauben.

Er zog die dicken Gummihandschuhe an, die weit die Arme hinaufreichten und deren Futter mit feinem Bleipulver gefüllt war. Schließlich verschloss er die Säume mit festem Klebeband.

Konstantins rüstete sich in gleicher Weise aus und klebte sich zum Schluss eine mit Zeitnahmefunktion ausgestattete Armbanduhr an die Brust des Schutzanzugs. Auf dem Tisch, der neben den Behälter geschoben worden war, wartete ein aus Blei gefertigter, mit rostfreiem Stahl beschichteter Zylinder von der Größe einer Halblitergetränkedose, ein sogenannter Zimmermann-Zylinder, in den aufgrund der dicken Wände lediglich eine Streichholzschachtelvoll radioaktives Material passte.

Der Anblick des Zimmermann-Zylinders weckte in Patrik unschöne Erinnerungen. Während des Studiums hatte er beschlossen, sich der Erforschung der sicheren Endlagerung von Atommüll zu widmen. Seine Mutter war gegen Kernkraft gewesen, und auch Patrik hatte als Kind den gelben Anstecker getragen: ATOMKRAFT? NEIN DANKE! Anita Vasama hatte ihre Ablehnung vor allem mit dem Problem der Atommüllentsorgung begründet. Als Patrik anfing, die Dinge besser zu verstehen, änderte er seine Meinung. Manchmal hatte er darüber nachgedacht, wie sehr bei seinem Forschungsobjekt das Bedürfnis, gegen die Mutter zu rebellieren, Motivation gewesen war, auch wenn er so tat, als existierte die Mutter für ihn gar nicht mehr.

In seiner Doktorarbeit hatte er sich mit der sicheren Endlagerung von Atommüll im Grundfels beschäftigt. Dabei hatte er die üblichen Behauptungen emotional denkender Laien vom Schlage seiner Mutter über den Haufen geworfen. Bis zwei Jahre später alles auf entsetzliche Weise schiefging und Patrik die ganze Endlagerforschung hinter sich ließ.

So wie sie es vorher abgesprochen hatten, nahm Konstantins den Bohrer und fing an, sich an die letzten Millimeter zu machen, während Patrik die Mündung des Hochdrucksaugers, der zur Ausstattung des Frachtraums gehörte, ans Bohrloch hielt. Die Filter des Sauggerätes befanden sich in einer luftdichten Kassette, die nach Gebrauch separat verwahrt werden musste.

Konstantins zog den Bohrer heraus, und Patrik schob fast gleichzeitig ein Gerät, das nach dem Prinzip einer Injektionsspritze funktionierte, zur Probeentnahme in das Bohrloch. Als er tief genug drin war, zog er mit dem Kolben langsam Pulver in den Behälter. Ohne eine Sekunde zu zögern, zog er nun den Entnehmer wieder aus dem Bohrloch, führte ihn in die Öffnung des Zimmermann-

Zylinders ein und drückte mit Hilfe des Kolbens das Pulver hinein.

Konstantins applizierte inzwischen zähe Bleipaste auf das Bohrloch, drückte sie mit Hilfe des Vorstechers tiefer hinein und verschloss das Loch danach mit mehreren hintereinander eingeschlagenen Gummipfropfen. Zuletzt hämmerte er einen Metallzapfen ein, dessen Farbe der Behälteroberfläche entsprach.

Patrik schloss die Zylinderöffnung mit dem dafür vorgesehenen Mechanismus. Unter normalen Umständen hätte noch ein Wachssiegel daraufgehört. Gerade als die Stoppuhr zu piepsen begann, stellte Patrik den Zylinder auf den Boden.

»Komm«, sagte er zu Konstantins, der den Metallzapfen mit einer Schleifscheibe auf gleiches Niveau mit der übrigen Oberfläche schliff, damit er nicht beim ersten Blick auffiel. Zum Schluss musste der Behälter noch mit Wasser abgespritzt werden.

Konstantins reagierte nicht, weshalb Patrik ihn am Arm packte und auf die Uhr deutete.

»Mach dich nicht verrückt, ich bringe das noch zu Ende, es geht hier nicht um Sekunden!«

Patrik ging mit schweren Schritten durch die Tür zur Dusche, drehte das Wasser auf und spülte seinen Schutzanzug komplett ab. Dann ging er in den Umkleideraum, ließ sich auf die Bank fallen und versuchte sich zu sammeln. Was konnte er jetzt noch tun?

Das Geräusch der Schleifscheibe verstummte. Patrik nahm den Atemschutz ab und löste die Klebebänder von den Handschuhsäumen.

Im selbem Moment ging die Zwischentür auf und vor Patrik stand ein Mann, den er noch nicht gesehen hatte.

Patrik erschrak und fuhr hoch. War das ein Entführer, der sich bis jetzt versteckt gehalten hatte?

Der Mann bedeutete ihm zu bleiben, wo er war, und trat dicht an ihn heran. Er hatte kurzes, rötliches Haar und sprach Englisch mit schwedischem Akzent.

»Ich habe gerade gesehen, dass du nicht zu den Entführern gehörst«, flüsterte er schnell. Hinter der Tür rauschte die Dusche. »Ich heiße Börjesson. Es ist sehr wichtig, dass ihr auf keinen Fall die schwarze Kapsel anrührt, sondern sie lasst, wo sie ist.«

»Was hat es mit ihr auf sich?«

»Wir sehen uns in einer halben Stunde im Materiallager an Deck.«

Das Geräusch der Dusche brach ab, und der Mann rannte im selben Moment zum anderen Duschraum, als die Tür aufging.

Patrik riss hektisch die Reißverschlüsse seines Schutzanzuges auf. Er blickte kurz auf Konstantins, der mit seinen nassen Gummihandschuhen den Zylinder aus mattem Stahl neben der Tür auf den Boden stellte und anfing, sich auszuziehen.

»Hast du ihn gewaschen?«, fragte Patrik.

»Ich habe ihn abgespült.«

»Wir müssen ihn waschen«, sagte Patrik energisch. Es musste ihm gelingen, die Sache so zu Ende zu bringen, dass er in einer halben Stunde unbemerkt zum Materiallager konnte. Mit pochendem Herzen unterbrach er das Ablegen des Schutzanzuges.

Von wo war dieser Börjesson aufgetaucht? Und wer war er? Und warum machte er sich um das Schicksal eines unbekannten Behälters Sorgen, in einer Situation, in der man um ganz andere Dinge besorgt sein musste?

34

Neugierig betrachtete Anita das Plakat. Sie hatte solche Aushänge seinerzeit in Westdeutschland in Postämtern, Banken und anderen öffentlichen Einrichtungen gesehen. Kleine Fotos mit Gesichtern waren darauf gewesen, unter denen Namen standen: Mohnhaupt, Boock, Raspe, Baader, Ensslin ... Inzwischen wurden die RAF-Fahndungsplakate als Faksimiles verkauft, aber dieses schäbige Exemplar war ein Original. Und es war nicht angenehm, es zu sehen.

Trotzdem betrachtete Anita es genau. Es zeigte mehrere Reihen kleiner Schwarz-Weiß-Fotos von ernsten jungen Menschen mit großen Brillen und langen Haaren. Einige Gesichter waren per Hand durchgestrichen.

Anitas Blick heftete sich auf das linke Bild in der untersten Reihe, auf einen jungen Mann mit Schnurrbart, hoher Stirn und dem Anflug eines schiefen, zynischen Lächelns. Darunter stand: GLADBACH, JÜRGEN.

»Das waren Zeiten«, sagte eine tiefe Männerstimme in Anitas Rücken.

An fast jeder anderen Wand wäre das Plakat ein geschmackloser Gag gewesen, aber nicht in der Wohnung von Jürgen Gladbach, der gerade mit zwei Teetassen auf einem Tablett aus der Küche kam. Er balancierte es mit der linken Hand, seiner einzigen. Der glatte Stumpf des rechten Oberarms lugte aus dem schwarzen T-Shirt-Ärmel heraus.

Anita löste sich von dem Plakat, und Gladbach stellte

das Tablett auf einem großen, abgewetzten Koffer ab, der als Couchtisch diente.

»Wie geht es Dietrich?«, fragte Gladbach und rührte in seinem Tee, während er sich auf einem Sitzsack niederließ. Sein Schnurrbart war grau geworden, aber auf seinen Lippen blitzte noch ein Hauch von dem zynischen Lächeln auf, das auf dem Fahndungsfoto zu sehen war.

»Wir haben nicht mehr viel miteinander zu tun«, begnügte sich Anita zu antworten. Sie setzte sich mit ihrer Teetasse auf den orangefarbenen Plastikstuhl vor der verblassten Fototapete, die sich an den Rändern bereits löste. Alles in der Wohnung stammte aus den Siebzigerjahren, nicht zuletzt die Lebenseinstellung ihres Bewohners. Augenscheinlich waren Gladbach und seine Wohnung während der fünfundzwanzigjährigen Gefängnisstrafe tiefgefroren gewesen.

»Gut, dass auch du endlich Dietrichs Schwächen erkannt hast«, sagte Gladbach. »Er neigte schon in jungen Jahren zum Opportunismus.«

Mit groben Sätzen zog er über Dietrichs Charakter Ende der Siebzigerjahre her. Anita hörte höflich zu und ließ den Blick über die Bilder an der gegenüberliegenden Wand schweifen. Darauf waren eine Frau und ein Junge zu sehen, besonders die Bilder von dem Jungen sah sich Anita genau an. Dominik Gladbach war auf den ersten Fotos ein süßer Fratz und auf den letzten ein langer Lulatsch mit mürrischem Gesicht und Pickeln.

Die Bilderfolge endete mit einem selbstsicheren Jüngling, der neben einem Motorrad posierte. Gladbach vergötterte seinen Dominik, das hatte Anita immer gewusst, und sie überlegte fieberhaft, wie offen sie mit ihm reden konnte.

»Und Monika und Karin?«, fragte Gladbach. »Hast du von ihnen etwas gehört?«

»Ich habe Roland vor zwei Jahren getroffen. Er hat mir erzählt, Monika sei nach Asien gegangen.«

Nachdenklich schlürfte Gladbach seinen Tee. »Hier in der Nähe, in der Erdestraße, ist eine große Wohnung zu vermieten. In schlechtem Zustand und billig. Ich denke, dass da fünf oder sechs Leute Platz finden. Meinst du, dass sich jemand dafür interessiert?«

Anita empfand plötzlich Mitleid mit dem Mann, der vor ihr saß. »Ich weiß nicht, ich bewege mich schon lange nicht mehr in den Kreisen von früher.«

Als junger Mann hatte Gladbach mit Dietrich zusammen in derselben Kommune in Westberlin gewohnt. Dietrich hatte sich, wie er sagte, nie an den Aktivitäten der Roten Armee Fraktion beteiligt. Dennoch hatte Anita immer die Frage beschäftigt, wodurch er die zwei ehemaligen Stasimitarbeiter kannte, mit denen er in den ersten Jahren nach dem Zusammenbruch der DDR Geschäfte machte. Die Staatssicherheit der DDR hatte die westdeutschen Terroristen, die an der Aushöhlung der bundesdeutschen Gesellschaft arbeiteten, intensiv unterstützt, laut Dietrich hatte auch Gladbach viele Jahre in einem von der Stasi bereitgestellten Versteck im ostdeutschen Premnitz verbracht, aber über seine eigenen Stasibekanntschaften hatte Dietrich immer geschwiegen.

Gladbach holte noch einmal Tee und danach kreiste das Gespräch um die gemeinsamen Bekannten. Nach und nach lockerte sich die Stimmung, und Anita wagte es, das Gespräch auf Dominik zu bringen. Das Thema machte Gladbach sichtlich Freude.

»In Dominik lebt der gleiche Funke wie damals in uns«, sagte er stolz. »Rigorosität und Mut. Von ihm wird man noch hören.«

Anita wartete ab, was er weiter sagen würde, aber es kam nichts mehr.

»Wo ist Dominik?«, fragte sie schließlich. »Es wäre schön, mit ihm zu reden.«

Gladbach kniff die Augen zusammen. »Warum bist du eigentlich hergekommen?«

»Das weißt du sehr wohl.«

Er stellte die Teetasse neben sich auf den Boden. »Ehrlich gesagt weiß ich es nicht.«

Anita merkte, wie sein Tonfall unangenehm kühl wurde.

»Ich bin gekommen, weil du nach meinem Sohn gefragt hast.«

»Hätte ich das nicht gedurft?«

»Du hast dich im Namen deines Sohnes Dominik nach Patriks Vergangenheit in der Kernenergie erkundigt. Was treibt Dominik? Was hat mein Sohn damit zu tun?«

Gladbach musterte sie eine Weile schweigend, dann sagte er: »Keine Ahnung.« Seine Miene verriet deutlich, dass sie besser keine weiteren Fragen mehr stellen sollte.

Patrik beobachtete Dominiks und Hermans Reaktion, als sie den Zimmermann-Zylinder in Augenschein nahmen, den Konstantins in der Schiffsmesse auf einen Seitentisch gestellt hatte.

»Ist der sicher?«, fragte Herman skeptisch und hielt mit seinem Müsliteller möglichst viel Abstand.

»Wir haben ihn gemessen, er strahlt nicht«, sagte Patrik, ohne einen Hehl aus seiner Nervosität zu machen. »Aber es gibt allen Grund, ihn so schnell wie möglich den Behörden zu übergeben.«

»Sie bekommen ihn, sobald wir haben, was wir wollen. Und das Bohrloch im Behälter?«

»Sieh es dir selbst an«, antwortete Konstantins knapp. »Man kann es finden, wenn man weiß, wo man suchen muss. Aber wer weiß das schon?«

Während sich die Ballasttanks des atombetriebenen U-Boots der Los-Angeles-Klasse mit dem Namen *USS Hartford* mit Druckluft füllten, stieg das Boot langsam der Wasseroberfläche entgegen.

Auf der oberen Ebene des Kontrollraums verfolgte Kommandant Edward Adler die Arbeit der Marinesoldaten, die in blauen Overalls an Monitoren mit rot glühenden Anzeigen und Instrumenten saßen.

Sie waren bereits drei Monate unter Wasser, aber Adler vertraute auf die volle Handlungsfähigkeit seiner Leute. Auch wenn sich manch einer nach dem Heimathafen sehnen mochte, nach dem Marinestützpunkt Groton in Connecticut, an der Ostküste der Vereinigten Staaten.

Beziehungsweise gesehnt hatte, bevor ihnen mitgeteilt worden war, welchen Charakter die Aufgabe in der Ostsee annahm. Jetzt hatte keiner an Bord mehr Zeit für Träumereien. Das NATO-Manöver war vorab sorgfältig geplant gewesen, aber die Lage in Estland hatte eine andere Farbe hineingebracht. Und dann, ganz überraschend, hatte die geheime Operation begonnen.

Das mit Tomahawk-Missiles und Torpedos bewaffnete, für schnelle Angriffe ausgelegte U-Boot der US-Marine war zum Einsatz bereit. Die geheimsten Operationen von miteinander konkurrierenden Staaten wurden buchstäblich unter der Oberfläche ausgetragen. In der Tiefe des Meeres herrschten nach wie vor die Gesetze aus dem Kalten Krieg.

Adler drehte sich mit dem Stuhl und richtete seine Aufmerksamkeit auf den Echolotmonitor, der mögliche andere Boote in der Nähe aufzeichnete. Ihre Positionen wurden in einer Karte eingetragen, auf der jetzt aber nur ein bestimmtes Schiff verfolgt wurde.

Kommandant Adler hatte noch sehr genau den Zusammenstoß der *USS Greenville* mit einem japanischen Schiff im Jahr 2001 in Erinnerung, der fünfunddreißig Todesopfer gefordert hatte. Er wollte auf keinen Fall unvorsichtig sein. Der Kommandant der *USS Greenville*, der damals seine Militärlaufbahn hatte aufgeben müssen, war ein guter Freund von ihm gewesen. Nach dem Unglück und dem Gerichtsverfahren hatten sie nur noch wenig Kontakt gehabt.

»VLF-Signaltiefe erreicht, Sir«, teilte einer der jungen Offiziere mit.

»Gut. Wir gehen weiter bis Periskoptiefe«, sagte Adler. »Wir nehmen vor dem Auftauchen ausreichend Wendungen vor, damit wir einen ordentlichen Echolotkontakt bekommen. Das Letzte, was wir jetzt brauchen, ist ein Zusammenprall mit einem Frachter.«

Während des Tieftauchgangs hatte Adler über ELF-Signal die Anweisung erhalten, aufzusteigen, wo die VLF-Funkfrequenz besser funktionierte.

Adler stand auf und trat ans Periskop. Er schaute kurz aufs Meer, bis er in der Ferne das Schiff erkennen konnte, dem sie folgten.

Die *MS Sigyn*.

Ein anderer junger Offizier kam herein.

»Sir, eine dringende und geheime Mitteilung aus dem Pentagon.«

Adler löste den Blick vom Periskop, setzte sich auf seinen Stuhl und gab etwas in den Rechner ein.

35

Patrik schlüpfte in das Materiallager und schloss die Metalltür hinter sich. Durch die Arbeit im Frachtraum hatte er kleine Bewegungsfreiheiten erhalten, und die Entführer waren es gewohnt, ihm an verschiedenen Stellen des Schiffs zu begegnen. Die Dunkelheit des Lagerraums wirkte bedrohlich. Er versuchte zu erspüren, ob noch jemand hier war.

Nichts war zu hören, obwohl er sich um einige Minuten verspätet hattet.

War das eine Falle?

Langsam drückte er sich an die Wand und hielt den Atem an, um besser zu hören. Allmählich gewöhnten sich seine Augen an die Dunkelheit, und er konnte Rettungsringe, Seile und Schwimmwesten erkennen. Nirgendwo regte sich etwas.

»Bleib, wo du bist«, sagte plötzlich eine Stimme in der Dunkelheit. Ein Mann trat als schwarzer Schatten vor ihn hin.

»Wer bist du?«, flüsterte Patrik.

»Ich bin Rune Börjesson, Mitarbeiter des schwedischen Militärgeheimdienstes. Derzeit bereiten Sondereinheiten den Zugriff auf das Schiff vor. Wir müssen versuchen, unmittelbar vor dem Schlag die Kabine mit den Gefangenen und die Kommandobrücke unter Kontrolle zu bringen. Das ist unsere Aufgabe.«

»Und wie sollen wir das anstellen?«, fragte Patrik.

»Es gibt auf dem Schiff ein Waffenversteck für solche Situationen. Wir müssen nur einen Weg finden heranzukommen.«

Ein Waffenversteck? Patrik erschrak.

»Hat deine Anwesenheit hier etwas mit der unbekannten schwarzen Kapsel im Frachtraum zu tun?«, fragte er.

»Wir konzentrieren uns jetzt darauf, an die Waffen zu kommen.«

»Zuerst muss ich wissen, was los ist. Was ist das für ein Gegenstand? Hat es mit Kernmaterial zu tun?«

»Wir haben keine Zeit …«

»Ich werde mein Leben aufs Spiel setzen! Ich habe ein Recht, es zu wissen.«

Börjesson starrte Patrik in dem fast dunklen Raum an. Schließlich sagte er: »Es handelt sich um geheimes Material der Armee.«

»Für welchen Zweck?«

»Das kann ich nicht sagen«, erwiderte der Schwede. »Aber eines kann ich mit Sicherheit sagen, nämlich dass wir alle sterben werden, wenn wir jetzt nichts unternehmen.«

In dem Moment ging die Tür zum Lagerraum auf, und Sandrine stand mit Besen und Müllsack in der Türöffnung.

Börjesson handelte blitzschnell. Er packte Sandrines Hand und zog sie mit einem Ruck herein.

»Sie hat uns gesehen«, sagte er und zwang sie mit Polizeigriff zu Boden. »Es gibt keine andere Möglichkeit, als sie zu töten.«

»Patrik … du verstehst das nicht … ich gehöre nicht zu den Entführern, Herman hat mich betrogen«, ächzte Sandrine mit aller Mühe in der Dunkelheit. Patrik ahnte, dass Börjesson den Arm fest um ihren Hals gelegt hatte.

Er wusste, dass der Schwede recht hatte, falls Sandrine als Spionin unter die Geiseln geschleust worden war. Aber wenn sie die Wahrheit sagte? Für diese Variante würde sprechen, dass Herman in Brüssel, als er mit dem Handy am Ohr von Sandrines Haus zu seinem Wagen gegangen war: *Die Frau ist begeistert und ahnt nichts,* gesagt hatte.

»Du hast Herman für deine Aktion angeheuert …«

»Herman hat mich getäuscht … ich habe ihn für eine medienwirksame Aktion gegen Bilderberg angeheuert … aber dann haben sie plötzlich Geiseln genommen …«

»Warum bist du mit ihnen gegangen?«

Sandrine atmete nur mit Mühe. »Ich musste etwas unternehmen … versuchen, die Geiseln zu retten …«

Patrik begriff, dass sie jeden Moment das Bewusstsein verlieren würde.

»Lass sie los!«, sagte er zu dem Schweden. »Sie sagt die Wahrheit. Ich kenne sie. Sie ist Ärztin und hat in einem Flüchtlingslager in Afrika gearbeitet, sie ist keine Terroristin oder Kriminelle.«

Börjesson nahm langsam den Arm von Sandrines Hals.

Der finnische Ministerpräsident saß in seinem grauen Sommeranzug am Kopfende des Konferenztischs.

»Angesichts des Kurses der *Sigyn* und der Informationen, die wir aus Stockholm erhalten haben, müssen wir uns auf die unangenehme Möglichkeit gefasst machen, dass das Schiff in den Finnischen Meerbusen einfährt«, sagte er zu den anwesenden wichtigsten Ministern und den Vertretern des Strahlenschutzzentrums, der Streitkräfte und der Polizei.

»Das wird eine gewaltige Herausforderung werden angesichts der Bilderberg-Geiseln und des Atommüllbehälters«, sagte der Innenminister. »Wie groß ist das Risiko, dass radioaktives Material aus dem Behälter dringt?«

»Ganz minimal«, antwortete der Leiter der Strahlenschutzbehörde. »Der Behälter kann praktisch alles aushalten. Wir haben solche Behälter in unseren Kernkraftwerken in Loviisa und Olkiluoto …«

Es klopfte an der Tür und ein Mann in blauer Luftwaffenuniform und mit Aktentasche in der Hand wurde eingelassen.

»Ich bin Oberstleutnant Kari Mäkelä von der Elektronischen Nachrichtenprüfabteilung der Luftwaffe in Tikkakoski«, sagte der Mann unaufgeregt, während er seiner Tasche einen Laptop entnahm. »Man hat mich gebeten, Ihnen von etwas zu berichten, was Auswirkungen auf die Maßnahmen haben kann, die bei einer Annäherung der *MS Sigyn* an den Finnischen Meerbusen geplant sind.«

Er klappte seinen Computer auf, und alle sahen interessiert zu dem Oberstleutnant.

»Das Material, das ich hier habe, ist mit Methoden beschafft worden, die in den Bereich der Militärgeheimnisse fallen. Diese Aufnahme ist mit Geräten der elektronischen Aufklärung gemacht worden, von einer unserer Fokker aus, die über der *Sigyn* geflogen ist.«

Der Oberstleutnant drückte die Enter-Taste. Aus den Lautsprechern drang ein Rauschen, aus dem man englische Sätze heraushören konnte – umgangssprachliche Kommandos, Wortwechsel über die Organisation der Essensausgabe und sonstige banale Dinge.

Der Oberstleutnant hob eine Hand, um für erhöhte Aufmerksamkeit zu sorgen.

»*Sei vorsichtiger! Du darfst den Behälter nicht zu tief anbohren. Tu, was Patrik sagt! Oder willst du uns alle verstrahlen?*«

Derselbe Satz wurde als herausgeschnittene Kopie mehrmals wiederholt, dann schaltete der Offizier den Computer aus.

Das Gesicht des stellvertretenden Leiters der Strahlenschutzbehörde war rot angelaufen.

»Ich habe noch etwas, das bald an die Öffentlichkeit gegeben wird. Es hat mit der Zuspitzung der Lage in Estland zu tun. Gerade eben haben die belgische und die niederländische Luftwaffe die Kontrollhoheit für den Baltischen Luftraum auf Großbritannien übertragen. Laut NATO handelt es sich um eine ›normale Rotation der Luftraumüberwachung‹, wie sie seit dem NATO-Beitritt der Baltischen Staaten praktiziert werde. Im Klartext heißt das, dass die Zügel in erfahrenere Hände gelegt und Verletzungen des Luftraums nicht mehr geduldet werden.«

Die SMS, die auf Timos Handy eingegangen war, enthielt die dringende Bitte um Rückruf in Helsinki. Sobald die Sitzung im Lagezentrum der Stockholmer Polizei zu Ende wäre, würde er die Nummer wählen.

»Unserer Ansicht nach ist das Hilfsangebot der US-Marine äußerst ernst zu nehmen«, sagte Marcus Hellström. »Und zwar genau aus den Gründen, die Admiral Roberts genannt hat.«

»Was für eine Operation haben Sie im Sinn?«, fragte Timo. »Sprechen Sie allen Ernstes von einer Intervention auf einem Schiff voller Geiseln?«

»Wollen wir das Schiff unter unsere Kontrolle bringen und die Geiseln befreien, oder wollen wir das Risiko eingehen, sie zu verlieren?«

»Vorläufig sind sie nicht in Gefahr«, sagte Åsa. »Im Gegenteil, nur wenn sie am Leben bleiben, garantieren sie die Sicherheit der Entführer.«

»Das Schiff befindet sich in internationalen Gewässern«, sagte Roberts. »Die meisten Geiseln sind Amerikaner. Das ist ein Angriff gegen die USA. Die Entführer werden Forderungen stellen, und die Politik der Vereinigten Staaten sieht vor, sich nicht auf Verhandlungen einzulassen.«

Es fiel Timo schwer zu glauben, dass die Politik der USA

in überraschenden bedrohlichen Situationen so stereotyp sein sollte. Warum wollten die Amerikaner den Sturmangriff? Und warum so schnell?

»Wir bieten zur Lösung der Situation die besten unserer SEAL-Leute an«, sagte Roberts, als hätte er keinerlei Einspruch gehört. »Das sind Leute, die zu so einer Aktion in der Lage sind.«

»Meinen Sie SEAL 6?«, fragte Falk scharf.

»Wie gesagt, uns stehen die besten Männer zur Verfügung.«

»Ein solcher Angriff wäre mit gewaltigen Risiken verbunden«, wandte Ulf Werner ein. »Die Entführer können ein Blutbad unter den Geiseln anrichten.«

»Dazu haben sie keine Zeit, falls die Überraschung perfekt ist. Die Risiken müssen abgewogen werden, und das Risiko ist größer als bei einer Intervention, wenn das Schiff mit dem Atommüll unter der Kontrolle der Entführer wer weiß wohin fährt. Im schlimmsten Fall an die Küste vor eine große Stadt«, sagte Roberts. »Nicht wahr, Frau Lindholm?«

Die Leiterin der schwedischen Strahlenschutzbehörde richtete sich auf. Offenbar verfügte Roberts über genaue Informationen zu jedem Mitglied des Krisenstabs.

»Der Atommüllbehälter ist stabil, aber einem vorsätzlichen Eindringen hält die Konstruktion natürlich nicht stand. Und es darf nicht die geringste Menge hoch radioaktiven Atommülls aus dem Behälter nach außen dringen, das versteht sich von selbst. Die Sicherheit der Geiseln ist eine andere Sache.«

»Aber würden die Entführer denn mit Absicht Atommüll aus dem Behälter lassen?«, fragte Kommandant Lind von Piket, der Sondereinheit der Stockholmer Polizei. »So viel werden sie doch wohl über den Behälter wissen, den sie gekapert haben?«

»Wir haben Grund zu der Annahme, dass die Entführer über technische Kenntnisse auf dem Sektor Atommüll verfügen«, sagte Timo. »Wie ich bereits erwähnt habe, war der Finne Patrik Vasama früher im Bereich der Atommüllendlagerung tätig.«

»Auch wenn sie nicht geplant haben sollten, das radioaktive Material zu benutzen, könnten sie zu verzweifelten Maßnahmen greifen, wenn sie in die Enge getrieben werden«, sagte Hellström am anderen Ende des Tisches. »Und die Möglichkeit einer Beschädigung ist immer gegeben.«

»Genau deshalb sollten wir lieber beizeiten handeln als zu spät«, sagte der Amerikaner.

»Aber die Kräfte der Ostseeanrainer könnten hier doch mit den Amerikanern zusammenarbeiten«, meinte Lind.

»Selbstverständlich. Allerdings braucht man für eine derart anspruchsvolle Aufgabe spezielle Männer, die sich gut kennen und lange miteinander trainiert haben. Deshalb wird SEAL den eigentlichen Angriff durchführen. Wir müssen ernsthaft darauf vorbereitet sein, eine Atomkatastrophe auf der Ostsee zu verhindern. Steuert das Schiff zum Beispiel, ohne Funkverbindung aufzunehmen, eine große Stadt an, sind wir ohnehin zum Eingreifen gezwungen.«

»Haben denn andere EU-Länder auch keine SDV-Ausrüstung zur Verfügung?«, fragte Lind.

»Wir sollten die Tatsachen anerkennen«, mischte sich Orbrink vom schwedischen Militärgeheimdienst MUST ein. »Und nicht zulassen, dass uns Politik, Prestige und Emotionen in die Quere kommen. SEAL hat unter anderem in Irak und in Afghanistan anspruchsvolle Operationen gegen Terroristen durchgeführt. Und zuletzt an der Küste Somalias gegen Piraten. Sie haben Erfahrung mit derart ernsten Situationen. Und sie verfügen über SDV, im Gegensatz zur schwedischen und zur finnischen Armee. Wenn es schon möglich ist, Hilfe ersten Ranges zu erhalten, und zwar die beste, die es weltweit gibt, wäre es Irrsinn, darauf zu verzichten. Meiner Meinung nach ist es am klügsten, die Hilfe der Amerikaner anzunehmen.«

Timo wunderte sich über die Einhelligkeit von MUST und den Amerikanern. Orbrink redete wie ein PR-Offizier der US-Armee.

»Unter den Geiselnehmern auf dem Schiff befindet sich mindestens ein ehemaliger Soldat aus einer amerikanischen Sondereinheit, über den nur schwer etwas herauszufinden ist. Was können Sie uns über diesen Herman McQuinn sagen?«

Der Admiral verzog keine Miene. »Ich weiß von ihm nur, dass er ein Verräter ist. Er hat sein Vaterland verraten und ist auf die Seite des Feindes gewechselt.«

»Sie müssen doch genauere ...«

»Ich habe bereits geantwortet«, sagte Roberts unwirsch.

Timos und Åsas Blicke trafen sich. Wieder einmal interpretierten sie die Situation auf die gleiche Weise. Was hatten die Amerikaner über McQuinn zu verheimlichen?

36

Anita hörte ihrer alten Freundin Karin konzentriert zu. Sie saßen in einem vegetarischen Restaurant in der Knesebeckstraße in Berlin, und das Rote-Bete-Steak auf Anitas Teller wurde kalt, denn sie war zu aufgeregt, um zu essen.

»Gladbach lebt in seiner eigenen Realität, er hat sich von den Jahren im Gefängnis nie erholt«, sagte Karin. »Er bildet sich ein, eine neue Generation würde sich radikalisieren. Ich weiß darüber nicht mehr als andere, aber ich kann sagen, dass sich auf jeden Fall sein eigener Sohn radikalisiert hat.«

»Was meinst du damit?«

»Dominik führt seinen Vater an der Nase herum, wie er will. Er spielt den Aktivisten und Anarchisten und militanten Öko und was weiß ich was alles, um Geld von ihm zu bekommen. In Wahrheit ist er bloß ein Krimineller. Du weißt doch, dass er schon als Schuljunge mit gefälschten Quittungen Spendengelder einer Umweltorganisation abgegriffen hat?«

Anita schüttelte den Kopf.

»Das war erst der Anfang. Hat dir Dietrich nichts davon erzählt?«

Anita schüttelte erneut den Kopf, zunehmend besorgt und immer wütender.

»Dominik Gladbach ist nicht grüner als jeder beliebige Bankräuber.«

Anitas Griff um die Gabel wurde fester. »War Dominik an Raubüberfällen beteiligt?«

»Er hat zwei Jahre wegen eines bewaffneten Raubüberfalls in Dresden eingesessen. Die Bande wurde von einem ehemaligen Stasioffizier angeführt, der anscheinend ein alter Bekannter von Vater Gladbach ist. Warum interessierst du dich so sehr für Dominik?«

»Das erzähle ich dir ein anderes Mal«, sagte Anita.

»Wie ist es deiner Meinung nach gelaufen?«, fragte Kontraadmiral Jeff Roberts von der US-Marine auf dem Gang den neben ihm gehenden Chef des schwedischen Militärgeheimdienstes.

»Zäh, wie ich es vermutet habe«, antwortete Jonas Orbrink. »Wir Schweden mögen es nicht, wenn die Amerikaner uns sagen, was wir tun sollen.«

Orbrink blieb stehen und blickte sich um, weil er sichergehen wollte, dass ihnen niemand zuhörte. Roberts blieb ebenfalls stehen.

»Ist SEAL 6 auf dem Weg hierher?«, fragte Orbrink.

Roberts sah ihm fest in die Augen. »Jonas, ich kann dir nur Folgendes sagen: Derzeit sind die besten Männer und die effektivste Ausrüstung, die es auf diesem Planeten gibt, auf dem Weg zur *MS Sigyn*. Die Vereinigten Staaten tun alles, damit die ›Operation Pandora‹ nicht ans Tageslicht kommt.«

Orbrink wandte mit noch leiserer Stimme ein: »Und wenn sie doch ans Tageslicht kommt?«

»Diese Möglichkeit existiert nicht. Die *Sigyn* befindet sich fest im Fadenkreuz der *USS Harford*. Bildlich gesprochen natürlich.«

»Du willst damit doch nicht etwa sagen, dass unter Umständen Unbeteiligte geopfert werden …«

»Niemand wird geopfert. Wir arbeiten hart, um alle

zu retten. Und was heißt überhaupt Unbeteiligte? Das Schicksal hat uns ständig im Fadenkreuz. Jonas, hier geht es um große Dinge.«

Roberts ging weiter. Orbrink blieb auf dem Gang stehen und dachte über das nach, was der Amerikaner gesagt hatte, eilte ihm dann aber hinterher.

»Wer ist Herman McQuinn?«, fragte er, als er Roberts eingeholt hatte.

»Du brauchst dir wegen ihm nicht den Kopf zu zerbrechen«, erwiderte Roberts, ohne den Schritt zu verlangsamen. »Wir kümmern uns um ihn.«

37

Patrik lief über das Mannschaftsdeck und grübelte fieberhaft nach einem Weg, um an das Waffenversteck zu kommen. Gleichzeitig hatte er das Gefühl, dass Sandrine jeden Augenblick mit Herman auftauchen und fragen würde, wo sich Börjesson aufhielt. Trotz aller Bedenken war er das Risiko eingegangen, Sandrine zu vertrauen. Er hatte ihr erzählt, mit welchem Täuschungsmanöver er in die Schiffsentführung mit hineingezogen worden war. Über das Waffenversteck hatten er und Börjesson allerdings kein Wort verlauten lassen.

Sie mussten irgendetwas unternehmen, davon war er in Anbetracht des Zimmermann-Zylinders überzeugt, den Konstantins vor ihm mit beiden Händen den Gang entlangtrug. Patrik vermutete, dass die Männer mit Hilfe des Zylinders freies Geleit und Geld erpressen wollten. Sie schienen dabei nicht zu begreifen, wie ernst die Behörden den Inhalt des Zylinders nehmen würden.

Patrik war einmal bei einem Experiment zur Verkapselung von Atommüll dabei gewesen. Es wurde echter radioaktiver Müll verwendet, und die Sicherheitsmaßnahmen waren extrem gewesen. Wie gewohnt verscheuchte er den Gedanken an diese Zeitspanne gleich wieder, in der er den schlimmsten Fehler seines Lebens gemacht hatte. Verglichen mit der akuten Situation wirkte der Fehler von damals allerdings verhältnismäßig klein, musste er gequält feststellen.

Was konnte man mit dem Zylinder anstellen? Ihn ins Meer werfen, wo man ihn später vielleicht herausholen könnte, wenn man die Koordinaten notierte? Aber wenn er die Stelle nicht definieren könnte oder sterben würde, bevor er die Information weitergegeben hatte?

Andererseits war alles relativ, auch in dieser Angelegenheit. In der Ostsee lagen fast hundert schrottreife russische Leuchtfeuer vom Typ RTG herum, die alle mit Strontium-90 funktionierten. Bereits fünf Leuchtfeuer enthielten zusammen mehr radioaktives Material als ein Atom-U-Boot. Die Russen fanden die Mittel, eine Gaspipeline zu bauen, hatten aber nicht das Geld, um ihre gefährlich heruntergekommenen RTG-Lichter einzusammeln, weshalb sie die finnischen Steuerzahler um Hilfe baten.

Konstantins trat aufs Außendeck, Patrik blieb dicht hinter ihm. Das Meer hatte sich beruhigt, aber am Himmel ballten sich Regenwolken zusammen. Konstantins ging mit dem Zimmermann-Zylinder in den Händen auf die Treppe zur Kommandobrücke zu.

»Geh runter und mach mit der Ausbesserungsarbeit weiter!«, blaffte Konstantins. Patrik nahm die Treppe nach unten. In dem Moment fiel ihm ein, wie sie an das Waffenversteck kämen. Die Lösung war Sandrine.

Die Wolkenmassen am östlichen Horizont wurden immer dunkler. Der warme Wind flaute ab, es stand Regen für den Abend und die Nacht bevor.

»Wie ist es möglich, dass nicht einmal der Kapitän etwas von der Kapsel weiß?«, sagte Herman auf dem Außendeck zu Dominik. Er hatte Dominik nach draußen gebeten, weil er nicht wollte, dass andere etwas von seiner Unsicherheit mitbekamen. »Allmählich beschleichen mich böse Vorahnungen«, fuhr Herman fort. »Wolf weiß eindeutig, worum es sich handelt.«

»Wir werfen die Kapsel an der Stelle ins Meer, die er uns nennt, und vergessen das Ganze.«

»Nein«, sagte Herman strikt. »Es wird keine Änderungen oder Verzögerungen im geplanten Ablauf geben. Begreifst du das endlich?«

»Es kann sein, dass Wolf nicht bezahlt …«

»Vergiss diesen verdammten Wolf!«

»Das kann nicht dein Ernst sein«, schnaubte Dominik. »Wofür brauchen wir ihn denn noch? Wir können hier viel mehr Geld verdienen.«

»Wenn wir Wolf übers Ohr hauen, wird er das nie vergessen.«

»Er hat uns übers Ohr gehauen«, sagte Herman. »Er hätte uns etwas von der Kapsel sagen sollen. Weißt du, was ich glaube? Diese Kapsel ist besonders heiße Ware, und er hat uns hierhergeschickt, damit wir die schmutzige Arbeit für ihn erledigen. Sobald wir die Kapsel ins Meer geworfen haben, sind wir auf uns allein gestellt.«

»Du kennst Wolf nicht. Du würdest ihn nicht als Gegner wollen. Glaub mir.«

»Das ist ja gerade das Problem, dass ich deinen Wolf nicht kenne. Und allmählich habe ich das Gefühl, dass du ihn auch nicht so gut kennst, wie du vorgibst. Wer sind die Leute hinter Wolf?«

»Es hat keinen Sinn, dass wir uns den Kopf darüber zerbrechen …«

»Es ist *unvermeidlich*, dass wir uns den Kopf über die Situation zerbrechen«, schnitt ihm Herman das Wort ab. »Wolf war der Verbindungsoffizier deines Vaters bei der Stasi, also hatte er enge Kontakte zu sämtlichen Nachrichtendiensten des Ostblocks. Und wo stecken all die Geheimdienstoffiziere von damals? Für wen arbeiten sie?«

»Die meisten sind in Rente. Manche arbeiten für die Aufklärung anderer Staaten. Ein Teil ist in den Dienst der

Mafia oder anderer verbrecherischer Organisationen getreten, so wie Wolf.«

»Für mich klingt es absolut unwahrscheinlich, dass die Kapsel im Frachtraum Drogen oder anderes kriminelles Zeug enthalten soll. Wolf ist an einer wesentlich größeren Sache beteiligt. Er kann bei jedem beliebigen Geheimdienst mitmischen, im Osten wie im Westen. Und diese Kreise haben für uns nichts übrig. Ich sage das jetzt zum letzten Mal: Es wird keine Änderungen im Plan geben. Wir werden so viel Geld bekommen, dass uns nicht einmal Wolf je finden wird.«

»Ich weiß nicht …«

»Bist du nicht fähig, Entscheidungen zu treffen?«, fragte Herman. »Bist du nicht fähig, diese Operation anzuführen? Das hätte ich mir denken können. Ein Kerl, der lediglich ein paar Banküberfälle über die Bühne gebracht hat, ist Herausforderungen dieser Größenordnung nicht gewachsen. Du hast dein Leben lang versucht, alles zu tun, um deinem Vater zu gefallen, und jetzt verhältst du dich Wolf gegenüber genauso.«

»Du verlierst selbst gerade die Nerven«, fuhr Dominik ihn an.

»Ein Kleingauner. Das bist du. Auch wenn du dich für etwas ganz anderes hältst.«

In dem Moment flog die Metalltür auf. Jochem kam wütend auf sie zu, die Maschinenpistole zum Himmel gerichtet. Seine halblangen blonden Haare federten im Takt seiner schweren Schritte.

»Was soll das hier werden, verdammt«, sagte er aggressiv.

»Jochem, wo ist das Problem?«, fragte Herman, aber der große Holländer marschierte an ihm vorbei und blieb dicht vor Dominik stehen.

»Was für ein Scheißspiel spielst du auf diesem Schiff

hier? Was ist das für ein Gegenstand? Was für eine Abmachung hast du mit Wolf getroffen?«

Dominik hielt dem bedrohlichen Blick stand und wich keinen Millimeter von der Stelle. Herman packte Jochem am Arm und zog ihn zurück.

»Ich erledige das«, zischte er durch die Zähne.

»Hält er uns für Vollidioten?« Jochem blickte streitsüchtig über Hermans Schulter auf Dominik.

»Das nützt nichts, Jochem«, sagte Herman. »Wir müssen uns auf unsere Aufgabe konzentrieren und die Reihen geschlossen halten. Wir werden keine Kapsel irgendwo hinbringen. Stimmt's, Dominik?«

Dominik starrte ihn an. Sein Gesicht verzerrte sich vor Wut, seine Lippen wurden zu Strichen. Er deutete mit dem ausgestreckten Zeigefinger auf die beiden Männer, die ihm gegenüberstanden.

»Ich weiß von dem Ding genauso wenig wie ihr«, knurrte er beherrscht.

Der israelische Außenhandelsminister Simon Rozen taxierte den bewaffneten Entführer, der neben der Tür der Gefangenenkabine saß. Der blonde Mann streckte sich auf seinem Stuhl entspannt aus und war scheinbar in Gedanken versunken.

Rozen richtete den Blick wieder auf Pearsons Faust. Die gebräunte Haut war gut gepflegt, der manikürte Daumennagel weiß, der Amerikaner presste ihn fest auf den gekrümmten Zeigefinger.

Rozen wusste nicht, was die Faust enthielt, aber er wusste, dass Pearson eine lange Laufbahn beim CIA absolviert hatte, bevor er zum Sicherheitsrat ins Weiße Haus gewechselt war, um schließlich sicherheitspolitischer Berater von Präsident Obama zu werden. Pearson gehörte zu den Männern, von denen Rozen annahm, dass sie mit ihm zur Gegenwehr in der aktuellen Situation fähig sein könnten. Rozen selbst blickte auf eine Vergangenheit beim Geheimdienst zurück, er war Mossad-Offizier gewesen und hatte als junger Mann in Sondereinheiten der israelischen Armee gedient. Seitdem hielt er sich aktiv in Form, und auch Pearson schien das Training im Fitnessraum selten auszulassen.

Plötzlich spürte Rozen einen leichten Stoß an der Wade. Er sah Pearson nicht an, bewegte aber die Hand näher an dessen Faust heran.

Aus dem Augenwinkel sah er eine Bewegung.

Pearson öffnete die Faust und ließ etwas Leichtes in Rozens Hand fallen.

Rozen schloss die Hand, ohne sonst irgendeine Reaktion zu zeigen.

Sobald der Bewacher in eine andere Richtung schaute, warf Rozen einen Blick auf das Stück Papier.

Als er die Augen wieder auf den Bewaffneten richtete, stand dieser auf und ging auf die Geiseln zu.

Rozen atmete ruhig, während der Mann näher kam. Er registrierte Pearsons erstarrten Blick und versuchte seine Hand möglichst locker zu halten, ohne allerdings das Stück Papier fallen zu lassen.

Der Mann blieb vor ihm stehen.

Rozen starrte auf die Wand gegenüber.

Der Bewaffnete setzte seinen langsamen Gang fort. Schnell rollte Rozen den Zettel auf und las:

WIR MÜSSEN HANDELN. MACHST DU MIT? BIN ZIEMLICH SICHER, DASS IM BAROMETER EINE KAMERA VERSTECKT IST.

38

Patrik vermied es, Geir in die Augen zu schauen, als er ihm auf dem Gang begegnete. Er erinnerte sich an die Begegnung mit dem blonden, gepflegt wirkenden Norweger im Kongo.

»Wohin?«, fragte Geir und hielt ihn auf.

»Zum Werkzeuglager.«

»Dafür braucht man einen Schlüssel.«

Patrik zog den Schlüssel hervor. »Den habe ich bereits. Ebenso eine Tasche für das Werkzeug.«

Er öffnete eine große, leere Sporttasche.

»Woher hast du den Schlüssel?«

»Von Konstantins.«

Geir sprach in sein Funkgerät. Nachdem er eine Antwort erhalten hatte, winkte er Patrik weiter.

Patrik hatte einen Metallspan in den Schlitz am Schalter der Schleifscheibe gesteckt und zu Konstantins gesagt, er brauche Werkzeug, um das Gehäuse öffnen zu können. Nervös wegen des defekten Geräts hatte Konstantins ihn ins Lager geschickt, um welches zu holen.

Möglichst ruhig ging er den Gang entlang, an dessen Ende sich der Lagerraum befand.

Er blickte sich um und sah, wie Sandrine sich hinter ihm auf dem Gang mit einem Wagen ebenfalls Geir näherte.

Patrik ging weiter. Eine Kabinentür stand einen Spaltbreit offen, er sah kurz zwei Hände, die eine Waffe hielten, und hörte gesenkte Stimmen.

Als er den Lagerraum erreicht hatte, öffnete er rasch die Tür. Ohne zu zögern trat er ein und ging an den fein säuberlich an der Wand hängenden elektrischen Geräten vorbei. Er griff nach der Lochplatte, an der Werkzeuge hingen, und löste sie aus der Halterung. Dahinter kam eine Metalltür mit einem Zahlenschloss zum Vorschein. Börjessons Angaben waren richtig, stellte Patrik zufrieden fest.

»Hier sind die Getränkeflaschen, um die ihr gebeten habt«, hörte er Sandrine auf dem Gang sagen. Sie stand vor der Kabine der Entführer.

Patrik gab die Zahlenkombination, die Börjesson ihm genannt hatte, ein, und die Tür ging auf. Er zuckte zusammen, als er das Waffensortiment sah, das in der Luke verborgen lag. Dann zögerte er nicht lange und legte drei Maschinenpistolen, zwei Handfeuerwaffen, einige Granaten und eine große Menge Munition in einen Müllsack. Für einen Moment verlieh ihm das Gewicht der Waffen ein Gefühl der Sicherheit, von dem er aber wusste, dass es trügerisch war. Auf Waffen konnte man sich nicht verlassen, das hätte den sicheren Untergang bedeutet.

Er verschloss das Waffenversteck und brachte die Platte wieder an. Dabei hörte er Sandrine mit ihrem Wagen näher kommen und warf schnell Schraubenschlüssel, Schraubenzieher und weiteres Werkzeug in die Tasche.

Sandrine blieb vor der Tür stehen und hob das Tablett, das den Wagen abdeckte. Patrik nahm den Müllsack mit den Waffen und legte ihn in den Wagen. Sandrine stellte das Tablett darauf und ging in die Richtung zurück, aus der sie gekommen war.

Patrik wartete kurz ab, hob die Sporttasche vom Boden auf und ging Sandrine hinterher.

»He!«, sagte einer der Geiselnehmer, der zu Hermans Leuten gehörte. »Tasche aufmachen, bevor du irgendwo hingehst.«

»Hier ist nur das Werkzeug drin, das ich für Konstantins holen soll ...«

Patrik stellte die Tasche auf dem Boden ab und griff nach dem Reißverschluss. »Das ist Zeitverschwendung ...«

»Halt's Maul und mach auf!«

Patrik öffnete den Reißverschluss betont langsam und zeigte den Inhalt der Tasche.

»Okay, du kannst gehen.«

Als der Mann aufsah, erblickte er Sandrine, die den Gang entlangging.

»He!«, rief der Geiselnehmer. Sandrine blieb stehen und drehte sich um.

»Warte!«, befahl der Bewaffnete und kam auf sie zu. »Was hast du da im Wagen?«

»Wo?«, fragte Sandrine, als hätte sie nicht verstanden, was er meinte.

»Spiel nicht die Dumme, das steht dir nicht. Nimm das Tablett weg!«

Sandrine ergriff die Ränder des Tabletts und hob es vorsichtig an, damit kein Geschirr herunterfiel.

Der Wagen war leer.

Der Mann nickte. »Okay, du kannst gehen.«

Patrik war mit pochendem Herzen weitergegangen. Nach einigen Schritten blickte er sich um und sah den Mann einen Blick in eine Gangnische werfen und dann weitergehen.

Patrik wusste, dass die Nische leer war. Gerade eben hatte er den von Sandrine dort abgelegten Müllsack in seine Sporttasche gepackt.

Patrik war doppelt erleichtert. Sandrine hatte die Wahrheit gesagt. Auch sie war durch ein Täuschungsmanöver in diesen wahnsinnigen Entführungsplan hineingezogen worden.

Börjesson versicherte sich, dass er allein war, und rannte dann über das Deck. Auf der anderen Seite ließ er sich über die Reling in ein Rettungsboot kippen und blieb darin auf dem Rücken liegen. Er befürchtete, einer der Entführer könnte auftauchen, aber vorläufig war keiner zu sehen.

Der Finne war beim Holen der Waffen kaltblütig und einfallsreich vorgegangen, ebenso die Frau, aber die Zeit war trotzdem knapp. Patrik wurde im Frachtraum erwartet, und Sandrine musste für die Männer erreichbar bleiben.

Börjesson robbte zur Steueranlage des Rettungsboots. Er setzte sich den Kopfhörer des Funkgeräts auf, griff zum Mikrofon und stellte mit der anderen Hand die richtige Frequenz ein.

»*Sea Lion eins, ich höre*«, sagte eine Stimme im Kopfhörer. Börjesson wusste, dass er Kontakt mit der Signalaufklärung des schwedischen Militärgeheimdienstes bekommen hatte.

»Sea Lion zwei, Nachricht ans Hauptquartier. Ich höre.«

»*Kleinen Moment.*«

»*Falk hier*«, erklang es zehn Sekunden später. »*Wie ist die Lage?*«

»Wir haben die Waffen.«

»*Gut. Hör genau zu: Die Operation steht mittlerweile unter dem Kommando von Onkel Freddy*«, sagte Falk mit einem Tonfall, aus dem man die Bitterkeit heraushören konnte.

Börjesson lauschte noch konzentrierter, als er hörte, dass die Amerikaner das Kommando übernommen hatten.

»*Wie ist die Lage im Frachtraum?*«, fragte gleich darauf eine Stimme in amerikanischem Englisch.

»Die Entführer haben ein Loch in den Atommüllbehälter gebohrt, Grund unbekannt. Wahrscheinlich versuchen sie, einen Teil des radioaktiven Inhalts in ihren Besitz zu bekommen.«

»*Und die Kapsel?*«

»Unberührt, aber entdeckt.«

»*Wer weiß davon?*«

»Die Entführer sowie der Finne, den sie dabeihaben, und eine belgische Frau. Ich kenne nur ihre Vornamen – Patrik und Sandrine.«

»*Und die Geiseln?*«

»Soweit ich weiß, sind sie in Ordnung.«

»*Ich meine, wissen sie etwas von der Kapsel?*«

»Wohl kaum. Falls ihnen die Entführer nicht davon erzählt haben. Was ich stark bezweifle.«

»*Gut, so soll es auch bleiben.*«

»Uns rennt die Zeit davon, es kann schnell herauskommen, dass wir Waffen haben.«

»*Sie müssen alles daransetzen, die Geiseln zu schützen, wenn wir das Schiff angreifen. Bringen Sie sie in den Lagerraum im vorderen Teil des Decks. Die Intervention beginnt um 02.00 Uhr. Die Kapsel muss vom Schiff entfernt werden, bevor noch mehr Leute von ihr erfahren*«, fuhr der Amerikaner fort. »*Wir greifen auf jeden Fall an, auch dann, wenn wir keine Verbindung mehr zu Ihnen bekommen.*«

David Pearson sah zu, wie der Mann mit der Maschinenpistole aufstand, die Tür öffnete und auf den Gang trat.

Die Tür fiel hinter ihm zu. Pearson atmete tief durch und beschloss, das Risiko einzugehen.

Er stand abrupt auf und stürzte, von verdutzten Blicken begleitet, zum Barometer. Er legte einen Finger auf die Lippen, worauf die Männer sofort den Blick von ihm abwandten.

Rasch nahm Pearson das Barometer in Augenschein und triumphierte. Aus der alten Apparatur ragte eine zwei Zentimeter lange Antenne hervor, und auf der Zeigerachse schimmerte ein schwarzes Objektiv. Ähnliche Geräte waren vor Jahren bei der CIA in Gebrauch gewesen, heute konnte man sie im Internet bestellen.

Pearson riss das Gerät mit einem Ruck von der Wand, zog die Antenne ab und wandte sich an die anderen Gefangenen.

»Kamera und Mikrofon sind tot. Wir haben vielleicht dreißig Sekunden, bis ein Bewacher kommt. Ich beabsichtige zu fliehen, wer kommt mit? Die Hand heben, ich brauche die Antwort *jetzt.*«

Die Gefangenen sahen einander verblüfft an. Der Kapitän und der Steuermann wechselten einige Worte auf Schwedisch.

Simon Rozen hob die Hand. Damit hatte Pearson auch gerechnet. Dann ging eine zweite Hand hoch, eine dritte und vierte. Sieben Mutige, das war eine gute Zahl, dachte Pearson, als er auf seinen Platz zurückeilte. Das war genau die passende Anzahl, um seinen Plan umzusetzen.

»Falls sie keine Ersatzkamera haben, werden sie wahrscheinlich die Bewachung verstärken. Also gilt: Auf mein Zeichen hin muss der Bewacher eliminiert werden …«

»Und wir anderen?«, fragte eine der Geiseln.

Pearson sah in die Richtung, aus der die Stimme kam. Sie klang nach seinem Landsmann Richard McLelland, dem Leiter des in New York ansässigen Diebler-Instituts, das die internationale Wirtschaftslage analysierte.

»Sie werden sich an denen rächen, die hierbleiben, die einen Fluchtversuch unter diesen Umständen für dumm und gefährlich halten«, sagte McLelland.

In dem Moment hörte man Stimmen vor der Tür.

Pearson setzte sich rasch wieder gerade hin.

Die Tür wurde aufgerissen, und drei Bewaffnete stürmten herein.

»Wer hat die Kamera angerührt?«, rief einer der Entführer und untersuchte das Barometer.

»Niemand«, sagte Franz Schroder, der Chefredakteur einer großen deutschen Tageszeitung.

Der Entführer marschierte auf den Deutschen zu, zog ihn hoch und schlug ihm mit dem Pistolenknauf ins Gesicht.

Der Deutsche geriet ins Taumeln und stöhnte vor Schmerz.

»Glaubt ihr, ihr seid immun gegen alles? Hier seid ihr ganz normale Sterbliche, solche, über die ihr euch sonst immer hinwegsetzt«, brüllte der Entführer und stieß dem Deutschen, der sich das Gesicht hielt, ohne mit der Wimper zu zucken den Ellenbogen in den Magen. Der Mann fiel auf die Knie und keuchte.

»Das hier ist die Wirklichkeit, die ihr selbst geschaffen habt. Das ist die Welt, vor der ihr die Augen schließen wollt, für die ihr aber mitverantwortlich seid.«

Der Deutsche rang noch immer verzweifelt nach Luft. Sein Gesicht lief blau an.

»Aber das ist noch gar nichts … Ihr habt keine Ahnung davon, was sich die Menschen in afrikanischen Dörfern gegenseitig antun, um an Diamanten zu kommen. Oder was die Bürgerkriegssoldaten, die von den Besitzern der Ölvorkommen eingesetzt werden, in den Dörfern anrichten, in denen sie die Loyalität der Bewohner anzweifeln.«

Plötzlich packte der Entführer den Deutschen am Handgelenk, zerrte seinen Arm waagrecht auf die Stuhllehne und setzte den Lauf der Maschinenpistole am Ellenbogen an.

»Wer hat die Kamera angefasst?«, fragte der Entführer erneut.

Es herrschte Totenstille unter den Geiseln. Der Deutsche zitterte und keuchte stoßartig.

Da erhob sich einer der Gefangenen. David Pearson.

»Wir haben aus der Richtung dort ein Summen und ein Klirren gehört«, sagte er. »Dann nichts mehr. Das war alles.«

Der Entführer sah Pearson lange in die Augen. Dann ließ er die Waffe sinken und den Arm des Deutschen los.

»Ihr wisst, was passiert, wenn ihr etwas ausheckt.«

Er ging zum Barometer, nahm es an sich und verließ den Raum.

Pearson hatte sich genau eingeprägt, wer von den anderen Geiseln die Hand gehoben hatte. Ein Bewacher war in der Kabine geblieben und hielt seine Waffe auf den Knien.

Pearson sah den misshandelten deutschen Chefredakteur an. Er wirkte weniger schockiert, als man es bei einem Menschen, der in eine so bedrohliche Situation geraten war, annehmen konnte. Und vor allem: Der Mann hatte den Mund aufgemacht. Genau solche nervenstarke Männer brauchte er für seinen Plan.

McLelland sah zu ihm herüber und dann auf den übel zugerichteten Deutschen. Pearson hatte geahnt, dass es mit den Wissenschaftlertypen nur Ärger geben würde. Leute, die es in der Wirtschaft bis ganz nach oben geschafft hatten, konnten schweren Stress aushalten, und auf sie konnte man sich auch in dieser Situation am ehesten verlassen.

McLelland war jedoch ein Risiko. Seine Nerven hielten Druck nicht stand. Ein solcher Mensch konnte unter Umständen äußerst unbedacht handeln.

Er musste McLelland in den Fluchtplan einbinden.

Und er wusste auch schon, wie McLelland ihm helfen würde.

Im Hauptquartier der schwedischen Rikskriminalen stand Timo vor der Karte der Ostseeregion und hörte den Ausführungen des Kommissars der finnischen Zentralkripo aus Helsinki zu.

»Ich weiß nicht, was an Patrik Vasamas ehemaligem Arbeitsplatz vorgefallen ist, aber es muss etwas Außergewöhnliches gewesen sein.«

»Wieso?«, fragte Timo.

»Der damalige Personalchef von Posiva, ebenjener Firma, bei der Vasama Endlagerforschung für Atommüll betrieben hatte, sagt, er könne sich an den Mann überhaupt nicht erinnern. Schade bloß, dass er ein so schlechter Lügner ist. Warum spielt er den Gedächtnisschwachen? Ich habe auch mit dem Entwicklungschef von Posiva gesprochen. Er ist mindestens ebenso bar jeder Erinnerung. Fakt ist jedoch, dass Vasama damals gefeuert wurde.«

»Hat man seine Angehörigen erreicht?«

»Seine Mutter lebt laut Einwohnermeldeamt in Deutschland. Über sie gibt es übrigens einen Eintrag in unseren Registern: Bußgeld in Forssa 1980. Beim Protest gegen die Trockenlegung des Sees in Koijärvi hatte sie sich mit ein paar anderen Naturschützern an einen Bagger gekettet.«

Je mehr Timo über diesen Vasama erfuhr, umso besorgter wurde er. Und seine Sorge wurde nicht dadurch gemindert, dass die *Sigyn* unaufhaltsam dem Finnischen Meerbusen entgegenfuhr. Das Zentrum der Ereignisse verlagerte sich von Schweden weg.

»Ich fliege mit der Abendmaschine nach Helsinki«, sagte Timo.

Schon als Vasamas Besuch auf der *Sigyn* ermittelt worden war, hatte man alle Informationen über ihn aus den

Registern gezogen und mit Befragungen begonnen, aber jetzt bestand Anlass, ernsthaft aufs Tempo zu drücken. In dem Funkverkehrfragment, das die Nachrichtenaufklärung von der *Sigyn* aufgeschnappt hatte, war von einem Patrik die Rede gewesen. Dabei musste es sich um ein und denselben Mann handeln. Wieso war ein hoch qualifizierter und begabter Mensch, der in der Kernindustrie bereits Karriere gemacht hatte, mit einer internationalen Verbrecherbande auf der *MS Sigyn* gelandet?

39

Pearson beobachtete den Bewaffneten mit der düsteren Miene und den schwarzen Augen, der mit seiner Maschinenpistole zwischen den Geiseln umherging. Ein zweiter Mann stand nun an der Tür und kaute Kaugummi. Die Entführer versuchten durch stumme Bedrohlichkeit eine Atmosphäre der Angst aufzubauen, und das gelang ihnen sehr gut, wie Pearson fand. McLelland, der immer blasser geworden war, starrte ihn an, und er erwiderte den Blick mit einem angedeuteten Kopfnicken.

Der Bewaffnete schien McLellands Gemütsverfassung zu ahnen und blieb vor ihm stehen.

Die Stille verdichtete sich. Pearson sah den Schweiß auf McLellands Gesicht glänzen.

»Wenn einer von euch auf einen dummen Gedanken kommt, werden alle darunter leiden«, sagte der Mann.

McLelland hüstelte. »Sie haben vor, es zu tun«, sagte er nach einer Weile heiser.

Pearson sah Simon Rozen an. Ihre Blicke begegneten sich, und Pearson nickte.

»Wer hat vor, was zu tun?«, fragte der Entführer.

»Sie …« McLelland würgte verzweifelt an seinen Worten, wie ein Mensch, der wusste, dass er seine Kameraden und Landsleute verriet, um seine eigene Haut zu retten. »Einige von ihnen haben vor …«

Pearson stürzte sich ohne zu zögern auf den Entführer. Im Augenwinkel sah er, wie Rozen sich im gleichen Moment auf den anderen Bewaffneten warf, dessen Aufmerksamkeit ebenfalls auf McLelland gerichtet war.

Pearson konnte noch den überraschten Blick des Entführers, der McLelland unter Druck gesetzt hatte, registrieren, als er versuchte, den Lauf der Maschinenpistole auf ihn zu richten, aber Pearson hatte die Waffe bereits fest im Griff.

In dem Moment löste sich ein Schuss. McLelland starrte ungläubig auf seine Brust. Sein Hemd färbte sich rot. Die anderen Geiseln stürzten los, um Pearson und Rozen zu helfen.

McLelland sank leblos zu Boden. Pearsons Herz hämmerte. Der nervöse McLelland hatte getan, was er sollte: Er hatte die Aufmerksamkeit auf sich gezogen und damit Pearson die Chance zum Angriff geboten.

Patrik horchte auf. Ihm war, als hätte er im Inneren des Schiffs einen Schuss gehört.

Von seinem Versteck aus behielt er unablässig das Rettungsboot im Auge, er wusste, dass Börjesson sich dort aufhielt. Hatte er Kontakt zu den Behörden bekommen?

Patrik umklammerte die Maschinenpistole und blickte zu Sandrine hinüber, die hinter einer Metallkiste hervorspähte. Börjesson hatte sie in den Gebrauch der Waffen einführen wollen, aber Sandrine hatte gesagt, sie brauche keine Anleitung. In den Flüchtlingslagern in Afrika hatte sie alles Nötige zur Selbstverteidigung gelernt, einschließlich den Umgang mit Waffen.

Patrik blickte erneut aufs Deck. Falls dort ein Entführer auftauchen sollte, würden sie zunächst versuchen, dessen Aufmerksamkeit anderswohin zu lenken. Die Waffen wollten sie nur gebrauchen, wenn Börjesson entdeckt würde.

Plötzlich registrierte Patrik etwas auf der Treppe zur

Kommandobrücke. Dort stieg derselbe Mann hinauf, der ihn auf dem Gang zum Werkzeuglager angehalten hatte. Offenbar war sein Wachdienst gerade zu Ende. Er blieb stehen, ließ die Waffe sinken, zündete sich eine Zigarette an und stützte sich beim Rauchen lässig auf die Reling.

Patrik richtete den Blick auf das Rettungsboot und bereitete sich darauf vor, Börjesson zu warnen, damit er das Boot nicht verließ.

Dominik stand auf der Kommandobrücke und hörte die Radionachrichten. Es war von nichts anderem die Rede als von dem Bilderberg-Kongress und der Schiffsentführung auf der Ostsee. Aber die Polizei schien nur spärliche Informationen herauszugeben, was Dominik ärgerte. Er hätte gerne erfahren, was man an Land wusste oder vorhatte.

Er blickte auf die Koordinaten, die anzeigten, auf welcher Position sich die *Sigyn* befand. Trotz Hermans Widerstand hatte er beschlossen, Wolfs Anweisung Folge zu leisten und die im Frachtraum versteckte schwarze Kapsel wie verlangt an den genannten Ort zu bringen. Der Gedanke, Wolfs Befehl nicht zu befolgen, kam ihm nahezu unmöglich vor.

Ursprünglich war Wolf einer der Kontakte seines Vaters gewesen. Aber heute war sein Vater zu nichts mehr zu gebrauchen, das Gefängnis hatte ihn kaputt gemacht, er war ein bedauernswerter Nostalgiker geworden, der sich an die Vergangenheit klammerte und sich für großartig hielt. Freilich glaubte Dominik nicht, dass der Charakter seines Vaters ohne die Haft eindrucksvolle Leistungen zugelassen hätte; der Mann war einfach viel zu weich. Nur die Reden, die er schwang, waren knallhart. Schon vor langer Zeit hatte Dominik sich vorgenommen, dass man niemals so hinter seinem Rücken lachen sollte, wie man es bei seinem Vater tat.

»*Die Drei ruft die Brücke*«, erklang Bronislaws Stimme im Kopfhörer, und Dominik fuhr aus seinen Gedanken auf.

»Zur Stelle.«

»*War das gerade eben ein scharfer Knall? Wie ein Schuss?*«

»Hier oben ist nichts angekommen. Wo bist du?«

»*Im Maschinenraum. Ich sehe mich hier ein bisschen um.*«

Dominik studierte wieder die Seekarte. Nachdem die Kamera lahmgelegt worden war – wahrscheinlich durch die Geiseln –, hatte die Anspannung unter den Männern zugenommen, und er hatte Doppelwache in der Gefangenenkabine angeordnet.

Pearson drückte den Lauf der Waffe in den Händen des Entführers zur Decke. Der Mann trat nach dem Firmenchef im weißen Hemd, der neben ihm aufgetaucht war, worauf dieser zu Boden stürzte. Aber immer neue Hände griffen nach der Waffe. Im Eifer der Männer vereinigten sich Verzweiflung, Hass und die Entladung angestauter Spannung.

Plötzlich ließ Pearson abrupt die Waffe los und schlug dem Entführer mit der Faust ins Gesicht. Der Mann taumelte nach hinten, gab die Waffe aber nicht frei, die nun auch von drei weiteren Männern festgehalten wurde.

Zwei Hände legten sich um den Hals des Entführers und zogen ihn nach hinten.

Pearson griff nach dem Messer am Gürtel des Mannes. »Lass los!«, brüllte er ihn an und drückte ihm dabei die Klinge an die Kehle.

Dann tauchte Guillermo Razzone, der zur Eigentümerfamilie eines italienischen Autokonzerns gehörte, neben ihm auf.

»Hast du gehört?«, sagte Razzone mit vor Wut zitternder, fast animalischer Stimme. »Lass los …«

Unvermittelt schlug der Italiener dem Entführer mit aller Kraft die Faust ins Gesicht. Der Mann ließ die Maschinenpistole los und wurde zu Boden gezogen.

»Scheißkerl«, zischte der Italiener und versetzte dem Angeschlagenen einen Tritt.

»Hör auf, für so etwas haben wir keine Zeit«, drängte Pearson, die Maschinenpistole in der Hand. Er drehte sich um. Der andere Entführer wurde von Geiseln auf dem Boden festgehalten, und Simon Rozen stand mit der Waffe in der Hand daneben.

»Die anderen Entführer können jeden Augenblick hereinkommen«, keuchte Pearson und ließ den Blick durch den Raum schweifen. Die Kabine erinnerte an ein Schlachtfeld, auf dem er von Siegern in weißen Hemden umringt war, die aussahen, als verstünden sie selbst nicht, was gerade geschehen war.

»Aber die Schweine werden merken, dass wir zwei ihrer Kameraden als Geiseln haben«, sprach Pearson mit allmählich ruhiger werdendem Atem weiter. »Ich brauche zwei Männer, die mit dem Messer umgehen können.«

Sein Blick wanderte von einem Gesicht zum anderen, er wusste, wonach er suchte. Er verließ sich auf die gleiche Technik, die er am Verhandlungstisch anwendete.

Sein Blick hielt bei einem Augenpaar an, das Entschlossenheit und gefasste Ruhe ausstrahlte. Es gehörte dem britischen EU-Kommissar Michael Raven.

»Hier«, sagte Pearson und gab dem Engländer das Messer.

Dann ließ er seinen Blick weiterwandern. Schnell ging er über jedes Augenpaar hinweg, in dem er einen Schimmer von Angst oder Unsicherheit wahrnahm. Er ließ auch die Männer unbeachtet, bei denen er Wut, Hass oder Erregung feststellte. Der Italiener hatte keine Chance, das andere Messer zu bekommen, aber hinter ihm erblickte Pearson zwei Augen, die Trotz und Kaltblütigkeit verrieten. Er war überrascht, als er den Mann erkannte: Es war der deutsche Chefredakteur Franz Schröder, der kurz zuvor fast seinen Arm durch einen der Entführer verloren hätte. In seinem Gesicht war keine Spur des Schocks mehr zu erkennen.

»Simon«, sagte Pearson. »Gib Schröder das zweite Messer. Und jetzt fesselt ihr die beiden.«

Michael Raven schob das Messer in den Gürtel, nahm die Krawatte vom Hals und packte zusammen mit anderen Männern den Entführer, der bei Bewusstsein war.

»Ihr kommt hier nicht raus«, keuchte der, während ihm die Männer die Hände hinter dem Rücken fesselten. »Wo wollt ihr überhaupt hin?«

Pearson richtete den Lauf der Maschinenpistole auf die Stirn des Mannes. »Vielleicht hast du eine Idee.«

Kurz blitzte Unsicherheit auf dem Gesicht des Entführers auf.

»Wie viel bist du zu opfern bereit – für deine Kameraden, deine Ideale oder für Geld?«, fragte Pearson. »Glaub bloß nicht, dass ich das Ding hier nicht bedienen kann. Ich habe Entscheidungen getroffen, die im Irak und in Afghanistan Menschenleben gekostet haben, sogar auf unserer Seite. Glaubst du, da hätte das Leben eines einzigen Scheißterroristen irgendeine Bedeutung für mich?«

Es wurde still in der Kabine, nur das Brummen der Maschinen war aus dem Inneren des Schiffsbauchs zu hören.

»Du weißt, dass wir keine Zeit haben, weshalb ich nicht noch einmal frage. Wie kommen wir lebendig in ein Rettungsboot? Überleg dir deine Antwort genau. Wenn wir es nicht schaffen, stirbst du mit Sicherheit.«

»In ein Rettungsboot?«, sagte Dan Cohen, der weißhaarige Vorsitzende der amerikanischen Republikaner, zu Pearson. »Ist das dein Plan?«

»Hast du einen besseren Vorschlag?«

»Du triffst große Entscheidungen für uns alle.«

»Wenn es dir nicht gefällt, kannst du hierbleiben.«

»Bist du dir sicher, dass deine Risikoanalyse stimmt?«

»Halt den Mund, Dan! Jetzt ist nicht der Moment für Demokratie und Wenn und Aber«, sagte Pearson und drückte dem Entführer den Lauf in die Wange.

40

Sandrine saß regungslos hinter der Metallkiste und wartete. Einige Meter entfernt spähte Patrik mit der Waffe in der Hand aufs Schiffsdeck und zum Rettungsboot hinüber. Der Mann, der auf der Treppe zur Kommandobrücke geraucht hatte, war in der Nacht verschwunden.

Patrik zu sehen löste Gefühle aus, die Sandrine nach dem Ende ihrer Beziehung gewaltsam erstickt hatte.

»Das mit Beate tut mir ehrlich leid«, flüsterte sie.

Patrik drehte langsam den Kopf, sah sie ernst an und nickte leicht. Dann richtete er den Blick wieder aufs Deck.

»Wie haben sie herausgefunden, dass du eine Vergangenheit bei einer Atommüllendlagerfirma hast?«, fragte Sandrine.

Wieder wandte Patrik ihr den Blick zu, noch ernster als zuvor.

»Vielleicht auf die gleiche Weise wie du?«

Sandrine spürte einen Stich in der Brust. Es war kindisch und niederträchtig, Patrik zu bedrängen.

»Ich weiß nur, dass du gefeuert worden bist. Warum?«

Patriks Augen schienen im Dunkeln zu glühen. »Es gibt Dinge, die dürfen ein Geheimnis bleiben. Dann kann mich auch niemand erpressen.«

Er wandte sich erneut dem Rettungsboot zu, das sich im Dunkeln abzeichnete, und Sandrine stellte keine Fragen mehr.

Sie warteten weiter, es war das Einzige, was sie tun

konnten. Sandrine hatte diese Kunst schon als kleines Mädchen in Afrika lernen müssen. Damals hatte sie mit ihren Eltern Besitztümer der Familie in Kinshasa besucht. Freilich hatten sie hartnäckig weiterhin von Léopoldville gesprochen, und die Verwandten hatten nicht aufgehört, sich über die Selbstständigkeit des Landes zu ärgern. Belgien hatte Straßen, Krankenhäuser, Fabriken, Schulen, Wasserleitungen gebaut – alles, und dann war es bergabgegangen. So hatten ihre Eltern sich ausgedrückt, und Sandrine hatte widersprochen, bis sie verstand, dass an den Behauptungen doch etwas dran war.

Pearson legte die Hand auf die Klinke und öffnete vorsichtig die Tür zum hell erleuchteten Gang. Wie geplant stellte sich Rozen mit der Maschinenpistole auf die andere Seite und hielt die Waffe schussbereit. Sie hatten die Entführer als Geiseln mitnehmen wollen, den Gedanken dann aber als zu riskant verworfen. Das Wichtigste war jetzt Schnelligkeit.

Pearson rannte zwanzig Meter bis zu einer verschlossenen Metalltür. Was befand sich dahinter? Hatte der Entführer, den er vernommen hatte, die Wahrheit gesagt?

Pearson blickte hinter sich. Die Männer, die trotz ihrer teuren Anzüge heruntergekommen aussahen, kamen instinktiv in geduckter Haltung zu ihm gelaufen. Man konnte ihren Gesichtern ansehen, dass ihnen die Lebensgefahr nur allzu bewusst war.

Ungläubig realisierte Pearson das Absurde der Situation. Wie hatte er sich je vorstellen können, mit so einer Truppe von einem Schiff zu fliehen?

Ein Mann nach dem anderen kam aus der Kabine, aber dann blieb ein großer Weißhaariger an der Tür stehen.

Es war Dan Cohen. Neben ihm verharrten ein paar weitere Männer in der Kabine.

Pearson begriff, dass Cohen seinen Trumpf gezogen hatte. Er hatte offenbar eine eigene Kalkulation angestellt und war zu dem Schluss gekommen, dass die Fliehenden getötet oder mindestens erwischt würden. Die anderen könnten der Strafe entgehen, indem sie sagten, an dem Fluchtversuch nicht beteiligt gewesen zu sein.

Cohens Illoyalität wurmte Pearson, und er spürte, wie sein Selbstvertrauen unangenehm erschüttert wurde, obwohl er sich jetzt auf keinen Fall der Angst und der Unsicherheit ergeben durfte. Es gab kein Zurück – erst recht nicht für ihn, den Initiator des Fluchtversuchs.

Pearson sah, wie Michael Raven, der als Letzter aus der Kabine trat, verdutzt auf Cohen und die anderen zurückbleibenden Männer schaute. Dann schloss er die Tür und eilte mit Rozen den Flüchtenden nach.

Pearson nickte einem der Männer zu, dieser öffnete die Metalltür, und Pearson stürmte mit der Maschinenpistole im Anschlag in den dahinterliegenden Gang.

An dessen Ende befand sich eine Tür mit Fenster, durch das man das Meer im blaugrauen Dunkel ahnen konnte.

Der Anblick verfehlte seine Wirkung nicht. Sofort befiel Pearson ein unbeschreiblicher Freiheitsdrang, der allerdings angesichts der zahlreichen Türen im Gang sofort erstickt wurde. Jeden Moment konnten bewaffnete Entführer aus den dahinterliegenden Räumen kommen.

Am liebsten wäre Pearson so schnell wie möglich zu der nach draußen führenden Tür mit der Glasscheibe gerannt und weiter zum Rettungsboot, aber er musste überlegt vorgehen.

Raven schloss die Tür hinter ihnen.

»Kannst du sie absperren?«, flüsterte Pearson, ohne sich umzublicken.

»Ja«, antwortete Raven, und schon hörte man ein Klacken, als der Riegel einrastete.

»Franz«, flüsterte Pearson dem deutschen Chefredakteur zu. »Bring die Männer zur Tür, die nach draußen führt.«

Franz Schröder blickte zum Ende des Ganges und nickte.

»Aber geht nicht zu dicht an die Tür, damit draußen keiner etwas merkt. Duckt euch.«

»Schickst du uns als Köder vor, oder wie?«, sagte eine Stimme auf Englisch mit französischem Akzent.

Pearson sah zu Alain Deschamps hinüber.

»Die Türen im Gang«, flüsterte Pearson schnell. »Wenn da ein Entführer rauskommt und eine Geisel mit Maschinenpistole sieht, eröffnet er, ohne Fragen zu stellen, das Feuer. Rozen und ich halten euch den Rücken frei und richten die Waffen auf die Türen. Sie gehen in unsere Richtung auf, also haben wir den Überraschungsvorteil und können als Erste das Feuer eröffnen.«

Deschamps schien die Erklärung widerwillig zu akzeptieren. Pearson und Rozen platzierten sich mit erhobenen Waffen auf beiden Seiten des Ganges. Schröder ging zügig, jedoch möglichst leise los, die anderen Geiseln folgten ihm.

Pearson hielt den Finger auf dem Abzug und konzentrierte sich auf die Türen auf der rechten Seite. Das Verhalten von Dan Cohen ließ ihm die Galle aufsteigen. Würde der Kerl am Ende sogar die gefesselten Entführer befreien, um seine Haut zu retten? Das ja wohl doch nicht …

Plötzlich meinte er, Geräusche zu hören. Oder war das Einbildung?

Er horchte. Die Geräusche kamen durch die Metalltür, die sie hinter sich geschlossen hatten. Jemand ging dort über den Gang.

Hatte eine der zurückgebliebenen Geiseln es sich doch anders überlegt und folgte ihnen? Oder waren die Entführer freigekommen?

Schröder und die Übrigen duckten sich am anderen Ende des Ganges. Die Türen rechts und links blieben geschlossen.

Nun hörte man aber ein lauteres, schlagendes Geräusch an der Metalltür. Rozen sah Pearson an.

»Los«, sagte Pearson.

Ein zweiter Schlag, ein dritter. Jemand hämmerte gegen die Tür.

»Und wenn es einer von uns ist?«, flüsterte Rozen.

»Zu spät«, sagte Pearson und rannte auf die Männer zu, die am Ende des Ganges kauerten.

Rozen blickte sich noch einmal um, dann folgte er Pearson.

»Alles in Ordnung?«, fragte Pearson, als er neben Schröder angekommen war, und warf Rozen einen Blick zu, in der Hoffnung, dass dieser den Mund über die Geräusche an der Tür hielt. Er wollte nicht noch mehr Panik verursachen.

»Ja, aber ich habe nicht nach draußen geschaut«, flüsterte Schröder.

»Gut«, antwortete Pearson und hob selbst vorsichtig den Kopf, um durch das Fenster spähen zu können.

Zuerst fiel sein Blick auf das dunkelgraue Meer im Sprühregen. Langsam richtete er sich weiter auf, und sein Blick erfasste das Absatzgitter der Treppe, die zum unteren Deck führte. Er schaute in die andere Richtung. Es waren keine Entführer zu sehen, aber er konnte einen leeren Davit erkennen.

Was hatte das zu bedeuten? War das Rettungsboot gelöst worden?

Er war gezwungen, sich auf das Wort des Entführers zu verlassen. Auf der anderen Seite des Schiffes musste es noch ein Rettungsboot geben, sonst hatten sie keine Chance zu überleben. Pearson überlief es kalt. Hatte der Entführer sie doch in die Irre geführt?

»Siehst du jemanden?«, fragte Rozen.

»Nein. Jetzt ist ein guter Moment«, antwortete Pearson leise, obwohl er wusste, dass es keinen Moment gab, der besser war als jeder andere. Auch wenn sie keine Entführer sehen konnten, wussten sie nicht, ob sie von jemandem beobachtet wurden.

Pearson stieß die Tür auf. Nie zuvor hatte sich warmer Regen so gut auf seinem Gesicht angefühlt. Er atmete tief ein und drehte sich dann zu Rozen um. »Versteck die Waffe unter deiner Jacke, damit sie nicht sofort schießen, wenn sie dich sehen«, sagte er und lief dann die Treppe hinunter, leise gefolgt von den anderen.

»Wartet!«, rief da jemand von oben.

Pearson blickte sich um und erkannte den Mann, der erst bis zum ersten Treppenabsatz gekommen war. Es war ein amerikanischer Bankier, derselbe Mann, der im Hotellift gesagt hatte, er leide unter Herzbeschwerden. Er wollte sich in absehbarer Zeit aus dem Geschäft zurückziehen und sich seinen Enkelkindern widmen.

Pearson legte den Finger auf die Lippen und lief weiter, er konnte nicht warten. Sie befanden sich in einem Wettrennen, denn ihre Flucht war vielleicht bereits entdeckt worden. Nur die Schnellsten und Stärksten hatten eine Chance zu überleben.

Pearson hetzte die Treppe hinunter, und jedes Mal, wenn er an einem Fenster vorbeikam, lief ihm ein kalter Schauer über den Rücken.

Schließlich erreichte er das Deck und sah sich um, die Maschinenpistole unter der Anzugjacke versteckt. Es war niemand zu sehen. Rozen, Raven und Schröder erreichten ebenfalls das Deck.

»Schnell um die Ecke!«, trieb Pearson sie an.

»Sollten wir nicht auf die anderen warten?«, fragte Schröder.

»Du hast doch wohl nicht einen Moment geglaubt, dass wir uns alle retten können? In der Gefangenenkabine mussten wir so tun, aber in Wirklichkeit klappt das nicht. Das ist die brutale Wahrheit.«

Sie sahen nach oben. Unbeholfen und mit im Wind flatternden Rockschößen kamen die Männer die Treppe herunter. Am Schluss, weit oben noch, sah man den amerikanischen Bankier; er stützte sich auf die Reling und schnappte Luft, nachdem er es vom obersten Treppenabsatz lediglich einige Stufen nach unten geschafft hatte.

Ohne ein weiteres Wort lief Pearson erneut los. Schröder, Raven und Rozen zögerten kurz, sahen einander an, folgten dann aber, dicht an der Wand entlang.

Am Ende der Wand blieb Pearson stehen und spähte um die Ecke. Am zweiten Davit hing ein Rettungsboot in hellem Orange.

»Raven, lauf zur Bedienungsanlage!«, sagte Pearson erleichtert. »Sobald sich das Boot nach unten bewegt, springst du an Bord.«

Ohne eine Antwort abzuwarten, rannte Pearson los. In seinem Kopf pochte der Gedanke, dass es den sicheren Tod bedeuten würde, erwischt zu werden. Intuitiv blickte er hinter sich, in der Befürchtung, einen Bewaffneten zu sehen, aber in seinen Augen flimmerte nur das endlos wogende Meer.

Als Patrik den Mann sah, der mit einer Maschinenpistole in der Hand auf das Rettungsboot zurannte, richtete er unwillkürlich die Waffe auf ihn. Im selben Moment begriff er, dass das gar kein Entführer war. Er schaute zu Sandrine hinüber, die, wie ihr Gesichtsausdruck verriet, den Mann ebenfalls bemerkt hatte. Gleich darauf tauchten weitere Männer in Anzügen an Deck auf. Ein Fluchtversuch, schoss es Patrik durch den Kopf.

Rasch blickte er nach oben zu der Gitterebene neben der Kommandobrücke. Sie war leer.

Pearson ließ sich in das zum Teil überdachte Rettungsboot rollen und wollte dann sofort zum Führerstand. Aber dort war jemand.

Die gebückt stehende Person fuhr zusammen und drehte sich um.

Pearson begriff, dass vor ihm ein Mann stand, der ein Headset trug und eine Waffe in der Hand hielt.

Sofort richtete er die Waffe auf ihn. Der Mann würde kaum zögern, die seine zu benutzen. Entweder er oder ich, blitzte es in Pearson auf, und schon drückte er ab. Der Mann hatte sich aber bereits zur Seite geworfen, und die Kugel schlug im Armaturenbrett ein, wo sie ein Gerät zerstörte, das wie ein Funkgerät aussah.

»Nicht schießen …«, sagte der Mann mit ausgebreiteten Armen.

Pearson meinte im Englisch des anderen einen schwedischen Akzent gehört zu haben.

»Shut up!«, zischte Pearson. »Spring aus dem Boot!«

»Sie verstehen nicht …«

»Spring, oder ich erschieße dich!«

Widerstrebend stieg der Mann auf den Bootsrand. Inzwischen sprangen weitere Geiseln ins Boot, das bereits von den Stahlseilen in Bewegung gesetzt wurde.

In dem Moment fiel ein Schuss, und man hörte ein Klirren in der Davit-Konstruktion. Ruckartig hielt das Boot an.

Der Mann, der am Bootsrand gestanden hatte, verschwand im Nichts.

Pearson blickte zum Treppenabsatz hinauf. Dort erschien ein Bewaffneter nach dem anderen.

Ein Scheinwerfer wurde auf das Rettungsboot gerichtet und blendete Pearson.

»Keine Bewegung!«, wurde von oben gerufen.

Die Geiseln, die noch über das Deck rannten, erstarrten auf der Stelle.

Pearson analysierte im Nu die Lage: Das Rettungsboot steckte fest, und sie befanden sich im Fadenkreuz mehrerer Waffen. Er selbst hielt eine Maschinenpistole in der Hand. Wenn er auch nur die kleinste Bewegung machte, würde man ihn auf der Stelle erschießen. Würde er ins Meer springen, wären seine Überlebenschancen äußerst gering. Wenn er sich ergäbe, hätte er eine gewisse Chance. Vielleicht brauchten sie ihn lebendig. Vielleicht würde ihm etwas einfallen. Allerdings hatte er nun keinen einzigen Freund mehr unter den Geiseln.

Patrik begriff, dass er nichts tun konnte. Börjesson war ins Meer gestürzt oder gesprungen. War es ihm zuvor gelungen, Kontakt mit den Behörden aufzunehmen? Was hatte man ihm über einen Zugriff und dessen Zeitpunkt gesagt? Was wurde von Patrik und Sandrine im Falle eines solchen Zugriffs erwartet?

Die Situation hatte sich wesentlich verschlimmert. Aber die Entführer konnten eigentlich nicht wissen, dass er und Sandrine in Verbindung zu dem Mann gestanden hatten, der aus dem Rettungsboot gesprungen war. Vielleicht würde sich ihnen eine neue Gelegenheit zum Handeln bieten.

Rasch versteckte Patrik die Waffe und registrierte, dass Sandrine das ebenfalls tat.

41

Dominik stand auf dem obersten Treppenabsatz vor der Tür zur Kommandobrücke und betrachtete das absurde Schauspiel unter sich. Im Licht der Scheinwerfer bildeten Männer in Anzügen mit hinter dem Kopf verschränkten Händen eine Schlange zum Rettungsboot. Im Boot standen weitere Männer wie erstarrt, zwei waren mit Maschinenpistolen bewaffnet.

»Die Waffen runter, ganz langsam!«, rief Dominik.

Einer der Männer im Boot, den Dominik als den Israeli Rozen identifizierte, ließ langsam die Waffe sinken. Der andere rührte sich nicht. Wollte er unbedingt den Tod?

Jetzt erkannte Dominik auch ihn. Es war David Pearson, der sicherheitspolitische Berater des Weißen Hauses. Hatten die beiden mit den Maschinenpistolen den Fluchtversuch angeführt? Bei Rozen überraschte ihn das nicht, der Mann hatte in jungen Jahren in Eliteeinheiten der Armee und beim Mossad gedient, aber von Pearson hatte er geglaubt, er habe bei der CIA nur einen Schreibtischposten innegehabt.

Einige Minuten zuvor war einer von Hermans Leuten in die Gefangenenkabine gegangen, um nachzuschauen, ob alles in Ordnung war, und hatte dort zwei gefesselte und misshandelte Kameraden vorgefunden. Ein Teil der Gefangenen fehlte. Im selben Moment, in dem Dominik die entsprechende Mitteilung erhalten hatte, war an Deck ein Schuss gefallen.

Pearson traf schließlich seine Entscheidung und legte die Waffe aus der Hand.

»Raus aus dem Boot!«, brüllte Herman und näherte sich den Geiseln mit schussbereiter Maschinenpistole. Craig und Jörg mit seinem grünen Barett folgten ihm mit den Waffen im Anschlag. Mit erhobenen Händen kletterten die Gefangenen aus dem Boot.

Rasch ging Dominik die Treppe hinunter. Herman stand bereits vor den Geiseln, die sich in einer Reihe aufstellen mussten. Er ließ den Blick über die ernsten Gesichter schweifen und ging dann langsam vor ihnen auf und ab.

»Wessen idiotische Idee war das?«

Niemand antwortete.

Herman blieb vor einem erschöpft wirkenden Mann stehen.

»Ich brauche euch. Das wisst ihr. Aber einer von euch wird seine Strafe bekommen. Ihr werdet es wohl kaum dem Zufall überlassen wollen, wer das sein wird.« Er sah den Mann vor sich an, dieser blickte zu Boden, sagte aber nichts.

Herman richtete den Blick auf die anderen Geiseln. Die gebrochenen, vom Regen durchnässten Männer schauten an ihm vorbei.

»Ihr seid alle mit Verhandlungen auf höchstem Niveau vertraut. Also verhandeln wir. Wenn ihr mir sagt, wer der Anführer war, werde ich nur ihn bestrafen. Wenn ihr es mir nicht sagt, bestrafe ich drei. Ihr habt bereits eine Dummheit begangen, macht das Ganze nicht noch schlimmer.«

Herman blieb vor Pearson und Rozen stehen.

»Ein Geständnis wäre am edelsten. Dann müsste sonst keiner geopfert werden. Aber was wisst ihr schon von Edelmut.«

Herman wandte sich an Bruno, der in der Gefangenenkabine gefesselt aufgefunden worden war und gerade an Deck kam.

»Wer war der Anführer der Meuterei?«

Bruno deutete auf Pearson. »Der da.«

Herman musterte Pearson interessiert.

»Herr Pearson, offenbar weiß ich doch nicht alles über Sie …«

»He«, rief Bronislaw aufgeregt aus dem Rettungsboot. »Hier ist ein Funkgerät. Jemand hat es kaputt geschossen, aber was ist vorher damit angestellt worden?«

Herman wandte sich wieder an Pearson. »Hast du von dem Funkgerät gewusst?«

»Nein. Wir wollten nur fliehen. Das Rettungsboot war unsere einzige Hoffnung.«

»Wer von euch ist aus dem Boot gesprungen?«

»Aus dem Boot gesprungen?«

»Stiehl mir nicht meine Zeit! Wer war es?«

»Jemand von euch …«, sagte Pearson unsicher.

»Jemand von uns?«, wiederholte Herman. Pearson wirkte ehrlich irritiert.

Jochem schüttelte den Kopf. »Sandrine steht oben auf dem Treppenabsatz und der Finne da drüben.«

»Wenn es keiner von uns und keiner von den Gefangenen war, wer dann?«, fragte Herman und drehte sich langsam zu Dominik um, der mit der Waffe in der Hand hinter ihm stand. »Gibt es auf dem Schiff Personen, von denen wir nichts wissen?«

»Falls es ein Gespenst war, dann war es jedenfalls gut bewaffnet«, rief Bronislaw. Er stand noch immer im Rettungsboot und hielt jetzt eine Maschinenpistole in den Händen. »Die lag neben dem Steuer auf dem Boden. Zusammen sind das drei Maschinenpistolen, aber von Bruno und Jörg haben sie nur zwei bekommen. Außerdem ist das hier eine Uzi. Die gehört uns nicht.«

Herman und Dominik sahen einander im Licht der Scheinwerfer an. Dann drehten sich beide intuitiv um.

Börjesson hielt sich mit Händen und Füßen verzweifelt am Tauwerk fest. Er hing unter dem Rettungsboot, und er spürte, wie seine Kräfte zusehends schwanden. Die *Sigyn* neigte sich immer wieder leicht auf ihrer Fahrt durch die Wellen.

Börjesson hörte keine Stimmen vom Deck und konnte auch nicht sehen, was dort passierte. Er änderte die Haltung und überlegte, ins Boot zurückzuklettern. Lange würde er nicht mehr so hängen können.

In dem Moment fiel ihm seine Waffe ein. Die Uzi war im Boot geblieben!

Sie war ein sicherer Beweis. Damit war er aufgeflogen. Die Entführer würden die Suche nach ihm aufnehmen.

Er verzog schmerzhaft das Gesicht, seine Armmuskeln standen in Flammen. Plötzlich sah er etwas, das ihn so erstaunte, dass er fast losgelassen hätte. Etwas bewegte sich am hinteren Teil des Schiffes im leichten Regen. *Etwas glitt am Schiffsrumpf entlang.*

Ein Kommandotrupp, begriff Börjesson.

Sie hatten den Zugriff vor der vereinbarten Zeit eingeleitet. Als er gerade per Funk hatte übermitteln wollen, dass er mit Patrik und Sandrine versuchen würde, die Geiseln in der kommenden Nacht in Sicherheit zu bringen, waren einige der Gefangenen bewaffnet im Rettungsboot aufgetaucht, um einen Fluchtversuch zu wagen.

Börjesson konnte nun deutlich Männer in schwarzen Sturmanzügen das Schiff erklimmen sehen.

Er gab sich einen Ruck und hangelte sich vorsichtig an eine Stelle, von der aus er das Deck sehen konnte.

Dort standen die Geiseln in einer Reihe. Einige Entführer bewachten sie, andere gingen auf das Achterdeck zu.

Börjesson traf eine blitzschnelle Entscheidung. Er schwang sich so weit auf, dass er den Bootsrand zu fassen bekam, und hängte sich mit ausgestreckten Armen daran.

»Hilfe!«, schrie er laut.

Die Entführer drehten sich zu ihm um.

Er blickte nach oben und sah, dass der Lauf einer Waffe auf ihn gerichtet war.

»Helft mir«, keuchte Börjesson, »sonst falle ich ins Wasser.«

Er sah kurz nach unten und spürte, wie ihn seine Kräfte verließen. Jeden Moment würden seine Finger versagen.

Noch einmal blickte er nach oben. Der Lauf der Waffe war verschwunden, an seiner Stelle war eine Hand aufgetaucht.

Börjesson nahm all seine Kraft zusammen und schaffte es, die ausgestreckte Hand zu ergreifen.

Langsam zog ihn der Mann ins Rettungsboot. Kurz darauf lag Börjesson keuchend im Boot und bemerkte aus dem Augenwinkel das zerschossene Funkgerät.

Er sah nach oben. Über ihm stand ein Mann mit Locken und Bart. In der Hand hielt er die Uzi.

»Aufstehen!«, befahl der Mann.

Mit vor Anstrengung zitternden Muskeln stand Börjesson auf, die Hände erhoben, die Augen vom Scheinwerferlicht geblendet.

Alle Entführer und Geiseln an Deck hatten sich zu ihm umgedreht.

Und genau das war seine Absicht gewesen.

»Aussteigen!«, befahl der Mann.

Börjesson kletterte vom Boot. Der Anführer kam auf ihn zu.

»Wer bist du?«, fragte der kahlköpfige Entführer mit dem schmalen Bärtchen.

Börjesson spukte das Bild von den nach oben kletternden Kommandomännern im Kopf herum. Warum erfolgte der Zugriff schon jetzt?

»Ich gehöre zur Schiffsbesatzung.«

»Ach ja? Der Kapitän hat behauptet, du wärst im Hafen geblieben.«

Börjesson stand mit ausgebreiteten Armen im Lichtkegel. Seine absolut wichtigste Aufgabe bestand jetzt darin, weiterhin alle Aufmerksamkeit auf sich zu ziehen.

»Ich bin für die Sicherung des Transports zuständig.«

»Für einen Atommülltransport nimmt man einen geheimen, bewaffneten Wachmann?«

»Nein, sondern für einen anderen Transport.«

Der Entführer drehte sich kurz zu seinem Kameraden um. Da warf Börjesson einen raschen Blick auf Patrik und Sandrine. Wie könnte er ihnen die Information übermitteln, dass jeden Moment Sondereinheiten angriffen?

Ein langhaariger Entführer bemerkte Börjessons Blick. »Kennst du den Mann und die Frau?«

»Ich habe sie im ganzen Leben noch nicht gesehen …«

»Er kennt euch«, sagte der Mann und richtete die Maschinenpistole abrupt auf Patrik und Sandrine. »Verdammte Scheiße, die zwei sind mit dabei, ich habe es geahnt …«

»Beruhige dich, Jochem«, sagte der Glatzkopf und sah Börjesson interessiert an. »Im Frachtraum ist eine schwarze Kapsel. Was ist das?«

»Es ist … gefährlich«, sagte Börjesson.

»Laber nicht rum!«, fuhr der Glatzkopf ihn an.

»Alle in Deckung! *Sofort*!«, brüllte Börjesson.

Die Entführer fuhren herum, und Börjesson sprang hinter eine große Metallkiste. Einer der Geiselnehmer feuerte auf die Kiste, trotzdem konnte Börjesson aus der Deckung heraus sehen, dass Patrik und Sandrine verschwunden waren.

»Die Geiseln nach drinnen, schnell!«

Börjesson hörte stampfende Laufschritte auf dem Deck.

Schnell, flehte er innerlich. *Wo bleibt ihr? Nun macht schon …*

In dem Moment sah er über den Rand der Metallkiste einen Entführer auftauchen und die Waffe auf ihn richten.

Bevor Börjesson in irgendeiner Form reagieren konnte, schoss eine Blutfontäne aus der Brust des Mannes. Er brach tot zusammen und stürzte auf Börjesson.

42

Von seinem Versteck aus sah Patrik, wie Craig leblos hinter die Metallkiste stürzte, sein Kopftuch rutschte ihm über das Gesicht.

Auf dem Deck herrschte wirres Durcheinander. Geiseln hatten sich auf den Boden geworfen oder krochen auf allen vieren, und die Entführer versuchten, sie auf die Beine zu bekommen und nach drinnen zu zerren.

Hatte Börjesson Craig erschossen? Das war unmöglich, denn Bronislaw hatte Börjessons Uzi. Außerdem war der Schuss geräuschlos gefallen.

Alle in Deckung. Sofort.

Die Amerikaner!, begriff Patrik. Offenbar waren sie schon auf dem Schiff. Die Sondereinheiten schlugen vorzeitig zu. Warum?

Auch die anderen schienen allmählich die Bedeutung des lautlosen Schusses zu begreifen.

Dominik und Herman kamen unmittelbar an Patriks Versteck heran, bemerkten ihn aber nicht. Vor ihnen liefen Geiseln durch die Tür in den Innenraum, und Patrik drückte sich immer tiefer in sein Versteck.

»Der Schuss muss von dort gekommen sein«, sagte Herman und deutete auf das Achterdeck.

Geduckt rannte Bruno auf die Tür zu, erstarrte dann aber plötzlich, brüllte vor Schmerz und stützte sich taumelnd an einer Wand ab.

»Scharfschützen«, rief jemand.

Bruno schoss mit seiner Maschinenpistole blindlings in Richtung Achterdeck und versuchte dann, sich robbend in Deckung zu bringen, wurde jedoch erneut getroffen und blieb liegen.

Das Deck wurde vom Mündungsfeuer und dem ohrenbetäubenden Rattern der Maschinenpistolen erfüllt, weil die Entführer nun das Feuer in die Dunkelheit hinein eröffneten. Dann drehte jemand den Scheinwerfer in Richtung Achterdeck, und mit einem Schlag wurde sichtbar, dass es vor dunklen Gestalten, die durch den Regen liefen, nur so wimmelte.

»Sie sind überall«, rief Dominik.

Abrupt schlug er die Tür vor den Geiseln zu, die es noch nicht in den Kabinengang geschafft hatten.

»Die Geiseln mitnehmen und hoch auf die Kommandobrücke!«, brüllte Herman.

»Und der Frachtraum?«, rief Dominik über das Geschützfeuer hinweg.

»Die Kontrolle über das Schiff ist wichtiger, sie dürfen nicht auf die Kommandobrücke kommen«, brüllte Herman zurück und trieb die Geiseln so vor sich her, dass sie einen Schutzschild gegen die vom Achterdeck kommenden Kugeln bildeten. Er und Dominik feuerten zwischen den Geiseln hindurch nach hinten. Die Gefangenen hielten sich die Ohren zu.

Ein Scheinwerfer nach dem anderen wurde zerschossen, während sich die Entführer, wild um sich feuernd, in Richtung Kommandobrücke zurückzogen.

Plötzlich herrschte Stille. Von seinem Versteck aus sah Patrik zu seiner Erleichterung Sandrine hinter einer Aufbewahrungskiste aus Metall kauern.

Die Lampen waren zerschossen, aber man konnte im Dunkeln die Toten auf dem Deck liegen sehen. Bruno und

Craig. Weitere Opfer waren nicht auszumachen. Offenbar war es den Sondereinheiten gelungen, Treffer auf Geiseln zu vermeiden.

Nun bewegten sich dunkle Gestalten lautlos über das Deck. Patrik erhob sich langsam. Er musste mit den Amerikanern reden. Vorsichtig setzte er sich in der Dunkelheit in Bewegung.

Sogleich wurde ihm das Risiko bewusst: Die Männer des Kommandotrupps konnten nicht wissen, mit wem sie es zu tun hatten. Und ein Missverständnis konnte fatal enden. Wer wusste denn schon, dass er nicht zu den Entführern gehörte? Nur Börjesson.

Patrik blieb stehen, legte die Waffe auf den Boden und sah in etwa fünf Metern Entfernung eine dunkle Gestalt vorüberhuschen. Im spärlichen Licht vor der Tür, die zur Treppe im Inneren des Schiffes führte, waren die Umrisse des Mannes zu erkennen.

Börjesson.

Gut, dachte Patrik. Er würde sich zusammen mit dem Schweden ergeben, und dieser wäre dann sein Zeuge. Er musste nur Sandrine dazu bringen, sich ihm anzuschließen.

Patrik wartete die passende Gelegenheit ab und schlüpfte dann Börjesson hinterher durch die Tür. Der Gang lag schwach beleuchtet und leer vor ihm.

Patrik stieg die Treppe hinunter und bemühte sich, möglichst lautlos aufzutreten.

Nach und nach hörte er Geräusche von unten, Schritte und Stimmen an der Tür zum Frachtraum, unmittelbar hinter der nächsten Ecke. Er erkannte Börjessons Akzent; der Schwede sprach mit einem Angehörigen der amerikanischen Kommandotruppe. Patrik blieb stehen und lauschte, um sich noch einmal zu vergewissern.

»Ich bin Major Tim Rockwell, SEAL 6. Sie haben Ihren Job großartig gemacht.«

»Danke«, antwortete Börjesson unsicher. »Aber ich habe nicht so früh mit Ihnen gerechnet.«

»In der Kommandozentrale ist eine Neubewertung vorgenommen worden.«

Patrik wollte schon hervortreten, aber etwas am Tonfall des Amerikaners hielt ihn zurück.

»Ist der Atommüllbehälter in Ordnung?«, fragte der Major.

»Ja.«

»Und die Kapsel?«

»Die ist auch in Ordnung«, antwortete Börjesson.

»Gut. Und außer den Entführern, dem Finnen und der Belgierin weiß niemand von der Kapsel? Auch keine der Geiseln?«

»Ich glaube, das trifft zu.«

»Gut. So soll es auch bleiben.«

Unmittelbar darauf hörte Patrik einen kurzen, gedämpften Knall, und etwas fiel schwer zu Boden.

Vor Patriks Füßen ragte ein Oberkörper um die Ecke.

Ungläubig starrte Patrik auf Börjessons leblose Augen. Die Schritte des Amerikaners entfernten sich in Richtung Frachtraum.

In Patriks Gehirn rasten die Gedanken. Er konnte es nicht fassen.

Der Amerikaner hatte Börjesson erschossen!

Über ihm ging die Tür zum Deck auf, jemand kam herein. Entsetzt sah sich Patrik um, merkte, dass er vor der Tür des Umkleideraums stand, und stürzte hinein.

Er eilte weiter in den Duschraum, aber das war eine Sackgasse.

Die Tür zum Umkleideraum wurde geöffnet. Aus dem Rauschen eines Funkgeräts war eine Stimme zu hören: »*Wir beginnen mit der Umladung der Kapsel.*« Es war die Stimme des Mannes, der Börjesson erschossen hatte.

Rockwell. »*Der Schwede hat bestätigt, dass außer den Entführern nur der Finne und die Belgierin von der Kapsel wissen. Auch die beiden müssen eliminiert werden.*«

Patrik erschrak.

Er hörte weitere Männer in den Umkleideraum kommen und ließ den Blick im dunklen Duschraum von Wand zu Wand springen. Sobald jemand hereinkäme und das Licht anschaltete, wäre er entdeckt.

Da fiel ihm ein, wie Börjesson nach ihrer ersten Begegnung auf mystische Weise im Duschraum verschwunden war. Mit den Händen tastete er die Wände ab und schaute nach oben. Über der Dusche war ein Gitter in der Decke eingelassen.

Er nahm den Duschhocker, stieg hinauf und spürte einen feinen Lufthauch auf dem Gesicht. Er schob das Gitter zur Seite und zog sich mühsam zu der Öffnung hinauf. Unter Aufbietung aller Kräfte schaffte er es, sich in den engen Schacht zu zwängen und das Gitter wieder an seinen Platz zu schieben.

Das Kriechen ging langsam und war schmerzhaft. Wenig später drang hinter ihm ein schwacher Lichtschein in den Schacht. Jemand überprüfte den Duschraum.

Patrik rührte sich nicht und hielt instinktiv den Atem an.

Jetzt machte sich jemand am Gitter zu schaffen. Wer immer im Umkleideraum gewesen sein mochte, er hatte mit Sicherheit das Geräusch des zur Seite geschobenen Gitters gehört. Patrik kroch, so schnell er konnte, weiter.

Wo war Sandrine? Er musste Sandrine warnen. Die Retter waren Killer.

43

»Bleibt am Fenster«, sagte Herman und deutete mit der Maschinenpistole auf die Gruppe von Geiseln, die ihnen auf dem Weg vom Deck zur Kommandobrücke als Schutzschild gedient hatte.

Zwischen den Gefangenen hindurch konnte man nur die Dunkelheit vor dem Fenster sehen, von den Männern des Kommandotrupps keine Spur. Die Schiffsmaschinen waren sofort angehalten worden, als der Fluchtversuch der Geiseln bemerkt worden war. Die *Sigyn* hatte sich in ein Geisterschiff verwandelt, das inmitten von Dunkelheit und Regen auf dem Meer trieb.

Der Verlust von Craig ging Herman nahe, aber jetzt war keine Zeit für Trauer. Den Deutschen aus Dominiks Gruppe hatte er nicht richtig gekannt. Herman wusste, dass sie die restlichen Geiseln in der Kabine an die Eingreiftruppe verloren hatten, der Versuch, sie auf die Kommandobrücke zu holen, hätte die sichere Katastrophe bedeutet. Der Verlust der Geiseln war bereits der Anfang der Katastrophe, aber Herman durfte der Verzweiflung jetzt keinen Moment nachgeben, er brauchte seine volle Konzentration.

Er nahm das Mikrofon für das Lautsprechersystem in die Hand, holte tief Luft und sagte ruhig: »Achtung, hier spricht der neue Befehlshaber des Schiffs ...«

Die Stimme hallte aus allen Lautsprechern der *Sigyn* wider und verstärkte die gespenstische Atmosphäre noch mehr. Die zweite Tür zur Kommandobrücke ging auf, und Jochem kam herein, Sandrine mit der Waffe vor sich hertreibend.

Herman nickte ihm zu und sprach weiter ins Mikrofon: »Wenn ihr nicht unverzüglich das Schiff verlasst, werden wir anfangen, die Geiseln zu töten und die Nachrichtenagentur Reuters über eure Entscheidung informieren …«

»*Ihr habt zehn Minuten Zeit, das Schiff zu verlassen*«, tönte es aus den Lautsprechern im Frachtraum. Tim Rockwell blieb stehen und hörte genau hin. Er erkannte die Stimme des Mannes auch nach all den Jahren wieder – dieselbe Stimme hatte damals in dem Lager weit oben im afghanischen Hochland aus dem Megafon geschallt.

»*Danach töten wir die erste Geisel, und die nächste fünf Minuten später, bis ihr von Bord gegangen seid, um euch von euren eigenen Fahrzeugen aus dem Meer fischen zu lassen. Ein Teil unserer Leute ist noch auf dem Weg zur Kommandobrücke, wenn ihr versucht, sie aufzuhalten oder ihnen Schaden zuzufügen, beginnen wir unverzüglich mit dem Töten der Geiseln. Ende.*«

Rockwell blickte dem Mann im schwarzen Sturmanzug entgegen, der auf ihn zukam.

»Sir, wir haben den Frachtraum durchsucht. Hier ist sie nicht.«

Rockwell hätte gern widersprochen, aber er kannte seine Männer; wenn sie sagten, die Kapsel sei nicht im Frachtraum, dann war sie nicht dort.

Hatte der schwedische Militärgeheimdienst den Transport doch auf die nächste Fahrt verschoben, ohne von der Änderung Mitteilung zu machen? Die Schweden neigten zum Selbstbetrug, sie wollten nicht, dass die sensible Zusammenarbeit allzu sehr nach den Bedingungen der

Amerikaner vonstatten ging, sondern versuchten oft, wenigstens scheinbar die Entscheidungsgewalt zu behalten.

»Sucht in allen Räumen weiter, wo sie mit ihrem Gewicht und ihrer Größe hätte hingeschafft werden können!«

Rockwell drehte sich um und machte sich auf den Weg zum Duschraum, wo einer seiner Männer in den Belüftungsschacht gekrochen war, falls sich dort einer versteckte, der unter Umständen die Eliminierung Börjessons gesehen hatte.

Rockwell lauschte eine Weile, aber im Schacht rauschte es nur leise. Offenbar hatte die Verfolgung schon weit in den Schacht hineingeführt, vielleicht sogar auch wieder hinaus. Innerlich fluchend ging er weiter zur Treppe. Oben auf dem Gang sah er seine Leute eine Gruppe von Geiseln begleiten. Einige der Männer waren hemdsärmelig, andere trugen Sakkos.

»Schön, Sie alle in guter Verfassung zu sehen«, sagte Rockwell zu den Geiseln und fügte schnell hinzu: »Ist Ihrer Meinung nach etwas aus dem Frachtraum entfernt worden? Ist Ihnen irgendetwas in der Richtung aufgefallen?«

»Ist Atommüll abhandengekommen?«, fragte einer der Gefangenen. »Wir haben gehört, dass dieses Schiff …«

»Es fehlt nichts. Ich frage nur sicherheitshalber. Ist etwas aus dem Frachtraum geschafft worden? Haben Sie die Geräusche eines Krans gehört oder die Motoren anderer Schiffe in unmittelbarer Nähe?«

Die Männer sahen einander an, keiner schien etwas bemerkt zu haben.

Rockwell eilte im Laufschritt weiter, blieb an der Tür zum Außendeck stehen und sah vorsichtig zur Kommandobrücke hinauf, hinter deren Fenster man Licht und Menschen erkennen konnte. Ein Angriff auf die Brücke war unmöglich, wenn man nicht das Leben der Geiseln aufs Spiel setzen wollte. Diese unangenehme Tatsache würde er dem Hauptquartier mitteilen müssen.

Rockwell richtete den Blick auf die Treppe, die zur Kommandobrücke führte. Er hatte sich den Grundriss des Schiffes eingeprägt und wusste, dass der einzige Weg auf die Brücke über die Außentreppen führte. Und auf diesem Weg war die schwere Kapsel nicht transportiert worden, so viel stand fest. Aber wenn sie nicht auf der Kommandobrücke war, wo dann, zum Teufel?

Er sah auf die Uhr, die er nach der Lautsprecherdurchsage auf Stoppfunktion gestellt hatte. Vom Ultimatum waren gut acht Minuten abgelaufen. Er zweifelte keinen Moment daran, dass die Entführer ihre Drohung in die Tat umsetzen und die Geiseln hinrichten würden. Auch das würde er der Befehlsführung mitteilen müssen. Je schneller, desto besser, dachte Rockwell, während er aus der Schenkeltasche seines Overalls das Gerät zog, mit dem er eine kodierte Satellitenverbindung herstellen konnte.

Timo und Åsa stiegen in den Peugeot von Timos finnischem Kollegen, der vor dem Terminal des Flughafens Helsinki-Vantaa auf sie wartete. Gleich nach Verlassen der Maschine hatte Timo in Stockholm angerufen, von dort aber nichts Neues gehört.

Sie fuhren zum Hauptquartier der Zentralen Kriminalpolizei in Vantaa-Jokiniemi, wo gerade eine Besprechung des Operationsgremiums lief, das wegen der näher kommenden *Sigyn* ins Leben gerufen worden war.

»Was sind das für Leute, die da auf Finnland zuschippern?«, wollte Juhani Rämö, der Helsinkier Polizeikommandant, von Timo wissen. Sie kannten sich. Timo gab die Frage an Åsa weiter, die ihren Laptop aufklappte.

»Über einige Entführer haben wir ein gewisses Maß

an Informationen. Die Gruppe, die den Bilderberg-Überfall gemacht hat, wird von dem Amerikaner Herman McQuinn angeführt, einem ehemaligen Elitesoldaten, der vor etlichen Jahren aus Afghanistan abgehauen ist, um seine eigenen Wege zu gehen. Wir suchen gerade nach genaueren Informationen über ihn, was nicht so einfach zu sein scheint.«

Als Nächstes holte Åsa das Foto von einem blonden Mann mit hartem Blick auf den Bildschirm.

»Der Holländer Jochem Smit ist ehemaliger Soldat der NATO-Sondereinheiten, er war an der Jagd nach al-Quaida in Pakistan und Afghanistan beteiligt. Seine kriminelle Vergangenheit vor dem Dienst bei der NATO ist verschwiegen worden: Schmuggel von Drogen, auch härteren.«

Wieder klickte sie ein neues Bild an.

»Geir Kvale, norwegischer Küstenjäger. Kein krimineller Hintergrund bekannt. Nach norwegischen Quellen war er zuletzt als Söldner in Zimbabwe aktiv. Von den Übrigen haben wir keine Fotos, aber genug unschöne Erkenntnisse: Der Brite Craig Monroe und der Deutsche Jörg Meyer waren in verschiedenen afrikanischen Krisenherden mit von der Partie, unter anderem für eine englische Sicherheitsfirma am Golf von Aden, wo sie Frachtschiffe aus den Händen von Piraten befreit haben. Diese Männer wissen, was sie tun.«

Polizeichef Rämös ernste Miene hatte sich verfinstert.

»Was da auf Finnland zukommt, wäre also eine Schiffsladung Atommüll, eine Gruppe von Geiseln, die zur Weltelite zählen, und eine Terroristengruppe, die sich aus Berufssoldaten zusammensetzt und über deren Forderungen oder Absichten wir nichts wissen. Das ist ja …«

»… ein Albtraum, und zwar direkt aus dem Inneren der Hölle«, ergänzte Timo.

44

Patrik starrte auf die drei Verzweigungen des Belüftungskanals. Welche Richtung sollte er einschlagen? Führte eine davon in eine Sackgasse?

Hinter ihm war es trügerisch still. Aber da war jemand, der horchte. Harry lag in dem engen Metallschacht und versuchte, möglichst lautlos zu atmen. Der Amerikaner hatte Börjesson eiskalt hingerichtet, und er würde ihn ebenso eiskalt erschießen, dessen war sich Patrik sicher.

Tim Rockwell, SEAL 6.

Plötzlich leuchtete hinter ihm der Schein einer Taschenlampe auf und reichte fast bis zu ihm heran. Zum Glück blieb das Licht hinter einer Biegung zurück. Kurz darauf ging es aus.

Panik drohte Patrik zu überwältigen. Sie suchten ihn – und hatten seine Fährte garantiert längst entdeckt, denn im Staub des Schachts blieben Kriechspuren zurück.

Er hörte ein leises, hallendes Geräusch hinter sich. Jemand kroch durch den Schacht und versuchte, das möglichst lautlos zu tun.

Patrik hatte drei schwarze Löcher vor sich. Er musste sich entscheiden. Und er musste es jetzt tun.

Dann dachte er wieder an die Spuren im Staub. Börjesson war zuvor hier gekrochen. Er musste also auch Spuren hinterlassen haben, die man bloß im Dunkeln nicht sah.

Er leckte sich den Finger und strich damit möglichst

sanft über den Boden des rechten Schachts. Dann machte er das Gleiche beim mittleren und schließlich beim linken Schacht.

Links berührte der Finger kaltes Metall, bei den anderen beiden lag eine dünne Staubschicht darüber. Der Unterschied war haarfein, aber es gab keine andere Möglichkeit, einen Weg musste er wählen.

Patrik kroch in die linke Verzweigung. Sie wurde immer enger, aber er robbte mit aller Kraft weiter. Mit der Zeit stieg der Schacht nach oben an. Patrik hörte Geräusche hinter sich, sie kamen näher. Er musste die Hände immer fester gegen die Schachtwände drücken, weil es ständig weiter nach oben ging. Seine Arme und Beine zitterten mittlerweile unkontrolliert, aber er musste vorankommen und durfte nicht nach unten rutschen, direkt in die Arme des Verfolgers.

Zu seiner Erleichterung spürte er endlich eine Metallkante, an der er sich sicher nach oben ziehen konnte. In dem Moment, in dem er einen leichten Lufthauch auf dem Gesicht wahrnahm, tat sich vor ihm ein neuer, waagrechter Gang auf, an dessen Ende schwaches Licht zu erkennen war.

Er kroch weiter und erreichte schließlich ein Gitter, unter dem ein beleuchteter Raum lag. Er schob die Finger durch die Stäbe und sah, dass seine Hand mit Blut beschmiert war. Seine Fingernägel, oder genauer gesagt ihre rissigen Überreste, waren staubschwarz.

Patrik riss das Gitter zur Seite und ließ sich hinab, aber noch bevor er sich auch nur umdrehen konnte, hörte er hinter sich eine Stimme: »Keine Bewegung, oder ich erschieße dich auf der Stelle.«

Im Augenwinkel sah er den Lauf einer Maschinenpistole.

»Du hast uns betrogen, du Arschloch. Beide habt ihr

uns betrogen, du und die Belgierin. Eigentlich müsste ich dich auf der Stelle umbringen, Patrik«, sagte der dunkeläugige Konstantins mit vor Wut erstickter Stimme, wobei er die Maschinenpistole fest auf Patrik gerichtet hielt.

»Hör mir zu«, sagte Patrik so ruhig wie möglich. »Wir müssen schnell von hier verschwinden.«

»Wir? Warum sollte ich dich mitnehmen?«, fragte Konstantins ohne eine Regung. Patrik sah, wie sich der Zeigefinger des Mannes am Abzug krümmte.

»Ich habe wichtige Informationen über die Amerikaner. Sie sind nicht in erster Linie hier, um die Geiseln zu befreien. Sie suchen die Kapsel und bringen alle zum Schweigen, die etwas darüber wissen.«

»Und das soll ich dir glauben?«

»Der Mann im Rettungsboot war ein Mitarbeiter des schwedischen Militärgeheimdienstes. Die Amerikaner haben ihn erschossen. Oder genauer gesagt hingerichtet.«

Konstantins sah Patrik ungläubig an.

Im Lageraum der Zentralkripo, wo mit zunehmender Besorgnis das Vorrücken der *MS Sigyn* in den Finnischen Meerbusen verfolgt wurde, aß Timo die Reste einer fettigen Pizza direkt aus dem Karton.

Das finnische Operationsgremium war erweitert worden, es gehörten jetzt Vertreter der Polizei, der Sicherheitspolizei, der Küstenwache und – äußerst außergewöhnlich – auch der Nachrichtenabteilung des Oberkommandos der Streitkräfte dazu, welche sich um den Kontakt zur Signalaufklärung kümmerte.

Timo trank seinen Colabecher leer und warf den Pizzakarton in den Müll. Er hatte nie verstanden, wie es Åsa gelang, Jahr um Jahr wie der Inbegriff der gesunden Schlankheit auszusehen, obwohl sie sich mindestens ebenso ungesund ernährte wie er. Sie erriet seine Gedanken und grinste ihn spöttisch an, während sie in ein Stück Pizza biss, von dem der Käse troff.

Timo trat vor die große Karte an der Wand, auf der die Position der *Sigyn* ständig aktualisiert wurde. Er war immer mehr davon überzeugt, dass das Schiff auf Tallinn zufuhr. In Andrus Reedlas Vergangenheit gab es Konflikte mit den Estlandrussen. Außerdem deutete die aktive Zusammenarbeit zwischen Amerikanern und Schweden in dieselbe Richtung.

Dies, kombiniert mit der immer explosiveren Lage in Estland, sorgte dafür, dass Timo flau im Magen wurde. Irgendetwas würde passieren, etwas Überraschendes, dieses Gefühl überkam ihn immer stärker.

»Timo, würdest du mal herkommen«, wurde er von Polizeikommandant Rämö aus seinen Gedanken gerissen.

Er nahm den Blick von der Karte und ging zu Rämo und dem Vertreter des Oberkommandos hinüber.

»Die *Sigyn* hat gerade einen äußerst regen Funkverkehr auf verschiedenen Frequenzen.«

»Welchen Inhalts?«

»Ist kodiert, wir können ihn nicht knacken. Wahrscheinlich sind das die Amerikaner.«

Timo gefiel das gar nicht. Die Angelegenheit barg auch so schon genug dubiose Risiken.

»Eine zweite akute Beobachtung auf dem Finnischen Meerbusen«, sagte der Offizier. »Ein russisches U-Boot ist vor einer Viertelstunde an die Oberfläche aufgestiegen, knapp außerhalb unserer Hoheitsgewässer. Es fährt immer noch an der Oberfläche, wenige Hundert Meter von mehreren Privatbooten entfernt.«

Timo hörte schweigend zu. Was wollte der Kreml damit zum Ausdruck bringen?

Tim Rockwell sah auf die Uhr. Bis zum Ablauf des Ultimatums, das die Entführer gestellt hatten, waren es noch vier Minuten. Die aus der Kabine befreiten Geiseln wurden gerade in das SDV-Boot gebracht, mit dem die Eingreiftruppe an die *Sigyn* herangefahren war.

»Nichts, Sir«, sagte der Mann im Sturmanzug außer Atem, der gerade vor ihn getreten war. »Die Kapsel befindet sich nicht in den Mannschaftsräumen des Schiffes.«

»Okay, Rob. Helft beim Abtransport der Geiseln. Jason ist schon hingegangen, der Maschinenraum ist ebenfalls leer.«

Rockwell nahm sein Satellitengerät und tippte eine Mitteilung. Auch im Frachtraum war die Kapsel nicht, er hatte sich selbst davon überzeugt. Und auch alle anderen passenden Orte waren abgeklappert worden.

Hatten die Entführer etwas davon gewusst? Hatten sie die Kapsel aus irgendeinem Grund über Bord geworfen? Es war fruchtlos, sich darüber den Kopf zu zerbrechen, man musste einfach die Tatsache akzeptieren, dass sie weder die Kapsel noch alle Geiseln bekommen hatten. Einen Teil der Gefangenen hatten sie immerhin ohne Verluste befreien können, das war der einzige Trost.

Sollten sich einige seiner Männer auf dem Schiff verstecken? Nein, beschloss Rockwell, denn damit würden die Entführer rechnen und sich entsprechend verhalten.

Noch immer störte ihn der Mann im Belüftungsschacht. Hatte er etwas gesehen oder gehört?

Auch wenn er Zeuge des Mordes an dem Schweden gewesen sein sollte und etwas von der Kapsel wüsste, konnte Rockwell den Mann jetzt nicht jagen, das war ihm klar. Man würde ihn dann zur Rechenschaft ziehen, weil er das Leben der Geiseln aufs Spiel gesetzt hatte.

Wieder war eine Minute des Ultimatums verstrichen. Er

musste eine Entscheidung treffen. Widerwillig gab Rockwell seinen Leuten den Befehl zum Abzug.

»Wer war der Mann?«, brüllte Dominik der unmittelbar vor ihm stehenden Sandrine ins Gesicht.

Sie starrte trotzig zurück, ohne etwas zu sagen.

»Ihr hattet über das Funkgerät im Rettungsboot Kontakt zu den Eingreiftruppen, oder?«

Sandrine schwieg weiterhin. Dominik schlug ihr mit der flachen Hand ins Gesicht. Sandrine taumelte durch die Wucht des Schlages zurück.

»Sie ziehen ab«, sagte Andrus, der den hinteren Teil des Schiffes beobachtete, und rückte die Brille zurecht. »Mit den Geiseln.«

»Wohin?«

»Sie gehen von Bord. Aber verflucht ... Wo haben die ihr Boot?«

»Unter Wasser«, sagte Herman. »Sie müssen ein SDV oder eine Mini-U-Boot haben.« Er richtete den Blick auf Dominik. »Und weißt du, was das bedeutet?«

Dominik antwortete nicht.

»Es sind Amerikaner.«

»Scheiße«, schnaubte Jochem und strich sich die Haare nach hinten. »Es war nicht geplant, dass wir gegen SEAL-Männer antreten ...«

Stille machte sich auf der Kommandobrücke breit. Die Männer wechselten Blicke, manch einer fluchte leise.

»Sag ihnen, was passiert, falls auch nur einer von ihnen versucht, sich hier zu verstecken«, sagte Dominik nervös.

»Diesen Leuten braucht man nichts zweimal zu sagen. Sie wissen, dass wir das Schiff durchkämmen, sobald sie weg sind.«

Plötzlich legte Dominik die Hand auf den Ohrhörer.

»Konstantins kommt her. Mit Patrik. Bronislaw, mach die Tür auf!«

Patrik betrat mit Konstantins die Brücke und sah Sandrine zwischen den Geiseln an der Wand sitzen. Einige lagen in der linken Ausbuchtung der Kommandobrücke.

Mit mühsam beherrschter Wut baute sich Dominik vor Patrik auf. »Gut, du darfst dir jetzt eine Strafe für dich und deine Freundin aussuchen …«

»Auf der *Sigyn* hielt sich ein Mitarbeiter des schwedischen Geheimdienstes versteckt, und zwar wegen der merkwürdigen Kapsel«, sagte Patrik. Er richtete seine Worte an Herman. »Die Amerikaner haben ihn vor meinen Augen erschossen und sie werden auch alle anderen umbringen, die etwas von der Kapsel wissen. Mich und euch ebenso.«

Herman starrte Patrik unverwandt an.

»Was redest du da für einen Mist?«, rief Dominik.

»Die Amerikaner haben den Schweden namens Börjesson, der sich auf dem Schiff versteckt hielt, hingerichtet. Sie suchen die Kapsel. Sie haben vor, uns alle zu töten, weil wir von ihrer Existenz wissen.«

»Er versucht nur, seine Haut zu retten. Du willst ihm doch nicht weiter zuhören …« Dominik wurde immer lauter und machte einen bedrohlichen Schritt auf Patrik zu.

Herman sah Patrik kurz in die Augen und bedeutete Dominik dann, stehen zu bleiben.

Er packte Dominik am Arm und zog ihn zur Seite. Patrik blickte zu Sandrine hinüber. Sie starrte ihn ungläubig an.

45

Herman betrachtete Dominik. Dessen Anspannung war mit Händen zu greifen. Man konnte nur hoffen, dass ihm die Nerven nicht versagten.

»Was sollen wir tun?«, fragte er. »Wenn die Amerikaner irgendwelche geheimen Interessen haben, dann werden sie uns in jedem Fall töten!«

»Beruhige dich«, sagte Herman und bemühte sich um einen beschwichtigenden Tonfall. »Wie es aussieht, ist auf diesem Schiff alles möglich. Aber wir machen planmäßig bis Helsinki weiter.«

»Auch nachdem wir achtzehn Geiseln verloren haben?«

»Wir haben immer noch dreizehn in unserer Gewalt«, sagte Herman. »Angesehene Männer.«

»Und gefährliche. Sie müssen mit harter Hand bestraft werden.«

»Nein. Keine einzige Geisel wird angerührt.«

»Sie werden es noch einmal versuchen …«

»Sie werden keine Chance mehr dazu bekommen«, sagte Herman. »Wir haben die totale Kontrolle, und das wissen sie.«

»Und Wolfs Forderung?«

»Ein Abwurf der Kapsel kommt nicht infrage. Die Amis folgen uns. Wir können nichts mehr heimlich tun. Und sie werden keine falschen Rücksichten nehmen, da wir von der Existenz der Kapsel wissen. Und was Wolf angeht, so wird er die Kapsel in Helsinki von uns bekommen, falls sein Eifer ausreicht.«

Auf Dominiks Stirn glänzte der Schweiß. »Die Amerikaner werden uns nicht einfach ziehen lassen. Wir haben keine Chance mehr, lebend vom Schiff zu kommen.«

»Wir sind so lange sicher, wie wir die Geiseln haben. Und jetzt haben wir noch eine Spielfigur. Wie es aussieht, sind die Amerikaner unglaublich scharf auf diese Kapsel. Und Wolf will sie ebenfalls haben.«

»Was ist das eigentlich für ein Ding, verdammt noch mal?«

»Ein Spielzeug für richtig große Jungs«, sagte Herman. »Für *richtig* große. Ich wette, es hat etwas mit U-Boot-Aufklärung zu tun. Das ist das Allergeheimste auf diesem Planeten, da sind wir mitten im Herzen des Spiels der Großmächte.«

»Und da sollen wir mithalten können? Geplant war, dass wir ein paar Sicherheitsleute als Gegner haben und keine verfluchten Elite-Rambos …«

»Lass uns einen kühlen Kopf behalten und weitermachen. Alles wie bisher, am meisten bereitet mir Sorgen, dass mein bester Mann sich gerade in einen Wackelpudding verwandelt. An deiner Stelle würde ich mich zusammenreißen, bevor wir wieder vor die Männer treten und ihnen mitteilen, dass die Amerikaner in unserem Fahrwasser tun und lassen dürfen, was sie wollen, dass das an unseren Plänen aber nichts ändert.«

Patrik versuchte, etwas von dem Gespräch zwischen Dominik und Herman mitzuhören, aber es gelang ihm nicht.

Wenig später trat Herman unnatürlich ruhig vor die gesamte Gruppe, gefolgt von dem schwitzenden Dominik.

»Wir werden uns versichern, dass alle Amerikaner die *Sigyn* verlassen haben«, sagte Herman. »Jeder, der nach unten geht, nimmt eine Geisel als Schutzschild mit. Wir setzen die Fahrt nach Helsinki fort. Kurz vor dem Ziel übergeben wir den Atommüllbehälter der finnischen Marine. Die darf ihn dann an die Schweden weiterreichen.«

Patrik traute seinen Ohren nicht.

Herman fuhr fort: »Wenn wir den Behälter an Bord behalten, wird man uns nicht in den Hafen von Helsinki lassen. Aber dort wollen wir hin, an einen sicheren Ort, vor möglichst viele Kameras und Augenpaare.«

Edward Adler, der Kommandant der *USS Hartford* behielt den Monitor vor sich genau im Auge. Von dem ASDS-Miniatur-U-Boot, das auf der *Hartford* festgemacht hatte, kam gerade wieder ein Grüppchen Geiseln unversehrt herein. Er würde sie gleich begrüßen müssen. Wegen des teilweisen Erfolgs der Operation war er erleichtert, denn es hätte vieles schiefgehen können.

Adler hatte dem Marinestützpunkt Dam Neck an der Küste von Virginia bereits Mitteilung gemacht und wartete auf die Antwort. Alles in allem wusste er, dass er bloß der Busfahrer war, denn die gesamte operative Verantwortung lag bei SEAL 6, der effektivsten Sondereinheit der Vereinigten Staaten, deren Männer sich tagsüber von einem Helikopter aus zum U-Boot abgeseilt hatten.

»Eine Nachricht aus Dam Neck, Sir«, teilte der Funker mit.

46

Im Hauptquartier der Zentralkripo KRP im unmittelbar an Helsinki angrenzenden Vantaa stand Timo vor einem Fernsehschirm, auf dem gerade eine Archivaufnahme von der *MS Sigyn* gezeigt wurde.

»*Die Behörden schweigen über den Kurs des Schiffes, aber nach uns vorliegenden Informationen nähert es sich Helsinki. Auf dem Schiff sind mehrere Geiseln, die von der Bilderberg-Konferenz entführt wurden, darunter David Pearson, der sicherheitspolitische Berater des Präsidenten der Vereinigten Staaten …*«

Auf dem Bildschirm erschien ein Ausschnitt der Pressekonferenz, auf der Präsident Obama Pearson einst vorgestellt hatte.

»*… Georg D. Sachar, der stellvertretende Direktor der amerikanischen Zentralbank, und Frank Taylor, der stellvertretende Geschäftsführer von Microsoft …*«

Nun sah man einen lächelnden Mann in Gesellschaft von Bill Gates und Steve Ballmer vor einem großen Logo des Unternehmens.

»*… sowie mehrere Spitzenkräfte aus der amerikanischen und europäischen Politik und Wirtschaft. Über die Entführer und ihre Motive ist nichts bekannt. Ihr Angriff wird als außerordentlich gut organisiert bezeichnet …*«

Am Tisch saßen müde, ernste Männer, die wussten, dass Finnland mit voller Geschwindigkeit auf eine Katastrophe zusteuerte. Nachdem die Entführer endlich Kontakt aufgenommen hatten, war eine Akutsitzung einberufen worden.

»Die Entführer haben mitgeteilt, dass sie den Atommüllbehälter mit unserer Hilfe unverzüglich an Schweden zurückgeben werden. Sie verlangen, dass Kriegsschiffe der finnischen Marine ihre Fahrt nach Helsinki absichern«, berichtete der Chef der KRP.

Timo sah den Mann überrascht an und sagte: »Wir nehmen den Behälter gern unter Kontrolle. Die Schweden haben sicher auch nichts dagegen, selbst wenn es sie etwas kosten sollte.«

»Hast du eine Idee, warum sie Kurs auf Helsinki nehmen?«

»Nein. Patrik Vasamas Hintergrund und Kontakte werden gerade überprüft, aber zumindest über ihn gibt es eine Verbindung nach Finnland. Und über Vasama kann man auch die Linie zu den Bilderberg-Entführern herstellen. Laut einem ehemaligen Geologenkollegen von Vasama hat der Mann in Afrika für eine Firma namens Alcorn Mining nach Erzvorkommen gesucht. Auch im Kongo, in derselben Gegend, in der sich Sandrine Denaux aufhielt. Das wird kaum ein Zufall sein. Aber jetzt müssen wir uns rasch internationale Expertenhilfe holen. Wir haben keine Erfahrung mit solchen Situationen.«

»Darauf wollte ich gerade kommen. Die Amerikaner sind natürlich sehr aktiv, weil sie den größten Teil der Geiseln stellen. Die USA haben zwei Experten für Geiselnahmen nach Helsinki geschickt, Brad Michaels und Joseph Kaminsky.«

Timo wunderte sich, weil er die Namen noch nie gehört hatte. »Vom FBI?«

»Keine Ahnung.«

»Wann kommen sie?«

»Sie sind bereits hier. Wollen sich mit uns treffen, nachdem sie im Staatsrat gewesen sind. Dort findet um Mitternacht eine Krisensitzung des Kabinetts statt.«

Timo warf einen Blick auf den Polizeikommandanten: »Eine Krisensitzung?«

»Die Amerikaner treffen sich in diesen Minuten mit dem Ministerpräsidenten.«

Brad Michaels trug die grau melierten Haare nach hinten gekämmt, was ihn wie einen Cowboy aus einem Western aussehen ließ. Er ging den blank polierten Gang im Staatsratsgebäude entlang, an seiner Seite Joseph Kaminsky, der mit seiner teddybärhaften Erscheinung wie das Gegenstück zu seinem Kollegen wirkte. Aber der Schein trog, beide Männer waren knallharte Profis auf ihrem Gebiet.

Das Privatflugzeug aus Stockholm war dreißig Minuten zuvor in Helsinki-Vantaa gelandet. Ein Wagen des Helsinkier CIA-Büros hatte sie abgeholt und auch einen dritten Mann mitgenommen und in der amerikanischen Botschaft abgesetzt: Jeff Roberts, Chef der geheimen Operationen bei der US-Marine.

Im Auto waren sie noch einmal rasch den Ablauf der bevorstehenden Besprechung durchgegangen – das, was sie sagen konnten, und vor allem das, worüber sie schweigen mussten.

Michaels und Kaminsky wurden in den Sitzungssaal geführt, wo die wichtigsten Minister der finnischen Regierung auf sie warteten.

»Als Erstes möchte ich feststellen, dass das Schiff nun die finnischen Hoheitsgewässer erreicht hat«, sagte der Ministerpräsident. »Das bedeutet, dass alles, was zu tun oder nicht zu tun beschlossen wird, mit uns abgestimmt werden muss.«

»Selbstverständlich«, sagte Michaels.

»Sollte die Lage außer Kontrolle geraten, haben wir

Finnen die Folgen zu tragen«, fuhr der Ministerpräsident fort.

»Wir verstehen Ihre Lage vollkommen. Und Sie verstehen sicherlich, dass es sich bei den Geiseln auf dem Schiff um bedeutende Amerikaner handelt.«

»Gerade deswegen setzen wir alles daran, die Situation ohne Gewalt zu beenden. Ein Schlag gegen das Schiff wäre unseren Experten zufolge fatal für die Geiseln.«

»Eine Sondereinheit von uns hat bereits auf der *Sigyn* interveniert und achtzehn Geiseln ohne Verluste befreit.«

Der Ministerpräsident schien kurz die Fassung zu verlieren. »Warum hat man uns das nicht mitgeteilt?«

»Es ist aus taktischen Gründen geheim gehalten worden, und so soll es auch weiterhin bleiben. Auf dem Schiff sind dreizehn Geiseln zurückgeblieben, für deren Befreiung wir uns mit aller Kraft engagieren. Wir verfügen über Erfahrung mit solchen Situationen, weshalb wir die Fäden in der Hand behalten und die Verantwortung übernehmen.«

Die Miene des Ministerpräsidenten verfinsterte sich. »Nein, die Verantwortung und damit die Entscheidungsgewalt liegt bei Finnland.«

»Ich bin sicher, wir werden in der Lage sein, zusammenzuarbeiten. Das Schiff ist auf dem Weg nach Helsinki, und wir sind gezwungen, uns auf operative Maßnahmen hier vorzubereiten. Unsere Botschaft wird Ihnen eine Liste der Männer unserer Sondereinheit zukommen lassen, einschließlich einer Übersicht über ihre Bewaffnung.«

»Es können nicht einfach Soldaten eines fremden Staates finnischen Boden betreten. Wir müssen …«

»Was sind Ihre Alternativen? In einer solchen Ausnahmesituation ist es nur natürlich, internationale Hilfe in Anspruch zu nehmen.«

Der Ministerpräsident wollte noch etwas sagen, begnügte sich dann aber mit einem schweren Seufzen.

Timo stand in der Cafeteria des zum Küstenbataillon Porkkala gehörigen Stützpunkts Russarö in der Nähe von Hanko. Der Helikopter, der ihn von Helsinki hierher an die Südwestspitze des Landes gebracht hatte, stieg gerade wieder in den Nachthimmel auf. Åsa war in Helsinki geblieben.

Er hatte sich gerade einen Pappbecher Kaffee aus dem Automaten gezogen, als Kommodore Malmsten, der Chef des Seeverteidigungsbereichs Finnischer Meerbusen, die Cafeteria betrat.

»Das Schiff liegt am Westkai bereit«, sagte der weißhaarige Kommodore.

Er wurde von einem Offizier aus der Nachrichtenabteilung des Oberkommandos der Streitkräfte begleitet, mit dem Timo vor wenigen Minuten ein vertrauliches Gespräch geführt hatte.

Zwei Amerikaner gesellten sich zu ihnen. Brad Michaels und Joseph Kaminsky hatten darum gebeten, am Antennenmast des Minensuchboots *Pyhäranta*, das den Atommüllbehälter von der *Sigyn* abholen sollte, eine drahtlose Kamera installieren zu dürfen, um damit Aufnahmen vom Deck der *Sigyn* zu machen.

Timo mischte sich in die Pläne der Amerikaner nicht ein, sollten sie nur mitkommen und ihre Kamera installieren, Hauptsache, sie schlugen nicht während der Übergabe des Behälters zu. Diese Möglichkeit war in den Verhandlungen mit der finnischen Einsatzleitung und der finnischen Staatsführung ausgeschlossen worden, und zwar sowohl wegen der Sicherheit der Geiseln wie auch wegen der radioaktiven Fracht.

Dennoch war der Übereifer der Amerikaner irritierend.

Die auf die Befreiung von Geiseln spezialisierte SEAL-Gruppe war bereits auf dem Weg nach Helsinki, nachdem sie schon einmal heimlich auf der *Sigyn* zugeschlagen hatte.

»Ich möchte kurz unter vier Augen mit Ihnen sprechen«, sagte Timo zu einem der Amerikaner, mit einem Tonfall, der keine Zweifel über den Ernst der Angelegenheit aufkommen ließ.

»Selbstverständlich«, erwiderte Michaels.

Timo führte ihn in einen Büroraum auf der anderen Seite des Ganges und schloss die Tür.

»Ich habe gerade mit Orbrink vom schwedischen Militärgeheimdienst und mit einem Vertreter des finnischen Militärgeheimdienstes gesprochen, nachdem ich von eurer unabgesprochenen Intervention auf der *Sigyn* erfahren habe«, sagte Timo unumwunden und wartete auf eine Erklärung, die aber nicht kam.

»Der schwedische Militärgeheimdienst MUST verfügt über enge Kontakte zu den Vereinigten Staaten, aber auch zu Finnland«, fuhr Timo fort.

»Ich möchte darum bitten, dass Sie jetzt zur Sache kommen …«

»Ich bin bei der Sache«, gab Timo zurück, wobei es ihm nur mit Mühe gelang, ruhig zu bleiben. »Auf der *Sigyn* wird Atommüll aus schwedischen Atomkraftwerken transportiert, aber bisweilen wird das Schiff auf Initiative des MUST auch für Sonderaufträge genutzt, die wegen ihres Charakters geheim gehalten werden müssen.«

Michaels schwieg beharrlich. Timo spürte die Spannung im Raum förmlich auf der Haut.

»Jetzt hat die *Sigyn* außer den Geiseln und dem Atommüll eine Ladung an Bord, die allem Anschein nach Ihre sehr aktive Beteiligung an einer Beendigung der Situation erfordert«, fuhr Timo fort. »Ich trage die Verantwortung für viele Menschenleben und will wissen, was sich genau auf dem Schiff befindet.«

Timo sah Michaels im fahlen Schein der Neonröhre in die Augen. Die Sekunden verstrichen.

»Wir hatten vor, das Thema etwas später zu erhellen«, sagte der Amerikaner schließlich.

Von wegen, hätte Timo am liebsten entgegengeworfen.

»Diese Information gehört in die höchste Geheimhaltungsstufe. Ohne unser Einverständnis darf darüber mit niemandem gesprochen werden.« Michaels gab sich sehr selbstsicher und ruhig, aber die betont aufrechte Haltung verriet seine Anspannung. »Ist das klar?«

Timo nickte.

»Die *Sigyn* hat amerikanisches nachrichtendienstliches Material an Bord.«

»Genauer.«

»Ich kann das nicht präzisieren. Wir verfolgen zwei Ziele: Jede Geisel in Sicherheit zu bringen und dafür zu sorgen, dass unser Material bis zum Schluss geheim und unter unserer Kontrolle bleibt.«

»Hat dieses Material mit Radioaktivität oder einem anderen gefährlichen Element zu tun?«

»Nein.«

»Warum haben Sie es nicht bei Ihrer geheimen, für die Sicherheit der Geiseln äußerst gefährlichen Intervention unter Kontrolle gebracht?«

Timo wusste, dass er provozierte, aber der Amerikaner sollte verstehen, dass mit Finnen nicht so leicht zu spaßen war wie mit Schweden.

»Wir haben das Material nicht gefunden. Erst im Nachhinein haben wir von den Schweden etwas über einige technische Besonderheiten des Schiffes erfahren.«

»Da das Schiff finnische Hoheitsgewässer erreicht hat, steht die Operation unter unserer Führung. Ich werde keinerlei Eigeninitiative dulden. Sagen Sie mir also vorab, was Sie planen. Und während der Umladung des Atommüllbehälters bleiben Sie ausschließlich in der Rolle des Beobachters. Auf dem Meer wird lediglich der Behälter entgegengenommen. Ist das klar?«

»Ja.«

Timo war bewusst, dass alles andere als Klarheit herrschte.

DRITTER TEIL

47

Der Uhrzeit nach musste die Sonne bereits aufgegangen sein, aber eine Wolkenschicht bedeckte den östlichen Horizont. Der leichte Regen hatte aufgehört.

Patrik stand mit den anderen Geiseln in einer Ecke der Kommandobrücke, wo die Nachtbeleuchtung brannte, und sah zu, wie Dominik und Herman mit Ferngläsern einige näher kommende Schiffe beobachteten. Zwei Raketenboote der finnischen Marine pflügten durch die Wellen und hielten schnurgeraden Kurs auf die *Sigyn*. Ihnen folgte ein Minensuchboot, das sich auch für den Transport von Deckfrachten eignete. Weiter in der Ferne, am dunstigen Horizont hinter den Schiffen, zeichnete sich Helsinki ab.

Die Geiseln wirkten apathisch. Die Hoffnungslosigkeit drückte auf die Stimmung, denn eine zweite Chance zur Flucht würde sich kaum bieten. Unter den dreizehn Gefangenen befanden sich noch immer mehrere bedeutende Persönlichkeiten, vielleicht die wertvollsten von allen: Pearson, Sachar, Pollard, Rozen, Cohen …

»Radar?«, fragte Herman, ohne das Fernglas abzusetzen.

»Nichts Neues«, antwortete Bronislaw. »Nur die drei Schiffe.«

»Geir, geh mit Jochem in Stellung. Falls jemand versucht, an Bord zu kommen, eröffnet ihr ohne Vorwarnung das Feuer.«

Geir machte sich auf den Weg, aber Jochem rührte sich nicht. »Ist das nicht ein zu großes Risiko?«

Herman wandte sich langsam zu ihm um. »Wenn du einen besseren Vorschlag hast, dann sag ihn mir!«, forderte er, den Blick fest auf Jochem gerichtet.

Patrik fiel auf, dass der Holländer Hermans Blick nicht auswich und sich auch nicht darum kümmerte, dass zumindest einige der Geiseln den Wortwechsel hören konnten.

»Das hier ist von Anfang an ein mieses Projekt gewesen«, sagte Jochem gereizt. »Dein mieses Projekt. Alles klang viel zu gut, um wahr zu sein. Und jetzt kämpfen wir darum, wenigstens lebendig von diesem Scheißschiff runterzukommen.«

»Wir müssen vor ein Publikum kommen«, sagte Herman ruhig. »Ohne Zeugen wird man uns vernichten. Aber sie werden uns nicht unter Menschen lassen, solange wir Atommüll dabeihaben. Es gibt keine andere Möglichkeit.«

Nachdem er Herman eine Weile angestarrt hatte, nahm Jochem seine Maschinenpistole und verließ zornig die Brücke.

»Versagen deinen Leuten allmählich die Nerven?«, fragte Dominik. »Ich dachte, das sind Soldaten der Spitzenklasse.«

Herman wandte sich ab und schaute aufs Meer hinaus, das nur träge Wellen schlug. Die Luft war feucht und schwül.

»Haltet die Raketenboote mindestens auf dieser Entfernung. Lasst sie kein bisschen näher kommen«, sagte Dominik ins Funkgerät.

Im anbrechenden Morgengrauen wichen die Kriegsschiffe im Bogen aus, während das Minensuchboot weiter der *Sigyn* entgegenfuhr.

»Patrik und Konstantins in den Frachtraum!«, kommandierte Dominik.

Anita Vasama behielt die Gefühle, die in ihr aufwallten, unter Kontrolle, obwohl es ihr unglaublich schwerfiel.

Mit zitternden Händen presste sie im dunklen Wohnzimmer das Telefon ans Ohr, aus dem Fernseher drangen leise die Meldungen über Bilderberg und *Sigyn*.

»Hallo«, meldete sich Jürgen Gladbach verschlafen.

»Hier ist Anita.«

Am anderen Ende war es zunächst still.

»Anita … weißt du, wie spät es ist?«

»Jetzt erzählst du mir alles. Hast du verstanden? *Alles*!«

»Was …«

»Hat dir dein Sohn gesagt, warum er sich für Patrik interessiert?«

»Ich kenne mich in Dominiks Angelegenheiten nicht aus …«

»Interessierte er sich besonders dafür, dass Patrik auf die Festigkeitsanalyse von Atommüllbehältern spezialisiert war?«

»Worauf willst du hinaus?«

Anita holte tief Luft und versuchte, sich zusammenzureißen. »Gerade hat ein Polizist aus Helsinki angerufen und nach Patrik gefragt. Er hat nichts Konkretes gesagt, aber es sieht schlecht aus. Dominik und seine Freundin Beate Funke … sie müssen Patrik getäuscht und in den Überfall auf die *Sigyn* mit hineingezogen haben.«

Jürgen lachte. »Hast du den Verstand verloren? Du kennst Dominik nicht einmal, aber behauptest einfach …«

»Kennst *du* deinen Sohn? Du hältst ihn für die Fortsetzung deiner bedauernswert veralteten revolutionären Ideologie, aber in Wahrheit ist Dominik bloß ein Krimineller. Ich habe schon von ihm gehört … er erzählt dir alles Mögliche anarchistische Zeug, um an dein Geld zu kommen.«

»Wie kannst du es wagen, so über meinen Sohn zu reden? Du solltest selbst in den Spiegel schauen. Du hast deinen Sohn verlassen und bist in ein anderes Land gegangen. Was für eine Mutter ist das denn? So eine Frau dürfte sich nicht einmal Mutter nennen. Wenn Dominik und Patrik auf der *Sigyn* sind, dann sind sie zusammen an Bord gegangen. Dein Sohn ist kein bisschen weniger schuldig, auch wenn du das gerne glauben möchtest. Immer an das Gute in den eigenen Kindern zu glauben ... das ist die Schwäche von allen Eltern.«

Damit legte Jürgen auf.

Anita vergrub das Gesicht in den Händen.

Patrik sah angespannt zu, wie die großen Deckenplatten des Frachtraums sich geräuschvoll auseinanderbewegten. Dahinter kam, vor dem ersten Morgenrot, ein grauer Kran zum Vorschein.

»Okay. Los geht's«, sagte Konstantins in sein Mikrofon, das unter der Gesichtsmaske seines Schutzanzugs angebracht war.

Ein Stahlseil mit Haken senkte sich in den Frachtraum herab, begleitet vom Surren eines Elektromotors. Patrik griff nach dem Seil und ließ den Haken an der Befestigungsöse des Behälters einrasten. Das Seil spannte sich, und der Behälter geriet in Bewegung. Langsam und schwankend hob er sich und schwebte aus dem Frachtraum. Patrik eilte zur Treppe und lief nach oben an Deck. Alle anderen, bis auf Konstantins, waren auf der Kommandobrücke, mit den Geiseln als Schutzschild.

Gerade schwenkte der Kran zu dem Minensuchboot der Marine hinüber, das den Namen *Pyhäranta* trug. In der Nähe warteten die beiden Raketenboote.

Patriks Blick heftete sich auf einen Mann im Overall, der vom Deck der *Pyhäranta* direkt zu ihm herüberschaute. Patrik wandte sich ab und trat zur Seite. Er wusste, dass er keine guten Karten haben würde, wenn es darum ging zu beweisen, dass er nicht gewusst hatte, worauf er sich einließ, als er das Segelboot bestieg.

Timo Nortamo stand im geliehenen Overall auf dem Deck des Minensuchboots und blickte auf die *Sigyn*. Einer der Entführer hatte ihn merkwürdig angesehen und war dann plötzlich verschwunden. Der Mann hatte wie ein Finne ausgesehen, aller Wahrscheinlichkeit nach war es Patrik Vasama gewesen.

Dieser Vasama faszinierte ihn. Es war außergewöhnlich, dass ein Finne an einer solchen Operation teilnahm, auch wenn die Vergangenheit des Mannes ins Bild passte.

Langsam senkte sich der Metallbehälter auf den Frachtbereich des Decks der *Pyhäranta* nieder. Es war ein massiver, unheilvoll wirkender Gegenstand. Ihn in Sicherheit zu bringen, wirkte erleichternd, auch wenn damit noch nicht viel gewonnen war.

Timo ging in die Kajüte, wo sich außer finnischen Marinesoldaten und einer Expertin des Zentrums für Strahlenschutz die Amerikaner Michaels und Kaminsky aufhielten. Gerade war auf dem Monitor eines Laptops das Bild der drahtlosen Kamera, die zwischen den Radarantennen installiert worden war, zu sehen. Es wurde gespeichert und dann wer weiß wohin weitervermittelt. Genau das störte Timo: Die Amerikaner handelten nach ihren eigenen Regeln. Das war an sich verständlich, weil die meisten Geiseln Amerikaner waren. Aber es war kein bisschen beruhigend.

»Die Ladung ist fixiert«, teilte eine Stimme auf Finnisch über Funk mit.

Kommodore Malmsten warf einen Blick auf die Beamtin der Strahlenschutzbehörde, die mit Aktentasche und Messgerät an Deck ging, um den Behälter zu untersuchen. Timo und Malmsten folgten ihr. Falls alles in Ordnung war, würden sie Russarö ansteuern. Von dort würden Timo und die Amerikaner mit dem Hubschrauber nach Helsinki zurückfliegen, wo sie rechtzeitig vor dem Einlaufen der *Sigyn* ankämen.

Malmsten richtete das Fernglas weit aufs Meer hinaus, vorbei an den beiden Raketenbooten der Rauma-Klasse. Timo blickte mit seinem Fernglas in dieselbe Richtung und zuckte zusammen: Am Horizont sah man die Silhouette eines Kriegsschiffs.

»Die Russen dürften von der Aktivisten-Aktion gegen die Gaspipeline letztlich am meisten profitieren, weil sie dadurch einen guten Grund haben, ihre Patrouillen zu verstärken«, sagte Timo.

Malmsten setzte mit finsterer Miene das Fernglas ab. Die psychologische Kriegsführung zwischen der NATO und Russland, die von der Situation in Estland ausgelöst worden war, spitzte sich immer mehr zu. Russland hatte in besorgniserregend starker Manier seine Autorität ins Spiel gebracht. Und auch Finnland bekam seinen Teil der zunehmenden Anspannung ab. Erste Verletzungen des Luftraums dürften nicht mehr lange auf sich warten lassen.

Brad Michaels kam an Deck und trat zu Timo.

»Die Frage lautet, wer die besseren Nerven hat«, sagte Michaels. »Sie wissen bestimmt, was die ›Operation Impressum‹ ist.«

Natürlich wusste Timo das. Impressum war ein Propagandaprogramm, das Moskau aufgestellt hatte in der Absicht, Estland und die anderen »Transitländer« des Baltikums unter dem Einflussbereich Russlands zu halten.

Das war Abschreckung über die Medien, und zugleich nahm man Einfluss auf die Stimmungslage, wobei man sich die Überzeugungen und die emotionale Situation des jeweiligen Ziellandes zunutze machte.

»Die Flottenbewegungen und Drohgebärden sind die zweite Phase von Impressum. Psychologische Kriegsführung. Aber man darf trotzdem nicht die Nerven verlieren.«

»Es ist allerdings auch gut zu wissen, wann man nachgeben soll«, sagte Timo.

Auf diesen Kommentar reagierte Michaels in keiner Weise. Die Beamtin des Strahlenschutzzentrums fuhr mit dem Geigerzähler über die Oberfläche des Behälters. Plötzlich hob sie die Hand und winkte Timo energisch zu sich.

Timo ging hin und sah auf die Stelle, die ihm die Frau zeigte. Dort war ein Loch im Metall, mit einem Durchmesser von etwa einem halben Zentimeter.

»Laut Geigerzähler tritt keine Strahlung aus«, sagte die Frau und schob langsam einen Kugelschreiber in das Loch. Er verschwand Zentimeter um Zentimeter, fast in seiner ganzen Länge, dann traf die Spitze auf ein Hindernis, und die Frau zog den Stift heraus.

»Ungefähr neun Zentimeter«, sagte sie. »In dem Bereich beginnt die Innenkonstruktion aus Spezialstahl, und da ist der Bohrer wahrscheinlich stecken geblieben. Von dem Loch in der Oberfläche geht keine Gefahr aus.«

Timo kehrte zu Michaels zurück und berichtete ihm von dem Bohrversuch.

»Gut, dass es beim Versuch geblieben ist«, sagte der. »Der Behälter ist in Sicherheit. Ich nehme an, dass unsere Gruppe nun unverzüglich die Erlaubnis erhält, nach Helsinki zu kommen.«

»Das ist eine Entscheidung, auf die ich keinen Einfluss habe«, sagte Timo.

Michaels schien seinen Ärger zu schlucken. »Timo, Sie wissen, dass ihr einfach nicht über die Kompetenz, die Erfahrung und die Ressourcen verfügt, um diese Situation in den Griff zu bekommen. Es geht hier um amerikanische Geiseln. Wir können ihr Leben nicht in die Hände anderer legen, sondern müssen selbst handeln.«

»Bereitmachen zum Ablegen«, befahl Malmsten laut.

Timo musterte Michaels nachdenklich, der auf seinem Mobilfunktelefon eine Nachricht nach irgendwohin schrieb.

48

Patrik, der am Rand der Geiselgruppe stand, beobachtete, was die Männer auf dem Deck des Minensuchboots rund um den Behälter taten.

»Was zögern die noch?«, brummte Herman.

»Sie überprüfen, ob der Behälter unberührt geblieben ist«, sagte Patrik. »Das Bohrloch sieht übel aus, sie müssen es bemerkt haben.«

Endlich legte das Minensuchboot langsam von der *Sigyn* ab. Herman nahm das Fernglas, ging auf die andere Seite der Kommandobrücke und sah aufs Meer hinaus.

»Habt ihr Angst, dass die Amerikaner erneut zuschlagen?«, fragte Patrik.

Herman führte seine Aussichtsrunde zu Ende, ohne ein Wort zu sagen. Dann setzte er das Fernglas langsam ab und ging auf die andere Seite der Brücke.

Patrik sah ihm hinterher, dann schaute er aufs Meer. Das Minensuchboot entfernte sich in Richtung Küste, begleitet von einem Raketenboot. Das zweite Raketenboot blieb an der vereinbarten Stelle unweit der *Sigyn*, bereit, das Schiff nach Helsinki zu begleiten.

Patrik fasste den Zimmermann-Zylinder ins Auge, der auf dem Kartentisch stand. Wie lange würde es dauern, bis die Beamten des Strahlenschutzzentrums oder ihre schwedischen Kollegen die Tiefe des durch die Hülle gebohrten Lochs im Behälter feststellten? Und was würde danach passieren?

Dominik und Herman machten sich ganz offenbar Sorgen. Es war die Angst vor etwas Unvorhergesehenem, die sie beschlich. Patrik hatte die Veränderung vor allem bei Dominik bemerkt, bald nachdem sie die zusätzliche Kapsel im Frachtraum entdeckt hatten. Als hätte er über die Bedeutung der Kapsel eine neue Erkenntnis gewonnen.

Da begriff Patrik, dass sie genau deswegen so schnell wie möglich das Meer verlassen mussten. Deshalb wollten sie die finnischen Kriegsschiffe hierhaben, und deswegen wollten sie ausgerechnet nach Helsinki.

Aber wie und wohin sollte es von Helsinki aus weitergehen? Patrik war sicher, dass diese Männer nicht aufgeben würden, um keinen Preis. Ob man das auch in Finnland kapierte?

Herman bemerkte, dass Jochem mit der Maschinenpistole in der Hand zur Gitterebene hinaufstieg. Er öffnete die Tür der Kommandobrücke und eilte dem Holländer entgegen.

»Du musst die Nerven behalten!«, fuhr er ihn an.

»Meine Nerven sind in Ordnung«, sagte Jochem. »Ich mag nur keine Überraschungen.«

»Dominik konnte von der zusätzlichen Kapsel nichts wissen. Niemand konnte das.«

Jochem schüttelte den Kopf. »Wir hatten einen guten Plan.«

»Den haben wir immer noch«, sagte Herman und sah Jochem fest in die Augen. »Verlass dich auf mich.«

Der Holländer richtete den Lauf der Maschinenpistole zum Himmel und ging mit skeptischem Kopfschütteln auf die Tür der Kommandobrücke zu.

Herman sah ihm hinterher. Keiner seiner Leute hatte auch nur die geringste Ahnung, was es für eine Katastrophe bedeutete, dass ein Teil der Geiseln freigekommen war. Keiner wusste, wie wichtig es war, die Geiseln am Leben zu halten … Aber er musste jetzt trotz allem die Fassung bewahren und zu retten versuchen, was zu retten war. Das bedeutete, dass er sich nicht den geringsten Fehler leisten konnte. Und ohne dass es seine Kameraden ahnten, würde er ihre Hilfe mehr als je zuvor benötigen – und zwar in einer Angelegenheit, die wichtiger war als alles andere.

Kristiina Mannerkoski, die eine der Abteilungsleiter der Strahlenschutzbehörde war, strich mit gleichmäßigen Bewegungen über die Oberfläche des Atommüllbehälters und richtete dabei den Blick auf die Anzeige des Geigerzählers.

Sie hatte den Behälter bereits einmal untersucht und außer dem Loch in der Oberfläche nichts Außergewöhnliches bemerkt, sich aber angesichts der Situation zu einer weiteren Überprüfung entschlossen.

Auf einmal beschleunigte sich das träge Knacksen des Geigerzählers etwas. Sie fuhr mit dem Gerät erneut über die Stelle und stellte fest, dass der Zeiger ein klein wenig ausschlug.

Mannerkoski richtete die Lampe auf die Metalloberfläche und ging dicht mit dem Gesicht heran. Sie konnte eine runde Stelle von wenigen Millimetern Durchmesser erkennen, deren Färbung sich ganz leicht von der Umgebung abhob. Mit Hilfe eines Metalldorns untersuchte sie die Stelle genauer. Das war eine Ausbesserung oder ein Pfropf. Sorgfältig und professionell kaschiert.

Sie stand auf und ging zum Kommandanten des Schiffes. Bei Malmsten stand der Polizist, der sich als Timo Nortamo vorgestellt hatte.

»Es kann sein, dass sie bis ins Innere des Behälters gebohrt haben.«

Die Männer sahen sie an, als wollten sie nicht glauben, was sie gehört hatten.

»Wir brauchen bestimmte Geräte, um das sicher festzustellen.«

»Was braucht man dafür?«, fragte Nortamo, ohne zu zögern.

»Ein Röntgengerät ist zu schwierig zu transportieren«, überlegte Mannerkoski. »Eine Ultraschallanlage reicht.«

»Von wo bekommen wir am schnellsten eine nach Russarö?«

»Von Helsinki.«

»Kümmern Sie sich darum.«

Die Räder des stromlinienförmigen Learjets setzten sanft auf der von farbigen Lichtreihen gesäumten Landebahn in Helsinki-Vantaa auf. Die Gulfstream rollte zum Geschäftsflugterminal und hielt davor an.

Während sich die Tür öffnete und die Treppe ausgefahren wurde, näherten sich drei schwarze Vans der Maschine. Die Nummernschilder verrieten, dass die Autos zur amerikanischen Botschaft gehörten.

Aus der Gulfstream stiegen Männer in Jeans und Lederjacken, die in beiden Händen große, offenbar schwere schwarze Taschen trugen. Die Vans hielten vor der Treppe an, und Männer in schwarzen Anzügen stiegen aus, um die Türen zum Fond zu öffnen.

Entschlossen und ohne sich umzublicken, luden die Männer ihre Taschen in den Kofferraum und setzten sich in die Autos. Die Motoren sprangen an, und sofort ging es dem nächtlichen Helsinki entgegen.

Von der Kommandobrücke des Minensuchbootes *Pyhäranta* aus war das alte Leuchtturmgebäude zu sehen. Das Boot lag am Ufer von Russarö. Inzwischen hatte ein Helikopter ein Ultraschallgerät auf die Insel gebracht, wie man es zum Beispiel bei der Überprüfung von Schweißnähten benutzte.

Von schlimmen Vorahnungen erfüllt, sah Timo, dass die Strahlenschutzexpertin Mannerkoski auf den Monitor mit der Ultraschallaufnahme deutete.

»Hier, sehen Sie?« Sie wies mit dem Kugelschreiber auf eine Stelle, wo Timo eine schwarze Linie erkennen konnte. Sie führte bis ins Innere des Behälters.

»Hier sind sie durchgekommen. Und es sieht so aus, als fehlte an der Stelle etwas Masse.«

»Was bedeutet das?«, fragte Timo, obwohl er nur zu gut wusste, was passiert war.

»Ich vermute, dass dem Behälter eine geringe Menge radioaktiver Müll entnommen worden ist.«

»Wie ist die Lage?«, fragte Brad Michaels in ihrem Rücken auf Englisch.

»Sie haben radioaktives Material in ihrem Besitz«, sagte Timo.

»Wir haben also einen Grund mehr, um zu intervenieren.«

»Über die Maßnahmen wird später entschieden. Jetzt müssen zuerst Experten die Risiken einschätzen.«

Timo ging hinter Michaels die Treppe hinunter zum Deck des Schiffes. Von dort aus betraten sie den betonierten Anlegekai und eilten zu dem Hubschrauber, der auf sie wartete.

Als der Helikopter zum Himmel aufstieg, zeichnete sich der Leuchtturm auf dem Felsen vor dem Meer ab.

49

Sandrine saß an die Wand gelehnt auf dem Fußboden der Kommandobrücke und dachte über Patriks Worte nach: Die Retter sind Killer.

Die Lage hatte sich komplett gewandelt. Börjesson, ihr einziger Zeuge, war umgebracht worden. Wer würde ihnen jetzt noch glauben? Sie waren auf sich allein gestellt.

Sie sah zu Patrik auf der anderen Seite der Brücke hinüber, und ihr wurde bewusst, wie grotesk die Situation war: Patrik war der perfekte Terrorist. Ein Söldner mit Spezialkenntnissen in Kernenergietechnik. Ihn würde man als Ersten töten, ohne dass es von irgendjemandem infrage gestellt würde.

Und von Sandrine würde es heißen, sie sei die wahre Anführerin des Anschlags auf die Bilderberg-Konferenz gewesen, sie habe zusammen mit ihrem Freund Patrik in Afrika den Plan ausgeheckt.

Sie fuhr aus ihren Gedanken hoch, als sie merkte, dass der Kongressabgeordnete Cohen, der zu den Gefangenen aus der Kabine gehörte, unablässig Pearson anstarrte, den Anführer der Meuterei. Cohens Blick wirkte anklagend. Hatte Pearson einen Teil der Männer in der Kabine zurückgelassen, oder war man dort über den Sinn des Fluchtversuchs anderer Meinung gewesen? Es war Ironie des Schicksals, dass die Intervention der amerikanischen Sondereinheit ohne den Fluchtversuch der Geiseln vielleicht sogar geglückt wäre.

Sandrine registrierte, dass Pearson langsam die Augen auf Franz Schröder richtete, den deutschen Chefredakteur, der ausgesprochen unbeugsam wirkte. Dann warf er einen raschen Blick auf die Waffe des in der Nähe stehenden Jochem. War das ein Zeichen?

Plötzlich machte Jochem einen Schritt zurück und richtete die Waffe auf Schröder und Pearson. »Denkt erst gar nicht daran«, sagte er.

Patrik schaute auf die Geiseln, die von Jochem bedroht wurden. Sandrine saß unter dem Fenster auf dem Fußboden und wirkte wachsam. Ihre Blicke trafen sich, aber Patrik wandte sich ab. Sie mussten behutsam vorgehen. Er hoffte, dass Pearson keine verzweifelten Pläne schmiedete, denn jeder Versuch wäre in dieser Situation und bei dieser Bewaffnung zum Scheitern verurteilt.

»Ich will nicht ständig dieselbe Platte auflegen, aber wir brauchen einen Lotsen, um nach Helsinki zu kommen«, sagte der am Steuermodul stehende Kapitän.

»Du schaffst das auch alleine«, erwiderte Dominik.

»Der Kapitän weiß, wovon er spricht«, fuhr Herman ihn an. »Das Letzte, was wir wollen, ist auf eine Untiefe aufzulaufen. Nimm Verbindung mit Helsinki auf!«

Wieder einmal stellte Patrik fest, dass Herman wesentlich rationaler veranlagt war als Dominik.

Widerstrebend nahm Dominik das Telefon und teilte dem Mann, mit dem sie schon vorher Kontakt gehabt hatten, mit, dass sie einen Lotsen benötigten.

»*Ihr braucht keinen Lotsen, weil ihr nicht nach Helsinki kommt*«, hörte man den finnischen Polizisten aus dem Lautsprecher sagen. Im Hintergrund ertönten Fahrzeuggeräusche und in der Ferne das Rattern eines Hubschraubers.

Die Männer auf der Kommandobrücke sahen sich überrascht an.

Dominik kam als Erster wieder zu sich: »Was …«

»*Sie wissen, wovon ich rede. Sie haben radioaktiven Müll bei sich, der aus dem Behälter stammt. Damit lassen wir Sie nicht nach Helsinki.*«

In Dominiks Gesicht stieg Zornesröte auf. Patrik versuchte, ruhig zu atmen.

»Wenn das euer Standpunkt ist, beginnen wir mit der Hinrichtung der Geiseln«, konterte Dominik. »Eine pro Stunde.«

Außer sich vor Wut unterbrach er die Verbindung.

Herman streckte die Hand nach dem Telefon aus. »Gib es mir, wir müssen verhandeln.«

»Worte wirken bei denen nicht, nur harte Maßnahmen. Wir müssen ihnen zeigen, dass wir es ernst meinen.«

»Stimmt. Aber wir können es uns nicht leisten, auch nur eine Geisel zu töten.«

»Wieso denn nicht?«, fragte Dominik aufgebracht. »Was fangen wir mit den Geiseln an, wenn wir unsere Drohungen nicht wahr machen können?«

Herman antwortete nicht, und einen Moment lang starrten sich die beiden Männer schweigend an.

Timo stand neben Åsa im Lift auf dem Weg in den zweiten Stock des Hauptquartiers der finnischen Zentralkripo, wo sich die Bereitschaftszentrale befand. Er war mit dem Hubschrauber gekommen, hatte einen Anruf der Geiselnehmer entgegengenommen und ihnen den negativen Bescheid über eine Hafeneinfahrt in Helsinki übermittelt. Die Entscheidung war im operativen Bereitschaftsteam getroffen worden, und dass es so schwierig gewesen war, zu dem Entschluss zu kommen, hatte gezeigt, wie sehr sich die Meinungsunterschiede innerhalb der Lageführung von Stunde zu Stunde vertieften.

»Alles steuert auf ein Chaos zu«, sagte Timo und sah

im Aufzugspiegel sein blasses, todmüdes Gesicht, in dem dunkle Bartstoppeln wuchsen. Der Unterschied zu der neben ihm stehenden gepflegten und energischen Åsa war frappierend.

»Die Entführer befinden sich jetzt in einer Situation, in der sie nicht mehr zurückkönnen«, sagte sie. »Sie werden anfangen, Geiseln zu töten. Die Zeit läuft davon.«

»Was sagst du dazu, dass sie zumindest eine kleine Menge Material aus dem Behälter entnommen haben?«

»Wie gesagt, ich glaube nicht, dass es Terroristen sind. Das Material ist ihre Sicherheitsgarantie. Eventuell auch Handelsware.«

Die Aufzugtür ging auf.

»Ich habe übrigens neue Informationen über Herman McQuinn«, sagte Åsa. »Sehr interessante ...«

»Lass uns gleich darauf zurückkommen. Zuerst müssen wir wieder einen Verhandlungskontakt herstellen.«

Sie betraten den Lageraum der Bereitschaftszentrale, wo ein Dutzend Experten des Innenministeriums, der Polizei und der Streitkräfte die nun völlig veränderte Lage vor Seekarten und Monitoren beurteilten.

Timo tauschte sich kurz mit ihnen aus und stellte fest, dass er leider recht hatte: Der Krisenstab geriet immer mehr in die Blockade, weil jeder seine eigenen Ansichten verteidigte.

Die Tür ging auf, und Brad Michaels kam in Begleitung eines Mannes namens Metsälä herein, er war der Chef des Sondereinsatzkommandos der finnischen Polizei. Die Gruppe trug den Namen »SEK Bär«.

»Ihr spielt mit dem Leben der Geiseln«, sagte Michaels. »Der Botschafter der Vereinigten Staaten und ich, wir wollen so rasch wie möglich mit eurem Ministerpräsidenten sprechen.«

Timo wurde unsicher. Ließ man das radioaktive Material nach Helsinki kommen, bedeutete das ein konkretes und reales Sicherheitsrisiko für die Zivilbevölkerung. Es konnte etwas Überraschendes passieren, ganz gleich, welche Absicht die Entführer hatten.

»Ich rufe auf dem Schiff an und versuche weiterzuverhandeln«, sagte er. Der Techniker, der den Nachrichtenverkehr aufzeichnete, nickte und drückte eine Taste auf seinem Laptop.

Das Telefon in Dominiks Hand klingelte. Er warf einen kurzen Blick auf Herman und meldete sich.

»*Verhandeln wir weiter*«, sagte der finnische Polizist am anderen Ende der Leitung. »*Wenn Sie den Geiseln etwas antun, erreichen Sie damit überhaupt nichts.*«

»Doch. Damit erreichen wir, dass wir in Helsinki einlaufen dürfen. Sollen wir es ausprobieren?«

»*Sie haben dem Behälter radioaktives Material entnommen, das sich noch auf dem Schiff befindet. Geben Sie uns zuerst dieses Material …*«

»Ihr habt zwanzig Minuten Zeit, uns die ungehinderte Zufahrt zum Olympia-Kai im Helsinkier Südhafen zu gestatten. Danach töten wir die erste Geisel.«

Dominik legte auf. Herman sah ihn besorgt an.

»Langsam wird es eng«, sagte er.

»Dir muss doch von Anfang an klar gewesen sein, dass wir, realistisch betrachtet, in eine Situation kommen können, in der wir die eine oder andere Geisel opfern müssen. Oder etwa nicht? Wir müssen nach Helsinki. Das Ganze darf sich nicht weiter in die Länge ziehen.«

Dominik richtete den Blick auf die Geiseln, die auf dem Fußboden saßen und lagen, und sagte laut: »Pearson. Komm her!«

»Sie meinen es ernst«, flüsterte Sandrine.

Schockiert verfolgte Patrik das Geschehen. Begriff man

in Helsinki nicht, was hier los war? Er schäumte innerlich vor Wut und Frustration.

Noch blasser und gebückter als zuvor gehorchte Pearson dem Befehl, und einer von Hermans Männern führte ihn nach draußen.

Patrik ließ sich seine eigene Lage durch den Kopf gehen: Er hatte an der Aktion gegen die Gaspipeline teilgenommen, er war in Oskarshamn auf der *Sigyn* gewesen, er war mit den Entführern zusammen freiwillig an Bord gegangen. Er war bereits verurteilt. Er hatte nichts mehr zu verlieren.

Er stand auf und bemerkte Sandrines ängstlichen Blick.

»Bleib auf deinem Platz!«, schnauzte Jörg, der weiterhin sein grünes Barett trug, und richtete die Waffe auf Patrik.

»Lasst mich mit den Finnen reden«, sagte Patrik. »Ich sorge dafür, dass wir nach Helsinki kommen.«

»Maul halten und hinsetzen!«, sagte Dominik gefährlich ruhig.

Patrik blieb stehen. »Die Finnen haben Angst vor einem radioaktiven Terroranschlag«, sagte er. »Sie haben allen Grund, besorgt zu sein und uns auf Distanz zu halten. Man muss ihnen begreiflich machen, dass wir keine unberechenbaren Terroristen sind …«

»Ich hab doch gesagt, du sollst das Maul halten …«

»Lass ihn reden«, fiel Herman unwirsch Dominik ins Wort und sah Patrik auffordernd an. »Warum meinst du, dass sie dir glauben?«

»Ich habe früher in Finnland für eine Firma gearbeitet, die Endlagerungsmöglichkeiten von Atommüll untersucht …«

»Wir kennen deine Vergangenheit«, unterbrach ihn Dominik.

»Ihr wisst nicht alles. Niemand weiß das. Wenn ich alles

erzähle, wird man uns glauben. Ich habe bereits gesagt, ich werde dafür sorgen, dass wir nach Helsinki kommen.«

»Rede!«, sagte Herman.

»Wir haben an einem Ort namens Olkiluoto an der finnischen Westküste die Beschaffenheit des Felsengrundes untersucht. Dabei gab es zwei Schüsselfragen. Zum einen die, wie tief die Müllbehälter eingelagert werden müssen, damit sie – neben allen anderen Risiken – nicht bei der nächsten Eiszeit vom Permafrost ramponiert werden. Und zum anderen die, wie die Behälter konstruiert sein müssen, damit sie hunderttausend Jahre unversehrt bleiben. Ich untersuchte das Eindringen von Permafrost in den Felsengrund und kam auf die gleiche Tiefe, die man auch in Kanada für richtig hielt: Siebenhundertfünfzig Meter. Diese Auffassung fand nicht die Zustimmung meiner Vorgesetzten und Kollegen, aber ich wusste, dass ich recht hatte.«

Dominik machte eine wütende Handbewegung. »Toll! Und was hat dieser Schwachsinn mit …«

»Halt die Fresse und lerne endlich mal zuzuhören!«, schrie Herman ihn an. »Wir sind in einer Lage, in der alle Mittel in Betracht gezogen werden müssen.«

Patrik blickte zur Seite und sah, dass Sandrine aufmerksam zuhörte.

»Der Druck, die Schächte für den Müll in möglichst geringer Tiefe zu bohren, um die Kosten niedriger zu halten, war hoch, aber ich blieb trotzdem bei meiner Position«, fuhr Patrik fort. Er versuchte möglichst schnell und deutlich zu sprechen. »Es ging hin und her, und schließlich wurde eine groß angelegte Simulation durchgeführt. Bei den ersten Computerdurchläufen stellte ich fest, dass die Permafrosttiefe weniger als zweihundert Meter betragen sollte. Das war ein fehlerhafter Wert, der von ungenauen Daten für die Simulation herrühren musste. Der Simulation aber sollte die entscheidende Bedeutung bei der Entscheidungsfindung zukommen …«

Patrik holte Luft. Davon hatte er noch niemandem erzählt, nicht einmal Beate, und das Reden darüber fiel ihm schwer. »Ich war besorgt, denn ich wusste, dass ich recht hatte. Nach langem Nachdenken beging ich dann eine Dummheit, die ich seit jenem Tag bereue: Mit einer Tastenkombination änderte ich verschiedene Zahlenreihen so, dass als Endergebnis für die Permafrosttiefe mehr als fünfhundert Meter herauskam. Auch das reichte noch nicht aus, aber es war wenigstens etwas dichter an den siebenhundertfünfzig Metern.«

Patrik merkte, dass die Männer nun interessierter zuhörten. Sein Plan war simpel: Eine unberechenbare Gruppe, die ihre Absichten nicht preisgab, würden die finnischen Behörden nicht nach Helsinki lassen, aber Patrik vertrat glaubhafte und akzeptable Ziele.

50

Als er sah, dass der Anruf von der *Sigyn* kam, rechnete Timo damit, wieder die Stimme mit dem deutschen Akzent zu hören, aber nun kam eine andere Stimme aus dem Lautsprecher.

»*My name is Patrik Vasama* …«

Timo und Åsa sahen sich an. Was bedeutete das jetzt?

»*Hier sind unsere Forderungen*«, fuhr Vasama auf Englisch fort. »*Erstens: Ich will mit Jorma Laine, einem Abteilungsleiter des Strahlenschutzzentrums sprechen. Zweitens: Ich verlange um 6.00 Uhr eine Live-Verbindung zum Sendenetz des Finnischen Rundfunks. Meine Botschaft muss danach jeweils zur vollen Stunde ausgestrahlt werden. Wenn diese Forderungen erfüllt sind, übergeben wir in Helsinki den aus dem Behälter entnommenen radioaktiven Müll. Er wird hundertprozentig sicher in einem 30-Milliliter-Zimmermann-Zylinder der Kategorie PG3 aufbewahrt.*«

Vasama unterbrach die Verbindung. Timo hatte ihn überrascht und auch mit einer gewissen Erleichterung zugehört. Das waren immerhin rationale, konkrete Forderungen, die zu Vasamas Profil passten.

»Sucht die Adresse dieses Jorma Laine heraus, ich fahre sofort zu ihm«, sagte Timo zu den Mitarbeitern der Bereitschaftszentrale.

»Ich komme mit, wir reden im Auto«, sagte Åsa und fuhr fort: »Wie gesagt, ich habe Informationen über McQuinn.

Kein Wunder, dass die Amis auf glühenden Kohlen sitzen. McQuinn war Leutnant der amerikanischen Sondereinheiten in Afghanistan. Man glaubte, er habe eine äußerst vielversprechende militärische Laufbahn vor sich. Dann passierte etwas.«

Ein Polizist stand von seinem Computer auf und reichte Timo und Åsa einen Zettel. »Laine, Jorma, Diplom-Ingenieur, Strahlenschutzzentrum. Porttiniityntie, Espoo.«

Timo nahm den Adresszettel an sich.

»Der silberne Passat rechts neben dem Haupteingang«, sagte der Polizist und reichte Timo den Schlüssel.

Timo bedankte sich und ging mit Åsa zum Lift.

»Herman McQuinns amerikanische Freundin ist 2004 auf dem Flughafen Kabul wegen versuchten Drogenschmuggels festgenommen worden. Diese Frau namens Jennifer Bean war Offizier der US-Luftwaffe. Die beiden haben einen Sohn, etwa zehn Jahre alt.«

Timo hörte interessiert zu, während der Lift abwärtsfuhr.

»Jennifer arbeitete bei der Wartung der Frachtmaschinen auf dem amerikanischen Stützpunkt Bagram in Südostafghanistan. Das ist die offizielle Version, in Wirklichkeit war sie Beamtin der CIA, jedenfalls laut meiner Kontaktperson. Auf jeden Fall flog Jennifer mit einer C-17-Transportmaschine nach Deutschland. Die Maschine machte in Kabul eine Zwischenlandung, um weitere Fracht aufzunehmen. Jennifer wiederum hatte den Auftrag, beim Stab der NATO in Kabul Dokumente abzuholen. Offenbar holte sie dabei noch etwas anderes. Am Flughafen geriet sie nämlich in eine überraschende Kontrolle der afghanischen Polizei, die dreihundertvierzig Gramm reines Heroin bei ihr fand.«

Timo trat aus dem Lift und ging in Richtung Ausgang. Åsa konnte ihm nur im Laufschritt folgen.

»Jennifer starb zwei Wochen später im Untersuchungsgefängnis von Kabul.«

»Seltsam«, sagte Timo, stieß die Tür auf und ließ Åsa den Vortritt. »Normalerweise berichten die Medien ausführlich darüber, wenn Frauen in Asien Schwierigkeiten wegen Drogen bekommen.«

»Über Jennifers Fall wurde geschwiegen, und das ist kein Wunder. Wie man weiß, ist die afghanische Heroinproduktion explosionsartig angestiegen, seitdem die amerikanischen Truppen im Land sind.«

Per Knopfdruck am Schlüssel öffnete Timo die Zentralverriegelung des silbernen Passat. Für einen kurzen Moment blieb er stehen, um frische Luft einzuatmen. Die Sommernacht war bewölkt und schwül, ein Gewitter kündigte sich an.

»In Afghanistan gibt es zigtausend amerikanische Soldaten, aber sie unternehmen nichts, um die Opiumfelder zu vernichten. Warum?«, sagte Åsa, nachdem sie auf dem Beifahrersitz Platz genommen hatte. »Weil ein Teil des Gewinns aus diesem riesigen Geschäft an die CIA geht. Damit werden dubiose Projekte finanziert, für die der Geheimdienst keine legalen Mittel vom Kongress bekommt.«

»Diesen Unsinn habe ich schon einmal gehört, ich kann das nicht glauben.«

»Meinen Quellen zufolge ist es tatsächlich so. Und vielen Personen, die im Dienst der CIA und der Armee stehen, bietet sich nebenbei die Gelegenheit, große Gewinne zu machen. Auch an Bord der C-17-Transportmaschine, mit der Jennifer nach Deutschland fliegen sollte, befanden sich anscheinend Drogen.«

Timo warf Åsa einen kurzen Blick zu. Er erkundigte sich gar nicht erst nach ihren Quellen, aber er wusste, dass sie über erstklassige Kontakte verfügte. Der Wahrheit entsprach zumindest, dass eine deutsche Firma, die für den Wäsche- und Abfalldienst der NATO-ISAF-Truppen zuständig war, Drogen aus Afghanistan geschmuggelt hatte. Ein ehemaliger amerikanischer Generalleutnant, der in der Logistikeinheit LOGCAP gearbeitet hatte, war in die Leitung der Firma aufgestiegen. Die Untersuchung des Vorfalls hatte verschwindend wenig Platz in den US-Medien bekommen. Das Militärflugnetz der Amerikaner umspannte weit größere Gebiete als dasjenige vieler internationaler Fluggesellschaften, und niemand kontrollierte die Flüge. Man konnte alles überall hinschmuggeln.

»Meinen Kontakten zufolge hatte Jennifer geplant, in Deutschland die Drogenflüge der CIA zu verraten«, sagte Åsa. »Sie wollte nicht mehr mitmachen, weshalb die Amerikaner mit einer Inszenierung dafür sorgten, dass sie als Schuldige dastand. Und wie es scheint, versuchten sie im Gefängnis in Kabul durch Folter herauszufinden, was sie bereits wem erzählt hatte. Die Frau hat sich schließlich umgebracht.«

»Und Herman?«

»Herman wusste offenbar von den Drogengeldern, die an die CIA gingen. Aber die Amerikaner waren sich wohl nicht sicher, ob Herman in die Schmuggel- und Enthüllungspläne seiner Freundin eingeweiht war. Sie konnten keine zu offensichtlichen Nachforschungen anstellen, weshalb sie Herman von den Vorwürfen ausnahmen. Wohl auch wegen dem Ansehen der Armee, natürlich, aber vielleicht war es auch der Preis für Hermans Schweigen. Vielleicht redete man ihm ein, die Amerikaner würden Jennifer aus der Haft befreien.«

Diese Informationen rückten Herman für Timo in ein anderes Licht.

»Nach dem Tod seiner Freundin verschwand Herman jedenfalls«, sagte Åsa. »Sein damals dreijähriger Sohn flog von den Vereinigten Staaten nach Karatschi in Pakistan. Gerüchten zufolge hat Herman dann als Söldner im Dienst von Drogenclans in Afghanistan und Pakistan gestanden. Er war auch anderswo in Asien sowie in Afrika tätig, zuletzt im Kongo. Anscheinend versammelte er um sich eine starke Truppe von Fremdenlegionären. Und wahrscheinlich kennt er seine Komplizen auf der *Sigyn* von jener Zeit her.«

»Auch Patrik Vasama?«

»Zumindest ist Vasama im Kongo gewesen.«

Zwanzig Minuten später klingelte Timo an der Tür eines Reihenhauses in Espoo-Mankkaa. Åsa war im Wagen geblieben, um ein paar dringende Telefonate zu erledigen.

»Wer ist da?«, fragte eine Männerstimme hinter der Tür.

»Polizei.«

Die Tür ging auf. Vor Timo stand ein etwa fünfzig Jahre alter Mann in Hemd und Anzughose. Er hatte eindeutig nicht geschlafen.

Timo zeigte seine Dienstmarke. »Sind Sie Jorma Laine, Abteilungsleiter im Strahlenschutzzentrum?«

»Ja.«

»Wir haben Sie telefonisch nicht erreicht.«

»Ich schalte das Telefon nachts aus. Worum geht es?«

»Sie schalten das Telefon aus, obwohl Sie wissen, was gerade im Finnischen Meerbusen los ist?«

»Wir haben bei unserer Behörde einen Bereitschaftsdienst. Aber kommen Sie herein.«

Timo trat in den Flur. »Wir haben mit dem Strahlenschutzzentrum Kontakt aufgenommen, weil aus dem Behälter auf der *Sigyn* eine kleine Menge Atommüll entnommen und in einen Zylinder gefüllt worden ist. Die Entführer sind bereit, uns den Zylinder zu übergeben, wenn wir ihre Forderungen erfüllen. Aber das SSZ ist trotzdem dagegen, das Schiff in den Hafen zu lassen.«

»Das wäre mit großen Risiken verbunden.«

»Mit welchen Risiken? Ist ein Zimmermann-Zylinder nicht sicher?«

Timo reichte Laine ein Papier. »Hier sind die Angaben.«

Laine nahm das Blatt entgegen. »Moment, ich hole meine Brille.«

Timo bemerkte auf dem Tisch im Flur einen Autoschlüssel und ein Handy – das eingeschaltet war.

Laine kam mit dem Blatt zurück. »Diese Angaben reichen nicht aus. Man darf den Zylinder nicht in den Hafen lassen.«

»Eigenartig. Das Gleiche haben sie beim SSZ gesagt, aber wir haben auch bei Strahlenschutzexperten in den USA, in Schweden und in Großbritannien nachgefragt, und die sagen, Dichtigkeit, Undurchdringlichkeit und Stabilität des Zylinders garantierten die nötige Sicherheit.«

Laine erwiderte nichts.

»Auf dem Schiff befindet sich ein Finne«, sagte Timo. »Er heißt Patrik Vasama.«

Laine blieb stumm. Sein steifes, ausweichendes Benehmen verärgerte Timo zunehmend – aber es weckte auch sein Interesse.

»Sie kennen ihn, nicht wahr?«

»Eine Person dieses Namens hat einmal unter mir gearbeitet, wenn ich mich recht erinnere.«

Timo nickte. »Aber das war, bevor Sie zum Strahlenschutzzentrum gewechselt sind. Damals standen Sie noch im Dienst von Posiva.«

»Stimmt.«

»Eine von Vasamas Forderungen lautet, dass er mit Ihnen sprechen will. Wissen Sie, warum er das verlangt?«

»Ich habe keine Ahnung.«

»Kommen Sie mit mir!«

»Sie haben doch nicht etwa vor, auf seine Forderungen einzugehen?«

Timo musterte den Mann forschend. »Doch. Und Sie werden es auch tun.«

51

Auf einem Betonpfeiler der unteren Ebene des Olympia-Kais im Südhafen von Helsinki erschien der rote Punkt eines Lasers.

»Acht dreiundsechzig«, sagte der Amerikaner mit Blick auf die Digitalanzeige und ging mit dem Entfernungsmesser zurück in die Lagerhalle des Terminals. Sein Kollege trug den gemessenen Wert mit Bleistift in den Grundriss ein.

Die ruhig und durchtrainiert wirkenden Männer der US-Marine-Sondereinheit SEAL trafen in der Halle ihre Vorbereitungen. Sie zogen feuerfeste Nomex-Overalls an, Trekking-Schuhe mit niedrigem Schaft und Kampfwesten, in deren flexible Taschen sie Blendgranaten, die kurzzeitig das Hör- und Sehvermögen ausschalteten, steckten. Einige Männer überprüften ihre Bewaffnung: die Sonderanfertigungen von Sturm- und Präzisionsgewehren, die Maschinenpistolen und Pistolen. Auf Tischen lagen kugelsichere Westen, Pilotenhandschuhe, feuerfeste Hauben und Atemschutzmasken.

»Wahrscheinlich wird McQuinn die Geiseln im Frachtraum des Schiffes in einen Bus umladen. Auf diesen Fall stellen wir uns ein«, hallten die Worte des zweiten Mannes der Gruppe zwischen Betonboden und -decke der kühlen Halle wider.

Der Sergeant, der die Messung vorgenommen hatte, notierte den Wert auf einem riesigen Flip-Chart, wo auf den Zoll genau die Gebäude und die Entfernungen im Hafengelände aufgezeichnet waren. Neben Pfeilen waren Kreise mit Sekundenwerten zu sehen. Das eigene Leben oder das eines Kollegen oder einer Geisel konnte in einer Zugriffssituation von Sekundenbruchteilen abhängen. Jeder Mann hatte auf dem Flip-Chart sein eigenes Symbol und seine eigene Route.

Diesmal waren die Geiseln extrem wertvoll. Ein einziger Fehlschuss konnte katastrophale Folgen haben. Die Geiseln von den Gegnern zu unterscheiden war inmitten des Chaos immer eine Herausforderung, und diesmal war sie besonders groß. Dennoch musste es unbedingt gelingen.

»Macht euch auf Überraschungen gefasst«, sagte Tim Rockwell, der erste Mann der Gruppe. »McQuinn ist unberechenbar und gerissen.«

Es fiel ihm schwer, den Namen McQuinn laut auszusprechen, denn er erinnerte ihn an einen Schandfleck in der Geschichte von SEAL. Es war trotzdem eine Tatsache, dass Herman ein Elitesoldat gewesen war. Und darauf musste er hinweisen.

Rockwell wandte sich an seine Leute. »Uns stehen Männer gegenüber, die eine Militärausbildung der Spitzenklasse erhalten und ihre Fähigkeiten in realen Gefechtssituationen unter Beweis gestellt haben. Denkt daran. Sie zu unterschätzen ist der schlimmste Fehler, den ihr machen könnt.«

Rockwell ließ unerwähnt, dass er sich während der laufenden Operation selbst bereits dieses Fehlers schuldig gemacht hatte. Er hatte den Zeugen von Börjessons Exekution auf dem Schiff entkommen lassen.

Das würde sich in Helsinki nicht wiederholen. Er würde auf keinen Fall wegen eines Finnen vor das Kriegsgericht treten.

»Sie werden sich nicht ergeben, zögert also nicht. Eliminiert jeden Entführer, wenn ihr die Gelegenheit dazu habt«, sagte Rockwell mit Nachdruck.

»Warum hat sich McQuinn in Afghanistan abgeseilt?«, wollte einer der Männer wissen.

»Er war ein Verräter. Er ist abgehauen, weil er nur hinter Geld her war.«

Die schwere Metalltür glitt langsam und geräuschvoll zur Seite. Vor dem Licht des bewölkten Morgens zeichnete sich eine dunkle Gestalt ab.

»Es ist höchste Zeit, den Plan durchzugehen«, sagte der Mann mit tiefer Stimme. Rockwell erkannte den Chef des finnischen Sondereinsatzkommandos an der Stimme.

Timo reichte Jorma Laine den Telefonhörer. Er war müde und gereizt, hatte keine Minute Schlaf gehabt, und Laine benahm sich halsstarrig.

»Ich habe den Lautsprecher eingeschaltet, wir wollen auch hören, was Vasama sagt.«

Laine wirkte überrascht. »Ich möchte allein mit ihm sprechen.«

Timo sah ihn scharf an. »Warum?«

»Ich glaube, Vasama will mit mir persönlich reden.«

»Haben Sie denn etwas Persönliches zu besprechen? Gerade konnten Sie sich kaum an ihn erinnern.«

»Natürlich nicht …«

»Gut, denn wir hören das Gespräch auf jeden Fall mit, und es wird selbstverständlich aufgezeichnet.«

Laine nickte, aber sichtlich verunsichert.

»Sprechen Sie in aller Ruhe so lange wie möglich«, sagte Timo. »Wir analysieren seine Verfassung und seine taktischen Absichten. Je mehr er redet, desto besser.«

Laine nickte erneut, und Timo stellte die Verbindung her. Es läutete mehrere Male.

»*Hallo.*« Vasamas Stimme klang angespannt.

»Hier ist Jorma Laine …«

»*Gut. Übergib das PFS4-Datenmaterial den Behörden. Ich will innerhalb von drei Stunden die Ergebnisse der Überkreuzdurchläufe zu den Felsgrundfaktoren*«, sagte Vasama und legte auf.

Timo sah Laine verdutzt an, als dieser zögernd den Hörer zurückgab.

Timos Verblüffung wich jedoch sofort gespannter Aufmerksamkeit. »Und jetzt die Erklärung«, forderte er, Laine fixierend.

»Vasama bezieht sich auf alte Computersimulationen, die bei der Endlagerplanung für Atommüll gemacht wurden.«

»Und was will er damit?«

»Das müssen Sie ihn fragen.«

»Nein. Ich frage Sie, und Sie erklären mir detailliert, wovon Vasama spricht.«

Laines Hals färbte sich rot. »Er meint eine Simulation namens PFS, Permafrost Simulation, bei der geklärt wurde, bis in welche Tiefe sich der Permafrost während der nächsten Eiszeit erstrecken wird.«

»Und?«

»Vasama hat die Daten manipuliert, um ein Resultat zu bekommen, das sich mit seinen Forschungen deckte. Das war sehr unethisch. Ich war sein Vorgesetzter und musste ihm kündigen.«

»Warum will er noch immer in der Angelegenheit herumstochern? Weshalb will er das Material von den Computerdurchläufen?«

Es hatte den Anschein, als überlegte Laine fieberhaft, was er sagen sollte, aber er schwieg.

»Wir werden das Thema gründlich durchleuchten«, sagte Timo. »Nichts wird unangetastet bleiben. Entweder Sie erzählen jetzt alles freiwillig, oder wir klären es auf andere Weise.«

Laine blieb noch eine Weile stumm, dann räusperte er sich und sagte nervös: »Ich will mit ein paar Leuten reden.«

»Mit wem?«

»Mit meinen damaligen Vorgesetzten.«

»Wir haben jetzt wirklich keine Zeit für Massenkundgebungen. Wo befindet sich das Datenmaterial, von dem Vasama gesprochen hat?«

»Das weiß ich nicht.«

Timo kam so dicht an Laine heran, dass sich ihre Nasenspitzen fast berührten.

»Erzählen Sie mir keinen Scheißdreck«, flüsterte er. »Dafür geht es im Moment um zu große Dinge. Wir haben keine Zeit für Sperenzchen.«

Laine wich keinen Zentimeter zurück, sondern erwiderte den Blick. »Große Dinge?«

Timo verbarg seine Überraschung über Laines plötzliche Dickhäutigkeit. Allmählich begriff er, welcher Dimension die Probleme in Vasamas Vergangenheit womöglich waren.

»Sie arbeiten doch in Brüssel«, sagte Laine. »Auch unsere Tätigkeit wurde dort verfolgt … Glauben Sie, dass nur finnischer Atommüll nach Olkiluoto kommen soll? An Ihrer Stelle würde ich die Nase nicht in Angelegenheiten stecken, von denen ich nichts verstehe«, erklärte Laine.

Timo blieb die Luft weg.

»Wollen Sie mir etwa drohen?«

»Nein. Ich gebe Ihnen nur einen Rat.«

52

Eine Stunde nach dem Treffen mit Laine saß Timo mit dem Ministerpräsidenten im Sitzungsraum des Staatsrates. Nach einem Becher Kaffee und einigen Telefonaten war seine Müdigkeit verflogen. Vor dem Fenster dämmerte der Morgen.

»Ich bin gerade dabei, in einen riesigen Ameisenhaufen zu pinkeln«, sagte Timo zum Ministerpräsidenten, mit dem er unter vier Augen hatte sprechen wollen.

»Laine verfügt über enge Kontakte zu den höchsten Beamten im Wirtschaftsministerium, zur Strahlenschutzbehörde und zu den Atomenergiebossen. Angeblich besteht dennoch keine Chance, innerhalb des vorgegebenen Zeitfensters an die von Vasama geforderten Computerdaten zu kommen.«

Der Ministerpräsident sah ihn an und wartete darauf, dass er weitersprach.

»Laine hat mir gegenüber eine plump verbrämte Drohung ausgesprochen. Ich verstehe, dass es bei der Endlagerung um größere Dinge geht, als man auf den ersten Blick meinen könnte. Aber trotzdem muss diesen Herrschaften jemand sagen, sie sollen das Material, das Vasama verlangt, herausrücken. Angesichts der Lage scheint mir das keine unangemessene Forderung zu sein.«

»Und was sagen Sie dazu, dass sich auf dem Schiff offenbar Atommüll aus dem Behälter befindet?«

»Ich habe keinen Anlass zu bezweifeln, dass Vasama als

Fachmann in der Lage ist, in dieser Hinsicht für Sicherheit zu sorgen«, sagte Timo.

»Aber ist er an Sicherheit überhaupt interessiert, wenn er bei so einem Vorhaben mitmacht?«

»Er mag größenwahnsinnig sein, aber da steckt mehr dahinter.«

»Und seine Forderung, eine Live-Schaltung zu bekommen?«

»Ich bin dafür, wenn es der Sicherheit der Geiseln dient.«

»Wenn wir uns auf Erpressung einlassen, haben wir einen unendlichen Sumpf vor uns«, sagte der Ministerpräsident.

»Wir müssen den Charakter der Forderung abwägen und in Relation zur Lage setzen. Ich sehe keinen Grund, Vasamas Forderungen abzulehnen. Aber Laine will nicht darauf eingehen, und seine Atomkollegen auch nicht. Ich frage mich zunehmend, warum nicht. Ich bitte Sie, den Leuten als Ministerpräsident die unverzügliche Herausgabe des Datenmaterials abzuverlangen.«

»Ich werde ihnen meinen Standpunkt erläutern, aber es ist schwierig, mehr als das zu tun.«

Sie unterhielten sich noch über einige Einzelheiten, dann machte sich Timo wieder auf den Weg zum Hafen. Der Lotse, um den die Entführer gebeten hatten, war bereits an Bord des Schiffes gegangen.

Aus dem Radio des Polizeiautos, von dem Timo gefahren wurde, kamen die Halb-Sechs-Uhr-Nachrichten: »*Nach einer Information aus Moskau beginnt heute westlich von Sankt Petersburg ein Manöver der in Pihkowa stationierten russischen Luftlandetruppen. Vertreter der OSZE haben angemahnt, das Manöver sei entgegen der Vereinbarungen nicht angekündigt worden …*«

Timo seufzte. Die Lage in Estland wurde immer prekärer. Er rief den Polizeipräsidenten an, dem mitgeteilt worden war, das von Vasama geforderte Datenmaterial sei nicht mehr vorhanden.

»Das behaupten sie«, sagte Timo. »Und was sage ich Vasama?«

»Sag ihm, wie es ist. Das Material ist nicht mehr da.«

»Das ist schon verdammt merkwürdig. Vor anderthalb Stunden hat Laine nichts davon gesagt, dass man das Material vernichtet hätte. Ist es in der Zwischenzeit auf mystische Weise verschwunden?«

»Vielleicht wusste Laine das einfach nicht, ich verstehe nicht, worauf du eigentlich hinauswillst. Ich bin bald im Hafen, dann hören wir uns Vasamas Funkspruch zusammen an.«

Das Auto, in dem Timo saß, fuhr an dem Spalier der Fotografen hinter den Absperrbändern entlang auf den Parkplatz des Olympia-Terminals, das normalerweise von der Reederei Tallink Silja benutzt wurde.

Die Möwen kreischten am bewölkten Himmel, ansonsten wirkte das Hafengebiet unnatürlich still angesichts der Anzahl der Personen, die sich dort aufhielten. Vor dem Terminal stand ein Bus, der als Einsatzzentrale der Polizei diente. Nachdenklich ging Timo daran vorbei zu der Betonbrüstung, von der aus man auf das ruhige Wasser blicken konnte. Er fürchtete Vasamas Reaktion, wenn dieser erfuhr, dass seine Forderung nach dem Datenmaterial nicht erfüllt werden konnte.

Timo atmete tief ein und versuchte, durch die Seeluft wenigstens etwas von dem Schlaf zu ersetzen, den er längst hätte bekommen müssen. In der Ferne grummelte ein Gewitter. In der Morgendämmerung sah man auf dem Gelände des Olympia-Terminals ausschließlich Männer des SEK Bär, mit Helmen, kugelsicheren Westen und Sturmgewehren, Polizeiautos und gepanzerte

Mannschaftstransportfahrzeuge. Die Scharfschützen waren bereits in Stellung gegangen. Die nähere Umgebung des Hafens, einschließlich des Marktes, war gesperrt. Oben in der Laivansillankatu standen eine lange Reihe Krankenwagen und einige Feuerwehrautos.

Timo ging ein Stück weiter und sah unten am Kai Amerikaner in Sturmanzügen üben. Der Anblick war frappierend. Die USA würden alles unternehmen, um die Geiseln zu befreien, aber welche Mittel würden die Finnen ihnen gestatten? Die Eingreiftruppe ging geradlinig vor, in der Annahme, dass die Entführer die Geiseln töten würden. Das wiederum hieß unweigerlich, dass die Truppe auf die blitzschnelle Eliminierung aller Geiselnehmer setzte.

Timo sah auf die Uhr. 5:50. Ihm graute vor dem, was um sechs dem ganzen Volk vom Schiff aus verkündet werden sollte. Er begab sich zum Bus der Einsatzleitung, zu dem auch Michaels, Rockwell und zwei weitere Amerikaner gekommen waren, um mit dem Leiter des SEK Bär und dem Polizeichef zu sprechen.

Timo setzte sich in dem mit Funkgeräten, Kartenmonitoren und tragbaren Computern ausgestatteten Bus auf eine Kunstlederbank und trank eine halbe Dose von einem lauwarmen Energiegetränk. Bei ihm waren der Helsinkier Polizeichef Rämö und Metsälä, der das SEK Bär anführte. Timo wechselte ein paar Worte mit ihnen über die Taktik.

Der für den Informationsfluss zuständige Techniker gab Timo ein Headset. Von der *Sigyn* kam ein Anruf, der zeitgleich im Sendezentrum des Finnischen Rundfunks in Helsinki-Pasila einging, wo er gemäß den Anweisungen, die der Polizeichef geben würde, ins Sendenetz eingespeist werden sollte. Wenn nötig, würde man die Übertragung auf einen Befehl hin abbrechen können.

Timo legte sich Stift und Papier bereit und versuchte, sich zu konzentrieren. Es war schwer, Ruhe zu finden.

Er zwang sich, an die Umgestaltung des Gartens hinter seinem Haus in Brüssel zu denken und an seinen Traum, am Südhang ein Dutzend Weinstöcke zu pflanzen … Da knisterte es im Kopfhörer. Der entscheidende Moment war gekommen.

53

Patrik stand im hinteren Teil der Kommandobrücke am Kartentisch, vor sich das auf Lautsprecherfunktion gestellte Telefon. Dominik und Herman standen neben ihm. Sie waren zufrieden, dass Patrik bei seinen Verhandlungen Erfolg zu haben schien und sie in Helsinki einlaufen konnten.

»Du hast der finnischen Polizei ziemlich viel versprochen, als du ihnen den Zimmermann-Zylinder zugesagt hast«, sagte Herman. »Du glaubst doch nicht im Ernst, dass wir den hergeben?«

Patrik drehte sich zu dem Amerikaner um.

»Er ist unser Schutzschild«, fuhr Herman fort. »Und wenn wir in Sicherheit sind, machen wir ihn zu Geld. Sie wollen ihn um jeden Preis zurückhaben.«

Patrik schwieg, alles andere war zwecklos.

Mitten auf dem Tisch stand ein Kofferradio, aus der die Stimme eines Moderators drang.

»*... ist außergewöhnlich. Anstelle der Sechs-Uhr-Nachrichten hören wir in Direktübertragung ein Telefongespräch, das die Entführer der* MS Sigyn *gefordert haben ...*«

Patrik biss sich auf die Unterlippe.

Vor dem Steuermodul, an dem der Lotse und der Kapitän standen, sah man das dunkle, stille Meer. Die Küste von Helsinki war bereits deutlich zu erkennen.

Eine Minute vor sechs rief Patrik dieselbe Nummer an wie zuvor.

»Wie kommt der Abgleich des Datenmaterials zur Permafrosttiefe voran?«, fragte er.

»Gut«, antwortete der Mann, der sich Timo Nortamo nannte, mit müder Stimme. »Aber mit kleiner Verzögerung, hat man mir gesagt.«

»Mit Verzögerung?«

»Die Arbeit wird im Staatlichen Technischen Forschungszentrum in Otaniemi durchgeführt. Man musste die nötigen Leute holen. Der Schätzung nach werden die Ergebnisse irgendwann nach sieben Uhr vorliegen.«

»Sie wissen, was passiert, wenn sie nicht fertig werden. Ist die Rundfunkverbindung bereit?«

»Ja. Sagen Sie mir etwas davon, was Sie …«

»Öffnen Sie die Verbindung. Neben mir steht ein Kofferradio, aus dem ich in einer Minute meine Stimme zu hören hoffe.«

Patrik schloss die Augen. Er begriff, dass er unbewusst seit Jahren auf diesen Moment gewartet hatte – auf den Moment, in dem er endlich mit seiner Vergangenheit aufräumen konnte. Und so konzentrierte er sich nun ausschließlich auf sich selbst, auf das, was er zu sagen hatte.

Ein Pfeifton schallte aus dem Lautsprecher, und Herman drehte den Ton leiser. Dabei nahm er das Transistorradio in die Hand und ging ein paar Meter zur Seite.

»*Good morning, people of Finland*«, sagte Patrik.

Herman hielt sich den Radiolautsprecher ans Ohr und nickte.

»*Ich bin Finne, mein Name ist Patrik Vasama, aber ich werde Englisch sprechen. Von jetzt an wird meine Botschaft zu jeder vollen Stunde gesendet werden, und ich bitte darum, sie auch ins Finnische zu übertragen. Aber nun komme ich direkt zur Sache. Ich bin promovierter Geologe, spezialisiert auf die Untersuchung von radioak-*

tivem Material. Früher war ich für die finnische Atomindustrie tätig …«

Timo hörte konzentriert zu. Vasama erzählte von seiner Vergangenheit als Geologe und davon, wie wichtig die Tiefe des Endlagerschachts für die Sicherheit der Aufbewahrung war. Er sagte, er habe die Eisbildungsgeschichte Kanadas untersucht, die sehr ähnlich gewesen sei wie die in Finnland. Vor sechzig- bis siebzigtausend Jahren sei der Permafrost in Kanada bis in eine Tiefe von sechshundert Metern vorgedrungen und unmittelbar vor der Eiszeit bis zu einem Maximum von siebenhundertfünfzig Metern. Im schwedischen Aspö sei man zu den gleichen Resultaten gekommen. Aber aus irgendeinem Grund habe man sich in Olkiluoto, obwohl man das gleiche mathematische Modell benutzte, bei den vorläufigen Resultaten auf eine Eindringungstiefe des Permafrosts von nur hundertzweiundachtzig Metern festgelegt.

»*Dieses Ergebnis war überraschend, sehr deprimierend und vor allem gefährlich*«, fuhr Vasama fort, wobei seine Stimme immer mehr an Schärfe gewann.

»*Ich habe lange darüber nachgedacht, habe die Computerdurchläufe untersucht und in meiner Not einen Fehler begangen, den ich mir nie verziehen habe: Ich habe einige Wärmeleitfähigkeitswerte des Gesteins so verändert, dass sich im Endergebnis eine Permafrosttiefe von mehr als fünfhundert Metern ergab. Auch das ist nicht ausreichend, aber immerhin etwas näher an dem international ermittelten Durchschnittswert.«*

Timo ahnte bereits, wie es weitergehen würde.

»*Ich ahnte nicht, was ich damit auslöste. Mein Vorgesetzter, Jorma Laine, geriet aus der Fassung und ging die gesamten Daten durch. Das war eine Arbeit von mehreren Wochen, aber er war zäh. Meine Manipulation wur-*

de entdeckt, und erst da erfasste ich voll und ganz, was mir bevorstand: meine komplette Vernichtung, das Ende meiner Karriere. Trotzdem wusste ich, dass ich recht hatte hinsichtlich der Permafrosttiefe, also der Frage nach einer sicheren Endlagerung …«

Laine saß mit einem seiner ehemaligen Vorgesetzten am Konferenztisch. Neben dem Radio standen eine Thermoskanne und ein unberührter Teller mit Keksen auf dem Tisch.

Laines Gesicht war blass, aus seinen Lippen war das Blut gewichen. Wie in Hypnose, den Blick auf das Radio gerichtet, malte er Vierecke und Dreiecke auf einen Block.

»*Ich hatte vor, den Kampf fortzusetzen, bis ich begriff, dass ich meine Glaubwürdigkeit verloren hatte*«, sagte Vasama mit brüchiger Stimme. »*Ich konnte mich nicht weiter mit Fragen der Endlagerung befassen, denn ich war zu einer Waffe in den Händen meiner Gegner geworden. Ich war zur Last für all jene Geologen geworden, die so dachten wie ich. Was immer ich auch vortrug, es konnte wegen meines aufgeflogenen Betrugs abgeschmettert werden. Ich hatte der sicheren Endlagerungstiefe schlicht und einfach die Glaubwürdigkeit genommen. Zu meiner Überraschung verschaffte mir mein Vorgesetzter Laine ein Abfindungspaket, das nach der Kündigung ein Jahr weitere Gehaltszahlung beinhaltete. Ich nahm es an und ging nach Südafrika, in den Dienst einer Firma, die nach Erz suchte …*«

Laine sah seinen ehemaligen Vorgesetzten an, der mittlerweile Abteilungsleiter bei TVO war. Dessen Gesicht war versteinert und knallrot.

»*Erst später fing ich an, mich über ein paar Dinge zu wundern. Wie konnte das Endergebnis der vorläufigen Simulation eine so geringe Permafrosttiefe aufweisen, hundertzweiundachtzig Meter, im Vergleich zu allen anderen Untersuchungen? Warum gab man mir eine Abfindung, obwohl ich einen Betrug begangen hatte?«*

Laine sprang auf und trat ans Fenster, das zur morgenstillen Straße ging. Er wünschte sich weit weg, ganz gleich wo.

Timo kochte vor Wut. Am liebsten hätte er Laine die Leviten gelesen …

»Ich kam auf den Verdacht, dass schon vor mir jemand die Simulation manipuliert hatte. Schriftlich bat ich Laine, die Daten zu untersuchen. Ich erhielt keine Antwort. Ich traf den Leiter des Strahlenschutzzentrums, der einen Betrüger wie mich nicht ernst nahm, sondern behauptete, ich wolle nur meinen Ruf retten oder mich rächen. Das war an sich eine verständliche Sicht der Dinge. Ich hätte der Firma meine Abfindung zurückzahlen und eine Überprüfung des Sachverhalts verlangen müssen, aber ich gab den Kampf auf. Bekäme ich eine neue Chance, würde ich nicht wieder klein beigeben, sondern für großes Aufsehen sorgen. Heute habe ich die Überprüfung der Daten verlangt, und bald werden wir die Wahrheit hören …«

Timo schüttelte bestürzt den Kopf und sah den Polizeipräsidenten an, der, wie sein Gesichtsausdruck verriet, nicht damit gerechnet hatte, Derartiges zu hören.

Patrik fühlte sich plötzlich beinahe wie befreit. Er hielt das Telefon in der Hand und sprach seine Schlusssätze, die er sich zuvor zurechtgelegt hatte:

»Nach sieben Uhr erhalten Sie die Ergebnisse des Datenabgleichs, also die Bestätigung dafür, dass die Angabe für die notwendige Tiefe des Endlagerungsschachts auf einer zweckorientierten, wissenschaftlich unhaltbaren Vorlage, ja sogar auf einer manipulierten Simulation

beruht. Die Atomindustrie schließt aus wirtschaftlichen Gründen die Augen vor den Lebensbedingungen unserer Kindeskinder.«

Patrik unterbrach die Verbindung und starrte ins Leere. Eine Last war ihm von den Schultern gefallen. Was immer im Hafen passieren mochte, er hatte sein Ziel erreicht.

Er sah auf und begegnete Sandrines intensivem Blick.

»Wir müssen uns jetzt darauf konzentrieren, sicher in den Hafen zu kommen«, sagte er und ging zur anderen Seite der Kommandobrücke hinüber.

54

»Sie verstehen sicher, dass es in dieser Situation keine andere Möglichkeit gibt, als uns das von Vasama genannte Datenmaterial zu übergeben«, sagte Timo dem Leiter der für die Endlagerung zuständigen Firma über Handy. Er hatte den Bus der Einsatzleitung verlassen und lehnte nun an der Mauer des Terminals.

»Kommen Sie jetzt noch mal damit? Ich hab doch schon gesagt, dass wir das Material nicht mehr haben. Also kann man es auch niemandem übergeben. Sie halten Vasamas lächerliche Behauptungen doch nicht für wahr?«

»Es ist nicht unsere Aufgabe, den Wahrheitsgehalt seiner Aussage zu beurteilen, wir versuchen lediglich, die Menschen auf dem Schiff in Sicherheit zu bringen. Aber wenn ich Ihnen einen kleinen Rat geben darf, dann würde ich Ihnen empfehlen, die Behauptungen von Vasama transparent und gründlich zu untersuchen und das Ergebnis anschließend der finnischen Bevölkerung mitzuteilen.«

Wütend beendete Timo das Gespräch und funkte sofort Rämö im Einsatzbus an. »Hausdurchsuchung in Laines Haus, in seinem Büro und in der Forschungsabteilung von Posiva! Per Schnellbeschluss Abhörung von Laines Telefon!«

Um sich etwas zu beruhigen, ging er zwischen den Stühlen auf der Caféterrasse hindurch ans Geländer und schaute aufs Meer hinaus. Das Terminalareal war leer, man sah weder Finnen noch Amerikaner, keine Mannschaftswagen und auch sonst nichts, was dort nicht hingehörte. Etwas weiter weg drängten sich allerdings Fotografen und Journalisten am Straßenrand. Die amerikanischen Medien hatten ihre Leute von Stockholm nach Helsinki geschickt.

Timo hätte gern mit Anita Vasama gesprochen, aber das musste er nun Åsa überlassen.

»Die *Sigyn* befindet sich jetzt auf der Höhe der Insel Melkki«, sagte Rämö vom Bus aus. Timo hörte es über den Ohrstöpsel.

Er atmete tief durch. Immer wieder blitzten vor seinem inneren Auge die klassischen Bilder von berühmten Geiselnahmen auf, die katastrophal geendet hatten. Warum hatten die Amerikaner nicht ihre Delta-Einheit nach Helsinki gebracht?, fragte er sich. Weshalb war SEAL beauftragt worden? Weil sie bereits auf der *Sigyn* erfolgreich Kontakt mit den Entführern gehabt hatten?

Timos unangenehme Vorahnungen wurden durch das Gefühl verstärkt, dass er nicht annähernd das Nötige wusste. Er trug die Verantwortung, aber es fehlten ihm wichtige Informationen. Beziehungsweise sie wurden ihm vorenthalten.

Metsälä, der Chef des SEK Bär, eilte zum Einsatzwagen, gefolgt von einem betont aufrecht gehenden Mann mit Igelfrisur. Timo vermutete, dass es sich um den Leiter der SEAL-Gruppe handelte. Gleichzeitig ließen die Polizisten, die in der Laivasillankatu den Verkehr regelten, einen schwarzen Chrysler Voyager mit Diplomatenkennzeichen zum Parkplatz durch. Timo machte sich auf Unannehmlichkeiten gefasst.

Aus dem Van stieg Brad Michaels, der inzwischen in der amerikanischen Botschaft gewesen war.

Michaels entdeckte Timo und ging direkt zu ihm, während der andere Amerikaner zu Metsälä hinüberlief.

»Wer ist das?«, wollte Timo von Michaels wissen.

»Tim Rockwell, der Chef der SEAL-Einheit. Er hat die Intervention auf See durchgeführt. Dank seines Einsatzes sind bereits achtzehn Geiseln frei.«

»Wir und unsere schwedischen Kollegen wollen sie unbedingt heute noch befragen.«

»Ich versuche das zu organisieren.«

Nun kam auch Rockwell zu Timo herüber und gab ihm die Hand.

»Ich hätte gleich zu Beginn eine Frage, wenn es recht ist«, sagte Timo zu ihm.

Rockwell nickte.

»Was hat die *Sigyn* geladen?«

Rockwell warf einen Blick auf Michaels.

»Entschuldigung, ich verstehe die Frage nicht.«

»Warum haben Ihre Leute als Erstes versucht, in den Frachtraum zu kommen? Sie hätten das nicht getan, wenn ihre vordringlichste Aufgabe darin bestanden hätte, die Geiseln zu befreien. Und sagen Sie bloß nicht, meine Informationen seien falsch. Die europäische Aufklärung ist nicht so primitiv, wie Sie glauben.«

Rockwell zögerte nicht. »Wir wollten den Atommüllbehälter sichern. Wenn ihm etwas passiert wäre, wären alle in großer Gefahr gewesen. Dann hätte die ganze Intervention keinen Sinn gehabt.«

Timo musterte Rockwell. Der Mann verzog keine Miene.

»Jetzt befindet sich der Behälter in der Obhut der Armee auf Russarö, man muss sich also um ihn keine Sorgen mehr machen«, sagte Timo.

Ein Polizist kam eilig auf die Männer zu. »Anruf von der *Sigyn*. Sie haben eine neue Forderung.«

Timo rannte mit den Amerikanern zum Bus.

Langsam rollte ein Airbus 340 der Finnair zur Startbahn auf dem Flughafen Helsinki-Vantaa.

»*Hier spricht Ihr Kopilot. Vor uns warten noch zwei Maschinen, aber wir werden bald starten und unseren Flug nach Bangkok aufnehmen können. Die Flugzeit beträgt heute zehn Stunden, fünfzehn Minuten. Wir wünschen allen Passagieren einen angenehmen Flug.*«

Die Menschen in der vollen Kabine nahmen möglichst bequeme Sitzpositionen ein.

Wenig später rollte die Maschine langsamer und blieb gleich darauf ganz stehen. Nach mehreren Minuten wurden die Passagiere unruhig. Einige hielten nach den Stewardessen Ausschau, die jedoch hinter Vorhängen verschwunden waren.

Schließlich kam erneut die Stimme des Kopiloten aus den Lautsprechern.

»*Leider müssen wir zum Terminal zurückkehren. Dort müssen wir Sie bitten auszusteigen. Der gesamte Flughafen Helsinki-Vantaa wird geräumt. Ich melde mich wieder, sobald wir weitere Informationen erhalten.*«

Nach dieser Durchsage herrschte laute Aufregung in der Passagierkabine.

55

Auf der Kommandobrücke der *Sigyn* verrichtete der Lotse zusammen mit dem Kapitän und dem Steuermann ruhig seine Arbeit. Auf dem stillen Meer spiegelten sich dunkelgrau schimmernde Wolken. Linker Hand breitete sich das friedliche Panorama von Helsinki aus.

Ein Teil der Geiseln saß auf dem Fußboden bei Andrus, ein Teil wurde in der Tageskabine für Offiziere und Mannschaft von Jochem bewacht, Dominiks und Hermans übrige Männer ruhten sich aus.

Andrus verfolgte aufmerksam die Nachrichtensendung im Radio.

»*In Südestland ist südlich der Linie Tartu-Viljandi-Pärnu das Stromnetz zusammengebrochen. Die estnischen Behörden haben die Bevölkerung aufgefordert, Ruhe zu bewahren …*«

Dominik trat zu Herman, der neben Andrus den Stadtplan von Helsinki studierte, und sagte leise: »Ich habe nachgedacht. Wir müssen die mysteriöse Kapsel mitnehmen. Sie wollen sie wirklich haben. Wenn wir sie behalten, schützt Wolf uns vor den Amerikanern, damit die sie nicht in die Hände bekommen.«

»Die einzige sichere Handelsware sind die Geiseln. Nichts darf den ursprünglichen Plan gefährden.«

»Über die Kapsel verhandeln wir mit Wolf ja später«, schlug Dominik vor. »Sie scheint unsere wertvollste Geisel zu sein. Wir verlangen von ihm dieselbe Summe, die wir von den Schweden für den Atommüllbehälter haben wollten. Damit hat sich nur der Geldgeber geändert.«

Herman wirkte nachdenklich.

Patrik war am Kartentisch stehen geblieben. »Ich will in Helsinki anrufen und nach dem Ergebnis des Datenabgleichs fragen, das müsste jetzt vorliegen.«

»Wir haben keine Zeit für überflüssige Dinge«, sagte Herman. »Wir konzentrieren uns darauf, heil vom Schiff zu kommen.«

»Ich will das klären, wenn es nun schon mal in Gang ist, das bremst euch kein bisschen …«

Das Blinken des Telefondisplays signalisierte einen Anruf. Dominik schaltete den Lautsprecher ein.

»*Die Maschine steht bereit*«, sagte der Finne, der vorher bereits mit Patrik gesprochen hatte.

»Ist genügend Treibstoff im Tank?«

»*Sie sollte gerade nach Bangkok starten.*«

»Gut«, sagte Dominik und genoss es, die überraschten Gesichter der Geiseln und von Patrik zu sehen. »Wir wollen einen Bus, einen Lieferwagen und einen Gabelstapler im Hafen haben. Und die Medien. Fotografen und Journalisten.«

Am anderen Ende der Leitung war es kurz still. Dominik sah Patrik an, dessen Miene unbewegt blieb.

»Hast du gehört? Wir geben euch dreißig Minuten, um die Fahrzeuge in den Hafen zu bringen. Sobald ich sie sehe, legen wir an. Wenn sie nicht rechtzeitig da sind, dürft ihr beobachten, wie vor Helsinki Amerikaner hingerichtet werden.«

Patrik streckte die Hand nach dem Telefon aus, aber Dominik beendete die Verbindung.

Patrik war wütend, dass Dominik ihn nicht nach Laine und dem Datenabgleich hatte fragen lassen. Und die neuen

Forderungen waren besorgniserregend. Wo glaubten sie mit einem Flugzeug landen zu können? Die Gefangenen schienen sich dasselbe zu fragen.

»Das kann nicht wahr sein«, flüsterte Alain Deschamps.

»Wie hätten sie an Land weiterkommen wollen?«, schnaubte Pearson neben ihm.

Sandrine rutschte näher an Patrik heran und sagte unmittelbar an seinem Ohr ganz leise: »Warum nehmen sie die Kapsel mit, wenn sie nicht einmal wissen, was darin ist?«

»Die Amerikaner wollen sie und offenbar noch ein anderer. Und Dominik will die Medien im Hafen haben, das wird uns schützen. Aus demselben Grund haben er und Herman auch die Raketenboote als Eskorte für die *Sigyn* verlangt.«

Dominik trat zu Patrik und sah ihm in die Augen.

»Schön, nach Hause zu kommen, nicht wahr?«

Patrik schwieg.

»Vergiss nicht, dass sie dich erschießen werden, falls du im Hafen eine Dummheit machst. Du bist einer von uns.«

So schlimm es war, das zuzugeben, wusste Patrik doch, dass Dominik recht hatte.

Im Bus der Einsatzleitung sah Timo auf den Monitor, der Bilder von der Festungsinsel Suomenlinna übertrug. Das rot-weiße Frachtschiff glitt an der Kamera vorbei. Es hätte längst hell sein müssen, aber die dichte Wolkendecke trübte den Himmel.

Neben Timo standen Michaels, Rockwell und Metsälä. Alles war bereit, die Eingreiftruppe, der Bus, den die Entführer verlangt hatten, das startklare Flugzeug. Womöglich war die Forderung nach dem Flugzeug nur ein Täuschungsmanöver, aber Timo musste sich eingestehen, dass es aus finnischer Sicht eine Erleichterung wäre, die Gruppe einfach außer Landes zu bekommen. Die Amerikaner waren dagegen gewesen, Journalisten und Fotografen in den Hafen zu lassen, und hatten vorgeschlagen, dass Polizisten sich als Medienvertreter ausgaben, aber die Finnen hatten dem nicht zugestimmt. Jetzt standen Fotografen hinter einem Absperrband.

»Da ist Bewegung an Deck«, sagte Metsälä.

Auf dem oberen Deck der *Sigyn* war ein weißhaariger Mann mit im Nacken verschränkten Händen aufgetaucht.

»Könnt ihr das Bild näher heranzoomen?«, bat Michaels.

Neben dem Weißhaarigen blieb ein zweiter Mann stehen, ein dritter und vierter kamen hinzu. Alle trugen Anzughosen und Hemden. Sie stellten sich im vorderen Teil des Schiffes in eine Reihe.

»Dan Cohen, der Sprecher der Republikaner«, sagte Michaels heiser. »Pearson, der sicherheitspolitische Berater von Obama, Taylor aus der Geschäftsführung von Microsoft und Walker, der Direktor von Chase Manhattan. Aufgestellt zur Exekution. Verdammte Scheiße.«

»Wir werden ein paar Gespräche fortsetzen müssen«, sagte Rockwell und verließ, gefolgt von Michaels, den Bus.

Timo sah zu, wie sie in den Voyager mit den Diplomatenkennzeichen stiegen. Die Geheimniskrämerei der Amerikaner machte ihn nervös.

Michaels angelte über die Rückenlehne hinweg eine Tasche aus dem Kofferraum des Voyager und entnahm ihr möglichst unauffällig eine Pistole, obwohl der Van getönte Scheiben hatte.

»Sei vorsichtig mit ihm«, sagte Michaels zu Rockwell und machte dabei eine Kopfbewegung in Richtung Timo Nortamo, der vor dem Bus stand. »Misstrauisch und professionell. Im Prinzip entscheidet er über die operativen Maßnahmen.«

Michaels schob die Pistole in das Schulterholster unter seinem Sakko. Unter dem Hemd trug er eine dünne Splitterschutzweste.

»Die Männer stehen auf dem Deck wie vor einem Hinrichtungskommando«, sagte Rockwell. »Diese Scheißkerle.«

Er gab Michaels ein kleines Mikrofon und einen unauffälligen, schnurlosen Ohrhörer, den dieser gleich einsetzte. Das Mikrofon schob er routiniert in seinen linken Ärmel.

56

Timo ging in dem Bus, den die Entführer verlangt hatten, prüfend den Gang entlang und stieg dann wieder aus. Es waren keine Mikrofone und keine Kameras in dem Fahrzeug versteckt, denn die Entführer waren Profis und würden sie mit technischen Hilfsmitteln ausfindig machen und dann die Geiseln dafür bestrafen.

Metsälä, der Chef des SEK Bär, testete gerade, ob der Gabelstapler ansprang. Daneben wartete ein weißer Mercedes-Sprinter-Lieferwagen.

Der finnische Militärgeheimdienst hörte den Funkverkehr des Schiffes ab, und Timo war bereit, sofort zu reagieren, wenn er per Ohrhörer eine wesentliche Information erhalten sollte. Er ließ den Blick über die Fenster und Dächer der Hafengebäude schweifen. Es war nichts zu sehen, aber er wusste, dass sich dort Scharfschützen versteckt hielten, die versuchen würden, die Entführer so schnell wie möglich ins Visier zu bekommen. Auf der oberen Ebene des Terminals standen Polizeiautos.

Etwas weiter entfernt hatte sich auf dem Hafengelände die SEAL-Eingreiftruppe um zwei Panzerfahrzeuge versammelt. Rockwell und Michaels standen vor den Männern und sprachen zu ihnen.

Timo machte sich auf den Weg dorthin. Ein Teil der Männer hielt ein Sturmgewehr oder eine Maschinenpistole quer vor dem Körper. An den Kampfwesten waren Blendgranaten sauber aufgereiht befestigt, um die Hälse hingen Atemschutzmasken. Einige Männer hatten sich eine feuerfeste schwarze Haube übers Gesicht gezogen. Offiziell hielten sich in Finnland keine amerikanischen Soldaten auf, sondern nur »Sicherheitsbeamte«, und zwar aufgrund der finnischen Bitte um Amtshilfe.

Rockwell setzte den Trupp mit einer Handbewegung in Marsch. Ein Teil der Männer stieg rasch in die gepanzerten Mannschaftstransporter des Modells Pasi, die von der finnischen Armee zur Verfügung gestellt worden waren, ein Teil lief auf das Terminal zu. Aus den Auspuffen der Pasi-Fahrzeuge quoll schwarzer Qualm, als sie beschleunigten und an Timo vorbei in den Tunnel unter dem Terminal fuhren.

»Alles in Ordnung?«, fragte Timo die noch immer an Ort und Stelle stehenden Rockwell und Michaels.

»Von uns aus ist alles bereit«, sagte Rockwell.

»Falls etwas Unvorhergesehenes eintritt, setzt ihr auf die Eliminierung der Entführer?«

»Das kann in einer solchen Situation unvermeidlich sein.«

Timo gefiel diese Haltung nicht. »Und das betrifft auch den Finnen und die Belgierin?«

»Sie gehören zu den Entführern. Haben vielleicht sogar das ganze Vorhaben geplant.«

»Der Finne ist von Haus aus Geologe, der die falschen Mittel einsetzt, aber möglicherweise in der richtigen Sache. Ich würde ihn nicht mit McQuinns Truppe in einen Topf werfen.«

»Das hat er bereits selbst getan. Wir können nicht wegen vager Spekulationen das Leben der Geiseln aufs Spiel setzen«, sagte Rockwell.

Timo sah ihn wortlos an.

»*Das Schiff erreicht die Fahrrinne zum Südhafen*«, wurde vom Polizeibus über Ohrhörer gemeldet.

Auf dem Vorderdeck der *Sigyn* stehend wurden David Pearson die Hände im Nacken langsam taub. Schweißperlen liefen ihm über die Stirn. Jemand zielte von hinten mit der Waffe auf ihn und die drei Männer neben ihm. Pearson blickte über die Reling. Es ging tief hinunter bis zum Wasser. Würde er springen können, bevor der Schuss fiel?

Das Nervenaufreibendste an der Situation war die Mischung aus Ungewissheit und Unberechenbarkeit. Der Entführer, der Herman genannt wurde, hatte sie zum Bug des Schiffes kommandiert und gesagt, man würde sie der Reihe nach erschießen, sobald das Ultimatum abgelaufen sei, falls die Finnen die gestellten Forderungen nicht erfüllten.

Die Haltung war unbequem, er hätte nicht geglaubt, wie anstrengend es war, die Hände so lange in dieser Position zu halten.

»Hoffentlich tun die Finnen, was von ihnen verlangt wird«, flüsterte Dan Cohen neben ihm keuchend.

»Ausgerechnet du sagst das?«, gab Pearson zurück. »Du hast im Kongress doch am heftigsten von allen verlangt, dass mit Terroristen nicht verhandelt wird.«

Cohen schwieg. Die Minuten verstrichen quälend langsam und zugleich unheimlich schnell.

»Ich habe Schmerzen in der Brust«, meldete sich die ängstliche Stimme wieder. Pearson blickte neben sich und sah Cohens Gesicht blau anlaufen.

»Mein Herz, es krampft sich zusammen … Ich bekomme keine Luft …«

»Atme ruhig. Ganz ruhig.«

»Ich muss die Hände herunternehmen.«

»Nein«, sagte Pearson schnell. »Versuch, durchzuhalten, wir kommen jeden Moment von hier weg. Atme ruhig …«

Da brach Cohen zusammen. Er fiel auf die Knie und dann auf die Seite.

»Verdammt!«

Patrik erschrak über Hermans heftigen Ausruf.

»Auf Deck ist einer zusammengebrochen.«

Patrik schaute nach den Geiseln auf dem Vorderdeck, eine von ihnen lag auf dem Boden.

»Hat jemand geschossen?«, fragte Dominik.

»Wieso? Wer?«

»Ich weiß nicht. Geir, geh nachschauen.«

»Ich gehe«, sagte Sandrine und nahm etwas aus dem Medikamentenschrank der Kommandobrücke. »Cohens Herz hat vorher schon Symptome gezeigt. Hier ist ein Herzmittel.«

Herman überlegte eine Sekunde. »Du gehst mit Geir zusammen. Ihr bringt Cohen her. Wir dürfen keine einzige Geisel verlieren. Verdammte Scheiße!«

Besorgt sah Patrik zu, wie Sandrine mit Geir zur Tür hinausging. Er hoffte, sie würde nichts Tollkühnes auf eigene Faust riskieren.

Erneut sah Timo auf den Monitor im Einsatzfahrzeug. Schon der Verlust eines einzigen Menschenlebens kam ihm wie ein niederschmetterndes Scheitern vor.

Er bemerkte Michaels todernste Miene. Timo richtete seine Aufmerksamkeit wieder auf das Telefon, über das die Verbindung zu den Entführern offen war.

»Was soll das?«, fragte er. »Warum habt ihr eine Geisel erschossen?«

»*Wir haben nicht geschossen*«, antwortete die ruhige Stimme des Entführers. Es schien ein Amerikaner zu sein, wahrscheinlich McQuinn. »*Aber bald werden wir schießen, falls wir auf dem Hafengelände auch nur einen Polizisten oder ein Polizeiauto sehen.*«

»Hier stehen Autos, die …«

»*Bringt sie alle weg!*«

Timo hatte mit dieser Räumungsforderung gerechnet. Er nickte Metsälä zu, der per Funkgerät einen kurzen Befehl erteilte. Nur der Wagen der Einsatzleitung würde vor dem Terminal stehen bleiben, von wo aus man das Schiff sehen konnte.

»*Sind Amerikaner da?*«, fragte der Entführer.

»Hier sind nur finnische Polizisten«, antwortete Timo.

Die Verbindung wurde unterbrochen. Er schaute Michaels fragend an, aber dessen Aufmerksamkeit war auf den Bildschirm gerichtet, wo die Bilder der Kamera liefen, die von der Zentralkripo auf dem Dach des Terminals installiert worden war.

Metsälä sah auf einen anderen Monitor und sagte zu Timo: »Ein Mann und eine Frau sind an Deck gekommen und bringen die bewusstlose Geisel nach drinnen. Beide sind im Visier unserer Scharfschützen.«

»Kein Zugriff«, sagte Timo und trat näher an den Bildschirm heran, auf dem eine der Geiseln mit den Händen im Nacken immer wieder in den Knien einsank.

»Auf Cohen ist wohl nicht geschossen worden«, sagte Michaels. »Er hat sich an die Brust gefasst. Ich vermute einen Herzanfall.«

Patrik half Geir und Bronislaw, Cohen auf den Boden der Kommandobrücke zu legen. Der Lotse am Steuermodul schien nichts um sich herum wahrzunehmen, er konzentrierte sich allein darauf, das Schiff sicher in den Hafen zu bringen.

Patrik sah zu, wie zuerst Herman und dann Dominik Anzüge und Hemden aus ihren Taschen nahmen und anzogen, Herman auch eine Krawatte. Sie waren jetzt nicht mehr von den Geiseln zu unterscheiden, jedenfalls nicht aus der Ferne. Die anderen Männer der Gruppe machten es ebenso.

Dann trat Herman vor die Geiseln auf der Kommandobrücke und sagte: »Wahrscheinlich wird man uns angreifen, was bedauerlich ist. Das wird riskant für euch. Der Angriff wird plötzlich erfolgen, Blendgranaten nehmen einem die Sicht, wegen der lauten Explosionen hört man nichts mehr und wird für sieben Sekunden handlungsunfähig, wenn man nicht darauf vorbereitet ist. Wahrscheinlich werden sie auch Gas einsetzen. Unsere Gruppe ist auf all das vorbereitet, und wir haben Erfahrung, aber euch wird es lähmen. Und dann folgt das größte Risiko: Weil wir die gleiche Kleidung tragen, sind wir nicht voneinander zu unterscheiden, und weil sie auf Nummer sicher gehen, schießen sie zuerst und fragen erst dann, wer wer ist. Merkt euch das, bevor ihr individuelle Kreuzzüge plant.«

Während Herman sprach, suchte Dominik mit dem Fernglas das Hafengelände ab. Patrik sah einige Pkws, Lieferwagen und Polizeiautos das Areal sowie den Parkplatz auf der oberen Ebene verlassen.

»Was für eine Blutgruppe hast du?«, flüsterte Sandrine Patrik zu. »Wenn wir das Schiff verlassen, kann alles Mögliche passieren, es ist besser, sich vorzubereiten …«

»A positiv. Und du?«

»Ebenfalls.«

Die *Sigyn* drehte jäh bei und glitt dann mit der Flanke voran an den Kai. Vor der hinteren Rampe erstreckte sich der zweite Teil des L-förmigen Kais, auf dem ein gelber Gabelstapler, ein weißer Mercedes Sprinter und ein Bus warteten.

Die Gruppe begab sich langsam zur Treppe. Dominik legte den Zimmermann-Zylinder in eine schwarze Tasche. Patrik war mit zwei Schritten bei ihm.

»Eines noch …«

»Schnell!«

»Warum hast du Beate geschlagen?«

Dominik stand regungslos da und wirkte plötzlich sehr müde. Er wollte sich abwenden, doch dann hielt er inne und antwortete: »Das war nur ein Mal. Als sie mir sagte, dass sie einen anderen kennengelernt habe.«

Patrik fuhr zusammen. War ich dieser andere?, hätte er am liebsten gefragt.

Dominik wandte sich mit seiner Waffe ab und ging zur Tür. Patrik merkte, dass Sandrine unmittelbar hinter ihm stand.

»Ich habe es gehört«, sagte sie zögernd. Sie war so erschöpft, dass sie sich nur mit aller Mühe auf den Beinen halten konnte. »War ... war Beate Dominiks frühere Freundin?«

Patrik versuchte, sich zusammenzureißen. Er wollte nicht, dass jemand davon wusste, am allerwenigsten Sandrine.

»War Beate nur ein Lockvogel, mit dem ...«, Sandrine schien verwirrt nach den richtigen Worten zu suchen, »... sie dich in die Falle gelockt haben?«

»Ich will darüber nicht reden«, sagte Patrik grob.

»Bewegung!«, schnauzte Andrus und richtete die Waffe auf sie.

Wütend folgte Patrik Sandrine zur Tür.

»Es tut mir wirklich leid, dass Beate ...«

»Jetzt sei endlich still!«, brüllte Patrik.

»Hebt euch eure Beziehungsstreitigkeiten für später auf«, befahl Andrus. »An eurer Stelle würde ich mich darauf konzentrieren, lebendig aus Helsinki hinauszukommen.«

57

Åsa blickte durch das Bürofenster im Terminal auf die *Sigyn,* die sich langsam dem Kai näherte. Weit draußen auf dem Meer flackerten Blitze, und Åsa merkte, dass sie schwitzte. Sie mochte keine Gewitter, auch nicht unter besseren Umständen.

Je länger sie am Telefon mit Anita Vasama gesprochen hatte, desto beunruhigter war sie geworden. Aus Berlin waren bereits der Polizeiregisterauszug von Dominik Gladbach und eine Zusammenfassung des Beweismaterials aus zwei Gerichtsverfahren geschickt worden. Åsa hatte gegenüber Anita Vasama nicht durchblicken lassen, was sie wusste, sondern sich ganz neutral nach Gladbach erkundigt. Die Antworten, die sie erhielt, deckten sich mit den Informationen aus Berlin.

Am interessantesten und wichtigsten war die Tatsache, dass Dominik Gladbach bei dem deutschen Bundesamt für Verfassungsschutz eine terroristische Akte hatte, und sein Vater ebenso. Diese Nachricht ließ Åsa keine Ruhe. Welches Motiv hatte Gladbach für die Entführung der *Sigyn*?

Im Frachtraum spürte Sandrine, wie das Schiff immer mehr das Tempo drosselte. Alle Geiseln waren vor der hinteren Rampe versammelt.

»Es ist wahrscheinlich ein leichter Infarkt«, sagte sie zu Dan Cohen, der auf dem Boden lag. »Man wird Sie sicherlich hier in Helsinki ins Krankenhaus bringen.«

Cohen stand der kalte Schweiß im bleichen Gesicht. »Glauben Sie, die werden das zulassen?«

»Ich werde mit ihnen reden. Ich denke nicht, dass sie unterwegs von einem Kranken behindert werden wollen.«

»Unterwegs wohin?«, flüsterte Deschamps.

»Es reicht!«, sagte Andrus und stieß den Franzosen mit dem Lauf seiner Maschinenpistole an.

Sandrine warf einen Blick auf Patrik.

»Hoffen wir, dass die Finnen keinen Sturmangriff versuchen«, flüsterte der. »Ich kann einfach nicht glauben, dass Dominik und Herman uns umbringen wollen.«

»Natürlich werden sie das nicht«, sagte Sandrine. Sie war noch aufgewühlt von dem, was sie über Beate gehört hatte. Patrik war zum Objekt einer unendlich grausamen Intrige geworden. Und er musste die Wahrheit über Beate auf dem Schiff erfahren haben.

Das Wasser am Kai schäumte weiß auf, als die *MS Sigyn* festmachte. Timo stand am Rand des Terminals auf einer Betonbrücke, von der aus man einen ungehinderten Blick auf den Hafenkai hatte. Er hörte, wie das Dröhnen der Maschinen gedämpft und die hintere Rampe hydraulisch herabgelassen wurde. Scheppernd traf sie auf dem Kai auf und bildete so eine Brücke ins Innere des Schiffes.

»Ich habe mit Anita Vasama gesprochen, die Frau hat Kontakte zu alten Baader-Meinhof-Kreisen«, sagte Åsa, die neben Timo trat. »Auch bei ihrem Sohn können wir noch auf die eine oder andere Überraschung stoßen. Ich habe gerade in Berlin angerufen. Hoffentlich bekommen wir von dort rasch die Information, ob auch Dominik Gladbach über terroristische Kontakte verfügt oder nicht.«

Timo hörte besorgt zu. Vielleicht hatten die Amerikaner recht – aus Rücksicht auf die Geiseln konnte man eine Eliminierung der Entführer nicht kategorisch ausschließen.

Åsa verstummte, als drei Geiseln in Anzughosen und zerknitterten Hemden mit den Händen im Nacken langsam über die Rampe kamen. Sobald sie den Kai erreicht hatten, blieben sie stehen, offenbar auf Befehl aus dem Inneren des Schiffes.

Timo konnte mit dem Fernglas die ernsten und erschöpften Gesichter der Männer erkennen.

Dann kamen drei weitere Männer ebenfalls in Anzughosen und Hemden aus dem Schiffsrumpf. Einer rannte zum Bus und verschwand dahinter, kurz darauf tauchte er im Inneren des Busses auf. Er ging bis nach hinten durch, drehte sich um, eilte nach vorne und verschwand wieder aus dem Blick. Wahrscheinlich handelte es sich um einen Entführer, der sich wie die Geiseln gekleidet hatte – oder aber die Entführer hatten Geiseln damit beauftragt, die Fahrzeuge zu holen …

Der zweite Mann inspizierte den Laderaum des Lieferwagens, setzte sich dann ans Steuer und fuhr rückwärts über die Rampe in den Schiffsrumpf hinein. Der dritte Mann holte den Gabelstapler.

»Das war's erst mal«, sagte Timo frustriert. Sie hatten nicht die geringste Ahnung, was im Frachtraum passierte.

»Wo ist Michaels?«, fragte er. »Was treibt der Kerl? Mir gefällt das überhaupt nicht.«

Patrik hatte das Funkgerät mit dem schwarz-gelben Plastikgehäuse schon auf dem Meer gesehen, aber dort hätte es keinen Nutzen gehabt. Im Hafen dagegen bekam man vermutlich eine Funkverbindung.

Das schäbige, abgenutzte Gerät hing an der Wand des Frachtraums an einem Haken. Wahrscheinlich benutzte es die Crew beim Beladen und Löschen des Schiffs.

Patrik blickte zum linken vorderen Teil des Frachtraums, wo Konstantins und Andrus die Gabel des Gabelstaplers unter die Kapsel schoben, um sie in den danebenstehenden Lieferwagen umzuladen. Währenddessen wurden die Geiseln in den Bus geleitet. Von den Wänden hallten Lärm und Stimmen wider.

Patrik beobachtete die Lage eine Weile. Niemand achtete auf ihn. Ruhig nahm er das Funkgerät in die Hand und kehrte den anderen den Rücken zu. Er schaltete das Gerät ein, drückte den Sprechknopf und sagte: »Hier ist Patrik Vasama. Die Entführer wissen nicht, dass ich spreche. Ihre Absicht besteht *nicht* darin, die Geiseln zu töten, daher darf der Bus unter keinen Umständen angegriffen werden …«

Patrik wiederholte den Satz dreimal auf verschiedenen Frequenzen und hängte das Funkgerät danach wieder an den Haken. Er schloss sich der Gruppe an, die vor dem Bus Schlange stand. Dan Cohen sah blassgrau aus und wurde beim Gehen von zwei Mitgefangenen gestützt. Sandrine hatte Dominik darum gebeten, Cohen in eine Klinik zu lassen, und Dominik hatte bereits halb eingewilligt, aber dann hatte Herman es strikt verboten.

Patrik bestieg den Bus, Jochem und Geir zeigten den Geiseln, wo sie sich hinsetzen sollten.

Der Hafenarbeiter, der das Festmachen des Schiffes übernommen hatte, stand mit seinem Kollegen im Diensthäuschen und hielt das Funkgerät in der Hand. Man hatte ihnen befohlen, sich nicht von der Stelle zu bewegen, am besten in geduckter Haltung, und weitere Anweisungen abzuwarten.

»Wem soll man das mitteilen?«, fragte er seinen Kollegen. Er hatte im Funkgerät einen Mann glasklares Finnisch reden hören.

»Ruf Jussi an!«, schlug der Kollege vor und meinte ihren Vorgesetzten.

Patrik setzte sich auf Dominiks Anweisung direkt hinter Konstantins, der am Steuer saß. Die Tasche mit dem Zimmermann-Zylinder hatte immer noch Dominik. Ob jemand den Funkspruch gehört hatte?, fragte sich Patrik.

»Du kennst dich in Helsinki aus«, sagte Dominik. »Du passt auf, dass Konstantins die richtige Route fährt. Falls du versuchst, zu tricksen oder der Polizei Zeichen zu geben, erschieße ich Sandrine.«

Patrik blickte über die Schulter zu Dominik und nickte. Dabei registrierte er, dass sich die Entführer auf Sitze und den Gang verteilt hatten, ihre Waffen auf die Geiseln gerichtet. Patrik sah auch Pearsons besorgte Miene auf der anderen Seite des Ganges. Konstantins startete den Motor, der mit einem tiefen Brummen ansprang.

»Gib Gas«, sagte Dominik schroff. »Zum Flughafen, und zwar schnell!«

»Er hat hinter dem Rücken der Entführer gesprochen und gesagt, deren Absicht bestehe nicht darin, die Geiseln zu töten«, sagte der Polizist außer Atem, der zu Timo und Michaels auf die obere Ebene gerannt war. »Er sagt, man dürfe den Bus unter keinen Umständen angreifen.«

Timo nickte, den Blick auf den Bus gerichtet, der langsam aus dem Schiffsrumpf rollte. Er wusste nicht, wie Vasama zu dieser Einschätzung kam und ob sie zuverlässig war, aber sie war immerhin ein konkreter Grund, einen Zugriff durch die Amerikaner zu verhindern.

»Was hat er gesagt?«, fragte Michaels, denn der Polizist hatte Finnisch gesprochen.

»Ihr dürft unter keinen Umständen angreifen«, sagte Timo und schilderte Vasamas Kontaktaufnahme.

Patrik schaute durch die Windschutzscheibe auf das leere Kaigelände. Er war sicher, dass die Finnen sie nicht an der Weiterfahrt hindern würden, denn die Risiken wären enorm.

Konstantins folgte den Ausfahrtschildern und lenkte den Bus auf die steil abwärts, unter dem Terminal hindurchführende Fahrspur. Jochem kam mit dem Lieferwagen hinterher.

»Das ist kein Grund, sich zurückzuziehen«, sagte Michaels, nachdem Timo ihm von Vasamas Funkspruch berichtet hatte.

»Doch, das ist es«, erwiderte Timo und legte die Hand auf das Funkgerät an seinem Gürtel. »Und wenn Sie es nicht tun, dann befehle ich dem SEK Bär, den Zugriff zu verhindern, indem sie den Bus auf eine andere Route lenken.«

Der Bus drosselte das Tempo in der Kurve zu der dreihundert Meter langen Ausfahrt unter dem Terminalgebäude. Die andere Route führte am nebenan liegenden Tallinn-Terminal entlang.

Timo registrierte im Augenwinkel eine Handbewegung, spürte an Ohr und Hals einen Ruck und sah im selben Moment bestürzt das Kabel seines Ohrhörers und seines Mikrofons in Michaels Hand baumeln.

58

Patrik hoffte das Beste, als der Bus beschleunigte. Hoffentlich würden die Finnen nicht …

In dem Moment ertönte ein ohrenbetäubender Knall und gleich darauf ein zweiter. Glasscherben flogen durch die Luft, ein hell glühender Blitz blendete die Augen, und der Bus füllte sich mit dichtem Qualm.

Patrik konnte gerade noch sehen, wie ein Panzerfahrzeug hinter dem Gebäude hervorbrauste und sich vor die Ausfahrt schob.

»Ausweichen, ausweichen!«, brüllte Dominik.

Unmittelbar neben Patriks Ohr ratterte eine Maschinenpistole, die Windschutzscheibe zersplitterte, und ein starker Luftzug sorgte für Sicht nach vorne. Mit irrsinniger Geschwindigkeit fuhr der Bus auf die immer schmaler werdende Lücke zwischen dem Panzerfahrzeug und einem Betonpfeiler zu.

»Fahr zu!«, rief Herman über den Lärm hinweg.

In dem Moment fiel Konstantins schlaff aufs Lenkrad, und eine Ecke des Busses touchierte den Panzerwagen. Ein Funkenregen sprühte hoch, als das massive Fahrzeug die Seite des Busses aufriss.

Patrik begriff, dass der Bus aus der Bahn geraten war und auf den Hafenkai zusteuerte. Nur noch wenige Sekunden, und sie würden ins Hafenbecken rasen.

Er warf sich auf den toten Konstantins, griff nach dem Lenkrad und riss es herum. Der Bus geriet heftig ins

Schwanken, die Insassen stürzten auf den Gang und über die Sitzreihen hinweg, jemand wurde aus einem kaputten Fenster geschleudert. Schließlich stand der Bus. In dem Moment zischte erneut eine Rauchbombe herein und gleich darauf eine zweite und eine dritte. Im Nu war der Innenraum wieder von dichtem Qualm erfüllt.

Mitten in all dem Grau tastete sich ein blutender Mann in den vorderen Teil des Busses und sprang durch das Fenster.

»Zurück!«, rief Dominik und richtete die Waffe auf die Geisel, die stolpernd davonrannte.

Patrik warf sich mit seinem ganzen Gewicht auf Dominik. Der Schuss löste sich, ging aber in die Luft, und beide Männer stürzten durch das zerstörte Vorderfenster. Die Maschinenpistole landete scheppernd auf dem Boden. Auf dem Asphalt liegend musste Patrik vor Schmerzen um Atem ringen, aber er ließ Dominik nicht los. Der griff nach Patriks Handgelenken und versetzte ihm einen schweren Tritt in die Seite. Durch den Schmerz lockerte sich Patriks Griff. Er sah Dominik zur Maschinenpistole kriechen.

Im selben Moment hörte er das Geräusch eines starken Motors und sah das Panzerfahrzeug direkt auf sich zukommen. Mit letzter Kraft rollte er sich zur Seite, unmittelbar bevor der Panzerwagen den Bus blockierte.

Männer in schwarzen Sturmoveralls sprangen heraus.

»*Keine Bewegung!*«, brüllte jemand.

Patrik sah, wie zwei Männer des Kommandos Dominik, der fast die Maschinenpistole in die Hand bekommen hätte, brutal auf den Asphalt drückten.

Im selben Augenblick packten zwei Männer auch Patrik, und er konnte gerade noch sehen, wie Jörg umgeben von Qualm hinter dem zerstörten Vorderfenster auftauchte, humpelnd, sein grünes Barett auf dem Kopf, die Maschinenpistole in der Hand und mit Pearson als Schutzschild. Er fing heftig an zu feuern und deckte dabei Herman, der sich ans Steuer schob.

Die Männer des Einsatzkommandos zogen Patrik und Dominik hinter das Panzerfahrzeug. Um sie herum schlugen die Kugeln ein.

»Wir fahren von hier direkt zur Hölle«, schrie Jörg und feuerte weiter auf das Panzerfahrzeug. Andrus und Bronislaw schossen auf der anderen Seite des Busses durch den Qualm, Geir von hinten.

Herman legte mit einem Ruck den Rückwärtsgang ein und setzte zwanzig Meter mit Vollgas zurück, obwohl der Qualm dicht war.

»Wo ist Jochem?«, rief er nach hinten.

»Keine Ahnung«, brüllte Andrus zurück und feuerte weiter. »Wir müssen hier rauskommen!«

Herman trat aufs Gaspedal, und der schwer ramponierte Bus fuhr los.

Patrik lag auf dem Bauch, das Gesicht auf dem Asphalt, die Hände mit Kabelbinder hinter dem Rücken gefesselt. Dominik lag in entsprechender Haltung neben ihm, umgeben von Männern des Einsatzkommandos. Es waren Amerikaner, und darüber wunderte sich Patrik kaum.

Im dichten Qualm war ein schwarzer Chrysler Voyager zu erkennen, der in hohem Tempo näher kam und neben ihnen bremste. Die Türen gingen auf, und vier Männer in Zivil stiegen aus.

Gleich darauf tauchte ein weißer Lieferwagen aus dem Qualm auf und hielt neben dem Voyager. Am Steuer des Lieferwagens saß Jochem, neben ihm ein Mann im Sturmanzug, der ihm eine Pistole an die Schläfe hielt. Jochem stieg aus, von seiner Stirn rann Blut.

»Nehmt sie mit!«, befahl ein Amerikaner.

Mit einigen brutalen Griffen wurde Patrik zu Jochem und Dominik in den Voyager befördert.

Auf dem Beifahrersitz saß ein Mann, der ihm bekannt vorkam. Er blickte über die Schulter nach hinten, und zu seinem Entsetzen erkannte Patrik ihn. Sogar an den Namen konnte er sich noch erinnern: Rockwell.

Der SEAL-Offizier, der Börjesson auf dem Schiff getötet hatte.

Patrik sah durch die offene Schiebetür, wie ein Mann, der finnisch aussah, angerannt kam.

Er versuchte, sich loszureißen und aus dem Wagen zu kommen. »Ich will mich den Finnen ergeben«, rief Patrik, aber sofort hielt man ihm den Mund zu. Die Tür wurde zugeschlagen, und das Auto fuhr mit rapider Beschleunigung los.

Durch das Heckfenster sah Patrik den Finnen aufgeregt in sein Funkgerät sprechen, während der Lieferwagen mit einem Kommandokämpfer am Steuer dem Voyager folgte.

59

»Die Amis haben drei Entführer und den Lieferwagen mitgenommen«, meldete Metsälä, der Chef der Sondereinheit. Timo hörte es im Kopfhörer und bestätigte die Meldung. Dann hörte er, wie Rämö seinen Männern ruhig Befehle erteilte: »Die Einheiten drei und vier folgen dem Bus und halten Kontakt zu den Streifen entlang der Strecke. Helikopter Alfa 4: Holt uns ab und bringt uns zum Flughafen …«

Timo lief zu Michaels, der am Straßenrand stand. Der Amerikaner hatte Timo einfach stehen lassen, als der Schusswechsel losgegangen war. Und Timo hatte den Zugriff nicht verhindern können.

»Die festgenommenen Entführer bleiben hier«, rief Timo schon von Weitem Michaels zu.

»Ihr bekommt sie, aber wir verhören sie zuerst.«

Timo schaute nach links. Der schwarze Voyager kam in hohem Tempo die Auffahrt vom Kai herauf, gefolgt von dem Lieferwagen. Beide Fahrzeuge bogen auf die Straße vor dem Terminal ein und hielten an. Michaels stieg in den Voyager, gleich darauf fuhren Krankenwagen in die Gegenrichtung zur unteren Ebene.

»Lasst sie nicht fahren!«, rief Timo den Polizisten zu, die an der Laivasillankatu standen. Die Fahrzeuge schossen los.

Einer der Polizisten stellte sich in den Weg und hob die Hand, aber der Voyager raste einfach weiter, und der Polizist musste zur Seite springen.

Fluchend rannte Timo an den Männern vor dem Bus der Einsatzleitung vorbei zur hinteren Tür. »Michaels und seine Leute nehmen die Entführer mit, wahrscheinlich zur amerikanischen Botschaft. Sorgt dafür, dass eine Streife die Zufahrt blockiert!«

»Das kann nicht dein Ernst sein.« Rämö war an der Bustür erschienen, er klang entsetzt. »Das ist doch ein Diplomatenfahrzeug ...«

»Die haben längst alle Spielregeln zur Hölle fahren lassen.«

Am Himmel hörte man die Rotoren eines näher kommenden Helikopters.

»Verluste?«, fragte Timo.

»Zwei Tote, einer davon der Entführer, der den Bus gefahren hat. Sie haben noch immer an die zwanzig Geiseln. Eine davon offenbar gesundheitlich schwer angeschlagen.«

Timo machte kehrt und lief zur Mitte des Parkplatzes, wo gerade der Helikopter landete. Alles war zum Teufel gegangen. Und ihm würde man dafür die Schuld geben.

60

Sandrine versuchte, rhythmisch die Brust des auf dem Gang des Busses liegenden Cohen zu drücken. Bei dem heftigen Schaukeln war das schwierig, der Bus raste mit unglaublichem Tempo durch die Stadt. Sie hätte Herman am Steuer zurufen wollen, er werde sie noch alle umbringen, aber sie wusste, dass es sinnlos wäre. Diese Männer hatten nichts mehr zu verlieren.

»Sandrine, wie ist die Lage?«, rief Herman seinerseits nach hinten.

»Die Verwundeten müssen ins Krankenhaus …«

»Nein, du bist dafür verantwortlich, dass alle am Leben bleiben. Keine einzige Geisel wird irgendwohin gebracht, hast du verstanden?«

Der Fahrtwind wehte Sandrine die Haare vors Gesicht, und sie strich sie immer wieder verzweifelt zur Seite. Sie widmete sich wieder Cohen, legte den Finger auf seine Halsschlagader, aber wegen der abrupten Bewegungen des Busses war es schwer, den Puls zu fühlen.

Der Mann wirkte leblos. Hinter Cohen lag der Italiener Guillermo Razzone auf dem Gang. Sein Hemd hatte sich rot gefärbt.

»Hilf mir«, sagte er und streckte die Hand nach Sandrine aus.

Auch aus anderen Richtungen hörte man trotz des dröhnenden Motors klagende Stimmen. Sandrine stand mühsam auf. Sie musste sich mit beiden Händen an den Sitzen festhalten, weil der Bus an einer Kreuzung scharf abbog. Sie war gezwungen, schnell zu entscheiden, wem sie am dringendsten helfen musste.

Wie gelähmt saßen die übrigen Geiseln auf ihren Plätzen und krallten sich an den Rückenlehnen der Vordersitze fest.

Sie konnte Patrik nicht entdecken. Lag er irgendwo leblos zwischen den Sitzen?

»Bleib, wo du bist!«, herrschte Geir sie an und richtete die Waffe auf Sandrine, spähte dabei aber nervös aus dem Fenster.

»Ich muss mir einen Überblick über die Verwundeten verschaffen.«

Geir ließ sie vorbei. Zwei Meter weiter richtete Jörg die Waffe auf Taylor, dessen Gesicht einen vollkommenen Schockzustand verriet.

Sandrine bemerkte die schwarze Tasche, die den Zylinder mit der Atommüllprobe enthielt. Sie kniete sich neben Razzone hin. Eine Kugel hatte seine Brust durchdrungen.

»Mir ist kalt«, sagte er. »Ich friere …«

Da bemerkte Sandrine ein paar Trekkingschuhe neben sich. Sie sah auf und begegnete dem Blick von Andrus.

»Dieser Mann muss dringend ins Krankenhaus«, sagte sie.

Andrus nahm die Waffe in die andere Hand, packte Sandrine am Arm und zerrte sie hoch.

»Der kann bis zum Flughafen durchhalten«, sagte er und zog Sandrine mit sich in den hinteren Teil des Busses. »Ich habe einen anderen Patienten für dich.«

Sandrine blickte nach rechts und links, konnte Patrik aber nicht entdecken. War es ihm gelungen, im Schutz des Qualms zu entkommen?

Draußen registrierte sie im Vorbeifahren eine gelb blinkende Ampel.

Vor der letzten Sitzreihe ließ Andrus sie los. Bronislaw hockte dort zusammengesunken und hielt sich die blutende Schulter. Sandrine wäre beinahe auf ihn gefallen, weil der Bus eine heftige Lenkbewegung machte.

»Nimm die Hand von der Wunde.«

Die Kugel war unter dem Schlüsselbein eingedrungen und hatte großen Blutverlust verursacht, aber keine lebensnotwendigen Organe beschädigt.

»Such den Erste-Hilfe-Kasten und verbinde die Wunde!«, sagte Sandrine zu Andrus. »Dann bringst du mir den Kasten. Es gibt andere, die mich dringender brauchen.«

Andrus hob die Waffe. Sein Gesicht war von extremem Stress und Frustration verzerrt.

»Du gehst nirgendwohin. Du konzentrierst dich jetzt darauf«, zischte er.

Patrik versuchte, sich auf dem cremefarbenen Ledersitz aufrecht zu halten, als der Voyager sich in einer Kurve zur Seite neigte. Die Kabelbinder schnürten an seinen Handgelenken hinter dem Rücken das Blut ab.

»Wo bringt ihr uns hin?«, fragte er den Amerikaner, der neben ihm saß, ohne eine Antwort zu erhalten.

Einzelne Regentropfen fielen auf die Windschutzscheibe. Das Auto beschleunigte auf die nächste Kreuzung zu. Sie näherten sich dem Brunnenpark. Erst da fiel Patrik ein, dass in dem Viertel die Botschaft der USA lag.

Macht ihr mit mir dasselbe wie mit Börjesson, hätte er am liebsten Rockwell auf dem Beifahrersitz gefragt, aber er hielt es für klüger zu schweigen.

Er fragte sich, ob der Bus aus dem Hafen herausgekommen war und wie es Sandrine ging ... und wo war der Zimmermann-Zylinder?

Plötzlich, wie aus dem Nichts, tauchte vor ihnen eine silberne BMW-Geländelimousine auf.

Der Amerikaner am Steuer des Voyager trat laut fluchend das Bremspedal durch. Im letzten Moment konnten sie einen Zusammenprall mit dem quer auf die Straße gefahrenen Auto vermeiden.

Aus dem BMW sprangen Männer in Zivil, die Maschinenpistolen in den Händen hielten.

»Ein Hinterhalt«, rief Rockwell und zog seine Pistole. Der Lieferwagen hinter ihnen versuchte zurückzusetzen, prallte aber gegen ein Fahrzeug, das von hinten die Straße versperrte.

Das Seitenfenster des Voyager zersplitterte, und der Fahrer brach zusammen. Patrik duckte sich und sah, wie Rockwell die Tür öffnete und sich aus dem Wagen rollen ließ. Er feuerte mit erhobener Waffe, bis er plötzlich auf den Asphalt sank.

Der Helikopter flog in Richtung Brunnenpark, und unter Timo lag der schönste Teil Helsinkis.

»*Ich will direkt von Ihnen hören, was dort eigentlich vorgeht*«, rief die Stimme des Ministerpräsidenten in Timos Kopfhörer über den Lärm hinweg.

Er überlegte, was er sagen sollte. Würde ihm jemand glauben, wenn er berichtete, was Michaels getan hatte?

»Im Zusammenhang mit dem Sturmangriff ist es gelungen, einige Geiseln freizubekommen und einen Teil der Entführer festzunehmen. Im Moment wissen wir von zwei Todesopfern, eines davon ist ein Entführer. Die übrigen Geiselnehmer fahren mit etwa zehn Geiseln im Bus nach Helsinki-Vantaa weiter.«

»*Werden wir sie in die Maschine lassen müssen?*«

»Möglicherweise.«

»*Wie haben die Amerikaner auf die Situation reagiert?*«

Timo antwortete nicht. Er starrte nur nach draußen und konnte nicht glauben, was er dort sah.

Unten stand der schwarze Chrysler Voyager mitten auf der Straße. Alle Türen waren offen, um den Van herum lagen Tote oder Verletzte.

Von der US-Botschaft her kamen in hohem Tempo schwarze Autos angerast.

»Ich muss aufhören«, sagte Timo zum Ministerpräsidenten und teilte dann dem Chef des SEK Bär über Funk mit: »Metsälä, komm mit deinen Leuten zur Kreuzung Laivasillankatu und Muukalaiskatu, und zwar so schnell wie möglich, bewaffnet!«

61

Åsa nahm dem erschöpften Kapitän das Aufnahmegerät aus der Hand und schaltete es ab. Zusammen mit dem Steuermann war der Kapitän von den Entführern auf der *Sigyn* zurückgelassen worden, nun saßen die beiden im Bürotrakt des Terminals. Man hatte ihnen gestattet, kurz ihre Angehörigen anzurufen.

Bei der ersten Befragung hatte Åsa nichts Wesentliches von den beiden erfahren; weder die Absichten der Entführer noch ihre Motive waren deutlich geworden. Mehrere Polizisten durchsuchten gerade die *Sigyn*.

Timo zog die Tür des Hubschraubers auf und rannte gebückt auf den Voyager und den quer davorstehenden BMW zu, der voller Einschusslöcher war. Der Lieferwagen war nirgendwo zu sehen. Beamte der US-Botschaft untersuchten die Opfer auf Lebenszeichen. Vom Olympia-Terminal war bereits ein Krankenwagen angekommen, ein zweiter und ein dritter hielten jetzt dahinter.

Ein aufgeregter Amerikaner lief auf Timo zu. »Warum seid ihr gelandet? Steigt wieder ein und sucht sie! Ein Mercedes Sprinter und ein VW Transporter …«

»Wir entscheiden selbst, was wir tun«, schnaubte Timo und ging unwirsch an dem Amerikaner vorbei. Mit einem raschen Blick stellte er fest, dass alle Opfer, die auf der Straße lagen, Amerikaner zu sein schienen. Einen versuchte man verzweifelt wiederzubeleben.

Im Fond des Voyager saß niemand mehr. Die Entführer waren befreit worden.

Die Botschaftsangestellten hoben einen Verletzten vorsichtig hoch und lehnten ihn sitzend gegen ein Vorderrad des Chrysler. Wenigstens einer war am Leben geblieben, der berichten konnte, was geschehen war. Man zog dem Mann die Splitterschutzweste aus. Es war Brad Michaels.

»Brad, was um Himmels willen ist hier passiert?«

Michaels verzog das Gesicht vor Schmerzen und versuchte, seinen Atem zu kontrollieren. Ein Botschaftsmitarbeiter im dunklen Anzug hielt einen Schirm über ihn, denn der Regen hatte zugenommen. Die Wiederbelebungsversuche bei dem auf der Straße liegenden Opfer wurden eingestellt.

»Die Weste hat mir das Leben gerettet … Gibt es andere Überlebende?«, fragte Michaels den Landsmann, der sich zu ihm hinunterbeugte.

Der Mann schüttelte den Kopf. Michaels seufzte schwer und sah Timo an.

»Wir sind direkt in einen Hinterhalt gefahren. Sie haben auf uns gewartet. Sucht sie, ihr müsst sie finden …«

»Wen müssen wir finden?«, fragte Timo.

Neben den anderen Fahrzeugen hielt ein Pkw mit Diplomatenkennzeichen an, aus dem vier Mitglieder des amerikanischen Sonderkommandos ausstiegen, das am Hafen gewesen war. Einer von ihnen eilte zu Michaels und wechselte mit ihm flüsternd einige Worte. Die Sirenen weiterer Rettungsfahrzeuge kamen näher.

»Gebt ihnen Bescheid, wenn ihr die Fahrzeuge geortet habt«, sagte Michaels zu Timo und machte eine Kopfbewegung in Richtung der SEAL-Männer.

Timo schüttelte den Kopf. »Ihr habt keine Befugnisse, hier zu agieren«, sagte er zu dem SEAL-Offizier.

»Ach nein? Dann versuchen Sie mal, uns aufzuhalten«, erwiderte der Amerikaner mit dem Funkgerät in der Hand. Er bedeutete seinen Leuten, in den Wagen zu steigen, und der Motor wurde sofort angelassen.

Timo zog seine Pistole, zielte und schoss einen Vorderreifen des Pkw kaputt. In dem Moment bremste ein Polizeiauto heftig neben dem Krankenwagen, und Rämö sprang wütend heraus.

»Das ist hier doch kein Schießstand, verdammt noch mal …«

In dem Moment meldete sich Timos Handy. Er wollte es ignorieren, blickte aber dann doch rasch aufs Display und meldete sich umgehend. Der Anruf kam von den Entführern.

»Ihr lasst unverzüglich unsere Kameraden frei und bringt sie zum Flughafen«, sagte Herman ins Telefon, während er auf dem geraden Straßenabschnitt beschleunigte. Der Regen hatte zugenommen und schlug ihm wegen der zersplitterten Busscheibe ins Gesicht. »Ist die Maschine startbereit?«

»*Die Maschine ist bereit. Aber wir können die Festgenommenen nicht zum Flughafen bringen. Sie sind nicht mehr in unserer Gewalt.*«

»Was willst du mir da weismachen?«, brüllte Herman und bremste scharf vor einer Kurve ab. Die Polizei stützte sich auf eine seltsame Taktik. »Wenn ich unsere Leute und den Lieferwagen nicht gleich am Flughafen sehe, fangen wir an, Geiseln hinzurichten. Da könnt ihr sicher sein.«

Herman unterbrach die Verbindung und steckte das Handy ein. Was für ein mieser Täuschungsversuch sollte das denn sein?

Wieder beschleunigte er. Die umliegenden Straßen waren gesperrt worden und die Bahn daher frei. Die Strecke vom Hafen zum Flughafen hatte er sich anhand von Satellitenbildern eingeprägt.

Im Rückspiegel sah er das Chaos im Bus. Geiseln lagen auf den Glasscherben im Gang, andere kauerten auf ihren Sitzen, und Sandrine versorgte die Verwundeten.

Herman machte sich Vorwürfe, weil sie Jochem im Hafen zurückgelassen hatten. Der Holländer hatte ihm in Afghanistan das Leben gerettet, als er mitten in einem heftigen Feuergefecht in einem Schützenloch in die Falle geraten war. Wäre Jochem nicht unter Einsatz seines Lebens zu ihm gekrochen, wäre er als Leiche voller Einschusslöcher in dem Erdloch liegen geblieben. Und jetzt hatte er Jochem hängenlassen.

Aber Jochem würde im Verhör nichts sagen, das war sicher. Bei Dominik hingegen gab es keine Garantie.

»Gibt es den verdammten Flughafen überhaupt?«, rief Jörg über den Luftzug hinweg.

»Ja, falls sie auch nur an einer überlebenden Geisel interessiert sind.«

Herman war dieser Gedanke auch schon durch den Kopf geschossen. War die bereitstehende Passagiermaschine nur eine Täuschung der Finnen und Amerikaner? Wartete am Flughafen ein neuer Hinterhalt?

Herman kannte seine Landsleute und wusste, dass bei ihnen der Zweck alle Mittel heiligte. Schmerzhafte Erinnerungen aus dem Gefängnis in Kabul kamen ihm in den Sinn. Erbärmliches Jammern von allen Seiten. Bei seinem Besuch hatte er Jennifer sofort angesehen, dass sie misshandelt worden war, obwohl sie alles tat, um es zu kaschieren. Herman war nahe daran gewesen, sich auf die Wärter zu stürzen, aber Jennifer hatte verlangt, dass er sich zusammennahm. Sie war diejenige gewesen, die noch zu rationalem Denken fähig war: Daniel durfte nicht alleine bleiben. *Du musst dich um ihn kümmern, bis er ein erwachsener Mann ist. Versprichst du mir das?* Herman hatte geglaubt, vor Wut und Angst zerspringen zu müssen …

Geirs Stimme riss ihn aus seinen Gedanken.

»Hast du gehört?«, fragte Geir.

»Was?«

»Warum haben wir Jochem zurückgelassen?«, wiederholte der Norweger seine Frage.

»Wir wären alle ums Leben gekommen.«

»Man lässt keinen Kameraden auf dem Schlachtfeld zurück.«

»Halt die Fresse! Wir konzentrieren uns jetzt darauf …«

Hermans Telefon klingelte. Das Display zeigte die Nummer, die er gerade angerufen hatte. Aber er hatte nicht die geringste Absicht, sich zu melden, es gab nichts zu verhandeln.

Sicherheitshalber presste Timo das Handy fester ans Ohr, aber McQuinn meldete sich nicht.

Im Regen um ihn herum blinkten die Blaulichter der Krankenwagen und Polizeiautos und reflektierten auf dem polierten Blech der amerikanischen Diplomatenfahrzeuge. Die zugedeckten Toten wurden auf Bahren gelegt. Immer dumpfer grummelte das Gewitter.

Im Hintergrund hörte man das Geräusch des im Leerlauf wartenden Hubschraubers. Aus dem Polizeifunk kamen hin und wieder mechanische Durchsagen.

Timo versuchte, die neue Situation zu analysieren. Wer hatte die Autos angegriffen, wenn nicht die Komplizen der Entführer? Welchen Grund hatten die Entführer, so zu tun, als hätten sie von dem Angriff nichts gewusst? Vermutlich würden sich Gründe finden lassen, weshalb es galt, äußerst vorsichtig zu sein.

Die Leute von der Botschaft versuchten, Michaels zu

ihrem Fahrzeug zu führen, aber dieser befreite sich und ging ohne Hilfe. Einer der Männer öffnete ihm die hintere Wagentür.

»Brad«, sagte Timo und eilte zu ihm. »Ich glaube nicht, dass Sie irgendwohin fahren.«

Zwei Amerikaner traten ohne ein Wort vor Timo hin.

Rämö wiederum stellte sich an Timos Seite.

»Diplomatische Immunität«, sagte Michaels. »Dagegen können auch Sie nichts machen. Oder sollen wir auch auf eure Autos schießen?«

»Ich muss wissen, was hinter diesem Vorfall hier steckt, denn ich fahre jetzt zum Flughafen, wo das Ganze weitergehen wird …«

»Leider kann ich Ihre Frage nicht beantworten«, sagte Michaels. »Sie kennen den Sprinter, suchen Sie den. Ebenso den VW-Transporter. Haben Sie Kontakt zum Bus bekommen?«

»Sie verlangen weiterhin, dass ihre Komplizen freigelassen werden, so als wüssten sie nicht, dass sie bereits befreit worden sind. Was hat das zu bedeuten?«

Michaels Miene verfinsterte sich. »Dass wir uns im Krieg befinden.«

»Ich brauche weitere Informationen, Brad.«

Michaels setzte sich auf die Rückbank. »Ich muss los. Das Ganze geht weiter, wie Sie selbst gesagt haben.«

»Was Sie im Hafen getan haben, hat Menschenleben gekostet.«

Michaels schmunzelte und schaute Rämö an.

»Mr Nortamo ist erschöpft, an Ihrer Stelle würde ich den Mann austauschen.«

Ohne einen weiteren Blick auf Timo zu werfen, zog Michaels die Wagentür zu.

Machtlos sah Timo zu, wie die Kolonne der schwarzen Diplomatenfahrzeuge sich an Krankenwagen und Polizeiautos vorbeischlängelte und auf die US-Botschaft zufuhr, die sich einige hundert Meter entfernt im Regen abzeichnete.

62

Patrik spürte, wie der VW-Bus nach einer scharfen Kurve wieder volles Tempo aufnahm. Im Halbdunkel sah ihn ein Augenpaar durch die Löcher einer Sturmhaube an. Die Waffe des Angreifers war direkt auf ihn gerichtet.

Wer waren diese Männer? Handelte es sich um Terroristen, die sich die geheime Ladung aus dem Frachtraum der *Sigyn* schnappen wollten?

Dominik und Jochem saßen an der gegenüberliegenden Wand des Laderaums, die Hände auf dem Rücken gefesselt. Neben ihnen hockte ein weiterer Mann mit Sturmhaube und Maschinenpistole. Dominik, Jochem und Patrik hatte man die Münder fest mit Tape zugeklebt.

Der Hinterhalt war perfekt gewesen. Die Amerikaner hatten eindeutig nicht damit gerechnet, im Botschaftsviertel von Helsinki Ziel eines bewaffneten Angriffs zu werden. Sie hatten auch keinerlei Chance gehabt, sich mit ihren Handfeuerwaffen gegen die mit Maschinenpistolen ausgestatteten Angreifer zu behaupten.

Man hatte sie gezwungen, in den dunkelgrünen VW-Bus, der ebenfalls wie aus dem Nichts aufgetaucht war, einzusteigen, und bevor die Hecktüren zugeschlagen wurden, hatte Patrik noch sehen können, wie einer der Angreifer sich ans Steuer des weißen Lieferwagens setzte. Offenbar wussten sie, dass er etwas Wertvolles geladen hatte, weshalb hätten sie sich sonst die Mühe machen sollen, den Wagen mitzunehmen. Dann war der VW losgefahren. Es war unglaublich, wie kaltblütig und schnell alles abgelaufen war.

Wie mochte es Sandrine im Hafen ergangen sein? War sie unbeschadet durchgekommen?

Patrik spürte, wie das Fahrzeug eine Auffahrt hinauffuhr. Er blickte durch das kleine Fenster zum Führerhaus nach draußen. Ein großes blaues Schild vor der Windschutzscheibe überraschte ihn.

Waren sie auf dem Weg zum Flughafen Helsinki-Vantaa?

Der Hubschrauber schwankte heftig. Timo starrte auf das vom Regen gepeitschte Helsinki herab und spürte, wie seine Kräfte schwanden. Er trug die Verantwortung für Ereignisse, die er selbst nicht verstand. Schon lange hatte er die Lage nicht mehr im Griff. Niemand hatte sie im Griff, nicht einmal die Amerikaner.

Rämö sprach über Mikrofon ins Funkgerät. Am Himmel zuckte ein Blitz.

»*Timo, hörst du mich?*«, fragte plötzlich Åsas Stimme in seinem Kopfhörer. »*Wie ist die Lage?*«

»Der Bus wird bald den Flughafen erreichen. Michaels war zu keinerlei Kooperation bereit.«

»*Hast du irgendeine Ahnung, was hier los ist?*«

»Ich gehe davon aus, dass die Leute, die den Überfall auf die Amerikaner verübt haben, zu den Entführern der *Sigyn* gehören, auch wenn sie aus irgendeinem Grund so tun, als wäre das nicht der Fall. Sollten sie aber wirklich nichts darüber wissen, hätten wir es mit einer dritten Instanz zu tun … Wenn man wenigstens eine Ahnung hätte, gegen wen man hier kämpft. Auf jeden Fall ist der Überfall im Botschaftsviertel extrem professionell und kaltblütig durchgeführt worden.«

»*Michaels kennt bestimmt die Hintergründe.*«

»Wahrscheinlich …«

Rämö gab Timo mit erhobener Hand ein Zeichen. Dann kam seine Stimme über das interne Funksystem aus dem Kopfhörer. »*Der gesuchte weiße Sprinter mit dem Kennzeichen HRI-847 fährt auf der Tuusulantie nach Norden, gefolgt von einem grünen VW-Transporter mit dem Kennzeichen EEY-541. Sie sind jetzt auf Höhe der Kreuzung Koskelantie.*«

Timo versuchte, sein todmüdes Gehirn in Gang zu bringen.

»Straßensperre«, sagte er.

Über die Tuusulantie kam man zum Flughafen Helsinki-Vantaa, der schien das Ziel der Fahrzeuge zu sein. Gehörte die Gruppe also doch zu Vasamas und McQuinns Leuten? Oder würde sie am Flughafen vorbei und in nördlicher Richtung aus dem Großraum Helsinki hinausfahren?

»Ich werde die Leute vom SEK Bär alarmieren, die am Flughafen warten, die sind schneller an der Tuusulantie als Einsatzwagen aus der Innenstadt«, sagte Rämö und sprach in den externen Funk: »*Nagelteppich, volle Bewaffnung und Schutzausrüstung. Extrem gefährliche Profis in den Fahrzeugen. Wir kommen hin.*«

Timo gab dem Piloten ein Zeichen, und der Hubschrauber neigte sich so abrupt, dass Timo eine Welle von Übelkeit überkam.

Der Regen schlug gegen die hohen Fenster des Kabinettssaals im Staatsratsgebäude. Die wichtigsten Minister der Regierung saßen vor dem Tisch und schauten auf den Fernseher, wo ein violetter, schwer ramponierter Bus in starker Schräglage die Kurve zur Hakaniemi-Brücke nahm und gleich danach auf der geraden Sörnäisten rantatie beschleunigte.

»Die Polizei, das Strahlenschutzzentrum und die anderen Behörden nehmen weiterhin keine Stellung zu der Behauptung der Entführer, es habe bei den Berechnungen für das Atommüllendlager Unregelmäßigkeiten gegeben. Wir haben mit einem ehemaligen Mitstudenten von Patrik Vasama an der geologischen Fakultät gesprochen. Er will anonym bleiben …«

Der Ministerpräsident wandte sich an die übrigen Anwesenden. Jemand drehte den Ton des TV-Geräts leiser.

»Die Pressekonferenz ist für zwei Uhr anberaumt«, erklärte der Ministerpräsident. »Wenn es bis dahin doch nur irgendwelche Informationen gäbe«, sagte er mehr zu sich selbst und richtete das Wort dann an den Polizeipräsidenten: »Würden Sie uns bitte etwas zu den Vorfällen im Hafen sagen?«

»Die Amerikaner nahmen den Lieferwagen, den die Entführer verlangt hatten, und drei der Entführer in ihre Gewalt. Anschließend fuhren sie in Richtung Botschaft davon. Kurz bevor sie dort ankamen, wurden sie von einer unbekannten Gruppierung angegriffen. Diese brachte die gefangenen Entführer und den Lieferwagen an sich. Vier Amerikaner starben. Einer hat überlebt, Brad Michaels, den wir kennen. Aber er ist jetzt in der Botschaft und angeblich nicht zur Zusammenarbeit bereit.«

»Weshalb nicht?«

»So hat man es mir gesagt.«

Es klopfte an der Tür. Der persönliche Referent des Ministerpräsidenten trat ein.

»Anruf aus dem Kreml. Sie wollen vom Ministerpräsidenten persönlich hören, was in Helsinki eigentlich vor sich geht.«

Der Ministerpräsident seufzte nervös.

»Wenn ich das wüsste …«

Auf der nach Norden führenden zweispurigen Fahrbahn der Tuusulantie war ein Nagelteppich ausgerollt worden. Daneben hatten sich zwei Polizeiautos quergestellt. Auf ihren Dächern blinkte Blaulicht. Auf der Böschung dahinter standen zwei Ford Transit des SEK Bär.

Die bewaffneten, mit kugelsicheren Westen und Helmen ausgerüsteten Polizisten warteten auf den weißen Lieferwagen und den grünen VW-Transporter, die beide mit hoher Geschwindigkeit näher kamen. Auch in Sichtweite drosselten sie das Tempo zunächst nicht, bis sie plötzlich gleichzeitig heftig bremsten.

In der Ferne tauchte über der Straße der Hubschrauber auf, der die Position der Kastenwagen gemeldet hatte.

Timo sah unter sich die beiden Kastenwagen, die vor der Straßensperre angehalten hatten.

»*Sie drohen damit, ihre Gefangenen zu töten, wenn man sie nicht passieren lässt*«, meldete der Hauptwachtmeister, der den Einsatz leitete, in Timos Kopfhörer.

Beim grünen Transporter ging eine Tür auf. Timo nahm das Fernglas, aber die Bewegungen des Helikopters und der Regen beeinträchtigten die Sicht.

Ein Mann stieg aus, dessen Hände auf dem Rücken gefesselt waren. Timo kniff die Augen zusammen, um besser sehen zu können.

Patrik Vasama.

»Ist das Vasama?«, fragte er sicherheitshalber Rämö, der ebenfalls durchs Fernglas schaute.

»Ja.«

»*Sie exekutieren den Finnen, wenn wir sie nicht durchlassen*«, hörte er im Kopfhörer. »*Wir haben genau dreißig Sekunden Zeit.*«

Timo war sicher, dass die Männer in dem Transporter ihre Drohung wahrmachen würden. Aber das Feuer auf die beiden Fahrzeuge zu eröffnen würde im schlimmsten Fall ein weiteres Blutbad bedeuten. Und wenn die Gruppierung in Verbindung mit den gerade am Flughafen eintreffenden Entführern stand, würden diese die Geiseln im Bus bedrohen, falls ihre Komplizen nicht passieren durften.

Timo sah, wie Vasama den Blick zum Himmel hob, als ahnte er, dass sein Schicksal in den Händen der Männer lag, die im Helikopter saßen. Timo fragte sich, warum Vasama weiterhin gefesselt war, obwohl er sich als eine der zentralen Figuren der Operation herausgestellt hatte. Wahrscheinlich sollte das ein Täuschungsmanöver sein.

»*Lassen wir sie fahren, oder was?*«, fragte Rämö in Timos Kopfhörer.

»Es gibt keine vernünftige Alternative«, sagte Timo frustriert.

Rämö erteilte den entsprechenden Befehl, und der Nagelteppich wurde rasch eingerollt, die Polizeiautos machten den Weg frei, und die beiden Kastenwagen fuhren zwischen ihnen hindurch weiter in Richtung Norden.

Der Scharfschütze des SEK Bär lag im dunklen Regenumhang auf dem Dach des Terminals am Flughafen Helsinki-Vantaa.

Vor ihm tat sich der Blick auf das verregnete, leere Flugfeld auf, wo nur eine einzelne Passagiermaschine des Typs Airbus 340 startbereit stand.

In der Nähe grummelte der Donner. Der Scharfschütze richtete den Sucher seines Gewehrs auf die offene Tür des Flugzeugs, wo eine Treppe ausgefahren worden war. Der Regen erschwerte die Aufgabe. Mit einem weißen Baumwolltuch trocknete der Mann die Sucherlinse.

Aus der Ferne war nun das Dröhnen eines Helikopters zu hören.

»*Der Bus kommt*«, vernahm der Scharfschütze im Ohrhörer. »*Fertig!*«

Er gab ein Handzeichen zum Tower hinüber, der jetzt auch als Einsatzzentrale der Polizei diente.

Dann drückte der Scharfschütze die Wange gegen den Gewehrkolben, legte das Auge auf den Sucher und den Zeigefinger leicht auf den Abzug.

63

Der Griff des verwundeten Italieners in Sandrines Hand wurde schwächer. Die Augen waren halb geschlossen.

Vor den Fenstern kündigten große blaue Schilder den Flughafen an. In einiger Entfernung ragte ein rundes Parkhaus auf und rechts und links davon die Terminalgebäude und der Tower.

»Wohin?«, rief Herman vom Steuer aus.

»Unmittelbar vor dem Terminal rechts«, antwortete Andrus, der auf dem Gang stand. »Dort haben sie ein Tor geöffnet.«

Im selben Moment tauchte ein Flughafenangestellter in gelber reflektierender Weste auf – beziehungsweise ein Mann, der sich als Airportmitarbeiter ausgab – und winkte in weitem Bogen in Richtung Tor.

»Können wir die Verwundeten hier nicht absetzen?«, fragte Sandrine.

Niemand antwortete ihr. Der Bus fuhr quer über den Personalparkplatz auf das offene Tor zu.

»Noch einen Moment«, sagte Sandrine zu Razzone. »Bald kommen Sie in einen Krankenwagen.«

Die Hand des Italieners war jedoch bereits vollkommen schlaff. Sandrine schloss die Augen. Wie lange dauerte diese Hölle noch an? Fast im selben Moment schlug ihre Verzweiflung in Wut um. Sie hatte noch nie im Leben aufgegeben, und sie würde es auch jetzt nicht tun. Wenn sie nur eine Gelegenheit bekäme, ganz gleich, wie klein …

Der Bus schoss durch das Tor auf das Rollfeld. In dreihundert Metern Entfernung stand ein großer, weiß-blauer Airbus. Der Bus schwankte heftig, als er die Richtung änderte und direkt auf die Passagiermaschine zufuhr.

Die Entfernung zu dem modernen Terminal mit dem Tower wurde größer. Etwas musste geschehen, bevor Hermans Leute sie alle in die Maschine verfrachteten.

Beim Näherkommen nahm das für den Interkontinentalverkehr vorgesehene Flugzeug immer größere Dimensionen an. Sie würden sich allem Anschein nach auf eine längere Reise begeben, denn Herman und Dominik hatten eine große Maschine mit vollem Tank verlangt. Wie würden die Geiseln das psychisch verkraften, da auch die Entführer bereits die Grenzen ihrer Belastungsfähigkeit erreicht hatten?

Mit vollem Tempo fuhr der Bus an das Flugzeug heran, bremste abrupt und hielt vor der Treppe an. Der immer stärker werdende Regen prasselte auf den Flugzeugrumpf. Herman erhob sich hinter dem Lenkrad, nahm seine Waffe, blickte durchs Fenster in Richtung Terminal und rief: »Jörg, du überprüfst die Maschine.«

Jörg nahm den Microsoft-Mann Frank Taylor vor sich in den Griff und hielt ihm die Waffe an den Kopf. Sie stiegen aus dem Bus und gleich danach die steile Treppe zur Bordtür hinauf.

Nachdem sie in der Maschine verschwunden waren, machte sich gespannte Stille im Bus breit.

Sandrine fühlte noch einmal den Puls des auf dem Boden liegenden Italieners.

»Wir lassen ihn im Bus. Ein Krankenwagen kann ihn holen, sobald wir weg sind«, sagte Herman.

Sandrine schüttelte den Kopf. »Zu spät.«

Über Hermans Gesicht huschte ein Ausdruck, den Sandrine nicht zu deuten wusste.

»Du hast bereits mehrere Menschenleben auf dem Gewissen, Herman.«

»Halt den Mund! Hätten sie im Hafen nicht das Feuer eröffnet, wäre niemandem etwas passiert.«

Wieder wurde es still im Bus. Nur das Prasseln des Regens auf dem Dach war zu hören.

»Wo bringt ihr uns hin?«, fragte Sandrine.

»Das wird sich schon herausstellen.«

»Es war kein Zufall, dass wir nach Helsinki gefahren sind, nicht wahr? Das war von Anfang an dein Plan. Du hattest auch nicht die Absicht, die Geiseln den Schweden oder den Amerikanern auszuliefern. Sie sollten woanders hingebracht werden …«

»Es wäre zu deinem eigenen Vorteil, wenn du aufhören würdest, Scheiße zu reden.«

»Du bist ein kaltblütiger Killer und ein Lügner.«

Herman schien nahe daran zu sein zu explodieren. »Ich warne dich. Zum letzten Mal.«

Unten zeichnete sich der Flughafen Helsinki-Vantaa im dichten Regen ab.

»*Sechs Scharfschützen sind auf dem Terminaldach und auf dem Tower bereit*«, sagte Rämö zu Timo über das Kopfhörermikrofon über den Lärm des Helikopters hinweg. Der Kommissar, der das SEK Bär am Flughafen befehligte, hatte seinen Lagebericht gegeben. Ein Teil der Männer kehrte gerade erst von der Straßensperre an der Tuusulantie zurück.

»*Die Entführer lassen im Moment die Geiseln ins Flugzeug steigen*«, sagte Rämö weiter. »*Synchrone Eliminierung aller Objekte unmöglich.*«

»Sag Bescheid, dass bald noch ein Sprinter und ein VW-Bus zum Flughafen kommen, mit weiteren Entführern an Bord«, sagte Timo. »Gib den Befehl, sie durchzulassen.

Und sorge dafür, dass das Gelände auch garantiert frei von Journalisten ist.«

»*Die Journalisten sind gleich nach dem Einsatz im Hafen vom Gelände geschickt worden.*«

Das Flughafenareal war inzwischen gut im Regen zu erkennen.

»Ich gehe sofort zum Tower und versuche über das Flugzeugcockpit Kontakt zu den Entführern aufzunehmen«, sagte Timo. »Ist der Pilot bereit?«

»*Er wartet im Cockpit. Flugkapitän Arto Moisio, ein Freiwilliger.*«

»Mutiger Mann.«

Sandrines Blick schweifte über die Gesichter der erschöpften Männer und hielt bei den Toten im Gang inne. Konstantins ... Dan Cohen bekam seine Familie nicht mehr zu sehen, auch Razzone nicht.

Jörg tauchte in der Türöffnung der Maschine auf und winkte.

»Bring die Tasche und vier Geiseln ins Flugzeug!«, sagte Herman zu Geir, der unverzüglich die Tasche mit dem Zimmermann-Zylinder nahm und mit vier Geiseln als Schutzschild den Bus verließ. Sie stiegen die Treppe hinauf und verschwanden in der Maschine.

»Los!« Herman stieß dem Ölmillionär Kevin Pollard die Waffe in den Rücken.

Sandrine spürte, wie ihr das Adrenalin in den Körper schoss, ihr Herz hämmerte fast schmerzhaft. Herman wollte jetzt den Bus verlassen. Sie durfte ihre Entscheidung nicht aufschieben.

Als Herman die Bustür erreicht hatte, stürzte sich Sandrine auf ihn und stieß ihn mit aller Kraft um.

Im selben Moment ertönte draußen eine Maschinenpistolensalve.

Sandrine war für eine Sekunde wie gelähmt und meinte, die Kugeln im Leib zu spüren. Sie schaute zur geöffneten Flugzeugtür und sah dort Geir stehen. Pearson hatte dessen Maschinenpistole im entscheidenden Moment weggestoßen. Sie war auf Sandrine gerichtet gewesen, aber dank des Amerikaners hatte die Salve im Dach des Busses eingeschlagen.

Herman war die Bustreppe hinuntergefallen und mit dem Kopf aufgeschlagen, er lag bewusstlos auf dem Asphalt. Die Maschinenpistole war ihm aus der Hand gerutscht.

Sandrine sprang in den Regen hinaus und griff nach der Waffe. Im selben Augenblick sah sie Jörg in der Türöffnung des Flugzeugs die Maschinenpistole gegen sie erheben.

Sandrine rollte zur Seite, als die Salve neben ihr einschlug. Sie stand auf und rannte zu dem großen Flugzeugreifen unter der Tragfläche. Vom Bus aus wurde auf sie geschossen, die Kugeln prasselten hinter ihr auf den Asphalt.

Aber Sandrine wurde nicht getroffen, und sie wusste auch, warum.

Der Reifen. Platzte er oder würde das Fahrgestell beschädigt, wäre die Maschine flugunfähig, und die Verzögerung, die die Beschaffung einer neuen Maschine mit sich bringen würde, konnte für die Entführer fatal werden. Sandrine duckte sich hinter dem Flugzeugreifen und wartete auf den Zugriff des finnischen Sondereinsatzkommandos. Weshalb zögerten sie noch? Jetzt hätten sie die Gelegenheit zuzuschlagen.

Andrus erschien mit seiner Waffe an der Tür des Busses, stieg aus und ging zu Herman. Es gelang ihm, ihn wachzurütteln, und er half ihm auf die Beine.

Sandrine zielte und drückte ab. Die Kugeln aus der Maschinenpistole zischten dicht an Herman vorbei, trafen jedoch nicht.

Andrus ließ den taumelnden Herman los und sprang wieder in den Bus.

»Herman stirbt, wenn jemand versucht, aus dem Bus zu steigen«, rief Sandrine und wischte sich die nassen Haare aus dem Gesicht.

Es kam keine Antwort. Dominik war weg, Herman war handlungsunfähig. Nun musste ein anderer die Entscheidungen treffen.

»Sandrine«, rief Andrus aus dem Bus. »Du bist eine von uns. Du kommst auf jeden Fall ins Gefängnis, selbst wenn du dich ergibst.«

Sandrine wandte das Gesicht nach oben und ließ den Blick an den Rändern der Tragfläche entlanggleiten, von denen das Wasser strömte. Sie wurde von der Vorstellung beschlichen, Jörg könnte irgendwie auf die Tragfläche gelangen und sie von dort ins Visier nehmen.

Plötzlich sah sie eine Bewegung am Ende des Terminalgebäudes. Zwei Autos näherten sich im Regen mit hoher Geschwindigkeit.

Von der Tür der Maschine aus rief Jörg etwas. Auch er hatte die Fahrzeuge bemerkt.

Sandrine spürte eine Welle der Erleichterung in der Brust. Endlich griffen die finnischen Polizisten ein.

Die Autos kamen direkt auf sie zu. Jetzt waren sie deutlich zu erkennen: zwei Lieferwagen, der eine grün, der andere weiß.

»Keiner schießt!«, rief Andrus. »Sie bringen Dominik und Jochem!«

»Bei der Maschine geht etwas vor, dort wird geschossen«, hörte Timo im Ohrhörer, als er mit Rämö vom Hubschrauber zum Tower rannte.

»Und die Lieferwagen, die wir aufs Rollfeld fahren lassen sollten, kommen gerade an …«

Timo und Rämö erreichten die Tür, ein Polizist öffnete ihnen, und sie liefen durch die Eingangshalle zum Lift.

»Hinter einem Flugzeugrad hält sich eine Frau mit einer Maschinenpistole versteckt, offenbar bedroht sie den Unbewaffneten vor dem Bus. Vielleicht eine Auseinandersetzung unter den Entführern.«

Die Türen des Aufzugs öffneten sich, und vor Timo tat sich ein Panoramablick über das Rollfeld auf. Am Fenster begegnete er dem ernsten Blick des zweiten Mannes des SEK Bär.

Zwei Lieferwagen fuhren in hohem Tempo auf den Airbus zu.

Timos Handy klingelte, er blickte aufs Display, und als er sah, woher der Anruf kam, meldete er sich sofort.

»*Timo*«, sagte die Stimme von Brad Michaels. »*Wir sind auf dem Weg zum Flughafen. Die Ladung des weißen Lieferwagens darf auf keinen Fall in die Maschine gelangen.*«

64

Sandrine hielt die Maschinenpistole fest auf Herman und den Bus gerichtet, neben dem die zwei Lieferwagen anhielten. Der weiße Sprinter war der Wagen, in den die Kapsel im Frachtraum der *Sigyn* geladen worden war.

»Liefert die Gefangenen aus, lasst die Autos stehen und entfernt euch«, rief Andrus aus dem Bus.

Die Hecktüren des grünen VW gingen auf, und Männer mit auf dem Rücken gefesselten Händen stiegen aus: Dominik, Jochem und nach ihnen ein dritter … Patrik.

Einerseits war Sandrine unendlich erleichtert, Patrik am Leben zu sehen, andererseits aber enttäuscht, weil es ihm nicht gelungen war zu fliehen. Sein Mund war mit Tape verklebt, ebenso der von Jochem. Dominik war der Einzige, der sprechen konnte.

»Kommt direkt hierher«, rief Jörg an der Flugzeugtür.

Nach Patrik stiegen weitere Männer aus dem VW, ebenso aus dem Sprinter. Einem von ihnen war offenbar ins Bein geschossen worden, ein anderer Mann stützte ihn.

»Was soll das, verdammt?«, brüllte Andrus. »Bleibt stehen …«

»Nein, das sind Leute von Wolf, sie haben uns befreit«, rief Dominik. »Lasst sie in die Maschine!«

Ein Teil der Männer ging auf den Bus zu, ein anderer Teil stieg die Treppe zum Flugzeug hinauf.

»Stopp!«, rief Jörg unsicher.

»Nicht nervös werden!«, brüllte Dominik. »Bringt die

Geiseln in die Maschine und die Ladung aus dem Sprinter ebenfalls, sofort!«

Mit blutüberströmter Schläfe und Wange sah Herman sich um. Er schien Dominiks Befehl zu hören und sich darüber zu wundern.

Auch Sandrine begriff nicht, was da vor sich ging. Sicher war auf jeden Fall, dass diese Männer keine Polizisten waren.

»Sandrine hat eine Waffe, sie steht hinter dem Flugzeugreifen«, rief Andrus.

Dominik wandte sich in die entsprechende Richtung. »Lass die Waffe fallen! Du hast zehn Sekunden Zeit.«

Sandrine verstand, dass sie alleine keine Chance gegen all die Männer hatte. Sollte sie den Flugzeugreifen zerschießen? Mit dieser Maschine kämen sie dann nicht in die Luft, aber es würde sie mit Sicherheit das Leben kosten. Vielleicht wäre es das wert, vielleicht könnte sie so den Geiseln und Patrik wenigstens eine gewisse Überlebenschance verschaffen.

»Wenn du die Waffe nicht herausgibst, wird Jörg als Erstes Patrik erschießen«, rief Dominik. »Meine Geduld geht zu Ende.«

Sandrine sah, wie Patrik heftig den Kopf schüttelte und versuchte, trotz des Tapes etwas zu sagen. Sie wusste, was er mitteilen wollte. Sie sollte nicht aufgeben, er war bereit, sein Leben zu opfern.

Langsam stand sie mit der Maschinenpistole in der Hand auf. Sie sah Patrik immer heftiger den Kopf schütteln.

Sie trat einen Schritt von dem Reifen weg. Dann machte sie einen zweiten Schritt und legte die Maschinenpistole auf den Asphalt.

Timo stand mit dem Fernglas in der Hand im Tower von Helsinki-Vantaa. »Kalevi, Bericht«, rief Metsälä in sein

Halsmikrofon. Der Chef des SEK Bär war gerade im Tower angekommen und stand schon mit dem Fernglas am Fenster. Mit »Kalevi« sprach er die Scharfschützen des SEK an.

»Vier Objekte im Visier«, wiederholte Metsälä die Antwort, die er bekommen hatte.

»Das reicht nicht«, sagte Rämö. »Sie sind zu viele.«

»Was ist da los?«, schnaubte Metsälä frustriert. »Die Frau hat die Waffe hingelegt. Ist in der Gruppe ein Machtkampf zugange, oder was?«

Timo sah machtlos zu, wie die Geiseln im strömenden Regen die Treppe zum Flugzeug hinaufstiegen. Mit dabei waren die Entführer aus dem Bus und aus den Lieferwagen.

»Versuchen Sie, die Maschine zu rufen«, sagte Timo zum Flugleiter.

»388, hören Sie mich? Moisio, antworten Sie.«

Keine Antwort.

Timo fuhr zusammen, als er ein schwarzes Diplomatenfahrzeug auf das Flughafengelände kommen sah.

Herman wischte sich das Blut vom Gesicht, als er die Treppe zum Flugzeug hinaufstieg. Ihm war noch immer ein bisschen schwindlig, und er musste sich am Geländer abstützen. Sandrine war zu weit gegangen, die Frau war gefährlich. Sie mussten etwas unternehmen …

Er trat in die geräumige Passagierkabine mit acht Plätzen in einer Reihe, jeweils zwei an den Seiten und vier in der Mitte. Im selben Moment begriff er die Lage.

Dominik stand zwischen den Sitzreihen – und zwei Männer aus dem Lieferwagen richteten die Waffe auf ihn.

Das waren nicht Wolfs Leute.

Aber Herman kam nicht einmal dazu zu reagieren, so schnell drückte ihm einer der fremden Männer einen Lauf in den Nacken und fesselte ihm die Hände mit Kabelbinder.

»Du hast uns getäuscht, um deine Haut zu retten«, brüllte Herman Dominik an.

»Sie haben die ganze Zeit die Waffe auf mich gerichtet«, erwiderte Dominik. »Hätte ich …«

»*Shut up!*«, rief einer der Bewaffneten. »Komm mit ins Cockpit«, sagte er auf Englisch zu Dominik.

Herman erschrak. Hatte er bei dem Mann einen russischen Akzent gehört?

Timo wollte gerade das Fernglas absetzen, als sich das Funkgerät des Flugleiters meldete: »*Hier ist der Airbus.*«

Timo glaubte, den mit deutschem Akzent Englisch sprechenden Mann zu erkennen, es war einer der Entführer, der von der *Sigyn* aus Kontakt aufgenommen hatte, wahrscheinlich Dominik Gladbach.

Timo nickte dem Flugleiter zu, der daraufhin sein Mikrofon einschaltete.

»388, hier ist die Flugleitung. Ich höre.«

»*Einen Gabelstapler*«, kam es aus dem Airbus. »*Wir wollen einen Gabelstapler an der Maschine haben. Sofort.*«

Der Flugleiter sah Timo an, der nach dem Mikrofon griff. »Wir versuchen, das zu organisieren. Sind die Geiseln in Ordnung?«

»*Es wird ihnen auch weiterhin bestens gehen, falls ihr den Gabelstapler innerhalb von drei Minuten in Bewegung setzt.*«

Timo sah den technischen Leiter des Flughafens an, der neben ihm stand. Der Mann nickte.

»Wir besorgen den Gabelstapler so schnell wie möglich«, sagte Timo.

»*Ihr habt drei Minuten Zeit*«, wurde vom Cockpit aus wiederholt.

Der technische Leiter gab mit seinem Funkgerät bereits die entsprechende Anweisung nach unten.

»Der Ministerpräsident will mit Ihnen sprechen«, sagte ein Polizist zu Timo.

Timo nahm das Telefon entgegen. »Ich kann jetzt nicht reden, die Aktion ist hier in vollem Gange ...«

»*Ich habe gerade einen Anruf vom Kreml erhalten*«, sagte der Ministerpräsident. »*Man hat mich energisch aufgefordert, die Situation und das Vorgehen der Amerikaner in Helsinki zu erläutern. Und der Botschafter der USA ist auf dem Weg zu mir, wegen des Anschlags auf die amerikanischen Diplomaten. Sie verstehen sicher, dass ich einen Lagebericht in Realzeit brauche.*«

Timo kamen die Worte von Michaels in den Sinn. Operation Impressum. Ging es hier um eine Art psychologische Kriegsführung, die an mehreren Fronten im Gange war? Täuschungsmanöver, Lügen und Beeinflussung der öffentlichen Meinung und der Politiker?

»Sie könnten den Kreml fragen, was sie dort über die Beteiligung von Sondereinheiten der russischen Armee an den Vorgängen im Botschaftsviertel wissen«, konterte Timo.

Diese Bemerkung beruhte nur auf einer Vermutung, aber die war nicht unbegründet. Åsa hatte sich nämlich die Aufnahme des SEK Bär von der Straßensperre angesehen, und es war eindeutig, dass der Mann, der die Drohung auf Englisch ausgesprochen hatte, einen russischen Akzent gehabt hatte. Auch das Vorgehen bei der Botschaft deutete eher auf Profis aus der russischen Alfa-Einheit als auf irgendwelche Kriminellen hin.

»Die *Sigyn* hatte etwas geladen, das die Amerikaner um jeden Preis haben wollen. Dieses Etwas befindet sich momentan in einem Lieferwagen auf dem Rollfeld von Helsinki-Vantaa. Und dieselben Männer, die die Amerikaner angegriffen haben, wollen es gleich in die Maschine laden.«

»Lassen Sie die Maschine mitsamt der Fracht starten. Wir müssen sie loswerden, das ist für Finnland das Wichtigste.«

»Das Wichtigste ist es, das Leben unschuldiger Menschen zu retten.«

»Sie tun, was ich Ihnen sage. Das ist ein Befehl.«

»Im Moment nehme ich von niemandem Befehle entgegen«, entgegnete Timo und unterbrach die Verbindung.

»Die Amerikaner wollen mit Ihnen sprechen«, sagte ein Polizist, der gerade hereingekommen war. »Soll ich sie herholen?«

65

Patrik stand im Regen und schaute auf die Treppe, auf der die Geiseln in die Maschine gelotst wurden. Dabei wurden auf Russisch Kommandos gerufen. Er war überrascht gewesen, als er begriffen hatte, dass die Männer Russen waren. Ihr Vorgehen war systematisch und diszipliniert. Es waren Berufssoldaten.

Taylor blickte sich noch einmal um, bevor er die Maschine betrat, auf dem Gesicht eine Mischung aus Verzweiflung und Resignation.

Patriks gefesselte Hände waren taub, der Kabelbinder war so stramm gezogen, dass er ihm das Blut abschnürte. Derselbe Mann, der ihn im Auto gefesselt hatte, knipste jetzt den Kabelbinder entzwei und reichte ihm eine Maschinenpistole. Patrik starrte die Waffe verdutzt an. Endlich zirkulierte wieder Blut in den Händen, aber gleichzeitig nahm der Schmerz fast unerträglich zu.

Auch Jochem gab der Mann eine Waffe.

»Ihr zielt auf die Geiseln, wenn der Gabelstapler kommt«, sagte der Russe. »Die Waffen sind nicht geladen. Ihr sollt sie nur zeigen.«

Patrik blickte sich um. Zwischen den Lieferwagen sah er einen gelben Gabelstapler näher kommen. Sie standen im toten Winkel hinter dem Bus, sodass man vom Flughafengebäude nicht hatte sehen können, dass der Russe sie von den Fesseln befreit hatte und ihnen Waffen übergeben hatte.

Patrik begriff, was das war: eine geschickte Inszenierung. Die Männer wollten, dass man im Tower glaubte, sie seien alle zusammen eine Gruppe.

»Ihr dürft die Maschine auf keinen Fall starten lassen«, sagte Michaels im Tower. Er hatte sich das Sakko umgehängt, weil ein Arm bis zur Schulter hinauf verbunden war. Zuvor hatte er so selbstsicher und elegant gewirkt, aber jetzt sah er zerknittert und verzweifelt aus. Timo hatte ihn als einzigen Amerikaner in den Tower gelassen, die anderen hatten trotz Proteste in den Diplomatenfahrzeugen vor dem Terminal bleiben müssen.

Timo sah durch das Fernglas, wie der Gabelstapler sich der Hecktür des weißen Sprinters näherte. Ringsum standen bewaffnete Männer, darunter auch Vasama und ein weiterer Entführer, der auf dem Schiff gewesen war.

»Was ist das?«, fragte Timo. »Was laden sie da in den Frachtraum des Flugzeugs um?«

»Können wir unter vier Augen reden?«, fragte Michaels.

»Nein. Sagen Sie mir hier und jetzt, was Sie zu sagen haben.«

Timo setzte das Fernglas nicht ab. Der Gabelstapler fuhr langsam zurück und gab den Blick auf einen mit weißem Plastik verhüllten Gegenstand auf der Transportgabel frei.

In dem Moment wurde Timo das Fernglas aus den Händen gerissen.

»Mensch, Nortamo«, keuchte Michaels, das Fernglas nun in seiner gesunden Hand.

»Geben Sie es zurück, oder ich werde veranlassen, dass Sie und ihre Leute vom Flughafen entfernt werden. Warum soll ich Ihnen nach den Ereignissen im Hafen noch vertrauen?«

Michaels zögerte erneut, schien aber zu begreifen, dass er keine Wahl mehr hatte. Er bat Timo mit einer Kopfbewegung zur Seite.

»Auf der *Sigyn* befand sich äußerst brisantes amerikanisches Aufklärungsmaterial«, sagte Michaels leise. »Es darf nicht in fremde Hände gelangten, schon gar nicht in russische.«

»Weshalb war es auf der *Sigyn*?«

»Um es in die Nähe der neuen Gaspipeline zu bringen, ohne dass es Aufsehen erregt. Wenn diese Kapsel in die Hände der Russen gerät, bedeutet das ... dass sie gewonnen haben.«

»Präziser! Aber schnell!« Timo sah, wie der Gabelstapler den zugedeckten Gegenstand zum Laderaum des Airbus fuhr.

»Das Durcheinander hier trifft einen ungünstigen Zeitpunkt. Der Konflikt in Estland ist ein Test, den die Russen organisiert haben; sie wollen sehen, wie die NATO mit Artikel 5 umgeht«, erklärte Michaels mit sichtbarem Widerwillen. »Es geht um große Dinge. Es geht um einen Krieg, der über die Medien in den Köpfen der Menschen geführt wird. Sie wissen doch, wie Stalin in Russland heute wieder verehrt wird. Die Geringschätzung der russischen Kriegsleistungen steht dort unter Strafe. Die Sowjetunion kommt zurück, sie hat nur einen neuen Namen.«

Michaels deutete auf die Passagiermaschine, in deren Rumpf der Gabelstapler die Kapsel lud. »Russland wird diese Kapsel dort gegen die Vereinigten Staaten einsetzen, wenn es sie in die Hände bekommt. Sie besitzt einen ungeheuren medialen Wert. Die Vereinigten Staaten werden im globalen Pressekrieg einen gewaltigen Rückschlag erleiden, und Russland wird seine Position stärken.«

Timo registrierte, wie der Rumpf geschlossen wurde. Der Gabelstapler fuhr davon.

»Und ihr selbst habt ihnen diese große Gelegenheit verschafft«, sagte Timo.

»Wir haben die Aufklärung der Russen unterschätzt. Uns war nicht klar, dass sie über die Kapsel Bescheid wussten. Die Russen haben eine Gruppe gieriger Profis angeheuert, um die *Sigyn* zu überfallen. Sie maskierten den Anschlag als Aktion militanter Ökos. Allerdings kam der Zusammenschluss der Gruppe mit den Bilderberg-Geiselnehmern anscheinend auch für die Russen überraschend.«

Timo schaute wieder mit dem Fernglas zu dem Flugzeug hinüber, das einsam auf dem Rollfeld stand. Gerade war der letzte Entführer in der Passagierkabine verschwunden.

»Timo, alles hängt jetzt von Ihnen ab«, sagte Michaels. »Mehr, als Sie sich auch nur vorstellen können, hängt jetzt allein von Ihnen ab.«

Im Cockpit packte der Russe Dominik am Arm.

»Raus. Du auch«, sagte er zu dem finnischen Piloten, der mit der Checkliste auf seinem Platz saß.

Beide gehorchten.

»Warte«, sagte ein zweiter Russe an der Cockpittür auf Englisch. »Wie weit warst du auf der Checkliste?«

»Bei: Landing gear lever, down.«

Der Russe nahm auf dem Sitz des Piloten Platz, setzte das Headset auf und ging weiter die Checkliste durch.

Der Pilot musste sich in den vorderen Teil der Touristenklasse setzen, wo ihm die Hände hinter dem Rücken gefesselt wurden. Durch das Fenster sah man den gelben Gabelstapler zum Flughafengebäude zurückfahren. Einer der Russen versorgte die Schusswunde im Bein seines Kameraden, die anderen fesselten die Geiseln und die Entführer mit Kabelbinder.

Der Stahlzylinder aus der schwarzen Tasche wurde hervorgeholt und nach einer in harschem Ton geführten Diskussion ins Gepäckfach über einem Sitz verfrachtet.

Dann sprangen die Düsenmotoren der Maschine an.

»388, welche Richtung nehmen Sie auf?«, fragte der Flugleiter ins Mikrofon.

Es kam keine Antwort.

Timo sah zu, wie sich der Airbus in Bewegung setzte.

»Lassen Sie die Maschine nicht in die Luft!«, wiederholte Michaels zum vielleicht hundertsten Mal. »Sperren Sie die Startbahn! Dafür genügt ein einziges Fahrzeug.«

»Ich kann keine Entscheidung treffen, solange ich nicht weiß, wobei es sich bei dem Aufklärungsmaterial, von dem Sie reden, handelt.«

Michaels schien eine Sekunde zu überlegen.

»Unterschreiben Sie das hier!«, sagte er und zog ein Blatt Papier aus der Tasche, das die Überschrift trug: STILLSCHWEIGEABKOMMEN. In den wenigen Textzeilen verpflichtete sich der Unterzeichnende unter Androhung einer Strafe, sämtliche Informationen, die er über die Operation Pandora erhalten hat, zeit seines Lebens geheim zu halten.

»Ich kann meinen Namen daruntersetzen, wenn es Sie beruhigt. Aber Sie wissen, dass so ein Papier außerhalb der USA keine Wirkung hat.«

Timo unterschrieb das Blatt und gab es Michaels zurück. Rämö, der zehn Meter entfernt stand, versuchte erst gar nicht, seine Neugier zu verbergen.

»Sie wissen bestimmt, was bis heute unsere erfolgreichste psychologische Operation nach dem Zweiten Weltkrieg im Ostseeraum gewesen ist?«, fragte Michaels, wobei sein Blick zwischen Timo und der langsam zur Startbahn rollenden Maschine hin- und hersprang. »Das war Anfang der Achtzigerjahre, als wir die Schweden dazu brachten zu glauben, unsere U-Boote, die als Provokation unter anderem in Hårsfjärden auftauchten, wären russische. Mit einer einzigen Operation konnte die Angst der Schweden vor dem Osten enorm gesteigert werden, wie Untersuchungen belegen.«

Timo wusste von der Aktion. Es war lupenreine psychologische Kriegsführung gewesen, was erst vor einigen Jahren enthüllt worden war und in Schweden betroffenes Schweigen ausgelöst hatte.

»Mit der Operation Pandora sollte das Ansehen Russlands in der Welt mindestens ebenso effektiv beschädigt werden. Gleichzeitig galt es, einen Keil zwischen Russland und die EU zu treiben.«

Timo hörte immer aufmerksamer zu. Womöglich hatte Michaels recht. Sollte man den Start der Maschine doch verhindern – ohne an die anderen Folgen zu denken?

»In militärischen Kreisen in Washington beobachtet man sehr besorgt den Bau der Gaspipeline in der Ostsee. Aus Sicht der USA ist es ein militärisch wie wirtschaftlich negativ zu bewertendes Projekt. Das Herz der Operation Pandora besteht daher in einer Kapsel, die in unmittelbarer Nähe der Pipeline versenkt werden sollte, jetzt, nachdem die Meeresgrunduntersuchungen entlang der Verlaufsroute abgeschlossen sind.«

Timo spürte den starken Druck, als er die Maschine unaufhaltsam weiterrollen sah.

»Aus Täuschungsgründen ist die Kapsel aus russischen Bestandteilen gefertigt worden. Sie enthält technische Vorrichtungen für die Unterwasseraufklärung und für die Überwachung der Pipeline, wie sie die Russen entlang der gesamten Röhre installieren. Unsere Kapsel enthält aber zusätzlich eine Tiefdruckbombe, die bei einer Explosion die Pipeline zerreißen würde.«

Timo konnte kaum glauben, was er da hörte. Erst jetzt

erfasste er, mit welchen Einsätzen hier gespielt wurde, und erst jetzt ging ihm auf, warum die Vertreter der USA so gehandelt hatten, wie er es in den letzten Stunden erlebt hatte.

»Wenn die Kapsel später scheinbar zufällig gefunden worden wäre, hätte der Kreml alle Hände voll zu tun gehabt, um zu erklären, worum es sich handelt. Aber alle Erklärungen wären vergeblich gewesen, denn im Westen hätten die Leute ihren eigenen Augen getraut und ihren Gehirnen: Russland hat offenbar Vorbereitungen getroffen, bei Bedarf mit einem einzigen Knopfdruck die Pipeline zu sprengen – und die Schuld auf Terroristen abzuwälzen oder auf diejenigen, die gegen die Annäherung von Europäischer Union und Russland sind …«

Timo sah, wie die Maschine langsam auf die Startbahn einschwenkte.

»Der russische Geheimdienst hat unseren Plan spitzgekriegt. Sie haben alles getan, um an die Kapsel zu kommen, denn sie ist der einzige glaubwürdige Beweis für unsere Operation Pandora. Ihre Enthüllung würde die Weltmeinung gegen uns aufbringen und Russland integer dastehen lassen, und das jetzt, wo die Lage in Estland so sensibel ist. Damit würde das Verhältnis der beiden Großmächte in die gefährlichste Lage seit dem Ende des Kalten Krieges gebracht.«

Michaels legte Timo die gesunde Hand auf die Schulter und sagte mit Nachdruck: »Timo, wir sind im Botschaftsviertel von der besten Eliteeinheit Russlands angegriffen worden. Jetzt befinden sich dieselben Männer der Alfa-Gruppe in dem Flugzeug dort drüben. Geben Sie einem Wagen den Befehl, auf die Startbahn zu fahren, damit die Maschine nicht abheben kann. *Jetzt*!«

Der Airbus hielt am Anfang der Startbahn. Timo starrte hinüber.

»Die Zeit läuft ab«, sagte Michaels. »Setzen Sie ein Fahrzeug in Bewegung!«

»Das geht nicht. Sie werden solange Geiseln töten, bis sie starten können.«

Plötzlich war sich Timo vollkommen sicher. Das Ansehen eines Staates konnte man zurückgewinnen, ein Menschenleben nicht. Er merkte, dass Michaels offenbar hektisch eine SMS schrieb. Die Motoren des Airbus heulten auf.

Plötzlich sah Timo ein schwarzes Auto vom Terminal her auf das Rollfeld rasen.

Metsälä kam mit dem Funkgerät in der Hand hereingestürzt. »Die Amis sind durch das Flughafentor gebrochen!«

Timos Augen folgten dem mit Diplomatenkennzeichen ausgerüsteten Chrysler. Er raste in Höchstgeschwindigkeit auf die Startbahn zu, an deren Beginn sich die Maschine gerade in Bewegung setzte.

»Zerschießt dem Chrysler die Reifen!«, sagte Timo zu Metsälä mit pochendem Herzen.

»Das ist schwierig, zu große Entfernung und zu hohes Tempo. Außerdem dürfen wir nur die Reifen treffen, sonst gibt es eine Katastrophe …«

Die Geschwindigkeit des Flugzeugs nahm von Sekunde zu Sekunde zu. Das Auto fuhr ihm nach und kam rasch auf gleiche Höhe mit dem Airbus. Timo ballte die Fäuste. Es sah aus, als würden es die Amerikaner vor die Maschine schaffen und sie zwingen, die Startbeschleunigung abzubrechen … aber dann wuchs der Abstand doch schneller als gedacht.

Das Auto bremste ab, die Geschwindigkeit der Maschine erhöhte sich weiter, bis sie abhob und in den Regen aufstieg. Wortlos starrte Michaels mit verzweifeltem Gesichtsausdruck zum Himmel.

Timo sah sein eigenes gespensterhaftes Spiegelbild im Fenster des Towers. Er hatte seine Entscheidung getroffen, und jetzt war sie unwiderruflich. Er würde die Verantwortung tragen, was immer auch geschähe.

Er wusste nicht, ob er erleichtert sein sollte oder enttäuscht, aber auf jeden Fall hatte er sein Bestes getan. Die Spannung ließ nach, Tränen der Müdigkeit brannten ihm in den Augen.

66

Bei Wind und Regen rollten zwei mit Radar- und Infrarotraketen ausgerüstete F/A-18-Hornet-Kampfflugzeuge der Flugstaffel Satakunta von der finnischen Luftwaffe auf die Startbahn.

»*Haltet genügend Abstand*«, war im Helmkopfhörer des Oberstleutnants, der die eine Maschine steuerte, zu hören. »*Sie haben angedroht, den Geiseln Schaden zuzufügen, falls sie merken, dass sich jemand nähert.*«

Der Oberstleutnant quittierte die Anweisung und bat um die Starterlaubnis. Er zeigte dem Piloten der neben ihm stehenden Maschine den erhobenen Daumen, und dieser antwortete mit der gleichen Geste. Dann erhöhte er die Motorumdrehungen.

Das Flughafengelände füllte sich mit ohrenbetäubendem Dröhnen, und die Kampfflugzeuge schossen los.

Der Airbus geriet in starke Turbulenzen. Patrik saß auf einem der Doppelsitze auf der rechten Seite und versuchte, seine Schultern ein wenig zu lockern, was wegen der erneut hinter dem Rücken gefesselten Hände schwierig war. Vor dem Fenster sah man nichts als dunkle Wolken, in denen sie weiterhin an Höhe gewannen. Ein Blitz flammte auf. Außer dem Brummen der Motoren war nichts zu hören.

Patrik blickte nach hinten und sah Sandrine. Sein Respekt vor ihr hatte stark zugenommen. Dann reckte er den Hals, um in den vorderen Teil der Kabine spähen zu können. Er hatte die Russen den Zimmermann-Zylinder inspizieren und im Gepäckfach verstauen sehen. Im vorderen Teil der Touristenklasse hatten sie einige Sitzreihen frei gelassen und die Gefangenen an verschiedenen Stellen des mittleren Bereichs platziert. Zwei Reihen vor Patrik saß Herman. Durch die Sitze hindurch konnte er dessen Schulter und die eine Hälfte seines Gesichts sehen. Aus den Wunden überm Auge und an der Wange sickerte noch immer Blut und rann auf den Hals hinab. Der Hemdkragen war dunkelrot. Patrik reckte sich noch ein wenig, bis er das ruhige, ernste Gesicht des Finnair-Kapitäns sah.

Einige Reihen weiter vorne war ein Bildschirm angebracht, auf dem bei langen Flügen Filme und Nachrichten gezeigt wurden sowie während Start und Landung Bilder von der Bugkamera der Maschine. Jetzt war der Bildschirm schwarz.

Patrik lehnte den Kopf gegen die Nackenstütze und versuchte, der Reihe nach zu rekonstruieren, was geschehen war. Die Angreifer, in deren Gewalt sie jetzt waren, kamen aus Russland und gingen militärisch diszipliniert und effektiv vor. In wessen Dienst standen sie? Dem der russischen Föderation? Eigentlich war es einerlei. Klar war jedenfalls, dass sie speziell die geheimnisvolle Kapsel wollten. Und sie hatten sich so benommen, dass Außenstehende den Eindruck bekommen mussten, sie gehörten zu Hermans Leuten.

Die Maschine schaukelte weiter und flog einen jähen Bogen. Wohin waren sie unterwegs?

Allmählich wurde es heller vor dem Fenster. Patrik sah in dem Moment hinaus, als die Maschine die Wolkendecke durchstieß und gleißende Helligkeit über blauem Himmel die Augen blendete. Die Sonne schien von schräg vorne, das hieß, dass sie nach Osten flogen. Das war nun keine Überraschung mehr.

Als die Maschine den Steigflug beendet hatte, regte sich etwas im vorderen Teil der Passagierkabine. Die Russen tauschten die Maschinenpistolen gegen Pistolen mit kleinem Kaliber, die man auch im Flugzeug benutzen konnte.

Patrik versuchte, die Hände hinter dem Rücken zu bewegen, um den Blutfluss in Gang zu halten.

Eine leichte Turbulenz erschütterte die Maschine und brachte die im Gang stehenden Russen kurz aus dem Gleichgewicht.

Sandrine schaute auf die Wolkenformationen vor dem Fenster und fühlte sich erstaunlich ruhig.

Aufgrund ihres starken Gerechtigkeitsgefühls hatte sie stets versucht, in moralisch-ethischer Hinsicht korrekt zu handeln, aber vorhin erst, auf dem Flughafen, hatte sie begriffen, wie sehr die Gefühle für einen anderen Menschen ihre Entscheidungen, ja ihr gesamtes Denken beeinflussen konnten. Sie begriff, dass sie in ihrem Wunsch, in der Dritten Welt zu helfen, ihre zwischenmenschlichen Beziehungen egoistisch vernachlässigt hatte. Und nun plötzlich verstand sie ihre wahren Gefühle für Patrik. Sie hatte nicht gewusst, dass sie solche Gefühle hatte.

Im selben Moment zuckte sie zusammen. Ein hochgewachsener Mann kam mit einem Messer in der Hand den Gang entlang. Niemand sah in seine Richtung, auch Sandrine richtete den Blick wieder zum Fenster hinaus, aber im Augenwinkel sah sie, dass der Mann neben ihr anhielt.

»Steh auf!«, befahl er.

Sandrines Puls beschleunigte sich. Sie gehorchte langsam und sah Patriks ängstlichen Blick einige Sitzreihen weiter vorne.

Der Russe packte sie an der Schulter und drehte sie mit dem Rücken zu sich. Sandrine spürte einen Ruck an den

Handgelenken, und gleich darauf waren ihre Hände frei. Durch das einschießende Blut brannten sie schmerzhaft.

Der Mann führte sie in den vorderen Teil der Maschine. Sandrine rieb sich im Gehen die Hände und sah sich gleichzeitig aufmerksam um. In der nahezu unbesetzt wirkenden Kabine sah man hier und da die Gesichter niedergeschlagener Männer.

Sie ging an Patrik vorbei, dessen Augen wachsende Sorge verrieten.

Wieder erschütterte eine Turbulenz die Maschine, und Sandrine musste sich an einem Sitz abstützen. In der Business-Klasse stand ein Bewaffneter mit ernstem Gesicht. Von der vorderen Sitzreihe ragte ein blutiges Bein in den Gang.

Der Russe, dem Sandrine die Befreiung ihrer Hände zu verdanken hatte, blieb neben seinem Kameraden, der in halb sitzender Position schwitzend und fluchend auf dem Sitz hing, stehen und sagte:

»Es heißt, du bist Ärztin. Er hat eine Schusswunde. Versorg sie!«

Woher wissen sie, dass ich Ärztin bin?, fragte sich Sandrine. Da fiel ihr ein, dass es in den Nachrichtensendungen der ganzen Welt erwähnt worden war.

»Wie lange dauert es, bis man ihn in eine Klinik bringen kann?«

Der Mann taxierte sie.

»Ich muss das für die Erstversorgung wissen.«

»Tu das, was mit dem hier möglich ist.« Der Mann reichte ihr den Erste-Hilfe-Koffer der Maschine.

Sandrine untersuchte die Wunde in der Wade. Offenbar waren die Russen vor ihrer Ankunft am Flughafen in einen Schusswechsel geraten.

Der Mann hatte einen blutdurchtränkten Druckverband am Bein, wie ihn Soldaten im Feld anwendeten. Sandrine zog Einweghandschuhe an und entnahm einem sterilen Beutel aus dem Koffer eine kleine Schere, mit der sie den Verband löste und die Wunde freilegte.

Während sie das tat, beobachtete sie die Russen aus den Augenwinkeln. Einer von ihnen ging zur Cockpittür und sprach mit dem Piloten. Anschließend redete der Mann aufgeregt auf seine Kameraden ein. Dabei wiederholte er in seinem russischen Redefluss zwei Wörter, die Sandrine sich einprägte.

Sie verband die Wunde neu und zog die Handschuhe aus.

»Fertig?«, fragte der Bewaffnete, der neben ihr stand.

»Bis zum Krankenhaus. Dort sollen sie weitermachen.«

»Geh auf deinen Platz.«

Sandrine steckte die Handschuhe und den Verband in eine Tüte und legte die Instrumente in den Koffer, behielt die Schere aber in der Faust. Sie ging in die Touristenklasse zurück, wo die Russen sie vermutlich bald wieder fesseln würden. Leichte Turbulenzen ließen die Maschine wackeln, während Sandrine durch den Gang ging. Sie musste sofort handeln.

Sie machte einige schnelle Schritte, tat so, als geriete sie ins Stolpern und ließ sich auf Patrik fallen. Mit einer Hand suchte sie Halt an der Rückenlehne seines Sitzes, die andere schob sie hinter Patriks Rücken. Schnell suchten ihre Finger den Kabelbinder, setzten die Schere an und knipsten den Kunststoff entzwei.

»*Svidetel* und *nestschastnyi slutschai* – diese Worte haben sie ständig wiederholt«, flüsterte sie Patrik zu und ließ die Schere hinter dessen Rücken auf den Sitz fallen. Dabei richtete sie sich auf und ging weiter. Als sie ihren Platz erreicht hatte, kam der Russe herbeigeeilt und fesselte erneut ihre Hände, diesmal noch strammer als zuvor.

Sandrine warf einen Blick auf Patrik und sah, dass dieser dasaß, als wäre nichts passiert.

»388, hören Sie mich?«, fragte der Flugleiter über Mikrofon und sah Timo an. »Die antworten immer noch nicht. Die Maschine wird in cirka zehn Minuten den russischen Luftraum erreichen, falls sie ihre Route beibehält.«

Michaels hatte, direkt nachdem der Airbus abgehoben hatte, den Tower verlassen. Auf dem Platz war er in den Chrysler gestiegen, der sofort losgebraust war. Obwohl die Amerikaner sich durch die Fahrt aufs Rollfeld eines Deliktes schuldig gemacht hatten, versuchten die Polizisten nicht einmal, den Wagen aufzuhalten, die Männer hatten diplomatische Immunität.

Patrik behielt die Hände auf dem Rücken, bis der Russe auf dem Gang ihn wieder passiert hatte. Sobald der Abstand groß genug war, rieb er sich unauffällig die Hände und spürte, dass die Finger wieder Gefühl bekamen.

Er nahm die Schere, auf die er sich rasch gesetzt hatte, und blickte hinter sich. Als er wieder nach vorne sah, wurde ihm klar, dass sie einzig und allein mit Hermans Kompetenz und Kaltblütigkeit wenigstens eine kleine Chance hatten, gegen die Russen anzukommen.

Aber lohnte es sich, ein derartiges Risiko einzugehen? Vielleicht wurden sie nach der Landung der Maschine freigelassen? Nein, das würden die Russen kaum tun … Er musste den Vorteil, den er durch die Schere und die Befreiung von den Fesseln hatte, auf jeden Fall zu nutzen versuchen, was immer auch dabei herauskommen mochte.

Patrik schob den Kopf zwischen die Sitze und flüsterte: »Herman …«

Das Brummen der Motoren überlagerte seine Stimme. Er sah, wie Herman den Kopf zur Seite drehte, aber nur ein wenig, um besser zu hören. Dadurch wurde seine Wunde sichtbar. Das Blut bedeckte die linke Gesichtshälfte komplett, und das Auge war fast zugeschwollen. War Herman überhaupt in der Lage, etwas zu tun?

»Schieb deine Hände zu mir hin«, flüsterte Patrik.

Herman blickte kurz auf den Gang und steckte dann die gefesselten Hände zwischen den Rückenlehnen hindurch.

Patrik streckte die Hand mit der Schere so weit nach vorn, wie er konnte. Die Spitze reichte gerade so an Hermans Fesseln heran, aber Patrik merkte, dass er so keine Kraft auf die Schere ausüben konnte.

Schließlich gelang es ihm doch, und der Kabelbinder ging entzwei. Sofort stieß Patrik gegen Hermans Finger, und obwohl sie fast taub sein mussten, gelang es Herman, die Schere zu fassen zu bekommen. Zum ersten Mal wusste Patrik Hermans Professionalität zu schätzen, seine Fähigkeit, die Situation und die Absichten der Schicksalsgenossen zu erfassen.

Langsam beugte sich Herman auf dem Sitz nach vorne. Die Schere zitterte in seinen gefühllosen Fingern. In Zeitlupe zog er die Hände an sich, blickte aus dem Augenwinkel zu Patrik und nickte.

Zwei von ihnen waren nun frei, dachte Patrik erleichtert. Aber würden sie auch den anderen helfen können? Nur Taylor saß noch vor Herman. Über den Gang hinweg konnte man die Schere jedoch nicht weitergeben, ohne dass die Russen es merkten.

»Wann können wir den Flughafen wieder für den Verkehr öffnen?«

Timo zuckte bei der Frage des Flugleiters zusammen.

»In den nächsten Stunden noch nicht«, sagte Metsälä und deutete auf die Startbahn. »Dort werden noch Spuren gesichert.«

Der Polizeipräsident telefonierte mit dem Ministerpräsidenten und berichtete, es habe kein Blutvergießen gegeben und die Maschine werde bald den finnischen Luftraum verlassen.

Bald wären das Flugzeug und die Geiseln nicht mehr das Problem Finnlands. Bis auf die zwei Finnen, die mit an Bord waren: Patrik Vasama und der Flugkapitän.

Auf dem TV-Bildschirm, der an der Decke angebracht war, wurden Bilder von zerschossenen Fahrzeugen und einem rasenden, ramponierten Bus gezeigt. Gleichzeitig hörte man den Kommentar eines Reporters:

»*Finnische und US-amerikanische Kräfte griffen die Entführer im Hafen von Helsinki an. Ein Teil der Verbrecher konnte mit den Geiseln im Bus entkommen. Einige Entführer wurden festgenommen, aber einer zweiten Gruppe gelang es, ihre Komplizen bei einem Überfall in der Nähe der US-Botschaft zu befreien. Die Entführer haben Helsinki mit den Geiseln in einem Airbus-Passagierflugzeug in Richtung Osten verlassen. Gerade eben erreicht die Maschine den russischen Luftraum. Über das Flugziel ist nichts bekannt …*«

Der Flugleiter, der am Radarschirm saß, drehte sich um und sagte laut: »Die Flugleitung in Tampere teilt gerade mit, dass vom Flughafen Ämar in Estland Kampfflugzeuge der NATO gestartet sind.«

Timo sah seine Kollegen ernst an.

»Hoffentlich wissen sie, was sie tun«, sagte er düster.

67

Wieder kam der Russe durch den offenen Vorhang der Touristenklasse und warf einen Blick auf die Sitzreihen. Patrik bemerkte Bewegung in der Businessklasse. Ging dort etwas vor?

Der Russe wandte sich ab. Patrik schaute auf Herman, der sich so gut wie nicht rühren konnte, ohne Verdacht zu erregen. Die Schere war noch immer bei ihm.

Plötzlich verstummte das Motorengeräusch. Es war, als würde die Maschine in der Luft stillstehen.

Patrik wusste, was das bedeutete. Sie verringerten die Flughöhe. Unten sah man nur Wolken, die jetzt näher rückten. Flogen sie Sankt Petersburg an?

Er hatte über die Worte nachgedacht, die Sandrine ihm zugeflüstert hatte. *Svidetel* und *nestschastnyi slutschai.*

Er beugte sich nach vorn und schob den Kopf vorsichtig zwischen die Sitze.

»Herman«, flüsterte er.

Herman nickte ganz leicht, drehte aber nicht den Kopf.

»Sandrine hat etwas gehört, als sie vorne war. *Svidetel* und *nestschastnyi slutschai*. Was heißt das?«

Herman schwieg eine Weile. Dann flüsterte er, ohne den Kopf zu bewegen: »*Svidetel* heißt Zeuge und *nestschastnyi slutschai* Unfall … Sie haben vor, uns umzubringen, sie wollen keine Zeugen. Wir müssen handeln … Sie werden einen Unfall inszenieren, bei dem wir alle sterben.«

Taylor versuchte sich zu beruhigen. Eine Verringerung der Geschwindigkeit war ein gutes Zeichen. Sie würden irgendwo landen. Er versuchte Blickkontakt zu Sachar, dem Vizedirektor der Zentralbank der USA, und zu dem britischen EU-Kommissar Michael Raven herzustellen, doch beide starrten apathisch in Richtung Fenster.

Im selben Moment wurden die Motoren wieder lauter.

»Taylor«, hörte er hinter sich flüstern. Er wagte es nicht, sich umzudrehen, aber er verstand, dass es der amerikanische Entführer war, der ihn ansprach.

»Schieb deine Hände zwischen den Sitzen hindurch.«

»Warum?«, flüsterte Taylor.

»Ich befreie dich von den Fesseln.«

Taylor sah durch den offenen Vorhang zur Businessklasse.

»Und wenn sie es merken?«

»Wir müssen handeln.«

»Wieso?«, flüsterte Taylor voller Angst. »Wir landen irgendwo, und man wird Lösegeld für uns verlangen …«

»Nein. Sie werden uns alle töten, sobald die Maschine gelandet ist. Wir müssen jetzt handeln. *Sofort.*«

Taylor schüttelte den Kopf. Er wollte nicht glauben, was sein Landsmann behauptete, aber scheinbar wusste der irgendwas. Vor dem Fenster wurde es dunkel, sie flogen nun durch die Wolken. Die Maschine verlor weiter an Höhe und drosselte das Tempo. Aus der Businessklasse hörte man russische Kommandos.

»Wir müssen die Maschine in unsere Gewalt bekommen«, sagte der amerikanische Entführer. »Auf mein Zeichen stürzt du dich auf einen der Russen im Gang und versuchst, ihn wenigstens einige Sekunden lang festzuhalten. Wenn du seine Waffe zu fassen kriegst, umso besser.«

Taylors Lippen zitterten. »Mein Gott«, flüsterte er.

»Du bist am nächsten dran. Da ist der Überraschungseffekt am größten.«

Taylor versuchte, wieder Luft zu bekommen.

»Wir müssen es tun«, fuhr die Stimme hinter ihm fort. »Lähmung bedeutet den sicheren Tod. Nur wenn wir handeln, haben wir eine Chance. Hast du Kinder?«

»Zwei Söhne und eine Tochter.«

»Ich habe einen Sohn«, sagte der Amerikaner. »Und ich bin bereit, für ihn alles zu tun. Absolut alles.«

Taylor nahm all seinen Mut zusammen. Dann schob er vorsichtig die Hände zwischen den Sitzen hindurch.

Zwischen den Wolkenfetzen konnte Patrik die Erde erkennen, die sich weit unten abzeichnete. Die Maschine verminderte weiterhin die Flughöhe.

Plötzlich hörte er über das gleichmäßige Brummen der Triebwerke hinweg in der Passagierkabine einen Aufprall. Patrik sah auf den Gang.

Dort lag Herman, die Augen geschlossen, die Hände auf dem Rücken. Aus seiner Wunde sickerte noch immer Blut.

»Steh auf!«, befahl der Russe, der weiter vorne im Gang stand, auf Englisch. Herman reagierte nicht.

»Setz dich wieder hin!«, rief der Russe und eilte mit der Pistole in der Hand auf Herman zu.

Er bückte sich, um den am Boden Liegenden auf den Sitz zu zerren, da schlug Herman die Augen auf und zog die Hände hinter dem Rücken hervor. Die Bewegung war blitzschnell. In seiner Hand blinkte etwas auf. Die Schere, begriff Patrik im selben Moment, als sie auf den Hals des Russen zuschoss.

Dieser stöhnte auf, und Herman griff nach der Waffe des Mannes.

»Halt!«, schrie ein zweiter Russe vom anderen Gang

aus. Er war mit der Pistole in der Hand auf einen Sitz gesprungen.

Herman fasste ihn über die Schulter des zusammengebrochenen Russen hinweg ins Auge. Dann schoss er unter dessen Achsel hindurch. Der Mann auf dem Sitz hielt sich die Brust und stürzte auf den Gang. Herman schoss erneut, diesmal zielte er aufs Cockpit.

»Jetzt«, rief Herman zu Taylor hinüber, der bereits aufgesprungen war und sich auf den nächsten Russen stürzte, der in den Gang kam.

»Patrik, lauf ihm hinterher!«

Herman stürzte in seinem Gang nach vorne. Die Russen riefen sich Kommandos zu, und die Maschine geriet ins Trudeln und sank rapide. Aus dem Cockpit hörte man das akustische Warnsignal. Patrik sprang auf die mittlere Sitzreihe und war mit zwei Sätzen im Parallelgang. Taylor hatte die Waffe des erschossenen Russen in die Hand bekommen.

»Die Russen sind in Panik, du hast den Piloten getroffen«, rief Andrus Herman zu.

»Taylor, gib Patrik die Waffe«, befahl Dominik und rannte Herman hinterher. Die Nase der Maschine neigte sich weiter nach unten.

Taylor warf Patrik die Pistole zu, der sie auffing, obwohl die Maschine heftig schwankte. Der Anführer der Russen richtete im vorderen Teil des Ganges die Waffe auf Herman, der hinter den Sitzen in Deckung ging.

Patrik begriff, dass es nun um Sekundenbruchteile ging, und schoss auf den Russen. Die Kugel traf die Schulter des Mannes, und die Pistole fiel ihm aus der Hand und zu Boden.

Geir kam angerannt, die Hände noch immer hinter dem Rücken, und trat auf die am Boden liegende Waffe.

»Passt auf, dass sie nicht die Tür zum Cockpit schließen«, rief der finnische Flugkapitän, »es ist eine gepanzerte Tür, die bekommen wir nicht mehr auf!«

Patrik stürzte nach vorn, wo bereits einer der Russen an der Cockpittür zog. Im letzten Moment gelang es Patrik, den Pistolenlauf in den Spalt zu schieben. Die Tür ging wieder auf, und Patrik starrte in die Mündung einer Maschinenpistole in der Hand des Russen.

Da fiel hinter ihm ein Schuss, und der Russe brach zusammen.

»Hol den Kapitän!«, rief Herman und warf Patrik die Schere zu.

Patrik mühte sich den Gang hinauf, der sich immer mehr neigte. Lose Gegenstände flogen ihm entgegen, in der Kabine wurde laut geschrien. Die Leichen der Russen rollten haltlos über den Boden, gelbe Sauerstoffmasken hingen an Schläuchen von der Decke herab.

Patrik kämpfte sich zum Kapitän vor, den Jochem bereits von den Fesseln zu befreien versuchte.

»Schnell!«, schrie Sandrine verzweifelt.

Aus dem Cockpit kam die Roboterstimme des akustischen Warnsignals: »*Stall, stall, stall …*«

Auf dem Gesicht des Kapitäns glänzte der Schweiß, und in seinen Augen spiegelte sich das nackte Grauen, als Patrik mit der Schere auf ihn zu kam. Er schnitt den Kabelbinder durch und hielt den Kapitän fest. Der Mann durfte sich unter keinen Umständen verletzen.

Im ohrenbetäubenden Lärm schob er den Kapitän den Gang hinunter zum Cockpit, wobei er darauf achtete, dass ihn keine Gegenstände trafen. Herman saß inzwischen auf dem Platz des Copiloten. Die näher kommende Erdoberfläche mit ihren Feldern und Wäldern füllte bereits das gesamte Cockpitfenster aus. Die Düsenmotoren gaben ein gewaltiges Getöse von sich, dazu erscholl weiterhin die Roboterstimme: »*Stall, stall, stall …*«

Mit einer Hand hielt sich Patrik am Cockpittürrahmen fest, mit der anderen half er dem Kapitän über die zwei toten Russen hinweg auf den Pilotensitz. Ein Aufprall auf der Erde schien unausweichlich.

Enormes Zittern setzte ein, fürchterlicher Druck erfüllte den Kopf und presste den Leib zusammen.

Der Wald war unmittelbar vor ihnen, Patrik sah die Fichten und die Kiefern, aber sie kamen nicht mehr näher. Der Kapitän hielt konzentriert den Steuerknüppel, er vergaß alles um sich herum. Die Maschine stieg allmählich wieder. Zitternd sank Patrik zu Boden und versuchte sich zu beruhigen.

Nach und nach gewann die Maschine weiter an Höhe. Patrik merkte, dass er auf die Pistole starrte, die vor ihm auf dem Boden lag.

Langsam streckte er die Hand danach aus, aber da trat ein Fuß auf die Waffe. Patrik blickte auf und sah Herman ihn mit vorgehaltener Pistole bedrohen.

68

»Wir kehren um«, sagte Herman zum Flugkapitän, während er die Pistole auf Patrik richtete.

Der Kapitän setzte zu einer ruhigen Wende an. Herman rechnete damit, dass jeden Moment der Funk zum Leben erwachte und die Russen Kontakt aufnahmen. Ihnen musste unweigerlich klar geworden sein, dass sie die Kontrolle über das Flugzeug verloren hatten.

»Andrus, komm her«, rief er in die Passagierkabine, wo die Geiseln wieder gefesselt auf ihren Plätzen saßen. Geir fesselte auch die Hände eines verwundeten Russen.

Dann hörte man ein Knacken im Funk. *»Poljot 388. Tschto slutschilos? Potschemu pvernuli nazad?«*

Andrus eilte hinter Dominik ins Cockpit. Wieder meldete sich die Stimme, noch fordernder als zuvor.

»Flug 388, haben Sie Probleme?«, dolmetschte Andrus. »Warum kehren Sie um?«

Der Kapitän sah Herman fragend an.

»Nicht antworten. Wir fliegen einfach nach Finnland zurück«, sagte Herman.

Die Stimme unterbrach erneut das Rauschen des Funkgeräts.

»Sie wollen, dass wir auf dem Flughafen Pihkowa landen«, sagte Andrus. »Sie fordern uns auf, unverzüglich die Flugrichtung zu ändern, sonst schießen sie uns ab ...«

»Drei Kampfflugzeuge nähern sich von drei Uhr her«, sagte der Kapitän mit Blick auf den Radarschirm.

Dominik sah aus dem Fenster. »Sie kommen direkt auf uns zu.«

»Wie lange dauert es, bis wir den finnischen Luftraum erreichen?«, fragte Herman den Flugkapitän.

»Einige Minuten.«

Dominik sah Herman an. »Du bist gerade ein großes Risiko eingegangen … Ich glaube nicht, dass sich die Russen an uns vergreifen. Sie interessieren sich nur für die Ladung, was immer es auch ist. Wir liefern sie ihnen aus und ergeben uns …«

»Halt die Fresse!«, fuhr Herman ihn an. Er blickte auf die Männer, die an die Tür des Cockpits gekommen waren. »Wenn wir landen, wird man uns exekutieren oder bis zum Ende unseres Lebens nach Sibirien schicken. Aber wenn wir weiterfliegen, werden wir unser Ziel erreichen, solange jede einzelne Geisel am Leben bleibt.«

»Die MiGs sind direkt neben uns«, sagte der Kapitän.

Durch das Seitenfenster im Cockpit sah man das Profil eines silbergrauen Kampfflugzeugs, unter den Tragflächen waren Raketen angebracht. Der Jet kippte kurz hin und her, um mit den Flügeln die Aufforderung zur Landung anzuzeigen.

»Wie weit noch bis Finnland?«, fragte Herman.

»Zwei Minuten.«

»Und wenn Wolf dafür sorgt …«

»Vergiss endlich deinen verfluchten Wolf«, schrie Herman in Richtung Dominik. »Kapier es endlich. Wir haben es mit den russischen Behörden zu tun.«

»Dominik«, rief Patrik aus der Passagierkabine. »Noch kannst du dein Leben und das der anderen retten. Andrus, setz deinen Verstand ein …«

»Maul halten!«, brüllte Herman. Er verlor die Geduld und trat in die Passagierkabine. »Noch ein Wort, und es gibt Tote!«

»Tampere teilt mit, dass die NATO-Kampfflugzeuge über dem Finnischen Meerbusen Kurs auf die finnisch-russische Grenze nehmen«, sagte der Flugleiter im Tower von Helsinki-Vantaa, ohne dabei seine Aufregung verbergen zu können.

»Das darf nicht wahr sein …« Erschrocken sah Timo zu Åsa hinüber, die inzwischen vom Hafen zum Airport gekommen war.

»Sicherlich drehen sie vor der Grenze ab«, sagte der Flugleiter. »Spätestens unsere Hornets werden dafür sorgen. Jedenfalls sollten sie das …«

Timo zog das Handy aus der Tasche und rief Michaels an, aber es war besetzt.

Major Scott Gray, der Pilot des F-15-Eagle-Kampfflugzeugs über dem Finnischen Meerbusen, blickte auf den Höhenmesser. Er zeigte tausenddreihundert Meter an.

»Wir nähern uns Sektor 4c«, sagte er ins Mikrofon, über das er mit dem NATO-Luftwaffenstützpunkt in Verbindung stand, der im estnischen Ämar operierte. »Objekt in Sicht.«

Gray sah dunkle Punkte am Himmel, und er wusste, was das war: eine Airbus-Passagiermaschine zwischen drei MiG-Düsenjägern. Und zu allem Überfluss befanden sie sich in russischem Luftraum.

Ein ähnlicher Befehl war ihm noch nie zuvor erteilt worden. Die Konturen der Flugzeuge waren bereits deutlich zu sehen.

Gray legte die Finger auf die Auslöseknöpfe, die notfalls die Sidewinder-Raketen unter den Tragflächen losschicken würden. Nachdem er aus dem Irakkrieg zurückgekehrt war, hatte Gray gehofft, nie mehr diese Knöpfe drücken zu müssen …

Man hatte ihm deutlich gesagt: *Sollten die Russen ver-*

suchen, die Rückkehr des Airbus in den Westen zu verhindern, schützt ihr die Maschine, indem ihr das Feuer auf die MiGs eröffnet. Wir verfügen über jedes Recht und alle Mittel, das Leben der Geiseln zu schützen, das wird die Weltöffentlichkeit anerkennen.

Die Männer saßen angespannt vor den Monitoren des in zehn Kilometern Höhe über der Ostsee fliegenden AWACS-Aufklärungsflugzeugs. Die Maschine diente der Luftaufklärung und als Leitzentrale bei Kampfeinsätzen, sie war auf der Basis einer Boeing 707 gebaut und in Luxemburg registriert, obwohl das Land gar keine Luftwaffe hatte.

»Die MiGs fliegen weiter, es sieht nicht so aus, als würden sie reagieren«, sagte der Radaroperator zu dem Oberstleutnant der US Air Force, der mit seinem Vorgesetzten in den USA in Verbindung stand.

»Wir fliegen ebenfalls weiter, schauen wir mal, wie weit die MiGs gehen.«

Die Russen würden nicht unbedingt zögern, die Muskeln spielen zu lassen. Man brauchte nur daran zu denken, dass sie in den Achtzigerjahren eine koreanische Passagiermaschine abgeschossen und dabei zweihundertneunundsechzig Passagiere und Besatzungsmitglieder getötet hatten. Jetzt hing davon, welche Vorgaben den Düsenjägerpiloten gemacht worden waren, noch viel mehr ab; innerhalb weniger Sekunden mussten Entscheidungen getroffen werden, die dazu führen konnten, dass schlimmste Schreckensszenarien Wirklichkeit wurden.

»*Eto posledneje predurpeschdenije*«, kam fordernd eine Stimme aus dem Funkgerät im Airbus-Cockpit.

Andrus dolmetschte schnell: »Dies ist die letzte Warnung. Die Kampfflugzeuge werden ihre Raketen abschicken, wenn Sie nicht unverzüglich umkehren.«

Dominik starrte Herman an. »Du bringst uns alle um. Es wird Zeit, den Verstand einzusetzen.«

»Werd nicht nervös.«

Die Männer schwiegen.

Eine der russischen Waffen hatte Jochem. Die andere Pistole hielt Andrus in der Hand.

Andrus und Dominik wechselten Blicke.

Herman umklammerte die Pistole in seiner Hand noch fester.

»Weitere Flugzeuge«, sagte der Pilot mit blassen Lippen. »Von Westen.«

Herman schaute auf die näher kommenden Kampfjets.

»Finnischer Luftraum?«, fragte er.

»Eine knappe Minute noch«, antwortete der Kapitän. »Gleich sind wir da.«

»F-15-Jäger«, stellte Herman fest. »Amerikanische Maschinen.«

In dem Moment schossen die Jets donnernd über sie hinweg.

Herman drehte sich schnell zum anderen Fenster um und sah die MiGs im Sturzflug nach unten preschen.

»Wir sind auf der finnischen Seite«, sagte der Kapitän.

Unter ihnen machten die russischen Flugzeuge kehrt.

Die Formation der vier NATO-Maschinen hingegen flog einen jähen Bogen und blieb dann über ihnen.

»Die NATO-Jets schützen uns«, stellte Herman fest. Er wandte sich an Dominik und die anderen Männer. »Wir halten uns weiterhin an den ursprünglichen Plan.«

Niemand widersprach.

»Die Maschine hat den finnischen Luftraum erreicht«, sagte der Flugleiter.

Timo sah den Mann erleichtert an. »Versuchen Sie schnell, Kontakt aufzunehmen …«

»*This ist 388, Captain Moisio speaking*«, tönte es aus dem Lautsprecher. »*Ich bin im Cockpit. Alle Geiseln sind wohlauf …*«

»*Noch*«, fiel ihm eine andere Stimme ins Wort. McQuinn, erkannte Timo sofort. »*Falls sich jemand der Maschine nähert, werden Geiseln sterben. An unseren Forderungen hat sich nichts geändert. Niemand wird sich uns in den Weg stellen.*«

Die Verbindung brach ab.

»Was machen die NATO-Maschinen?«, fragte Timo den Flugleiter.

»Sie sind noch bei dem Airbus. Die Russen hingegen fliegen im Bogen nach Osten zurück. Unsere Hornets werden jeden Moment in der Region auftauchen. Offiziell handelt es sich hier um eine ernste Luftraumverletzung …«

Timo ließ sich auf einen Stuhl fallen. Rämö rief irgendwo an.

Scharfe Augen verfolgten im Kontrollraum der AWACS-Maschine einen Punkt auf dem Radarschirm. Der Radarbereich des Flugzeugs reichte über vierhundert Kilometer weit, weshalb es nicht dicht an sein Objekt heranfliegen musste.

»Maßnahmen?«, fragte der Radaroperator.

»Nur Flugroutenüberwachung«, antwortete der Oberstleutnant. »Wir fordern Luftbetankung an, das kann ein langer Flug werden.«

»Bist du okay?«, fragte Patrik und setzte sich neben Sandrine.

Sie nickte unsicher, noch immer schockiert von dem Sturzflug.

»Geh auf deinen Platz!«, kommandierte Geir vom Gang aus.

»Hör schon auf«, erwiderte Patrik erschöpft. »Und nehmt ihnen endlich die Fesseln ab«, sagte er mit einer Kopfbewegung nach hinten zu den Geiseln.

Geir kam auf ihn zu. Herman rief von vorne: »Fessle ihm die Hände. Wir folgen dem ursprünglichen Plan. Und das Freilassen der Gefangenen gehört nicht dazu. Wenn ihr auf die Toilette müsst, bittet ihr darum. Dann wird man euch helfen.«

»Haben wir einen langen Flug vor uns?«, fragte Sandrine.

»Das wird sich beizeiten herausstellen.«

Ein Zivilfahrzeug der Polizei schlängelte sich durch den morgendlichen Berufsverkehr im Zentrum von Helsinki. Es hatte aufgehört zu regnen, aber der Himmel war nach wir vor bewölkt. Abgesehen von einer Touristengruppe koreanischer Frühaufsteher war der Senatsplatz leer.

Timo war auf dem Weg zur Staatsführung, um Bericht zu erstatten. Im Radio wurden die Nachrichten gesendet.

»*Die Passagiermaschine in der Gewalt der Entführer befindet sich laut Informationen, die von der Nachrichtenagentur Reuters von verschiedenen Quellen zusammengetragen worden sind, derzeit über Rumänien, auf dem Weg nach Osten …*«

Timo versuchte erneut, Michaels zu erreichen, der sich aber nicht meldete. Vor dem Treffen mit dem Ministerpräsidenten hätte er wenigstens einen kleinen Hinweis über die Absichten der Amerikaner haben wollen. Wahrscheinlich wollten sie mit ihren F-15-Jägern die Flugroute des Airbus verfolgen, ließen ihn landen, würden bei Bedarf ihre Hilfe bei der Befreiung der Geiseln anbieten und dann mit irgendwelchen Mitteln die Kapsel an sich bringen. Auch die Russen dürften versuchen, an die Kapsel zu kommen, je nachdem, in welchem Land der Airbus landen würde.

»*Die Regierung hat mitgeteilt, ein neutrales ausländisches Expertenteam einzusetzen, das die angeblichen Unregelmäßigkeiten bei der Planung des im Bau befindlichen Endlagerschachts in Olkiluoto klären soll ...*«

Das Auto fuhr in den Innenhof, und Timo stieg aus. Er wurde in den Kabinettssaal geleitet, wo Vertreter von Militär, Geheimdienst und die wichtigsten Minister des Landes versammelt waren.

Der Ministerpräsident bat Timo, die Vorgänge zu erläutern. Timo schwieg einen Moment, dann antwortete er:

»Was hier vorgeht, ist Folgendes: Finnland wird zum Schlachtfeld der Großmächte.«

Dieser Satz ließ die Zuhörer schweigend auf Fortsetzung warten.

»Die Männer, die im Botschaftsviertel die Amerikaner attackierten, waren keine Terroristen oder Söldner, sondern Soldaten der russischen Eliteeinheit Alfa.«

Tiefe Stille erfüllte den Raum.

»Soll das heißen, dass die russische Regierung eine militärische Operation auf finnischem Boden veranlasst hat?«, fragte der Ministerpräsident vorsichtig.

»In Helsinki ist ein heimlicher Krieg der Großmächte ausgetragen worden. Auf der *MS Sigyn* befand sich streng geheimes amerikanisches Aufklärungsmaterial. Offenbar haben die Russen über Strohmänner die Entführer angeheuert, die allerdings nichts über die wahren Absichten der Russen wussten. Ziel war es, die Intrige der Amerikaner gegen sie selbst zu verwenden. Die Amerikaner wollten Russland anschwärzen, und Russland versuchte, die Konstellation umzudrehen. Gerade angesichts der Lage in Estland wäre das zum genau richtigen Zeitpunkt geschehen. Da die Russen das Material nicht auf dem

Meer unter Kontrolle bringen konnten, schlugen sie in Helsinki zu.«

Weiterhin herrschte ungebrochene Stille im Saal. Timo fuhr ruhig fort: »Als das Flugzeug in Helsinki startete, befand es sich unter Kontrolle der russischen Eliteeinheit, aber offenbar wurden diese Männer vor der Landung in Russland überrumpelt, denn Moskau kann unter keinen Umständen gewollt haben, dass die Maschine nach Westen zurückkehrt. Die psychologische Kriegsführung beider Seiten war nahe daran, sich in einen bewaffneten Konflikt zu verwandeln, aber wegen der hoch angespannten Lage in Estland konnte man es nicht so weit kommen lassen. Im letzten Augenblick hat die Vernunft gesiegt. Jetzt fliegt die Maschine wahrscheinlich nach dem ursprünglichen Plan der Entführer irgendwohin.«

»Welche Beweise gibt es für all das?«

»Es gibt keine Beweise. Und alles, was ich gerade gesagt habe, muss innerhalb dieser vier Wände bleiben.«

»Wäre es besser gewesen, die Maschine in Helsinki-Vantaa nicht starten zu lassen?«, fragte der Ministerpräsident.

»Ich muss bei meinen Entscheidungen immer an die Menschenleben denken. Politiker in Ost und West hingegen können unter Umständen auch andere Ziele verfolgen.«

»Welche Rolle spielt Vasama bei all dem? Wie es aussieht, ist es ihm immerhin gelungen, die Endlagerbaustelle Olkiluoto ins Scheinwerferlicht der Öffentlichkeit zu rücken.«

»Ich bin mir nicht sicher, ob Vasama Fisch oder Fleisch ist. Aber ich habe den Eindruck, dass er sich guten Gewissens auf ein Projekt einließ, dessen wahrer Charakter sich ihm erst zu spät offenbart hat.«

69

Der Wind fegte den Sand über die karge Steppenlandschaft. Am Horizont zeichneten sich wilde Berge ab. Patrik schaute verwundert aus dem Fenster. Keiner der Entführer war bereit gewesen zu verraten, wo sie landeten. Der landende Airbus versuchte in den zerrenden Windböen die Richtung zu halten.

Patrik blickte zu Sandrine hinüber, die auf der anderen Seite des Ganges saß. Sie sah blass und erschöpft aus. Die Russen befanden sich gefesselt im hinteren Teil der Passagierkabine.

Herman saß mit der Waffe in der Hand ganz vorne auf einem Sitz, der für das Flugpersonal bestimmt war. Er wirkte müde und unruhiger als zuvor.

Die Räder berührten den Boden, die Maschine erzitterte und knirschte auf der unebenen Landebahn. Durchs Fenster sah man nichts als Felsen und sandige Steppe. Aufgrund der Flugzeit, der Richtung und des Geländes vermutete Patrik, dass sie sich in Zentralasien befanden, irgendwo in Usbekistan oder Turkmenistan. Oder konnte es Iran sein?

Schließlich blieb die Maschine stehen. Die Landebahn war beschädigt und mit Sand überzogen, Gebäude waren keine zu sehen. Am Rand des Flugfeldes stand das schwarze Gerippe einer Propellermaschine.

Patrik sah wieder nach vorne zu Herman, der still die Waffe umklammerte und sich vollkommen auf seine eigenen Gedanken zu konzentrieren schien.

»Ich mache die Tür auf«, sagte Dominik und erhob sich.

»Nein!« Herman stand abrupt auf. »Ich werde sie aufmachen.«

Er näherte sich der Tür, streckte die Hand nach dem Griff aus und schien zu zögern. »Haltet euch bereit!«

»Traust du ihnen nicht?«, fragte Dominik.

»Besser, wir sind auf der Hut. Wir haben einen Teil der Geiseln verloren.«

Wieder sah Patrik aus dem Fenster. Wer wartete hier auf sie?

»Sie sind gelandet.« Der Radaroperator sprach laut aus, was alle auf dem Schwarz-Weiß-Bild der Satellitenkamera auf dem großen Bildschirm des AWACS-Aufklärungsflugzeugs sehen konnten.

»Wie weit ist die Predator jetzt vom Landeplatz des Airbus entfernt?«, fragte der Oberstleutnant den Techniker. Er meinte eine ferngesteuerte Drohne.

»Sechzehn Minuten, Sir.«

»Gut. Kriegen wir eine Satellitenaufnahme aus der Nähe?«

Der Techniker bediente die Tastatur.

Auf dem Bildschirm wurde das von Bergen umgebene Flugfeld herangezoomt und die daraufstehende Passagiermaschine. Neben der Maschine war ein Lastwagen zu erkennen.

Herman drückte langsam die Flugzeugtür auf. Ein warmer Windstoß drang herein. Der Kapitän kam aus dem Cockpit. Er sah enorm erschöpft aus.

»Hinter den Felsen dort steht ein Lastwagen«, sagte Andrus am Fenster.

Patrik blickte in die Richtung, in die Andrus deutete. Der Lastwagen sah aus wie ein heruntergekommenes Armeefahrzeug. Die Plane flatterte im Wind.

»Geh hin und überprüfe ihn!«, befahl Herman.

Andrus starrte das Fahrzeug skeptisch an und bewegte sich nicht.

»Hast du gehört?«, sagte Herman noch herrischer.

»Das kann eine Falle sein.«

»Ich gehe«, sagte Jochem.

Er zerschlug mit dem Pistolengriff die kleine Scheibe in der Flugzeugtür und drückte den roten Knopf dahinter. Ein Knall ertönte, und die Notrutsche füllte sich mit Luft. Patrik registrierte, dass der Kapitän genau verfolgte, was die Männer mit dem Flugzeug anstellten.

»Kommen wir jetzt nicht mehr in die Luft?«, fragte Patrik den Kapitän auf Finnisch.

»Nein.«

»Ruhe!«, schrie Herman.

»Gebt mir Rückendeckung«, sagte Jochem und lud seine Maschinenpistole durch.

Er rutschte die gelbe Luftmatratze hinunter und rannte, ohne zu zögern, auf den Lastwagen zu. Patrik beobachtete, wie Jochem die Wagentür öffnete, etwas vom Fahrersitz nahm und sich mit einem Blatt Papier in der Hand wieder vom Trittbrett hinabließ. Er ging nach hinten, hob die Plane an und rannte dann zum Flugzeug zurück. Vor der Notrutsche blieb er stehen und schwenkte das Blatt Papier.

»Die sieben Ungläubigen«, rief Jochem.

Dominik drehte sich zu Herman um. »Was ist damit gemeint?«

Herman schwieg eine Weile, schließlich sagte er: »Damit ist der Ort gemeint, an dem sieben gefangene amerikanische Soldaten hingerichtet wurden. Sie wollen, dass wir die Geiseln dorthin bringen.«

Patrik hörte erschüttert zu. Wer waren »sie«?

»Mir gefällt das nicht«, sagte Dominik. »Warum kann die Übergabe nicht hier vonstatten gehen?«

»Auch sie sind auf der Hut«, erwiderte Herman.

»Wie weit ist es bis dorthin?«

»Dreißig Kilometer.«

Dominik schaute nachdenklich nach draußen.

»Wir müssen die mysteriöse Kapsel in der Maschine lassen. Zwei Mann müssen hierbleiben und sie bewachen.«

»Nein«, sagte Herman. »Wir fahren alle.«

»Das Ding ist Hunderte Millionen Dollar wert, was immer es auch sein mag.«

»Wir brauchen alle Mann.« Herman sah kurz zu Sandrine hinüber. »Und du nimm eine Decke mit!«

»Warum?«, fragte Sandrine. »Was …«

»Schnell jetzt!«

»Hier können jeden Moment amerikanische Truppen auftauchen«, sagte Dominik zu Herman.

»Wir brechen sofort auf.«

Dominik schien die Lage zu überdenken. Dann drehte er sich zur Passagierkabine um. »Alle raus, außer den Russen!«, befahl er.

Die Geiseln wurden zur Tür geführt, wo man ihnen die Kabelbinder abschnitt. Danach rutschten sie nacheinander hinunter, Sachar, Rozen, Taylor, Pearson, Raven …

Herman ging zur Gepäckablage und nahm die schwarze Tasche mit dem Zimmermann-Zylinder heraus.

Patrik wartete ungeduldig, bis er an die Reihe kam, er wollte so schnell wie möglich aus der Maschine raus.

»Sie verlassen das Flugzeug«, sagte der Radaroperator mit Blick auf das Schwarz-Weiß-Bild.

»Wie lange wird das dauern?«

»Einige Minuten.«

»Frachtraum?«

»Keine Maßnahmen rund um die Maschine.«

»Predator?«

»Bildverbindung bereit, Sir«, sagte der Techniker.

Trockenes, steiniges Gelände huschte über den Monitor. Die Zahl am unteren Bildrand gab an, dass sich die mit zwei Hellfire-Raketen ausgerüstete Drohne in einer Flughöhe von hundertzwanzig Metern ihrem Ziel näherte.

»Flugzeit?«

»Drei Minuten, neunzehn Sekunden.«

Patrik sah durch die Flugzeugtür, dass Pearson unten die Rutsche verließ, und half Sandrine hinaus. Mit flatternden Haaren sauste sie nach unten. Sobald eine Geisel am Boden ankam, wurde sie von den Entführern zum Lastwagen gebracht und verschwand unter der Plane.

Patrik wollte dem Kapitän höflich den Vortritt lassen.

»Ich gehe zuletzt«, sagte der.

Der Oberstleutnant beobachtete auf dem großen Monitor, wie die unbemannte Predator-Drohne über karges Gelände flog.

»Sie ist jetzt nah genug dran, Sir«, sagte der diensthabende Offizier.

»Wir sind bereit«, sprach der Oberstleutnant in das Mikrofon vor seinem Mund.

»*Dann los*«, antwortete die Stimme von Brad Michaels im Kopfhörer.

Der Oberstleutnant wandte sich dem neben ihm stehenden Offizier zu. »Feuer.«

»Feuerbefehl erteilt«, sagte der Offizier laut und gab gleichzeitig per Tastatur einen Code ein. Sein Kollege entfernte währenddessen die durchsichtige Plastikhaube, die den roten Knopf schützte. »Hellfire abgefeuert.«

Die Blicke der Männer richteten sich auf den Monitor.

Patrik stieg in die Rinne der Notrutsche, ließ den Türrahmen los und glitt hinab.

Unten riss ihn Andrus mit einem Ruck auf die Beine.

»Wo sind wir?«, fragte ihn Patrik. »Niemand hört zu …«

»Frag nicht.«

»Und die Russen?«

»Die bleiben in der Maschine.«

Patrik ging auf den Lastwagen zu, neben dem Herman ungeduldig und mit schweißglänzendem Gesicht wartete, in der Hand die Tasche mit dem Zimmermann-Zylinder. Sandrine hielt die Plane auf, und Patrik stieg auf die Ladefläche.

Entführer und Geiseln saßen kreuz und quer durcheinander. Patrik wählte einen Platz auf einer Bank am Rand, Sandrine gegenüber. Nachdem auch der Kapitän und Andrus aufgestiegen waren, schloss Dominik die Plane und setzte sich neben Herman ins Führerhaus.

Der Motor sprang an, niemand auf der Ladefläche sagte ein Wort. Sogar Pearson und Rozen wirkten resigniert, denn eine Flucht schien nicht mehr möglich – es gab keinen Zufluchtsort. Am meisten beunruhigte Patrik jedoch, dass die Entführer ebenfalls nervös waren, ja sogar ängstlich wirkten.

Der Laster setzte sich in Bewegung, beschleunigte langsam und fuhr auf den Rand des Flugfeldes zu. Unter der flatternden Plane hindurch waren raue Felsformationen vor blauem Himmel zu erkennen.

Plötzlich war ein Rauschen zu hören und gleich darauf erschütterte eine gewaltige Explosion das gesamte Flugfeld. Einen Augenblick waren alle vom Schock gelähmt. Dann stand Geir auf und zog die Plane zur Seite. Patrik sah ein Flammenmeer und eine schwarze Rauchwolke dort aufsteigen, wo das Flugzeug gestanden hatte.

Der Blick des Oberstleutnants folgte auf dem Bildschirm dem beweglichen Punkt mit der Staubwolke.

»Bleibt dran«, sagte er zu den Offizieren und trat einige Schritte zur Seite, um ein Gespräch zu führen.

»Die Maschine ist mitsamt der für uns wichtigen Ladung zerstört worden«, sagte er ins Mikrofon.

»Gut«, antwortete Michaels. »Und die Passagiere?«

»Zumindest ein Teil ist auf der Ladefläche eines Lastwagens in nördlicher Richtung davongefahren.«

»Wartet auf weitere Anweisungen. Mein Verdacht bestätigt sich allmählich. Diese Angelegenheit ist unangenehmer, als wir geglaubt haben.«

70

Der Lastwagen schwankte auf der unebenen Gebirgsstraße, und das Motorgeräusch hallte von den Felswänden wider. Die Straße führte schon eine geraume Zeit bergauf, und der Wagen wurde immer langsamer.

Die Ladefläche neigte sich zur Seite, wodurch die Plane etwas aufschwang, und Patrik sah unmittelbar neben dem Fahrzeug einen atemberaubenden Abhang. Dann blieb der Lastwagen stehen, setzte langsam zurück, bog ab und fuhr weiter.

Nach dem mühsamen Anstieg hielten sie schließlich auf ebenem Gelände an, und Jochem öffnete die Plane. Patrik blinzelte im blendenden Sonnenlicht. Vor ihnen standen einige Gebäude aus Stein und Lehm, die verlassen aussahen. In der Felswand dahinter waren Höhlen, einige davon verblüffend weit oben. Am Himmel kreisten zwei dunkle Raubvögel.

In der Türöffnung eines Gebäudes erschien ein braun gebrannter Mann mit grauem Bart, der ein dunkles Tuch um den Kopf trug. Dann tauchten hinter den übrigen Gebäuden weitere Männer auf, alle schwer bewaffnet.

Patrik konnte sich inzwischen denken, wo sie waren: im Grenzgebiet von Afghanistan und Pakistan, in den weißen Bergen, wo das Regenwasser im Lauf der Zeit die Spalten im Kalkstein ausgewaschen hatte, wodurch sich Höhlen und unterirdische Flüsse gebildet hatten.

Das waren die Höhlen, wo man das Versteck der Taliban-

und al-Qaida-Kämpfer vermutete. An dem Höhlen- und Tunnelsystem in Afghanistan wurde schon über hundert Jahre gearbeitet, seit die Afghanen gegen die britischen Eroberer gekämpft hatten. Später, als die Sowjettruppen ins Land eingedrungen waren, hatte man aus den Höhlen Bunker gemacht, die Raketenangriffen standhalten konnten. Man glaubte, dass Osama bin Laden einen großen Teil seines riesigen Vermögens für die Umwandlung der Höhlen in einen Militärstützpunkt verwendet hatte, von dem aus Terroranschläge in der ganzen Welt koordiniert wurden. Der bekannteste Höhlenkomplex hieß Tora Bora und war schon in der Anfangsphase des Krieges von NATO-Truppen gesäubert worden, aber gab es noch mehr solcher Komplexe im Gestein?

Herman und Dominik stiegen aus dem Führerhaus, machten ruhig ein paar Schritte und blieben vor dem Mann stehen, der aus dem Haus gekommen war. Die anderen Entführer sprangen mit den Waffen in der Hand von der Ladefläche und trieben die Geiseln und Patrik und Sandrine an, ebenfalls auszusteigen.

»Wo ist der Junge?«, fragte Herman.

Patrik sah die Überraschung auf Dominiks Gesicht, als der Herman fragend ansah.

Hinter dem Mann mit dem dunklen Tuch erschien ein etwa zehnjähriger, westlich aussehender Junge.

»Papa«, sagte er leise, mit unterdrückter Freude.

»Daniel«, flüsterte Herman und streckte die Hand nach dem Kind aus.

Der Junge wollte zu seinem Vater laufen, doch der Mann mit dem schwarzen Tuch hielt ihn fest.

»Hier sollte man sich vorsichtig bewegen. Die Gegend ist vermint.«

»Herman, was soll das, verdammt?«, sagte Dominik mit gedämpfter Stimme. Er war sichtlich schwer bestürzt.

Herman antwortete nicht, sondern starrte unverwandt auf den Mann, der seinen Sohn festhielt.

Die anderen Entführer sahen einander an, sprachlos vor Verblüffung.

»Wo sind die übrigen Geiseln?«, fragte der Mann mit dem Tuch.

»Einen Teil haben wir bei Angriffen der Amerikaner auf dem Schiff und im Hafen verloren«, sagte Herman.

Die dunklen Augen des Mannes wurden zu Strichen.

»Von einem Angriff der Amerikaner auf das Schiff ist in den Nachrichten nichts gemeldet worden.«

»Man hat es vor der Öffentlichkeit geheim gehalten. Die Amerikaner haben einiges zu verbergen.«

»Wir haben zehn wertvolle Geiseln«, sagte Dominik. »Einen Berater von Präsident Obama, einen israelischen Minister …«

»Ich weiß, wer sie sind«, fuhr ihn der Mann an. »Ich weiß auch, wer fehlt.«

In dem Moment erfasste Patrik den gesamten Plan von Herman und Dominik. Von Anfang an war es darum gegangen, den Taliban wertvolle Geiseln zu liefern. Sandrine hatte ja von Gerüchten erzählt, denen zufolge Herman, Jochem und Geir für einen Klanchef in Afghanistan tätig gewesen seien.

Aber Dominik hatte offensichtlich nichts von dem Jungen gewusst. Und auch sonst niemand außer Herman.

»Diese Gefangenen sind absolut die ganze Summe wert«, versicherte Dominik.

Der Afghane schwieg. Mit einem unschuldigen Lächeln auf den Lippen richtete er den Blick auf Herman.

»Wie hoch war die Summe, die du deinen Männern versprochen hast?«

Patrik bemerkte, wie die Entführer immer unruhigere Blicke austauschten.

»Ich würde sie auch gerne kennen. Nenn sie mir!«, forderte der Mann.

Abgesehen vom Rauschen des Windes war es vollkommen still auf dem Platz.

»Hundert Millionen Dollar«, sagte Jochem.

»Eine schöne Summe«, nickte der Mann. »Aber jetzt, Herman, wäre es wohl an der Zeit, ihnen die Wahrheit zu sagen.«

Herman schwieg weiterhin und schaute ganz intensiv auf seinen Sohn.

»Ich kann es an deiner Stelle tun«, sagte der Mann mit dem Tuch und wandte sich an Dominik.

»Null«, erklärte er. »Ich habe ihm null Dollar versprochen.« Auf dem Gesicht des Afghanen blitzte ein grausames Lächeln auf.

»Scheiße … Herman, was redet der da …«, zischte Dominik wütend und fuchtelte dabei mit der Waffe in seiner Hand.

Sofort richteten die afghanischen Kämpfer ihre Waffen auf die Gruppe.

»Hast du das gewusst?«, wandte sich Dominik an Jochem.

»Ich hatte keine Ahnung«, antwortete Jochem mit Blick auf Herman.

»Sie haben meinen Sohn entführt«, sagte Herman. »Sie haben gedroht, ihn zu töten, wenn ich ihnen nicht die Teilnehmer der Bilderberg-Konferenz bringe.«

Hermans Worte schienen die anderen kaltzulassen.

»Sie haben gedroht, ihn auch dann zu töten, wenn ich bei der Aktion umkomme.«

Der Gebirgswind ließ die Kleider und Haare der Männer flattern. Die langen Tücher der afghanischen Kämpfer wehten in der Luft.

»Und jetzt?«, fragte Dominik mit bebender Stimme.

»Was glaubst du, was jetzt passiert? Werden sie deinen Jungen freilassen? Wird irgendeiner von uns lebend hier rauskommen?«

Patrik spürte, wie Sandrines heiße, schwitzende Hand die seine umklammerte. Der Schlag gegen die Bilderberg-Konferenz war also hier geplant worden, im Grenzgebirge zwischen Afghanistan und Pakistan. Und Herman selbst war Opfer einer skrupellosen Erpressung, man hatte ihn gezwungen, den Afghanen bedeutende Amerikaner zu bringen, um seinen eigenen Sohn zu retten.

Patrik begriff jetzt, warum Herman von Anfang an so konzentriert auf seine Aufgabe gewesen war. Er hatte versucht, seine Nervosität und seine Sorge zu kaschieren. Die ganze Aktion war für ihn buchstäblich eine Frage von Leben und Tod – und nicht nur für ihn, sondern auch für sein Kind.

»Du hast uns getäuscht«, sagte Jochem und machte einen Schritt auf Herman zu.

»Das war die einzige Möglichkeit. Es ging um Daniels Leben.«

»Dafür sollte ich dich umbringen«, zischte Dominik.

Herman schien ihn gar nicht wahrzunehmen, er fixierte den Afghanen: »Ich habe euch die Geiseln gebracht. Gib mir meinen Sohn.«

Der Mann sah ihn lange an. Den Jungen ließ er dabei nicht los.

Der Junge sah über die Schulter zu den anderen Afghanen, die mit versteinerten Mienen dastanden. Dann richtete er den Blick auf seinen Vater, seine Augen spiegelten abgrundtiefe Angst. Patrik stellte fest, dass er innerlich hoffte, Herman möge Erfolg haben. Doch dann erkannte er, was das bedeuten würde: Er und die anderen Geiseln würden in die Hände der Taliban-Kämpfer geraten.

Hinter dem Mann mit dem Tuch ergriff nun leise jemand in der Sprache der Afghanen das Wort. Der Sprecher war ein Mann in langem, schwarzem Seidenhemd und schwarzen Hosen, der sein Gesicht mit einem Tuch verdeckt hatte und ein Sturmgewehr vor der Brust hielt.

Herman schien genau zuzuhören, als verstünde er hier und da ein Wort.

Der Mann in Schwarz beendete seine Rede.

Patrik sah, dass in der Hand des Mannes, der den Jungen festhielt, ein Messer aufgetaucht war. Auch Herman hatte es bemerkt.

Starr vor Entsetzen sah das Kind seinen Vater an und schielte zwischendurch immer wieder auf das in der Sonne blitzende Messer.

»Um der Ehre meiner Familie willen«, sagte Herman langsam. »Gebt mir meinen Sohn zurück.«

Auf dem Gesicht des Afghanen regte sich keine Miene.

Sandrine hatte die ganze Zeit reglos und vollkommen still dagestanden. Als Frau tat sie gut daran, vor den Taliban zu schweigen. Jetzt verstand Patrik auch, warum Herman verlangt hatte, dass sie sich beim Verlassen der Maschine eine Decke umschlang. Während der holprigen Fahrt war die Decke jedoch heruntergerutscht und unter die Füße der Mitfahrer geraten, weshalb Sandrine nun mit zerrissener Bluse und schmutzigen Jeans inmitten der anderen Geiseln stand.

»Ich habe euch die Geiseln gebracht«, sagte Herman. »Ich habe mein Wort gehalten. Haltet ihr jetzt das Eure. Um der Ehre willen.«

»Ehre?«, fragte der Afghane. »Welche Ehre? Du bist nur ein Söldner, der gegen Geld alles tut. Als du bei den amerikanischen Truppen warst, hast du unsere Landsleute getötet und bist dann zu uns übergelaufen. Was ist dadurch aus dir geworden? Ein Mann, der keine Ideale und keine Ehre hat. Ein Hund.«

Der Junge sah den Afghanen und dann wieder seinen Vater an. Der Afghane bemerkte es.

»Offenbar hast du deinem Sohn nicht erzählt, wer du wirklich bist. Welche Geschichte hast du ihm vorgesetzt? Dass du in geheimer Mission für die amerikanischen Streitkräfte in aller Welt unterwegs bist?« Der Hohn in den Worten des Mannes war mit Händen zu greifen.

Plötzlich wurde Patrik durch die Verwirrung des Jungen an seine eigene Vergangenheit erinnert. An einen Moment, den er vergessen, verdrängt hatte.

Der Afghane machte eine Kopfbewegung zu dem Jungen hin. »Sein Vater ist ein Hund, der uns ein Hunderudel bringt. Die Frage lautet, ob wir für den Hund noch Verwendung haben.«

Herman schien vor Wut zu zittern, während er den Afghanen, der seinen Sohn festhielt, weiter anstarrte.

»Vielleicht hat der Hund das Rudel gebracht, aber der Hund kann sein Rudel auch fressen«, sagte Herman. »Jochem, Geir, erschießt die Geiseln!«

71

Patriks Herz setzte einen Schlag aus. Zum ersten Mal während des Wortgefechts hatte sich nun der Gesichtsausdruck des Afghanen verändert. Aus Überheblichkeit wurde Unsicherheit.

»Halt!«, rief er.

»Wenn du meinen Sohn tötest, wirst du keine einzige Geisel lebend in deine Gewalt bekommen«, entgegnete Herman kalt.

Im Blick des Afghanen flackerte Hass auf. Seine Ehre war auf überraschende Weise verletzt worden. Ein Blutbad stand bevor.

»Im Flugzeug befindet sich etwas, das noch wertvoller ist als diese Geiseln.«

Alle blickten überrascht in die Richtung, aus der die Stimme gekommen war. Es war Sandrine gewesen. Patrik bekam es mit der Angst zu tun, denn in der hiesigen Kultur und schon gar vor diesen Männern durfte eine Frau nicht ohne Erlaubnis das Wort ergreifen.

»Im Laderaum des Flugzeugs befindet sich eine schwarze Kapsel«, fuhr Sandrine fort. »Die USA sind bereit, jede Summe zu bezahlen, um sie zurückzubekommen. Sie ist mehr wert als die fehlenden Geiseln.«

»Halt den Mund!«, zischte Herman.

Der Afghane sagte etwas zu dem Mann, der hinter ihm stand. Dieser eilte in eine der Behausungen und kam mit einem Satellitentelefon wieder heraus.

Der Anführer der Afghanen hielt sich das Telefon ans Ohr und fragte etwas. Nachdem er die Antwort gehört hatte, sagte er: »Falls dort eine Kapsel gewesen sein sollte, dann ist sie bei der Explosion des Flugzeugs zerstört worden. Aber du darfst uns gern mehr darüber erzählen …«

»Nein, die Frau ist eine von uns«, sagte Herman.

»Sie oder der Junge«, sagte der Afghane nun.

Herman schaute Sandrine ernst an.

»Wer von beiden?«, schnauzte der Mann.

Patrik begriff, dass die Ehre des Afghanen nach der Beleidigung durch Herman irgendwie wiederhergestellt werden musste.

»Der Junge«, sagte Herman. »Ich wähle den Jungen.«

Der Afghane ließ Daniel los. Sandrine richtete sich auf, und Patrik ballte die Fäuste.

Der Junge rannte zu seinem Vater, Herman ging in die Hocke und nahm ihn in den Arm.

»Lasst die Gefangenen hier, nehmt den Lastwagen und verschwindet!«, befahl der Afghane.

Dominik und die anderen starrten Herman an. Dann warfen sie sich gegenseitig Blicke zu, als wollten sie einschätzen, was mit dem Verräter geschehen sollte.

»Wo fahren wir hin?«, fragte Andrus seine Kameraden.

»Wir sollten dich hier bei deinen Freunden lassen«, sagte Dominik zu Herman. Dieser versuchte, seinen Sohn zu beruhigen, der sich an seinen Hals klammerte.

»Ihr braucht mich«, sagte er. »Bald werden die amerikanischen Truppen mit ihren Hubschraubern kommen. Die Afghanen verschwinden mit den Geiseln in den Höhlen. Und ihr werdet in diesem Gelände nur mit meiner Hilfe überleben.«

Die Männer schienen sich Hermans Worte durch den Kopf gehen zu lassen. Sie schluckten schwer an ihrem Hass.

Die afghanischen Kämpfer begannen inzwischen, die Geiseln in die Gebäude zu führen. Ein vermummter Mann packte Sandrine und zerrte sie brutal in eine andere Richtung: zu den Höhlen.

In Patrik mischten sich rasende Wut und Angst, und für einen Augenblick war er vollkommen gelähmt. Er wusste, welches Schicksal auf Sandrine in den Klauen jener Männer warten würde. Er musste etwas unternehmen, irgendetwas … Plötzlich stand der Anführer der Afghanen vor ihm.

»Ich weiß, wer diese Geiseln sind«, sagte der Mann, »aber dich kenne ich nicht.«

Sandrine entfernte sich immer weiter in Richtung Höhlen.

»Ich bin Finne und Experte für Kernenergie. Man hat mich getäuscht und dadurch auf das Atommüllschiff gelockt.«

»Er lügt«, sagte der Mann, der sein Gesicht verhüllt hatte, und richtete die Waffe auf Patrik.

»Warte«, befahl der Anführer. Interessiert musterte er Patrik. »Du behauptest, dich mit Atomkraft auszukennen?«

Patrik nickte. In der Ferne hörte man Rufe und näher kommende Helikopter. Nun wurden auch die restlichen Geiseln statt in die Gebäude in Richtung Höhlen gestoßen. Patrik drehte sich um und sah, wie Herman seinen Sohn ins Führerhaus des Lastwagens hob. Die anderen Entführer saßen bereits auf der Ladefläche. Das Auto wurde angelassen und fuhr sofort los, gefolgt von einer Staubwolke.

»Geh!«, sagte der Afghane und deutete auf die Höhle.

Patrik lief den anderen hinterher und trat nach kurzem Zögern in eine dunkle Öffnung, in der zuvor Sandrine und die Afghanen mit den Geiseln verschwunden waren. Die vertraute feuchtkühle Luft, in der es nach den Ausscheidungen von Fledermäusen roch, wehte ihn an. Von der hohen Decke hingen riesige Stalaktiten. Die Höhle war typisch für ihre Art, Regenwasser hatte den Kalkstein ausgewaschen, und dadurch war sie entstanden. Patrik hatte zahlreiche solcher Höhlen in Afrika untersucht.

Der Weg in der Höhle führte nach unten und machte dann eine leichte Biegung nach links. Es wurde immer dunkler. Ein Stück vor ihnen schwenkten die Lichtkegel von Taschenlampen hin und her. Die Befehle und Rufe der Afghanen hallten von den Wänden wider.

Patrik beschleunigte seine Schritte. Er befürchtete, Sandrine könnte eventuell gar nicht in der Gruppe sein, die vor ihm ging; womöglich hatte der Afghane sie in eine andere Höhle gebracht …

Der Gang wurde immer schmaler und niedriger. Man befahl den Gefangenen, auf die Knie zu gehen. Von nun an mussten sie sich auf allen vieren vorwärtsbewegen.

»Ich kann das nicht«, sagte einer der amerikanischen Gefangenen erstickt. »Ich leide unter Klaustrophobie …«

Als Antwort wurde er angebrüllt und weitergestoßen.

Patrik kroch mit den anderen durch den engen Tunnel. Plötzlich verwandelte sich der Gang in einen gewölbeartigen großen Saal, durch den Wasser floss. Patrik stand auf und stellte zu seiner Erleichterung fest, dass Sandrine nur ein paar Meter vor ihm war.

Sie wateten den unterirdischen Fluss entlang, der Patrik an die Shakombe-Höhlen in Afrika erinnerte, an die Flüsse dort, die er mit Beate durchquert hatte.

Im selben Moment stutzte er. Er spürte einen leichten Lufthauch auf dem Gesicht. Die unterirdischen Flüsse verzweigten sich normalerweise … Im Licht einer Taschenlampe erkannte er kleine und große, teils mannshohe Spalten im Fels. Durch einen davon musste eine Verbindung zur Außenwelt bestehen.

Patrik gab sich Mühe, klar zu denken. Niemand wäre daran interessiert, für ihn Lösegeld zu bezahlen. Auch der finnische Staat würde kaum eine Summe dafür opfern, einen Bürger zu befreien, der an einem schweren Verbrechen beteiligt gewesen war. Er war vollkommen auf sich gestellt.

Sandrines Familie in Belgien hingegen würde jede Summe bezahlen, aber für sie würden die Taliban nicht einmal Geld verlangen. Ihr drohte in den Händen dieser Männer ein gnadenloses Schicksal.

Er musste etwas unternehmen, und zwar jetzt.

»Komm«, sagte Patrik, packte Sandrine am Arm und zog sie mit sich zu einem großen Felsspalt, vor dem er den leichten Luftstrom gespürt hatte. Unter ihren Füßen spritzte das Wasser auf, die Rufe der Männer hallten von den Wänden wider.

»In den Spalt dort«, keuchte Patrik im Rennen.

In der Dunkelheit zuckten Mündungsfeuer auf, ohrenbetäubendes Rattern erfüllte die Höhle.

Patrik warf sich in den Spalt und zog Sandrine mit sich. Um sie herum hagelten Steinbrocken herab, losgelöst von den Kugeln, die in der Felswand einschlugen. Patrik eilte in dem schmalen Spalt weiter, zum Glück machte der Gang bald eine Biegung, sodass die Taliban von der Haupthöhle aus nicht mehr auf sie schießen konnten. Patrik musste sich seitlich vorwärtsbewegen, um durch den engen Zwischenraum zu kommen. Die Wände drückten gegen Brust und Rücken.

Plötzlich rutschte Sandrines Hand aus seiner, sie stolperte und fiel. Die Verfolger waren ihnen unmittelbar auf den Fersen. Patrik schauderte, er hatte nicht genug Platz, um sich umzudrehen, aber er tastete mit der Hand nach Sandrine. »Kommst du hoch?«, keuchte er und spürte kurz darauf wieder ihre Hand.

Mühsam half er ihr auf die Beine. Er zwängte sich weiter durch die Enge, und gerade als er Sandrine durch die engste Stelle zog, tauchte hinter ihnen das blendende Licht einer Handlampe in der Dunkelheit auf. Patrik zog Sandrine mit zwei Händen an sich. Man hörte die Rufe der immer näher kommenden Männer.

Als Sandrine sich taumelnd aufrichtete, zuckten erneut die Mündungsfeuer der Waffen auf.

Patrik rollte sich zur Seite und riss Sandrine mit sich. Die Kugeln schlugen in den Wänden ein, und Steinbrocken fielen herab.

Das half ihnen, denn es würde die Verfolger Zeit kosten, die Steine aus dem Weg zu räumen.

Jetzt nahm Patrik den Luftstrom stärker als zuvor wahr. Irgendwo musste es tatsächlich eine Öffnung geben, es hatte sich gelohnt, alles auf eine Karte zu setzen. Er hielt Sandrine an der Hüfte umklammert. Auf einmal spürte er etwas Feuchtes und Warmes an der Hand. Sandrine blutete.

»Sandrine …«

Er blieb mit ihr stehen. Sie antwortete nicht.

»Sandrine«, flüsterte Patrik erneut.

Er hörte nur das Fluchen der Verfolger, die hinter ihnen die Steine aus dem Weg räumten.

»Patrik, du … du musst alleine weitergehen …«

»Nein, wir bleiben zusammen. Ich gehe nirgendwohin ohne dich.«

»Ich schaffe es nicht, eine Kugel hat mich getroffen … Aber du kommst durch, wenn du mich hier zurücklässt«, sagte Sandrine schwach.

Die Verfolger würden jeden Moment durch die Engstelle kommen.

Patrik stand auf und nahm Sandrine auf den Arm.

»Nein«, keuchte sie. »Das geht nicht …«

Mit langsamen und vorsichtigen Schritten ging Patrik weiter. Über die Wände huschten bereits Lichtstreifen. Die Verfolger räumten die letzten Steine aus dem Weg.

An den scharfen Kanten der Felswände schürfte sich Patrik die Ellbogen und Fingerknöchel blutig, während er mit Sandrine auf dem Arm mühsam vorwärtsschwankte. Ständig prallte er gegen Steine, seine Kräfte begannen zu schwinden. Aber der Luftzug war immer stärker zu spüren.

Doch auch die Stimmen in seinem Rücken wurden lauter. Die Afghanen kamen.

»Lass mich hier und geh allein weiter«, hauchte Sandrine schwach.

Patrik sah ihr schmerzverzerrtes Gesicht im Halbdunkel. Von irgendwoher fiel schwaches Licht ein.

Er nahm alle Kraft zusammen und versuchte schneller zu gehen. Die Höhle wurde immer heller, und nach einer Biegung sah Patrik endlich, worauf er gehofft hatte: Der Gang führte steil nach oben, und in etwa hundert Metern Entfernung war ein Stück Himmel zu erkennen.

Für einen Augenblick wurde Patrik von einem Gefühl des Triumphes erfasst, aber nur kurz. Selbst wenn sie es schafften, rechtzeitig den Höhlenausgang zu erreichen – was käme danach?

Er umfasste Sandrine fester, holte tief Luft und begann mit dem Aufstieg. Mit aller Kraft schleppte er sich vorwärts, obgleich das Gefühl aus seinen Armen und Beinen wich.

Der Himmel rückte immer näher und war doch so fern. Jeden Moment konnte er von einem Schuss getroffen werden, und dann würde er mit Sandrine in ewiger Finsternis versinken.

Als er es endlich nach draußen geschafft hatte, blendete ihn das Tageslicht. Vorsichtig legte er Sandrine auf dem

Felsboden ab und ließ sich neben sie fallen. Für einen Moment lag er reglos da, vollkommen erschöpft.

Dann öffnete er wieder die Augen und schaute Sandrine an. Ihre Augen waren geschlossen, die Haare klebten an der feuchten Stirn, über die sie mit der blutverschmierten Hand gewischt hatte. Aber sie atmete, ihr blutender Oberkörper hob und senkte sich.

Von unten näherten sich Stimmen.

Patrik sah sich um. Neben der Höhlenöffnung lagen große Felsbrocken. Er rappelte sich hoch, obwohl ihm die Knie versagen wollten. Er versuchte, einen der Steine zu bewegen, doch der rührte sich nicht vom Fleck. Keuchend sammelte er neue Kräfte und probierte einen anderen, kleineren Stein. Der bewegte sich, und Patrik gelang es, ihn in die Höhlenöffnung zu wälzen.

Dort prallte er gegen andere Steine und setzte eine Lawine in Gang. Die würde die Verfolger eine Weile aufhalten, aber nicht lange.

Und ihm fehlte die Kraft, weitere Steine zu bewegen.

Dann hörte er von irgendwo ein gleichmäßiges rhythmisches Geräusch. Patrik traute seinen Augen nicht: Am Himmel sah er einen Hubschrauber näher kommen. Ob es ein amerikanischer war oder nicht, er schwenkte beide Arme und schrie aus Leibeskräften, obwohl er wusste, dass Rufen sinnlos war. Zu seiner enormen Erleichterung stellte er bald fest, dass man ihn gesehen hatte. Der Helikopter kam näher und landete, eine Staubwolke aufwirbelnd.

Patrik taumelte zu Sandrine.

»Halt noch ein bisschen durch«, stammelte er erschöpft und wollte gar nicht daran denken, was für ein Risiko er eingegangen war, falls sich diese Retter als Amerikaner entpuppen sollten.

Sobald der Hubschrauber gelandet war, stürzten bewaffnete Soldaten mit Helmen heraus.

»Taliban-Kämpfer«, sagte Patrik und deutete mit letzter Kraft auf die Höhle.

»Wer seid ihr?«, fragte ein Soldat, dessen Akzent nicht amerikanisch klang.

Patriks Blick fiel auf den Union Jack an der Uniform des Mannes. »Wir waren in dem entführten Flugzeug, eine Gruppe von Taliban hat uns gefangen genommen …«

Der Brite schaute seine Kameraden an und sagte: »Das hat anscheinend mit der Operation der Amerikaner zu tun, über die sie uns keine Informationen geben wollen. Holt die Bahre!«

Ein Soldat rannte zum Hubschrauber zurück. Zwei andere Männer näherten sich mit ihren Waffen dem Höhleneingang.

Patrik spürte, wie die Erschöpfung sein Bewusstsein trübte. Er kämpfte gegen die Ohnmacht an und sah, wie Sandrine auf eine Bahre gelegt und zum Helikopter getragen wurde.

Ein Soldat bot Patrik Hilfe an, aber er schüttelte den Kopf, stand auf und folgte taumelnd den Männern, die Sandrine trugen. Man zog ihn in den Hubschrauber, wo er sich neben Sandrines Bahre auf den Boden fallen ließ.

»Sanitätsleutnant Winters«, stellte sich der Mann vor, der sich um die Patientin kümmerte. »Was ist passiert?«

»Die Taliban haben uns gefangen genommen … wir sind geflohen. Eine Kugel hat Sandrine getroffen …«, bekam Patrik heraus.

»Sind Sie auch verletzt?«

Patrik schüttelte den Kopf. »Konzentrieren Sie sich auf sie …«

Die Soldaten zogen sich vom Höhleneingang zurück, offenbar hatten die Verfolger aufgegeben, als sie den Hubschrauber hörten. Sobald alle an Bord waren, stieg der Chinook mit dem Doppelrotor auf.

Patrik schwebte im Grenzbereich zur Bewusstlosigkeit. Er hatte nur einen einzigen Gedanken: Es war ihm nicht gelungen, Beate zu retten, hatte er es nun geschafft, Sandrine zu retten?

Die Rotoren des Hubschraubers sorgten für einen Sandwirbel, der die Sicht auf die Erde verdeckte. Patrik lehnte halb liegend an der Metallwand.

Die Soldaten nahmen ihre Schutzbrillen ab, ergriffen Sandrine und hoben sie auf ein Patientenbett, das aus Gurten bestand und von der Decke hing.

Der Sanitätsleutnant und ein Soldat fingen an, die blasse, bewusstlose und über und über mit Blut bedeckte Sandrine zu versorgen. Ihre Bewegungen waren schnell. Der eine verband die Wunden, während der andere einen Tropf anbrachte. An der offenen Tür kauerte ein Soldat hinter einem Maschinengewehr. Er trug eine Schutzbrille und spähte nach unten, sein Finger lag auf dem Abzug.

Patrik sah das Felsmassiv, aus dem man sie gerettet hatte, kleiner werden. Dabei kamen ihm die Ereignisse immer unwirklicher vor. Ein Gefühl von Hilflosigkeit überkam ihn. Es gab nichts mehr, was er tun konnte, er hatte alles versucht. Sandrines Schicksal lag nun in den Händen anderer.

Unten bewegte sich etwas zwischen den Felsen. Sofort ratterte das Maschinengewehr neben Patrik los, der Lärm überlagerte sogar das Motorengeräusch. Hülsen flogen durch die Luft und landeten klimpernd auf dem Boden.

So abrupt, wie er damit angefangen hatte, stellte der Soldat das Feuer wieder ein.

»Hatten sie Panzerfäuste oder Raketen?«, rief er Patrik zu.

Dieser schüttelte den Kopf. »Ich habe jedenfalls keine gesehen.«

Der Geruch von Metall und Schwarzpulver lag in der

Luft. Der Sanitätsleutnant sah auf die Anzeige des Blutdruckmessers, den er Sandrine angelegt hatte, nahm einen Filzstift und schrieb Sandrine den Wert auf die Stirn.

»Sie wird jeden Moment zusammenbrechen«, rief der Sanitätsleutnant dem Piloten zu, der mit seiner schwarzen Sonnenbrille nach hinten blickte und ausdruckslos nickte.

Patrik sah, wie sich der Sanitätsleutnant über Sandrine beugte und anfing, sie künstlich zu beatmen. Nachdem er einige Male kräftig gepustet hatte, richtete er sich auf, streckte die Arme und drückte rhythmisch Sandrines Brustkorb.

»Wir müssen ihr Blut geben, kennen Sie ihre Blutgruppe?«, wollte der Mann von Patrik wissen.

Patrik antwortete, aber seine Stimme ging im Lärm des Helikopters unter. Er versuchte, die Hand zu heben, und musste alle Kraft zusammennehmen, um sie wenigstens etwas bewegen zu können. Der zweite Soldat, der Sandrine versorgte, beugte sich näher an ihn heran.

»A positiv«, brachte Patrik über die Lippen.

Der Sanitätsleutnant öffnete einen weißen Kasten mit rotem Kreuz und entnahm ihm einen Blutbeutel.

»Mach du weiter«, rief er dem Soldaten zu, der die Hände ineinanderschob und dann rhythmisch Sandrines Brustkorb drückte.

»Wird sie es bis Camp Bastion schaffen?«, fragte einer der Soldaten.

»Sie muss. Das ist ihre einzige Chance«, antwortete der Sanitätsleutnant.

»Im Tal von Pakhawari sind Kämpfe ausgebrochen«, rief der Pilot. »Es wird heute Gedränge im Camp geben.«

Patrik fiel es schwer zu verstehen, was um ihn herum geredet wurde, seine Wahrnehmung war verlangsamt und getrübt. Der rote Blutbeutel schaukelte hypnotisierend an einem Haken. Einer der Soldaten setzte die Wiederbelebung fort, und der Sanitätsleutnant legte Sandrine einen Finger an den Hals.

»Der Puls ist da«, rief er.

»Nimm einen Schluck Wasser«, sagte ein Soldat, der sich neben Patrik kniete, und hielt ihm eine Feldflasche hin.

Patrik griff mit zitternder Hand danach. Nachdem er getrunken hatte, fiel er in Halbschlaf. Der gewaltige Stress forderte jetzt seinen Tribut, und enorme Müdigkeit lähmte Patrik.

72

Das helle Akkulicht der Videokamera blendete David Pearson. Er atmete tief durch und versuchte, seine Angst zu beherrschen. Auch die anderen Geiseln blinzelten in der zum Bunker ausgebauten Höhle. Ein afghanischer Kämpfer, der nahezu perfektes Englisch sprach, filmte die Gruppe, was ein schlechtes Zeichen war. Viele westliche gefangene Soldaten oder Zivilisten waren gefilmt worden, bevor man sie hingerichtet hatte.

Pearson wurde allmählich immer klarer, womit all das zusammenhing, aber er konnte den anderen Geiseln gegenüber nichts darüber verlauten lassen, nicht einmal in dieser Situation.

Verblüfft blickte er auf die hochwertigen Waffen, die in der Höhle gelagert wurden: Raketen, Panzerfäuste, Granatwerfer, Geschosse. Als Sicherheitsberater des Weißen Hauses hatte er mehrere geheime Berichte gelesen, die alle denselben Tenor hatten: Die Taliban wurden stärker. Und jetzt konnte er sich selbst davon überzeugen.

Der Afghane kam mit seiner Videokamera näher. Er filmte jeden Gefangenen einzeln.

»Redet in die Kamera, sagt etwas zu euren Angehörigen und eurem Präsidenten«, verlangte der Mann.

Die anderen Afghanen standen etwas abseits um eine Karte und einen Laptop herum und diskutierten. Alles, was Pearson sah, bewies: Diese Männer waren bestens ausgebildet und verfügten über potente Geldgeber.

Die Kamera näherte sich Pearson. Er überlegte, was er seiner Frau und seinen beiden Töchtern sagen sollte. Konnte er den Analytikern der CIA eine versteckte Botschaft übermitteln?

Er versuchte auszurechnen, in welchem Teil des Landes sie sich genau befinden mochten, aber das war unmöglich. Eventuell waren sie sogar auf der pakistanischen Seite. Außerdem verfügten die Taliban über ein effektives Spionagenetz. Auch wenn Pakistan ein Verbündeter der Vereinigten Staaten war, gaben seine Geheimdienstagenten doch immer wieder detaillierte Informationen über die Bewegungen und Strategien der amerikanischen Truppen in Afghanistan an die Taliban weiter. Gäbe er also dem CIA einen Positionshinweis, konnte eine geplante Befreiungsaktion der Amerikaner über den pakistanischen Geheimdienst bis zu den Taliban durchsickern.

Patrik starrte auf das Gesicht der bewusstlosen Sandrine, bis er merkte, dass der Helikopter zur Landung ansetzte.

Mitten in der ebenen Sandwüste war ein großes Zeltlager zu erkennen. Man sah Helikopter, Düsenjäger und Panzerwagen in Reihen stehen. Gerade waren zwei weitere Chinook-Helikopter gelandet, aus denen verwundete Soldaten zum Feldlazarett getragen wurden.

Sobald die Räder des Hubschraubers den Boden berührten, liefen Sanitäter mit Rollbahren auf sie zu. Ein Stück entfernt stand eine Gruppe von Soldaten vor einem weißen Zelt. Einige von ihnen trugen hellgrüne Westen. Auch zwei Männer in Zivil waren unter ihnen, einer davon filmte mit einer Videokamera den Transport von verwundeten Soldaten zum Lazarettzelt.

»Trauma eins bereit machen!«, rief der Sanitätsleutnant den herbeilaufenden Leuten zu.

»Dort herrscht ziemliches Gedränge, es gibt mehrere Schwerverwundete. Splitterbomben und so weiter …«

Sandrine wurde auf eine Bahre gelegt. Patrik versuchte aufzustehen, aber seine Beine knickten ein. Er hätte sagen wollen, dass Sandrine zuerst in den OP gebracht werden müsse, aber er wusste, dass gerade sie das nicht gewollt hätte.

Die Soldaten halfen ihm auf die andere Bahre.

»Ich bin nicht verletzt«, beteuerte er.

»Wir untersuchen das«, sagte die Frau, die seine Bahre schob. »Bleiben Sie nur liegen.«

Patrik hob den Kopf. Sandrine wurde vor ihm transportiert. Der Sanitätsleutnant, der neben ihrer Bahre herlief, hielt einen Infusionsbeutel in die Höhe.

»Die Frau dort«, sagte Patrik zu der Krankenschwester, die neben ihm ging. »Sie ist Ärztin … Sie hat Hunderten Menschen das Leben gerettet, genau unter solchen Feldlazarettbedingungen wir hier, nur in Afrika.«

Die Krankenschwester nickte. Dann lief sie zu dem Sanitätsleutnant hinüber und sagte etwas zu ihm.

Der Mann warf einen raschen Blick auf Patrik und eilte weiter auf die Gruppe vor dem Zelteingang zu.

Die Krankenschwester kam zu Patrik zurück.

»Sie wird von den Chirurgen erwartet«, erklärte sie. »Die werden die Situation beurteilen.«

Der Sanitätsleutnant sprach mit den Leuten vor dem Zelt. Sandrine wurde sofort hineingebracht.

Gewaltige Hitze und Feuchtigkeit schlugen Patrik entgegen, als der Zelteingang geöffnet wurde. Hinzu kamen der Geruch von Blut und Kot. Die Zustände waren schlichtweg chaotisch. Männer und Frauen in grünen Westen hantierten um zahllose verwundete Soldaten herum. Die Gesichter vieler Schwerverletzter spiegelten blankes Entsetzen wider. Auch afghanische Zivilisten lagen in den

Betten: Männer, Frauen und Kinder, deren Schreien und Jammern den Raum erfüllte. Neben Patrik hatte sich eine Krankenschwester über einen schlimm verwundeten Soldaten gebeugt, sie hielt ihm die Hand.

Zwei Männer in grauen Schutzwesten standen bei Sandrine und justierten ein elektronisches Gerät über ihrem Oberkörper.

»Das ist ein mobiler digitaler Röntgenapparat«, sagte die Schwester zu Patrik.

»Was für ein Ort ist das hier?«

»Camp Bastion, das Feldlazarett der britischen Truppen in Afghanistan. Hier werden Wunder vollbracht«, erklärte die Schwester und lächelte. Sie merkte, dass Patrik auf ein kleines afghanisches Mädchen starrte, das verbunden in einem Bett lag.

»NATO-Kampfflugzeuge haben aus Versehen ihr Elternhaus getroffen«, sagte die Schwester.

Der Arzt, der bei Sandrine stand, sah sich das Röntgenbild an und nickte.

»Sie wird in den OP gebracht«, sagte die Schwester zu Patrik, der zusah, wie Sandrine hinter einer Schwingtür aus Kunststoff verschwand. Der Mann mit der Videokamera filmte sie kurz und wandte sich dann einem britischen Soldaten auf dem Behandlungstisch zu.

»Wir haben ein Team von BBC hier, das einen Dokumentarfilm über junge britische Soldaten dreht. Einige von ihnen sind in den Kämpfen verwundet worden«, erläuterte die Schwester.

Neben dem Kameramann stand ein Journalist, der ihm Anweisungen gab.

Dann erschienen drei Männer im Zelteingang, deren Uniformen sich von den anderen unterschieden. Patrik kniff die Augen zusammen. Waren das Amerikaner? Sie schienen etwas zu suchen.

Patrik erschrak. Hatte man den Amerikanern über ihre Ankunft im britischen Lager berichtet? Wurden sie bereits gesucht?

Patrik verbarg sich hinter der Krankenschwester.

»Gibt es im Lager auch Amerikaner?«, fragte er.

»Normalerweise nicht. Aber manchmal kommen welche vorbei.«

Patrik machte eine Kopfbewegung zu den Männern am Zelteingang.

Die Schwester blickte hinüber. »Nein, das sind welche von uns. Leute vom SAS.«

Er seufzte innerlich vor Erleichterung, auch wenn ihm bewusst war, dass die Amerikaner, die nach ihm und nach Sandrine suchten, jeden Moment ins Lager kommen konnten.

»Laura«, rief ein schweißnasser Arzt mitten aus dem Chaos heraus der Schwester an Patriks Seite zu. »Komm schnell!«

Die Schwester eilte zu dem Arzt, und Patrik richtete den Blick auf den Journalisten und den Kameramann, die beobachteten, wie ein verwundeter britischer Soldat versorgt wurde.

Patrik fällte eine Entscheidung, rutschte von der Bahre und ging mit wackligen Beinen zu dem Journalisten. »Ich möchte Ihnen etwas erzählen. Ich bin Patrik Vasama aus Finnland. Und die Frau dort, die Sie gerade gefilmt haben, ist Sandrine Denaux aus Belgien. Durch eine Täuschung sind wir in die Überfälle auf die Bilderberg-Konferenz und auf das Schiff *MS Sigyn* verwickelt worden. Auf dem Schiff waren wir Zeugen seltsamer, brutaler Vorfälle, die von den Amerikanern verheimlicht werden. Weswegen uns die Amerikaner jetzt nachjagen. Ich möchte alles erzählen, für den Fall, dass uns etwas zustößt. Läuft die Kamera?«

Der Journalist und der Kameramann sahen sich an.

Nach kurzem Überlegen nickte der Journalist dem Kameramann zu, der daraufhin Patrik zu filmen begann.

Inmitten des Chaos achtete niemand auf sie, Patrik konnte ungestört reden.

»Könnten Sie das möglichst bald senden?«, fragte er zum Schluss.

»Wir machen eine Mitteilung an den Newsdesk in London«, sagte der Journalist, der seine misstrauische Erregung zurückhielt. »Dort überprüfen sie ein paar Dinge und entscheiden dann, ob sie es ausstrahlen.«

Åsas Augen glühten im Kerzenschein des stimmungsvollen italienischen Restaurants im Zentrum von Helsinki.

»Das ist Justizmord.«

Sie legte die Speisekarte hin und beugte sich über die weiß-rot karierte Tischdecke zu Timo.

»Ich habe gesehen, wie Michaels dir das Mikrofonkabel abgerissen hat, und kann es jederzeit bezeugen …«

Timo schüttelte den Kopf. »Ich weiß deine Unterstützung zu schätzen, aber die Vorfälle im Hafen sind nur ein Vorwand. Der wahre Grund, warum sie mich kaltgestellt haben, ist der, dass ich den großen Jungs auf die Füße getreten bin. Ich habe den gleichen Fehler gemacht wie Patrik Vasama. Ich habe das Vertrauen in die Kernenergie infrage gestellt. Das hier ist ein kleines Land, hier herrscht ein starker Glaube an die päpstliche Unfehlbarkeit der Kernkraftbefürworter.«

Åsa rührte sich nicht, sondern sah Timo noch intensiver in die Augen. »So kann man dich nicht behandeln. Du darfst nicht aufgeben.«

Timo lächelte. »Das hat nichts mit Aufgeben zu tun, das ist ein neuer Anfang.«

Da klingelte sein Handy. »Aus London«, sagte er beim Blick auf das Display.

»Simon Wright, Nachrichtenchef vom BBC World Service«, stellte sich ein Mann mit tiefer Stimme vor. *»Könnte ich Ihnen ein paar Fragen stellen, die mit der Entführung der* MS Sigyn *zu tun haben?«*

»Da bin ich der falsche Mann. Ich bin nicht mehr der Vertreter Finnlands bei TERA«, sagte Timo und sah Åsa in die Augen. »Man hat mich heute außer Dienst gestellt, und an meiner Stelle ist eine andere Person ernannt worden, rufen Sie die an. Woher haben Sie überhaupt meine Privatnummer?«

»Von der Polizeiführung in Helsinki. Dort hat man mir gesagt, dass Sie genau so reagieren würden, aber sie forderten mich auf, trotzdem bei Ihnen anzurufen. Ich habe ein sehr außergewöhnliches Anliegen. Wir haben hier ein Interview, das mit einem Finnen namens Patrik Vasama in Afghanistan gemacht wurde, in dem er starke Behauptungen über das Vorgehen der Amerikaner während der Sigyn-*Entführung aufstellt. Ich verstehe, dass Sie zu einigen Punkten aus ermittlungstechnischen Gründen nicht Stellung nehmen können. Aber ein paar Fakten würden uns immerhin Aufschluss darüber geben, ob wir den Mann für glaubwürdig halten können.«*

»Ein Interview mit Vasama? In Afghanistan?« Timo sah, dass auch Åsa aufmerksam wurde. »Wo dort?«

»Im britischen Stützpunkt Camp Bastion. Er wurde gerettet und mit einer Belgierin namens Sandrine Denaux zusammen dorthin gebracht.«

Timo hörte erstaunt zu. Vasama war nicht irgendein Ökoaktivist, das hatte nicht zuletzt Jorma Laine Timo gegenüber bezeugt.

73

Angstvoll sah Patrik, wie Sandrine aus dem OP geschoben wurde.

»Die Operation ist gut verlaufen«, sagte die Schwester zu ihm, worauf seine Knie vor Erleichterung nachgaben.

»Wo bringt ihr sie hin?«

»In ein Militärkrankenhaus in England. Das ist bei uns die Praxis. Alle Patienten werden zur Nachsorge dorthin verlegt, hier haben wir dafür weder den Platz noch die Ressourcen.«

Beinahe glücklich sah Patrik, wie Sandrine zu einer Hercules-Transportmaschine gefahren wurde, die auf der Startbahn stand. Auch britische Soldaten, die erstversorgt worden waren, wurden dorthin gebracht.

Er ging in ein anderes Zelt, wo sich die Kantine und mehrere Sitzgruppen befanden. Auf einem großen TV-Bildschirm lief der Nachrichtenkanal von BBC, der gerade etwas über Tallinn ausstrahlte. Patrik fragte sich, ob sie seinen Beitrag senden würden.

Er ging zum Eingang, um der Beladung der Hercules zuzuschauen. Da fuhr ein Militärgeländewagen in hohem Tempo heran und hielt vor dem Zelt.

Patrik erschrak, als er sah, dass neben einem britischen auch ein amerikanischer Offizier aus dem Wagen stieg, gefolgt von zwei weiteren amerikanischen Soldaten.

Die Männer kamen direkt auf ihn zu. Er wollte schon

fliehen, hielt es dann aber für übertrieben inmitten der vielen britischen Soldaten.

»Patrik Vasama?«, fragte der amerikanische Offizier und schaute Patrik fest in die Augen.

Patrik wandte sich ohne ein Wort zu sagen ab und ging rasch ins Zelt. Die Männer folgten ihm.

»Ich bitte Sie, mit uns zu kommen, Mr Vasama«, fing der Amerikaner an, richtete dann aber seine Aufmerksamkeit auf die Nachrichten auf dem Fernsehbildschirm.

»*Unserem Mitarbeiter in Camp Bastion ist es gerade eben gelungen, ein bestürzendes Interview mit einem finnischen Staatsbürger zu machen, der an Bord der* MS Sigyn *war …*«

Der amerikanische Offizier starrte auf den Bildschirm, auf dem nun der Journalist, der Patrik interviewt hatte, vor einer Transportmaschine auf der Startbahn zu sehen war.

»*An Bord dieser Maschine, die bald von Camp Bastion nach England starten wird, befindet sich als Patientin die belgische Ärztin Sandrine Denaux. Sie wurde von einem Mann namens Patrik Vasama, der in Finnland als Geologe gearbeitet hat, zur Behandlung ins Feldlazarett gebracht …*«

Nun erschien ein Bild des erschöpften Patrik.

Auf dem Gesicht des amerikanischen Offiziers spiegelte sich Verblüffung wider. Er richtete den Blick vom Fernseher auf Patrik.

»Ihr könnt auf dem Bildschirm sehen, was ich zu sagen habe«, sagte Patrik und verließ das Zelt.

Er rechnete damit, dass sich jeden Moment eine Hand auf seine Schulter legen würde, aber nichts geschah. Die Hercules beschleunigte gerade auf der Startbahn und stieg wie in Zeitlupe zum blauen, wolkenlosen Himmel auf.

Von fern drang ein gedämpftes, schnell lauter werdendes Dröhnen. Die in hohem Tempo näher rückende Panzerkolonne wirbelte eine riesige Staubwolke auf. Sie verhüllte die Sonne, die am Horizont purpurrot hinter den Bergsilhouetten unterging.

An der Spitze der Kolonne fuhren achträdrige, mit Maschinengewehren ausgerüstete, speziell minengesicherte Stryker-Radpanzer des US-Heers. Alle zehn Fahrzeuge waren identisch, sodass der Feind nicht wissen konnte, in welchem davon eine wertvolle Ladung transportiert wurde. Über der Kolonne schwebten obendrein sechs mit Raketen bewaffnete Apache-Kampfhubschrauber.

Plötzlich blieben die Stryker wie auf Kommando stehen, und die Hubschrauber drehten in jähem Bogen ab. Inmitten der Staubwolke entstiegen bis an die Zähne bewaffnete US-Marines den Radpanzern und nahmen Angriffsposition ein.

Die Luken eines Stryker blieben jedoch geschlossen. Er fuhr dröhnend durch die Staubwolke hindurch und erklomm langsam einen schräg ansteigenden Felshang voller Abbrüche und Spalten.

David Pearson hatte Angst. Die Geiseln waren ins Hochgebirge gebracht und auf eine ebene Fläche kommandiert worden, die sich am Rand einer Schlucht befand. Im Licht des Sonnenuntergangs konnte man eine lange Hängebrücke erkennen, die sich über dem tiefen, schmalen Tal spannte und im warmen Wind leicht schaukelte. Würde man sie hier hinrichten und die Leichen anschließend hinunterwerfen?

Von Taliban-Kämpfern war kein Mitleid zu erwarten. Sie waren verbittert und fanatisch. Die Ungläubigen waren in ihr Land eingedrungen wie einst die Kreuzritter, hatten ihr religiöses Reich zerstört und ihre Brüder getötet.

Man hatte die Geiseln ständig in Bewegung gehalten. Am Nachmittag hatte Pearson in einem kleinen, armen Dorf mit eigenen Augen Beispiele für das Elend gesehen, das die Grundursache für den Fanatismus und den Hass auf die westliche Welt gewesen war. Genau in solchen Verhältnissen warben die Taliban junge Männer für ihre Reihen an. Pearson hatte begriffen, dass die Vereinigten Staaten diesen Krieg nicht mit Waffen gewinnen würden, es mussten andere Mittel gefunden werden.

Die Stimmung um ihn herum wurde immer angespannter. Waren die Verhandlungen über ihre Befreiung gescheitert? Hatten die Vereinigten Staaten den Bedingungen der Taliban nicht nachgegeben?

Pearson hatte eine starke Vermutung, wie die Forderung der Entführer aussah. Und wenn er richtiglag, war es vollkommen verständlich, dass man der Forderung nicht nachgab.

Er blickte auf seine Schicksalsgenossen und stellte fest, dass viele außer Atem waren und versuchten, wenigstens einigermaßen die Fassung zu bewahren. Alle schienen zu ahnen, dass sich ihr Schicksal zu dieser Stunde auf dieser steinernen Ebene entscheiden würde. Es sah aus, als könnte schon der Staub aufwirbelnde Wind die Schwächsten von ihnen zu Fall bringen.

Die Gesten der Taliban waren großspurig und nervös. Sie zielten mit ihren Sturmgewehren auf die Geiseln, als ginge von ihnen eine maßlose Gefahr aus. Einige Kämpfer schienen an verschiedenen Punkten des Geländes mit ihren Panzerfäusten und Raketenwerfern in Stellung gegangen zu sein.

Der Anführer der Taliban sprach bei den Lastwagen in ein Funkgerät, irgendetwas war im Gang. Trotz des starken Windes war das Dröhnen eines Motors zu hören. Es kam von der anderen Seite der Schlucht.

Bald darauf konnte man in der Dämmerung die dunkle Silhouette eines großen unbeleuchteten Fahrzeuges erkennen. Es hielt unweit vom Rand der Schlucht an, nahe der Hängebrücke.

Der Motor ging aus, und Unheil verheißende Stille machte sich über der Schlucht breit.

Pearson sah die Taliban-Kämpfer regungslos in ihren Stellungen liegen, die Waffen auf das Fahrzeug gerichtet.

Ihr Anführer sprach wieder in das Funkgerät.

Das Fahrzeug auf der anderen Seite der Schlucht war ein Stryker-Radpanzer, aus dem gerade eine Person kletterte. Langsam ging sie auf die Hängebrücke zu.

Der Taliban-Führer rief einen Befehl.

Der Bewaffnete, der vor Pearson stand, nickte diesem zu und deutete mit der Hand auf die Hängebrücke.

Hatte er richtig verstanden? Wollte der Mann, dass er auf die Brücke ging?

»*Go!*«, befahl der Mann.

Pearson warf einen Blick zu Taylor hinüber, der ihm zum Abschied zuzunicken schien. Zögernd ging Pearson auf die Brücke zu und merkte dann, dass die anderen Geiseln ihm folgten. Er kam an den Rand der Schlucht und blickte in die schier bodenlose Tiefe. Die Hängebrücke vor ihm schaukelte leicht im Wind.

Auf der gegenüberliegenden Seite stand ein Mann, der einen Umhang trug und ein Tuch umgebunden hatte. Er trat auf die Hängebrücke.

Pearson griff nach dem dicken Seil, das als Geländer diente, und setzte den Fuß auf das erste Brett. Schritt für Schritt ging er auf der schwankenden Brücke weiter, und die anderen Geiseln folgten ihm weiterhin. Zwischen den Brettern unter seinen Füßen gähnte der dunkle Abgrund.

Als sich Pearson der Brückenmitte näherte, waren die

Gesichtszüge des entgegenkommenden Mannes deutlich zu erkennen.

Pearson erkannte den Mann. Er hatte unzählige Bilder von ihm gesehen. Auch Bilder, die zeigten, wie er ohne Bart aussah, mit gefärbten Haaren oder in unterschiedlichen Verkleidungen. Bei verschiedenen Treffen, Seminaren und Konferenzen im Pentagon und bei der CIA hatten sie sämtliche Szenarien analysiert. Die Arbeit war nicht vergebens gewesen, denn endlich war der Mann gefasst worden. Bislang hatte man den Medien diese Information allerdings verschwiegen.

Und nun hatten die USA also doch den Forderungen der Taliban nachgegeben. Aber war das Leben von einem Dutzend wichtiger westlicher Personen das denn wert?

Pearson blieb stehen und wich nicht zur Seite, als der Mann vor ihm anlangte.

Osama bin Laden sah ihn gelassen an, sogar ein wenig amüsiert.

In rasender Eile erwog Pearson seine Alternativen. Er verspürte große Lust, den Mann zu packen und mit ihm zusammen in die Tiefe zu stürzen.

Aber das würde nichts nützen. Es musste andere, nachhaltigere Mittel geben. Und auf die konnte er wesentlichen Einfluss nehmen, wenn er am Leben blieb.

Pearson löste die eine Hand vom Seil und machte den Weg frei. Osama bin Laden ging ohne ein Wort an ihm vorbei und passierte anschließend die anderen Geiseln.

Auf der anderen Seite der Brücke ertönten Rufe. Die Soldaten der Sondereinheit, die aus dem Stryker gestiegen waren, bedeuteten den Geiseln, sich zu beeilen.

Pearson ging auf die Soldaten zu. Er glaubte, dass dieser Krieg noch zu gewinnen war, auf irgendeine Weise, er musste es einfach glauben.

EPILOG

»In unserer Schule gibt es die besten jungen Fußballer Südafrikas«, sagte der schwarze Rektor stolz. »Ich bin sicher, dass sich Ihr Sohn hier wohlfühlen wird.«

Herman nickte. »Ich weiß. Ich habe mich gründlich über Ihre Schule informiert. Ich will das Beste für meinen Sohn.«

»Ich danke Ihnen für Ihr Vertrauen«, sagte der Rektor, ein Mann mittleren Alters, und lächelte breit. Vom Fenster im ersten Stock aus sah man auf einen gepflegten Garten, in dem schwarze und weiße Kinder die Pause verbrachten.

Der Rektor reichte Herman ein Formular. »Bitte, nur hier unterschreiben, Herr McCain.«

Der pakistanische Passfälscher der Spitzenkategorie war sein teures Geld wert gewesen. Auch bei dem Flug von Mumbai nach Kapstadt hatten sie keine Probleme gehabt. Und Daniel in der renommierten Schule unterzubringen war für seinen Vater, den wohlhabenden Geschäftsmann, ein Kinderspiel gewesen.

Dominik, Jochem, Geir und die anderen hatten zwei bittere Wochen in den Bergen Afghanistans und Pakistans verbracht. Afghanen, die Herman kannte, hatten sie schließlich in ihren Dörfern einquartiert und ihnen geholfen, nach Pakistan zu kommen. Von dort aus hatten sie den Verkauf des Zimmermann-Zylinders und dessen Übergabe an die schwedische Atombehörde geregelt, ohne dass die Medien davon erfuhren. Der Erlös war wesentlich geringer als die Summe, die Herman seinen Leuten ursprünglich in Aussicht gestellt hatte, aber damit mussten sie sich nun zufriedengeben. Später hatten pakistanische Schlepper sie nach Indien gebracht, wo sich die Gruppe getrennt hatte.

Herman trug seinen neuen Namen in das Formular ein und reichte es dem Rektor.

»Daniel kann hierbleiben und sich mit allem vertraut machen«, sagte der Rektor.

Sie gingen die Treppe hinunter und kamen in den Garten, wo einige Kinder Fußball spielten.

»Papa, du kommst mich doch von der Schule abholen?«, fragte Daniel.

»Na klar. Jeden Tag. Ich fahre nirgendwo mehr hin. Die Zeiten sind vorbei.«

Als Herman zum Parkplatz ging, kam ihm ein Fußball entgegengeflogen. Er stoppte ihn, spielte ihn Daniel zu, und der Junge kickte ihn zweimal in die Luft und beförderte ihn dann mit einem harten Schuss ins Tor.

»Toller Schuss«, sagte Herman.

Daniel winkte seinem Vater, lächelte und lief auf den Sportplatz.

Auf dem hohen Felsen, vom Schatten der Kiefern aus, hatte man eine weite Aussicht über die Seenlandschaft mit den vielen kleinen Inseln und Halbinseln.

Es war der Pielinen zu Patriks Füßen, der schönste und größte See Ostfinnlands. Patrik atmete tief ein, er ließ den Wind sein Gesicht streicheln und lauschte dem leisen Rauschen des Waldes. Hierher hatte er Beate bringen wollen, das war sein Traum gewesen. Diesen Moment hätte er gemeinsam mit ihr erleben wollen. Aber das Schicksal war ihm in die Quere gekommen.

Sandrine trat neben ihn und schaute auf die Landschaft.

»Einzigartig«, seufzte sie.

»Hier weiß ich, wer ich bin. Ich kann es im Wind hören.«

Patrik wandte sich Sandrine zu. »Hörst du es?«

Sie sah ihn ernst an, und der Wind ließ ihr langes, dunkles Haar flattern.

»Ich höre es«, sagte sie lächelnd.

»Ich bin froh, dass ich dir das zeigen darf.«

Sie drehten sich um und kehrten zu den beiden Polizisten zurück, die auf sie warteten. Gemeinsam stiegen sie den Felsen hinab und setzten den Weg durch den stillen Wald fort, vorbei an alten, bemoosten Baumstämmen. Sandrine ging noch langsam, aber ihre Genesung machte große Fortschritte.

Auf der Forststraße stand das Zivilfahrzeug der Polizei, mit dem sie gekommen waren. Daneben war ein weiteres Auto aufgetaucht. Ein Mann in Lederjacke stieg aus.

Patrik konnte sich dunkel erinnern, ihn schon einmal gesehen zu haben.

Der Mann nickte zur Begrüßung. Da erkannte Patrik ihn. Er war an Bord des Marineboots gewesen, das den Atommüllbehälter von der *Sigyn* übernommen hatte.

Der Mann stellte sich als Timo Nortamo vor.

»Ich bin Ihnen dankbar, dass Sie uns den Besuch hier ermöglicht haben«, sagte Patrik.

»Ich werde den Dank an die Polizeiführung in Helsinki weitergeben. Ich habe noch immer gute Verbindungen dorthin, obwohl man mich von den Ermittlungen abgezogen hat. Der offizielle Grund sind die Vorfälle im Helsinkier Hafen.«

»Sie haben die Lage falsch eingeschätzt, und dadurch sind Menschen ums Leben gekommen. Ich hatte alles versucht, um einen Angriff zu verhindern«, sagte Patrik.

»Aber mein Anwalt meint, vor Gericht sei das schwer zu belegen, aus Mangel an Beweisen.«

»Ich bin genauso getäuscht worden wie Sie beide. Die Informationen, die uns Ihre Mutter gegeben hat, stützen die These, dass Sie für eine medial wirksame Aktion auf die *Sigyn* gelockt wurden, und nicht, um sich an einer Entführung zu beteiligen.«

Patrik hatte seine Mutter getroffen und von Jürgen Gladbach erfahren. Seine Mutter wiederzusehen war ein schmerzliches und zugleich bereinigendes Erlebnis gewesen. Dass er sie plötzlich nach all den Jahren hatte treffen wollen, lag an den Ereignissen in Afghanistan; als er gesehen hatte, wie Hermans Sohn seinen Vater flehend anschaute, hatte er sich lebendiger und quälender als je zuvor an den schmerzhaftesten Augenblick seiner Kindheit erinnert – an den Moment, in dem sein Vater ihn und seine Mutter verlassen hatte und mit einer anderen Frau fortgeganen war. Ein solches Erlebnis konnte ein kleiner Junge schwer verkraften. Er hatte seiner Mutter den Weggang des Vaters zum Vorwurf gemacht, systematisch und lange. Er hatte ihr keine Chance gegeben. Nachdem ihr Mann sie verlassen hatte, war die Mutter in Depressionen verfallen und hatte angefangen zu trinken, und schließlich hatte sie sich an Dietrich geklammert, den Deutschen.

»Ein Vertreter der USA hat mich daran gehindert, den Zugriff im Hafen zu stoppen«, erklärte Nortamo weiter. »Tatsächlich wurde ich jedoch kaltgestellt, weil ich verlangt habe, Ihre Behauptungen über Unregelmäßigkeiten bei der Tiefenbestimmung des Endlagerschachts zu überprüfen.«

»Ich hatte gedacht, nach der Radioübertragung würde eine echte Diskussion über das Thema in Gang kommen. Aber die dramatischen Ereignisse im Verlauf der Entführung haben die gesamte Aufmerksamkeit der Medien beansprucht.«

»Man hat bewusst dafür gesorgt, dass dies so war. Ihre Behauptung wurde totgeschwiegen.«

»Ich stehe nach wie vor hinter meiner Behauptung. Man wollte den Schätzwert für die Permafrosttiefe so niedrig wie möglich haben. Man dachte nicht an die saubere Natur der künftigen zig und hundert Generationen, sondern an den Gewinn diverser Unternehmen in den kommenden Jahren.«

»Ich glaube Ihnen«, sagte Nortamo und wandte sich an Sandrine.

»Sie werden das offiziell erst vor Gericht in Schweden hören, aber ich habe von meinen Kollegen erfahren, dass sie eine Nachricht von Herman McQuinn erhalten haben. Darin schildert McQuinn detailliert, wie die Entführungsaktion ablief. Er nimmt alle Schuld von Ihnen. Das wird sich vor Gericht zumindest nicht nachteilig auswirken.«

»Danke für die Information«, sagte Sandrine. »Ich hätte aber noch eine Frage, auf die es vermutlich schwer ist, eine kompetente Antwort zu erhalten. Ich möchte fragen, ob Patrik und ich in Sicherheit sind.«

Nortamo überlegte eine Weile. »Mit der Zerstörung der Kapsel hat sich auch ihre politische und strategische Bedeutung in Luft aufgelöst, weshalb ich nicht glaube, dass Sie in Gefahr sind. Und nach dem BBC-Interview wäre es auch nicht klug von den Amerikanern, Patrik zum Schweigen zu bringen. Es genügt, wenn sie alles abstreiten, wie immer, wenn ihre Geheimdienste Mist bauen.«

Patrik und Sandrine sahen einander an. So hatten auch sie die Lage eingeschätzt. Nortamo verabschiedete sich und fuhr davon. Sie stiegen in das Polizeiauto, das ebenfalls den Forstweg entlang des Bergrückens hinunterfuhr.

Patrik sah aus dem Fenster auf den Wald und den archaischen Felsgrund: tonnenweise unberührtes, zweitausend Millionen Jahre altes Migmatitgestein. Patrik wusste, er hatte alles versucht, um zu verhindern, dass dort ein Atommüllgrab zu Lasten künftiger Generationen entstand.